하늘의 다리

혼

그리치

레우스

펠라론

자케산 - 펠라론 게이트

자마쉬

엔도

데샨 카라돔

트로니아

레갈루스

탄젤론의 미궁

켄타로니아

레모

카밀카르

잇혀진 탑

N

폴라리스
랩소디

2

이영도 판타지 장편소설

폴라리스
랩소디

2 구름이 고요 속을 흐를 때

황금가지

차례

제5장

Royal blood's gift

7

제6장

Bladerunner

97

제7장

죽지 않는 선장

197

제8장

붉은 바람을 부른다

301

제9장

구름이 고요 속을 흐를 때

397

제5장

Royal blood's gift

사트로니아 공화국의 정부 청사, 정문에 서 있는 검은 사자상 때문에 흔히들 흑사자관이라고 불리우는 그 건물은 수상한 공기 속에 사로잡 혔다. 흑사자관을 오가는 정부 관료들은 마주칠 때마다 낮고 급한 어조로 이야기를 주고받았지만 그들 중 상대방의 속을 시원하게 해주는 사람은 아무도 없었다. 그래서 그들은 이야기를 시작했을 때보다 더 답답한 기분으로 다음 사람을 찾아가는 일을 반복했다.

　그들은 모두 실력으로서만 출세할 수 있는 공화국 사트로니아의 관료들이었다. 명실상부한 야전지휘관형 관료라 할 수 있는 이 사람들은, 그러나 흑사자관에 감도는 이상한 기류의 원인에 대해서는 알지 못했고 그 사실이 그들을 괴롭히고 있었다.

　그들은 그저 불안한 눈초리로 며칠 전부터 반미치광이 행동을 보이고 있는 일부 관료들을 주목했다. 그 일부 관료들은 이 현상의 원인을 잘 알고 있을 것이다. 하지만 그들에게 뭔가를 물어보는 것은 관료들로서는 직업 윤리 위반이라고 할 수 있을 것이다. 험악한 몰골을 한 채 주위 세 발자국 이내로 누군가 들어오기만 하면 흠칫흠칫 놀라면서 애써 '좋은 날씨죠?' 따위의 말을, 자기 자신은 전혀 그렇지 않다는 투로 중얼거리고 있는 그들은 모두 사트로니아 총리실 제3국의 관료들이었다. 아는 사람들은 다 알지만 사트로니아 총리실 제3국은 흔히들 말하는 사트로니아 정보국이다.

어느 나라의 대외정보부, 혹은 그와 유사한 일을 하는 부서는 다 마찬가지겠지만, 사트로니아의 총리실 제3국원들도 완벽한 비밀주의자들이었다. 그리고 비밀주의자란 비밀을 가지고 있다는 사실조차도 비밀로 삼을 수 있는 사람들을 말한다. 그 점을 잘 알고 있던 사트로니아의 관리들로서는 도대체 저 완벽주의자들을 당황시킨 사건이 무엇일지 짐작도 되지 않았다. 결국, 역시 어느 나라의 정부 부서에서도 일어나는 일이지만, 관료들은 자신들만의 정보망을 가동시키기 시작했다.

물론 관리들의 정보망이라는 것은 공식적인 것도 아니고 그렇게 거창한 것도 아니다. 그들도 공복이 가져야 되는 심리적 제한선은 존중했던 것이다. 하지만 어느 나라에서도 바쁘게 말에 오르는 전령이 손에 무슨 음식을 들고 있는가까지 관찰하지 못하도록 제한하지는 않는다. 어디 볼까. 저런 독주를? 얼마나 추운 곳을 달려갈 생각인 걸까. 거기다 지금 이 시간이면, 흐음. 안팔로 계곡? 그렇다면 붉은 주머니가 있을 터. 오호라. 과연 가지고 있군. 안팔로 계곡 아래의 역참에서 말을 갈아타기 위해 필요한 마패까지 가지고 있군. 저 붉은 천은 얼마 전 우리 사위가 마패 주머니용으로 납품한 거라 잘 알거든. 결론 : 저 사자는 오늘 오후 안에 안팔로 고개를 넘어 모레 아침엔 다벨 공국에 도달하겠군.

대략 이런 식의 사소한 정보들과 사트로니아 공화국을 움직이는 특급 두뇌들이 휴게실 같은 곳에서 모이게 되면 상당히 심도 깊은 추리가 가능해진다. 결국 그들은 지금 총리실 제3국원들이 행하고 있는 일에 대해 9할 이상 해석해 내었다.

사트로니아 정보국은 며칠 전부터 제국 곳곳에 퍼져 있는 정보망을 전면 중단시킨 채 모든 정보 수집력을 다벨과 다케온, 록소나, 팔라레온에 집중시키고 있었다. 그것도 사트로니아의 정보국이 행하는 것 치곤 너무 성급해서 위장도 제대로 갖추지 않은 속도였다. 하지만 그 기민성과 별개로 그들이 받을 수 있는 정보의 양은 얼마 되지 않은 모양이고, 그래서 그들은 이 사실에 당혹해하고 심지어 분노하기까지 했다. (이 사실에 대해서 알아낸 자는 교육부의 한 차관보였다. 그는 씩씩거리며 흑사자관의 통로를 걸어가는 청소부를 조용히 관찰한 다음 그를 살짝 구슬려보았다. 그러고는 그 청소부가 총리실 제3국을 청소하다가 정보국장에게 '넙죽넙죽 일 받는 놈만 많았지 제대로 일하는 놈은 하나도 없다'에 해당하는 욕을 얻어먹었음을 알아내는 개가를 올려 동료 관료들에게 갈채를 받았다.)

하지만 그들은 나머지의 중요한 1할에 대해서는 알 수 없었다. '사트로니아는 왜 다벨, 다케온, 록소나, 팔라레온을 관찰하는가.' 경제부의 사무관 하나가 그 땅이 왕자의 땅이라고 불린다는 사실을 거론했지만, 그의 동료들은 그 땅이 왕자의 땅인 것은 맞지만 현재의 그 땅에서 시운과 재능과 행운을 갖춘 다섯 번째의 검이라 할 만한 작자는 있지도 않다는 공박을 보내었을 뿐이다. 그런 정도의 인물이라면 사트로니아 정보국이 아니라 이미 주점의 주당들에게까지 그 이름이 알려졌을 것이라는 요지의 반박에 경제부 사무관은 입을 다물 수밖에 없었다.

그러나 그쯤에서 관료들은 휴게실에서의 휴식 시간을 끝내기로 결정했다. 그 이상은 선을 건드리는 부분이었기 때문이다. 더군다나 그것이 정보국의 경계선이라면…… 물론 각자의 부서로 돌아가는 관료들이 자신의 마음속으로 의심을 계속 키워나가는 것은 완전히 자유였다. 그 정도의 정보 수집력이 동원되어야 하는 일은 무엇인가. 그리고 사트로니아의 모든 정보 수집력이 동원되었음에도 불구하고 왜 정보가 적은가.

그리고 그날 오후 사트로니아 대통령 길버트 하드루스는 정보의 빈약함을 이렇게 해석해 냈다.

"결국, 우리가 그들을 너무 과대평가했다는 거죠."

"무슨 말씀이십니까, 각하?"

대통령에게 질문하는 사람은 나이 지긋해 보이는 노인이었다. 하지만 노인인 것은 턱까지였고 그 아래로는 젊은이 못지않은 장대한 체구였다. 투구라도 씌워놓는다면 아무도 노인임을 알아보지 못할 것이다. 하드루스 대통령은 심술궂은 표정으로 말했다.

"우리가 의심해 왔던 대로 그 멍청이들은 대사의 존재에 대해 모르고 있었던 것입니다. 아마도 아피르 족과 우리 사트로니아 외엔 아무도 모르나 봅니다."

물론 대통령의 예측은 틀렸다. 하드루스 대통령은 카밀카르의 독서

광 공주가 바로 그들의 국립도서관에서 그들이 미처 수거하지 못했던 린타의 낡은 논문 한 점을 읽었음을 알지 못했다. 또한 부활의 법황이 자신의 관상식물을 통해 그 이야기를 알게 되었음도 알지 못했다. 하드루스 대통령은 계속 말했다.

"그들은 자신들을 얽어매던 족쇄가 사라졌다는 것을 모르는 겁니다. 그래서 그들은 아무 행동도 하지 않고 있는 것이고, 그럼으로써 우리 정보국장을 정서 불안에 빠뜨리고 있는 거죠."

"글쎄요. 그들 모두가 바보는 아닐 거라고 생각해 두는 것이 안전할 듯합니다. 같은 정도의 불확실성이 있다면 적을 과대평가하는 편이 항상 나으니까요. 조만간 어떤 행동이 있을지도 모르죠."

"내기하시겠다면, 나는 다음에 행동에 들어갈 사람이 메르데린 공작일 거라는 데 걸겠습니다. 어쩌시겠습니까, 바스톨 장군?"

바스톨 장군이라 불린 노인은 빙긋 웃었다.

"그 내기는 포기하겠습니다. 제가 걸고 싶은 곳에 각하께서 먼저 거셨군요."

하드루스 대통령은 바스톨 장군을 따라 웃었다. 그의 웃음은 할아버지에게 칭찬받은 손자와 같은 웃음이었다. 그도 그럴 것이, 이 고명한 장수인 바스톨 장군이 그의 예측에 동의해 주었던 것이다. 물론 바스톨 장군이 아닌 다른 누구라도 동의했겠지만. 그래서인지, 바스톨 장군은 말을 덧붙여야겠다고 느낀 듯했다.

"그는 언제라도 행동하려 들었으니까요. 다만 이번에는 유난히 행동이 쉽다는 것을 느끼고 의아해할지도 모르겠군요."

"그렇겠죠. 그가 모르도록 그의 행동을 견제해 왔던 대사가 없어졌으니."

"그런데 대사가 사라졌다는 것은 확실한 사실입니까?"

바스톨 장군의 질문에 하드루스 대통령은 무겁게 고개를 끄덕였다.

"그렇습니다. 처음 말씀드리는 겁니다만, 린타가 철탑의 인슬레이버에게 선물받았던 구슬의 색깔이 흐려졌습니다."

"그런 게 있었습니까?"

"예. 그리고 대사는 린타에게 그 구슬이 흐려질 때면 자신이 더 이상 철탑의 주인 노릇을 하지 못하고 있으리라는 언질까지 해주었다고 말했습니다. 그것이 철탑을 떠난다는 말인지 그녀 자신의 죽음을 말하는 것인지는 알 수 없지만, 그녀가 철탑의 주인으로서 행하던 일은 이제 중지되었다고 생각해야겠지요."

"그렇다면 확실하군요. 이제 정보부에 새로운 지시를 내려야 될 때군요."

하드루스 대통령은 잠시 당황하여 노장군을 바라보았다. 하지만 노장군은 대통령의 어깨 너머로 책꽂이를 바라보며 말했다.

"우리는 대사를 쓰러뜨린 자가 누군지 알아내야 합니다. 오 왕자의 검에서 아직 나타나지 않은 다섯 번째의 검이란 건, 사실 대사를 쓰러뜨리는 검이잖습니까. 이제 아달탄 황제가 말했던 다섯 번째의 검이 나타난 겁니다. 우리는 이 나라를 위해 그 자가 누군지 반드시 알아내야 합니다. ……길버트."

길버트 하드루스 대통령은 머리를 조금 숙였다. 정신적으로는 바스톨 장군에게 절하고 싶은 심정이었다. 이 노장군의 우국충정은 너무나 특이한 형태였기 때문이다.

바스톨 엔도 장군은 용병계의 오랜 전설을 현실로 이루어낸 인물이었다. 10대에 용병으로서 검을 쥔 바스톨 장군은 50대가 되었을 때 자신이 일국의 왕이 되어 있음을 보았다. '검 한 자루 비껴 차고 지평선으로 달려가 왕이 되어 돌아오다.' 용병이라면 누구나 한번쯤 꿈꿔보는 일을, 바스톨 장군은 견실한 40년 세월을 통해 조용하지만 확고한 형태로 획득했다.

그러나 엔도 왕조는 일대에 그치고 말았다. 자신의 국민들에게 직접 물어본 왕은 엔도인들이 사트로니아와 합병되기를 은근히 바란다는 사실을 알게 되었다. 엔도인들은 바로 이웃 나라인 레갈루스와의 경쟁이 힘에 겨웠던 것이다. 그리고 그들은 사트로니아가 레갈루스에 의해 막힌 바다로의 출구로서 엔도를 원한다는 사실도 잘 간파하고 있었다.

국민의 뜻을 알게 된 왕은 두 번 생각하지도 않고 사트로니아에게 사자를 보내었다. 왕의 땅을 탐내고, 그래서 이 이름 높은 무인과의 한판 전쟁이라도 불사할 결심이었던 사트로니아는 이때 제국의 외교사에서 승자가 보낼 수 있는 가장 품위 있는 답변이라 일컬어지는 명문의 답장을 보낸다. 그러나 그 내용을 대충 요약하면 딸 가진 가정에서라면 한번쯤 들어보게 되는 말이 된다. '따님을 행복하게 해드리겠습니다.'

왕은 웃으며 40년 동안 키워낸 딸 엔도를 사트로니아와 결혼시키기로 했다.

물론 회의주의자들이나 냉소주의자들은 '뼛속까지 무골이었던 그는 정당한 자신의 땅조차 관리할 수 없어, 차라리 그것을 남에게 맡기고 그 아래로 들어가 용병 노릇하는 편을 택한 것'이라는 조롱 섞인 평가를 보내어왔다. 그런 평가에 대해 바스톨 장군은 별말 하지 않았지만, 언젠가 면전에 대고 그런 말을 지껄이는 비루한 자를 향해 비수 같은 한마디를 말했다 한다.

"그것은 왕이 된 적도, 될 수도 없는 자의 말이다."

따라서 길버트 하드루스 대통령이 바스톨 엔도 장군의 모습에서 시집 보낸 딸을 걱정하는 장인의 모습을 보는 것은, 그리고 사위로서의 책임감까지도 느끼는 것은 당연하다 하겠다. 더군다나 상대는 왕이었던 인물이다. 비록 반종신직이나 다름없는 사트로니아의 대통령이었지만 왕과 대통령은 그 격이 같다 할 수 없다.

정신적 아버지에게, 대통령은 고개를 끄덕이며 말했다.

"알고 계셨군요."

"짐작했다고 해야겠죠. 각하께서 린타와 대사의 이야기를 해주셨을 때 대충 짐작했습니다. 그 이후 저는 개인적으로 린타의 저작들을 조사해 보았고, 그가 다섯 번째의 검에 대해 말한 설명들에서 이상한 점이 있음을 깨달았습니다. 팔라레온, 다벨, 다케온, 록소나의 강력한 네 자루의 검과 시운과 재능과 행운을 가진 다섯 번째의 검이라는 말은 그럴 듯했습니다만…… 그것은 무인이 할 말이 아닙니다."

하드루스 대통령은 다시 절하고 싶은 기분을 느꼈다.

"무인이 할 말이 아니라고요?"

"무인은 질박함을 그 미덕으로 삼습니다. 무인은 그것이 단지 위험하고 무서운 힘이 될 수 있다 해서 아무것이나 검이라고 부르지는 않습니다. 혼 족마저도 경탄했을 만큼 사나운 공격을 감행하여 '제국의 검'이라 불렸던 제부르카스 장군의 예를 상기해 보십시오. 황제가 다섯 번째의 '검'이라고 말했다면, 그건 정말 검이거나 검을 쥔 자인 것입니다. 어떤 무인일 것입니다."

대통령은 고개를 내저으며 미소 지었다.

"모든 칼 쓰는 이가 곧 무인인 것은 아니라는 사실에 감사드리고 싶군요. 그렇다면 어떤 검이 그 다섯 번째의 검이 될 수 있을까요? 아, 그렇지. 메르데린 공작은 후보에 들어가겠습니까?"

잠시 멀뚱한 시선으로 하드루스 대통령을 바라보던 바스톨 장군은 퉁명스럽게 말했다.

"깃털 없이 난다 해서 박쥐가 드래곤이겠습니까?"

배를 붙잡고 뒹굴던 하드루스 대통령이 간신히 진정될 때쯤 바스톨 장군은 진지하게 말했다.

"글쎄요. 우리 시대의 무인이라면 제국 기사단의 브라도 경이나 하이 낙스의 간담을 서늘하게 했다는 자마쉬의 팔비스, 저 그리치의 리플리 공 같은 분들이 있겠지요. 혼 족의 타르타니어스 공도 있고. 하지만 말입니다……"

"예?"

"지루해하시는 얼굴이군요, 각하."

"하하, 예. 좀 그렇군요. 그분들은 그 이름을 모르는 사람이 없으니까요."

"그러실 겁니다. 사실 전 좀 의외의 인물들을 뽑고 싶군요."

"의외의 인물이오?"

"그렇습니다. 각하. 저는 하이낙스의 경우를 생각했습니다. 그는 제국 정벌에 나서기 직전까지도 아무에게 주목받지 않았습니다. 하지만 그는 일어서자마자 모든 이들로 하여금 그 이름을 잊을 수 없게 했습니다. 어쩌면 다섯 번째의 검 또한 쟁쟁한 무인들이 아닌, 의외의 인물이지 않을까 생각됩니다."

하드루스 대통령이 자세를 바로잡는 모습을 보며 바스톨 장군은 빙긋 웃었다. 하드루스 대통령 역시 그런 대답을 기대했던 것이다.

"지금으로선 세 명 정도밖에 떠오르지 않는군요. 먼저, 필마온 기사단의 발도 로네스 경이 있습니다."

"역시!"

"저는 이 자를 도무지 파악하기 어렵습니다. 이 늙은 노새의 이해력을 넘어서는 작자인 듯합니다. 그는 모든 사람들이 냉정해야 할 때라고 말할 때 분노하고, 모든 사람들이 나아갈 거라 믿을 때 멈춰 섭니다. 그러고도 남해를 거의 장악하고 있습니다. 그래서 전 이 자를 추천하고 싶습니다. 그리고 두 번째론……"

하드루스 대통령은 바스톨 장군이 약간 주춤하는 모습을 보며 의아해했다. 잠시 후 바스톨 장군은 약간 자신없어하는 목소리로 말했다.

"키 드레이번을 말하고 싶습니다."

하드루스 대통령은 웃지 않았다. 다만 기막혀 했다.

"예? 키 드레이번이라면 그…… 해적 말씀입니까?"

바스톨 장군은 고개를 끄덕였다. 노장군이 실언했다고 생각한 대통령은 머쓱해하는 표정으로 그에게 동조하는 척했다.

"물론…… 예. 다른 사람도 아닌 장군의 예를 보더라도…… 하지만 지금 우리들이 논하고 있는 것은 제국 전반에 영향을 미칠 자에 대한 이야기입니다. 그는…… 고작해야 수천 명의 수하를 거느린 해적이잖습니까. 해적으로서는 좀 많지만 한 나라와 비교하면, 뭐 우리나라의 일개 부대는 되겠군요."

바스톨 장군은 얼굴을 딱딱하게 굳혔다.

"전 그 자를 제 자신의 경우와 비교해 말씀드린 것은 아닙니다. 각하. 그리고 그가 거느린 수하의 숫자로 말씀드린 것도 아니고. 저는 그 자 자신을 놓고 말한 것입니다. 어쩐지 각하께선 이 늙은 노새보다 더 완고하신 듯하군요."

하드루스 대통령은 아차 하는 심정으로 고개를 숙였다. 바스톨 장군이 처음부터 말한 것이 하이낙스의 예였지 않은가. 바스톨 장군은 계속 말했다.

"해적이든 어쨌든 그는 현재 제국의 공적 1호입니다. 우리나라만 해도 그의 기함에 2천만 데리우스라는 거액의 현상금을 걸었습니다."

"아, 제국의 비위를 맞추기 위해 공탁한 그 현상금 말입니까? 국고의 무의미한 낭비라고 의회의 원성이 자자…… 죄송합니다. 말씀하십시오."

"하이낙스가 제국의 공적 1호로 지명되었을 때도 각하와 같은 반응을 보였던 사람들이 있습니다. 그러나 그 이후의 결과가 어떠했습니까? 사트로니아는 그에게 무릎을 꿇어 겨우 잔명을 보존했습니다. 그리고 그의 몰락 이후엔 각하의 말씀대로 2천만 데리우스를 무의미하게 낭비해 가면서 제국의 비위를 맞추지 않으면 안 되게 되었지요. 대륙의 중부를 호령하던 사트로니아가 처한 오늘의 모습을 생각하십시오, 각하. 바로 하이낙스가 그렇게 한 것입니다. 아무나 제국의 공적 1호가 되는 것은 아닙니다. 제국의 공적이 된다는 것은, 그가 정말로 제국에 위협을 가할 수 있다는 뜻입니다."

그게 아니면 제국이 감기에 사망할 정도의 중증 환자가 되었던가. 하드루스 대통령은 사람들이 키 드레이번의 발호를 설명할 때 사용하는 보편적인 논리를 머리에 떠올렸다. 하지만 하드루스 대통령은 늙고 고집센 노새라 자평하는 바스톨 장군보다 더 보수적인 성격이라고 평가되는 것은 싫었기에 그 말을 입밖으로 내진 않았다. 대신 대통령은 바스톨 장군의 인간적인 약점을 찔러보기로 했다.

"알겠습니다. 하긴, 그 자가 가진 복수를 간과할 수는 없군요. 흐음. 브라도 경이 다시 측은해지는군요."

하드루스의 생각대로, 바스톨 장군은 슬쩍 심술궂은 표정을 지어보였다. 그 표정을 보며 하드루스는 바스톨이 겉으로 드러내진 않지만 브라도 경을 자신의 적수로 여기고 있음을, 그리고 해적에게 검을 빼앗긴 경쟁자를 비웃고 있음을 확인할 수 있었다. 직접 마주친 적은 한 번밖에 없지만 어쨌든 40년의 경쟁자다. 그 40년 동안 한 사람은 대륙의 무인들 중 정점인 제국 기사단장이 되었고, 한 사람은 일국의 왕이 되었다. 그러나 전자는 자신의 검을 잃었고, 후자는 왕관을 포기했다.

일생의 경쟁자라는 건 어떤 느낌일까. 하드루스 대통령은 상념을 망각 저편으로 보내곤 남은 질문을 꺼내었다.

"알겠습니다. 그럼 나머지 한 명은 누구입니까?"

대통령의 질문에 바스톨은 키 드레이번의 이름을 거론했을 때보다 더 당황해하는 얼굴이 되었다. 하지만 이미 키 드레이번의 이름을 들은 이상 그보다 더 황당한 이야기를 들어도 놀라지 않을 생각이었던 하드루스는 선선히 웃으며 기다렸다. 이번엔 산적 두목 정도 되려나? 바스톨 장군의 입이 힘들게 열렸다.

"다벨의 휘리 노이에스입니다."

"예? 그건 누굽니까?"

바스톨 장군은 황당해하는 표정으로 대통령을 바라보았다. 당신 미쳤냐는 듯이 바라보는 노장군의 얼굴을 보며 하드루스는 간신히 그 유명한 이름을 떠올렸다. 하지만 그 이름을 떠올린 순간 하드루스는 그만 얼어붙고 말았다. 그는 그 이름을 장군, 기사단장, 용병대장(그리고 해적 두목이나 산적 두목까지 포함) 등이 속한 카테고리가 아닌, 전혀 다른 카테고리에서 찾아낸 것이다. 하드루스 대통령은 그만 비명을 지르고 말았다.

"그 가수 말입니까!"

"다—아림! 다—아림이죠?"

율리아나 공주는 언덕 아래로 멀리 내려다보이는 마을을 향해 손가락질하며 기대감이 한껏 담긴 목소리로 외쳤다. 하지만 데스필드는 고개를 가로저었다.

"아니오. 공주님 당신. 저 마을의 당신들은 다림의 장에다 생산품을 내다 팔고 역시 다림의 장에서 필수품을 사오지만, 그래도 이름없는 마을일 뿐이오."

"그럼 다―아림이군요!"

"……어째서?"

"물건이 오가는 곳에선 사람도 오가는 거죠. 저 마을의 처녀는 다림의 총각이랑 결혼할 테고, 반대도 가능하겠죠. 사람이 오가면 같은 땅이에요. 왜냐고 물을 거죠? 땅 이름은 사람이 붙이는 거니까."

데스필드는 다시 격파되었다고 생각했고, 이젠 슬슬 익숙해진다고도 느꼈다.

"흐음. 그렇다고 볼 수 있겠군. 저 마을에 들렀다가 마을의 당신들이 다림에 장보러 갈 때 동행할까 생각중이오. 여의치 않다면 당신들은 저곳에서 쉬고 본인만 다림으로 가도 되고. 공주님 당신께서 화한이라도 써주시면 본인이 다림의 카밀카르 상관에 전달하지. 그럼 상관의 당신들이 육두마차라도 보내주겠지? 여행의 마지막은 편하게. 데스필드의 규칙 8조 2항쯤 된다고 해둡시다."

"와아, 좋아요. 찬성!"

오스발은 어깨를 으쓱이는 것으로 찬성을 표시했고, 파킨슨 신부는 고개를 끄덕였다. 하지만 그들과 율리아나 공주 모두의 찬성은 데스필드에겐 별 의미가 없었다. 그런 일은 없겠지만 만약 그들이 결사반대했다 하더라도 결국 데스필드의 의지대로 되었을 테니까. 하지만 데스필드는 그 사실을 말하는 대신 늦봄의 언덕길을 내려가기 시작했다.

언덕길에선 아지랑이가 피어오르고 봄꽃들은 꽃향기와 떨어져 부패하기 시작한 꽃잎들의 냄새가 뒤섞인 그 말할 수 없이 퇴폐적인 향취를 뿜어대고 있었다. 철탑의 해변을 벗어난 이후 계속되는 이 화창한 날씨는 그들의 여행길 마지막에 베풀어지는 축복 같았다. 율리아나 공주는 콧노래라도 나올 것 같은 기분에 당황해했지만 그 기분을 마음껏 즐겼다. 봄은 스스로에 만취하여 게으른 옹알이를 하고 있었고 일행의 시야에 들어오는 모든 것이 만춘의 아름다움으로 빛나고 있었다. 예를 들어, 저 언덕 중간의 돌무더기에 앉아 있는 병사들의 싱그러운 얼굴에서도 봄의 아름다움이……

"멈춰!"

율리아나는 생각했다. 어째자고 저 얼굴들이 싱그러워 보인다고 생각했을까? 내가 봄에 취했나 봐. 일행은 일단 그 명령에 따라 멈춰 서며 어이없어하는 눈으로 병사들을 관찰했다.

'6명의 병사들이다.'(오스발)

'6명의 지저분하고 무례한 형제들이다.'(파킨슨 신부)

'정찰대 정도로 여겨지는 6명의 잔뜩 긴장한 병사들이다.'(율리아나 카밀카르)

'다벨 산 강철로 생각되지만 그 형식은 록소나 형식의 가벼운 모습으로 상당히 전략적 제휴가 된 복장을 하고 있고 숏 소드로 무장한 5명의 억센 병사 당신들과, 복장은 같지만 롱 소드로 무장하고 5명의 부하들에게 자신이 지휘관임을 인식시킬 수만 있다면 뭐든 할 수 있다는 듯한 얼굴을 하고 있는, 그러나 약한 턱이 의외로 그 소심한 성격을 나타내어 주고 있으며, 봄기운 속에 졸고 있다가 갑작스럽게 나타난 우리들을 미리 발견하지 못해서 약간 창피해하고 화가 나 있는 1명의 하사관급 병사 당신이다.'(데스필드)

이상하다. 왜 본인이 공주님 당신에게 이긴 것 같은 기분이 들지? 데스필드는 알 수 없는 승리감에 의아해하며 자신이 하사관으로 지목한 사람에게 말을 걸었다.

"당신들 왜 본인을 멈춰 세우는 거요?"

"신분을 밝히시오!"

그 하사관은 데스필드가 예측한 대로 외쳤다. 그래서 데스필드는 심술궂게 대답할 수 있었다.

"왜?"

이 대답은 하사관에게는 충격이었고 그래서 그는 잠시 가련하기 짝이 없는 얼굴로 데스필드를 바라보았다. 그러나 곧 그의 입에선 거친 말이 쏟아져나왔다.

"까라면 까! 사식아!"

흐음. 소심한 성격 맞군. 그리고 그 소심한 하사관은 데스필드가 미처 '까'보일 가짜 정체를 생각해 내기도 전에 말을 계속했다.

"저 마을 주민인가? 어, 그런데 여행자의 차림을 하고 있군. 안됐지만 저 마을은 관광지가 아냐. 그런데 어디서 오는 여행자지? 아피르 족은 아닐 테고, 설마 테리얼레이드인가? 거기서 여기까지 그 인원으로 아피르 족을 피해 온 건가? 응?"

율리아나 공주는 불쌍하다는 시선으로 하사관을 바라보았다. 아마도 저 병사는 린타의 말을 들어보지 못했나 봐.—상대에게 말을 많이 하게 할수록 좋다. 그것이 진실이면 나에게 유리하고, 그것이 거짓이라도 거짓을 말하는 상대는 심리적으로 위축되고, 어쨌든 나는 대답을 생각할 시간을 버니까 역시 유리하다.—그리고 그의 부하들로 생각되는 다섯 명의 병사들도 측은하다는 표정으로 그들의 지휘자를 바라보고 있었다. 한참을 떠들던 하사관은 그제서야 모든 사람들이 피아 구분 없이 그를 동정하는 눈빛으로 바라보는 것을 깨닫곤 입을 다물었다. 데스필드는 턱을 좀 긁고 하품까지 좀 한 다음 말했다.

"당신 뭐야?"

"이 자식, 까라고 했잖아!"

"당신이 다 말하던걸, 뭐."

기어코 병사들 사이에서 키들거림이 터져나왔다. 하사관은 서늘한 시선으로 그의 부하들을 바라본 다음 다시 윽박지를 듯이 고개를 돌렸다. 그러나 그때 하사관의 눈길이 율리아나의 얼굴에 멎었다.

오, 맙소사. 나의 연애 생활이 이렇게 파탄나는구나.

소심한 하사관은 말문이 턱 막히는 것을 느끼며 율리아나의 얼굴을 정신없이 바라보았다. 자기야, 용서해 줘. 나 이제 다시는 우리 자기를 안기 어려우리. 아, 참. 나에겐 자기가 없지? 그리고 키들거리던 병사들 역시 그의 지휘관의 시선을 따라가다가 자신의 웃음 소리를 삼키고는 사례가 들려 캑캑거렸다. 율리아나 공주는 그들의 반응을 이해하곤 그저 난처해하는 미소를 지었지만, 오스발과 파킨슨 신부는 그들의 반응을 이해하자마자 잔뜩 긴장했다. 오스발은 당연하거니와 바람의 도시의 신부인 파킨슨 역시 이 외진 곳에서 만난 병사들을 그렇게 신뢰하지는 않았다.

하지만 데스필드는 그냥 웃었다. 그는 소심한 사내가 무리의 지휘자가 되었을 땐 어떻게 바뀌는지 잘 알고 있는 노련한 패스파인더였다. '그런 당신은.' 데스필드는 동정심까지 담아 하사관을 바라보았다. '스스로도 깔려 죽을 만큼의 도덕을 머리 위에 얹고 다니지.' 과연 하사관은 엄한 목소리로 말했다.

"이 녀석들, 조용히! 레이디를 무례하게 훑끔거리지 마라! 다벨군의 체통을 생각하도록."

"다벨군?"

"본관은 다벨 육군 장거리 순찰대(longranger) 소속의 백부장(Centurion) 도나텔이오."

어쭈, 의외군. 센츄리온이라고? 데스필드는 잠시 다벨 공국의 병사들이 이 먼 다림 근방에 있는 이유를 궁금해했지만 그들이 롱레인저라면 그럴 수도 있겠다고 생각했다.

롱레인저라는 이 독특한 편제는 골디란 강 하구로부터 다벨 공국까지 이어지는 검은 황야를 순찰하기 위한 필요성으로 생겨난 부대였다. 어느 국가의 땅도 아닌 이 땅은 사람 먹는 아피르 족의 땅이자 도망친 범죄자들이나 강도단의 은거지가 되므로 그 땅에 인접한 다벨 공국으로서는 경계가 필요한 땅이기 때문이다.

"본인은 패스파인더 데스필드요. 그런데 롱레인저라도 너무 멀리까지 온 거 아뇨?"

"군인은 명령에 따라 움직일 뿐이오. 우리가 이곳을 감시하는 이유 같은 건 알 바 아니고 안다 해도 당신들이 상관할 바 아니잖소."

역시 백부장님 당신은 말이 많아. 그러니까 당신 말은 다벨 육군이 당신들에게 이 땅을 정찰하라고 명령했다는 뜻이잖아. 데스필드는 결론을 내렸다. 도나텔 당신이 군단장까지 올라가면 본인은 해가 두 개 뜬다 해도 놀라지 않겠어.

"그럼 당신들에겐 본인이나 본인의 패신저들을 멈춰 세울 권한 같은 것은 없는 것이군."

"잠깐. 패스파인더는 항상 급한 목적을 가진 패신저를 인도하지. 난 당신 패신저들의 용무를 알아야겠는데. 그건 이 황야를 경계하는 우리들의 임무……!"

혹시라도 저 아름다운 레이디의 이름이라도 들을까 하는 욕심에서 괜한 트집을 잡아보았던 도나텔은 곧 입을 다물고 말았다. 그의 눈에 파킨슨 신부의 허리에 매달린 것이 들어왔던 것이다. 이런, 젠장! 고위 성직자인가? 건드리지 말아야 할 것을 건드렸다. 도나텔이 자신의 말에 대해 내심 후회하고 있을 때 데스필드가 말했다.

"당신들의 임무야 이해하겠지만 모든 여행자들이 자신의 별에 대해 설명할 의무가 있는 건 아닐걸. 그래도 하실 말씀이 있으시다면 이곳은 다벨의 영토가 아니고 또한 록소나 협정에 의거한 장거리 순찰대의 치안령으로 생각해 주기에도 너무 멀다는 사실을 지적해 드리지. 비키쇼."

데스필드가 록소나 협정을 들고 나오자 도나텔은 확연히 드러나는 표정으로 당황했다. 그러나 데스필드는 언젠가 모종의 정치적 사건에 휘말려 망명—테리얼레이드로의 도망도 망명이라면—을 결심한 한 록소나인을 인도하며 록소나 협정에 대해 주워들었을 뿐이었다. 하지만 도나텔 백부장은 데스필드가 록소나 협정에 대해 그런 게 있다는 정도만 알고 있다는 사실을 몰랐다.

데스필드는 롱레인저들이 옆으로 비켜서기를 기다리지 않았다. 그는 그대로 앞으로 걸어갔고 다른 사람들도 그 뒤를 따랐다. 정찰대원들은 주춤거리며 물러났다. 일행들이 정찰대원의 곁을 거의 지나쳤을 무렵 율리아나 공주는 갑자기 고개를 돌렸다.

도나텔 백부장은 공주의 시선을 느끼곤 경악했다. 공주는 젊은 백부장에게 '제 일행인 패스파인더가 조금 무례했었죠?'라는 내용의 시선을 보내었고, 도나텔은 그 시선을 '나는 오늘밤 장미 한 송이를 갖고 싶네요. 당신을 바라볼 때의 내 마음처럼 붉은 장미를. 오늘밤 그 입술에 장미를 물고 내 방 발코니로 올라와주지 않겠어요?' 어쩌고 하는 말로 해석해 내었다. 도나텔 백부장이 그녀의 발코니가 어디 있는지는커녕 그녀의 이름조차도 모른다는 사실을 간신히 떠올렸을 때 공주 일행은 이미 상당히 멀어져 있었다. 도나텔 백부장은 그들이 산굽이를 돌아 숲 저편으로 사라질 때까지 멍한 시선으로 그들의 뒷모습을 좇았다.

태연하게 걸어가던 데스필드는 다벨군의 시선으로부터 벗어나자 갑자기 멈춰 섰다. 일행들은 멈춰 선 그를 의아한 눈으로 바라보았다. 데스필드는 오스발의 어깨를 움켜쥐며 말했다.

"계속 걸어가도록 하게. 본인…… 가야 할 일이 있군. 빌렸던 것을 돌려줘야 할 시간이야."

"예?"

"본인이 대지로부터 받은 것, 이제 대지 당신께 돌려주려 하네."

"……쾌변 되세요."

데스필드는 히죽 웃은 다음 허리를 어정쩡하게 편 모습으로 숲속을 향해 걸어갔다. 그러나 나머지 일행들이 유쾌하게 웃으며 멀어지자 데스필드는 곧 허리를 폈다.

다림 근교의 이곳은 다벨로부터는 너무 멀리 떨어진 곳이야, 도나텔 당신. 차라리 팔라레온에 가깝지. 본인은 당신들이 이곳에서 얼쩡거리고 있는 이유가 궁금해.

자칭 최고의 패스파인더는 자신의 패스를 구축하기 시작했다.

일광이 흩어지다 희미해지는 자리 자리마다 뻗은 패스파인더의 길을 따라 데스필드는 걸어갔다. 그의 뒤로 그의 소리와 모습과 냄새는 모두 흩어졌고 결과적으로 그가 다벨의 롱레인저 주위에 나타났을 땐 그를 알아챌 수 있는 것이 아무것도 남지 않았다. 그래서 롱레인저들은 한가롭게 잡담을 나눴다. 데스필드가 첫 번째로 포착한 것은 한 롱레인저의 아쉬움 가득한 목소리였다.

"그거 정말 삼삼하던데. 쩝쩝."

롱레인저들은 와자한 웃음 소리를 터뜨렸다. 도나텔 백부장은 불쾌하다는 표정으로 그의 부하들을 바라보았지만 롱레인저들은 아랑곳하지 않았다. 웃음의 끄트머리에서 한 험상궂은 대원이 마을 방향을 흘끔 쳐다보며 의미심장한 말을 했다.

"지금이라도 안 늦었지."

웃음 소리는 낮아지고, 잔혹해졌다. 롱레인저들은 말없이 서로 눈짓을 교환하며 히죽거렸다. 그때 도나텔이 고함을 빽 질렀다.

"이 못된 야만인 놈들! 입에 담지 못할 말이 없구나. 네놈들이 군인이냐, 강도단이냐?"

뒤쪽에 가까워. 데스필드는 도나텔의 말에 고개를 끄덕였다. 목양견이 양을 닮는 거나 마찬가지지. 아피르 족이나 도망자, 강도단 따위의 당신들을 상대하는 롱레인저 당신은 그런 당신들과 비슷해지는 것이 당연하잖아. 하지만 롱레인저들은 그 말이 마음에 들지 않는 모양이었다. 의미심장한 말을 했던 대원이 자신의 부츠 뒷굽으로 땅을 툭툭 두드리며 말했다.

"이거 보쇼, 선생."

"도나텔 백부장님이라고 불러, 멍청아!"

롱레인저는 코방귀를 뀌며 말했다.

"아무도 없는데 뭘 그래. 그리고 날 멍청이라고 부르지 마."

도나텔 백부장은 얼굴을 딱딱하게 굳히며 롱레인저를 바라보았다. 롱레인저는 이 황야 지대에서 단련된 사나운 눈길로 도나텔을 바라보며 말했다.

"자기 가짜 신분을 진짜로 착각하지 마. 넌 롱레인저가 아냐. 아무도 없는 곳에서 우리한테 상관이나 된 것처럼 으스대면 위험할 텐데, 선생."

이것을 군대의 명물인 신참 장교 길들이기 정도로 생각하고 있던 데스필드는 자신의 생각을 약간 바꿨다. 롱레인저는 '선생'이니 '가짜 신분' 이니 하는 말을 했다. 군인이 아니란 말이지? 데스필드는 롱레인저도 아니고 더군다나 군인도 아닌 자를 지휘관으로 모시게 되어 심통이 난 롱레인저를 이해하게 되었다. 하지만 도나텔의 경우에는 전혀 이해하지 못하겠다는 듯이 창백한 얼굴로 롱레인저를 쏘아보았다.

롱레인저는 계속해서 자신은 이 외딴 곳까지 오게 된 이 거지 같은 임무가 별로 마음에 들지 않는다, 게다가 롱레인저도 아닌 댁을 모시고 오는 임무라니, 전부 다 뒤엎고 싶은 심정이다는 내용의 말을 으르렁거리듯 말했다. 그리고 그 말 끄트머리에 당신의 실종을 설명하는 데는 보고서 한 장이면 충분하다는 내용의 협박을 덧붙였다. '아피르 족에게 먹혔음.' 시체에 대해 구질구질하게 설명하고 자시고 할 필요도 없는, 정말 단순하고 그럴 듯한 보고서이지 않은가?

다른 롱레인저들의 미소가 흉악하게 바뀌는 가운데 도나텔의 얼굴은 더 창백해졌다. 겁을 먹었다기보다는 소심한 사내가 분노했을 때의 얼굴이라고 생각하며 데스필드는 순수한 호기심으로 도나텔의 반응을 기다렸다. 도나텔은 애써 차분함을 가장하는 것이 역력한 어조로 말했다.

"내가 어떻게 했으면 좋겠나?"

"대장이나 된 듯이 우쭐거리지 말란 말이야. 너희 도시놈들 눈엔 롱레인저가 산이나 들판을 싸돌아다니는 들개 정도로 보이는 모양이지만, 우리 눈엔 너희들이 울타리 속에서 똥물 뒤집어쓴 채 뒹굴고 있는 돼지로 보여. 물론 그런 돼지는 잡아 먹히기 전까진 자기가 황제라도 된 양 우쭐거리겠지. 소나 말처럼 일 시키지도 않고 때 되면 밥 가져다주니까.

하지만 돼지는 돼지야. 우리한테 이래라 저래라 하지 마."

두 눈을 부릅뜬 채 롱레인저를 쏘아보던 도나텔이 입을 열었다.

"고맙기 짝이 없는 조언이군."

도나텔의 목소리는 부들부들 떨리고 있었다. 데스필드는 문득 위험하다고 생각했다. 소심한 사내가 화를 내게 되면 정도라는 것이 없다. 반드시 누군가가 다치게 될 것이고, 그건 당사자가 될 가능성이 가장 높다. 도나텔은 이제 몸 전체를 떨며 말했다.

"이 나도, 그리고 잘나신 롱레인저도 아닌 내가 너희들을 지휘하고 있는 사실도 그렇게 마음에 들지 않는다면, 들어봐. 이 들개놈아. 나 또한 너희들 따위를 끌고 다녀야 된다는 사실이 그렇게 마음에 들지 않아! 좋아. 정리할 건 정리하자고. 덤벼봐, 바크. 결투다!"

도나텔의 말에 분노하던 롱레인저들은 마지막의 '결투'라는 말에 그만 헛웃음을 짓고 말았다. 그리고 데스필드는 고개를 가로저었다. 흥분하면 곧장 결투니 어쩌니 외치는 작자들의 평균 수명은 길 수 없다. 데스필드는 성격이 모나긴 했어도 사람 자체는 괜찮은 롱레인저들이 그를 대충 교육시켜 주길 바라기로 하곤 몸을 돌렸다. 설마 죽이지야 않겠지. 저런 막간극 따위나 공연하고 있을 거라면 뭔가 알아낼 기회는 없겠군.

몸을 돌려 걸어가던 데스필드의 귀에 바크의 목소리가 들려왔다.

"진심이쇼, 휘리 선생?"

데스필드의 걸음이 멈춰졌다. 휘리라고?

데스필드는 그 이름을 알고 있는 것 같은 느낌을 받았다. 그런데 어디서 저 이름을 들었더라? 확인해 봐야 되는 건가. 데스필드는 할 수 없이 다시 몸을 돌려 롱레인저들의 곁으로 돌아왔다. 그가 돌아왔을 때 도나텔―휘리는 이미 검을 뽑아들고 있었다.

"물론 진심이다. 위아래도 모르고 앞뒤도 없는 네녀석의 천박한 심보가 어디 있는지 말해. 그 부분을 도려내고 거기에 군인 정신을 집어넣어 줄 테니까."

"쌍. 뚫린 입이라고 잘도 지껄이는데, 좋아. 돌아가서 뭐라고……"

"절대 비밀로 해주지. 덤벼!"

데스필드가 바라보는 가운데 바크는 손바닥에 침을 뱉고는 마치 난처하다는 듯이, 하지만 심술궂음도 한껏 드러나는 얼굴로 숏 소드를 뽑아들었다. 흐음, 유구한 전통을 자랑하는 양대 구경거리 중 하나인 싸움 구경이라. 좋아, 감상해 줄까. 다른 롱레인저들도 데스필드의 생각에 동감인지 와자하게 떠들며 옆으로 물러나 두 사람에게 자리를 만들어 주었다. 그리고 데스필드는 아예 구경하기 편한 자세로 앉아서 둘의 결투를 기다렸다.

한가로운 심정으로 결투를 기다리던 데스필드의 유일한 걱정거리라면, 그의 패신저들이 자신에게 변비 증세가 있다고 오해해 버리는 것이었다.

바크는 히죽 웃으며 숏 소드를 몇 번 휘둘렀다. 그 사나운 기세에 휘리는 몇 번이나 움찔거렸다. 하지만 휘리는 검 끝을 바크의 목에 겨냥한 채 제자리에서 한 발도 움직이지 않았다. 바크는 제법이라는 듯이 웃고는 앞으로 한 발 걸어갔다. 짧고 단순한 동작이지만 휘리의 검 끝은 흐트러졌고, 그 순간 바크는 숏 소드를 휘둘러 휘리의 검을 세차게 쳐내었다.

흔들린 순간에 친 것이라 휘리가 다시 자세를 바로잡기까지는 꽤 시간이 필요할 거라 생각했던 데스필드는 당혹했다. 휘리는 롱 소드를 눕혔다가 손목을 강하게 비틀며 찌른 것이다. 어쨌든 데스필드는 그렇다고 생각했다. 본 것이 아니라 확실친 않지만.

바크는 튕겨나간 오른손을 그대로 둔 채 자신의 목젖에 와닿아 있는 칼 끝을 물끄러미 바라보았다. 표정에는 아무 변화가 없지만 그의 퀭한 두 눈이 그의 심정을 웅변적으로 드러내고 있었다. 휘리는 그 눈을 향해 말했다.

"여긴가?"

"뭐?"

"네녀석의 천박함이 있는 곳이 여긴가? 잘라줄까?"

"이, 쌍!"

바크는 욕설을 쏟아내며 숏 소드를 휘둘렀다. 하지만 그의 공격은 번번히 휘리의 화려한 방어에 휘말려들어 분쇄되었다. 데스필드는 방어가 저토록 근사할 수 있다는 사실을 처음 알게 되었다. 본인의 생각이 잘못되었군. 휘리 당신은 최소한 칼 맞아서 명 끊길 일은 없을 것 같군. 그런데 저렇게 수준 높은 검술을 가지고 있으면서 왜 조금 전엔 그렇게 떤거지?

바크와 휘리의 칼싸움을 보고 있던 데스필드는 어렴풋이 자신의 의문에 대한 대답을 떠올렸다.

저 소심한 당신은 싸우게 되는 상황은 무서워하지만, 실력이 있기 때문에 싸움 그 자체는 별로 무서워하지 않는 것이다. 본인의 말이 맞나? 데스필드의 무언의 질문에 대해 휘리는 화려한 검술로써 대답했다. 휘리의 칼몸에 손목 급소를 맞은 바크는 검을 거의 놓칠 뻔하고는 뒤로 물러났다.

"제기랄!"

칼날로 맞았다면 손목이 잘렸을지도 모른다. 바크는 사용할 수 있는 공격 수단이 거의 고갈된 듯 '잠시 물러나 사태를 관망'하는 모습이었다. 하지만 바크의 태도가 그렇게 바뀌자마자 휘리는 '사태에 적극적으로 개입'하기로 결심한 모양이었다. 바크의 눈이 휘둥그레진 찰라, 세차게 뻗어나간 휘리의 롱 소드는 바크의 손등을 찢어놓았다. 데스필드는 무심코 박수를 칠 뻔했다.

"으윽!"

바크는 칼을 떨어뜨리고는 손등을 움켜쥐었다. 롱 소드를 휘둘러 검신에 묻은 피를 뿌린 휘리는 뒤로 조금 물러났다. 휘리는 바크가 다시 검을 쥐길 기다리는 모습이었지만, 바크는 손등을 움켜쥔 채 꼼짝도 하지 않았다. 휘리는 그제서야 한숨을 내쉬며 롱 소드를 다시 검집에 꽂았다. 그의 목소리는—데스필드는 소리 없이 신음을 토했다—다시 떨리고 있었다.

"교훈이 되길 바라, 바크."

그리고 휘리는 몸을 돌렸다.

데스필드는 혀를 찼다. 저 얼간이 당신, 등을 보여? 죽으려고 작정했나? 구경하고 있던 롱레인저들은 물론이거니와 바크 자신도 그렇게 생각한 모습이었다. 소리 없이 검을 집어올린 바크는 그것을 검집에 넣는 대신 앞으로 뻗었다. 그러나 그때 데스필드는 또다시 자신의 생각을 바꿔야 했다.

바크는 볼 수 없었지만, 데스필드는 휘리의 입매가 조금 올라간 모습을 볼 수 있었다. 이런, 등뒤에서 덤비길 기다리는 건가? 그래서 바크 당신을 더 비참하게 해주겠다고? 하긴, 그런 꼴을 당하면 다시는 덤벼들 마음이 들지 않을지도 모르지.

과연 바크가 함성을 지르며 달려들었을 때, "개자식, 죽인다!" 휘리는 부드럽기 짝이 없는 동작으로 허리를 뒤틀며 롱 소드를 휘둘렀다. 그리고 충분히 고려된 그 검은 날아오는 바크의 숏 소드의 궤적에 수렴되고 있었다. 비록 데스필드는 풋내기 소행이라고 비웃었지만 휘리가 패기만만하게 외칠 수 있었던 것은 당연하다.

"어리석은 놈!"

그때 아무도 원하지 않던, 적어도 바크는 절대로 원했을 리가 없는 일이 일어났다.

풀뿌리에라도 걸린 것인지 아니면 조금 전 흘린 자신의 피를 밟고 미끄러진 것인지는 알 수 없지만 바크의 발디딤이 갑자기 흔들렸다. 느긋한 심정으로 검을 휘두르던 휘리는 그래서 그 광경을 보면서도 아무 행동도 할 수 없었다. 휘리의 롱 소드는 빗나간 바크의 숏 소드를 다시 빗나갔고, 바크는 이제 자신의 검이 아니라 그 목을 휘리의 검에 던지게 되었다. 최후의 순간 바크는 찢어질 듯 벌어진 두 눈으로 휘리를 바라보고 있었다.

"아, 안⋯⋯!"

휘리는 눈앞이 캄캄해지는 것을 느꼈다. 그러나 잔인한 감각은 손끝에서부터 바크의 죽음을 확실히 전달해 오고 있었다. 다시 시력을 회복한 휘리는 자신의 롱 소드에 목이 꿰인 채 쓰러지지도 못하는 바크의 모습을 보게 되었다. 바크는 자신의 피로 만들어진 진홍빛 웅덩이 속에 무릎을 꿇은 채 푸르르 떨고 있었다.

"어두운 얼굴을 하고 있군요."

데스필드는 고개를 들었다. 마을 입구에서 데스필드를 기다리고 있는 오스발의 모습이 보였다. 오스발은 커다란 느릅나무의 그늘 아래 앉아 있었다. 데스필드는 대충 대답했다.

"당신 짐작대로야."

"아, 그들에게 키 선장님에 대해 귀띔해 주셨습니까?"

"응? 무슨 말이야?"

"전 데스필드 씨가 그들에게 키 선장님에 대해 귀띔해 주려고 가신 거라고 생각했는데요."

"윽, 아냐. 노스윈드 당신이 왜 육지에 올라왔는지 이야기하다 보면 공주님 당신의 정체가 들킬 위험도 있고. 지금은 공주님 당신을 빨리 안전한 곳으로 옮기는 것이 더 나아. 노스윈드 당신의 체포는 그 뒤의 일이고. 본인이 늦은 건 변비라서 그랬던 것뿐이야."

오스발은 멋쩍게 웃었다. 주위를 둘러보던 데스필드는 공주와 신부가 어디로 갔냐고 물었다.

"신부님과 공주님께서 먼저 교회나 촌장의 집을 찾아보기로 하셨습니다. 제가 보기엔 교회는 없는 것처럼 보입니다만."

"없어. 이 마을의 당신들은 영혼의 정화가 필요하다고 생각되면 다림에 가서 미사에 참석한 다음 당신이 새로 태어났다고 생각하지. 결혼식도 거기서 하고."

"고향입니까?"

오스발의 옆에 앉으려던 데스필드는 그 질문에 히죽 웃었다.

"패스파인더의 고향은 패스야. 고향이 땅 위에 고정된 어떤 점을 가리키는 거라면, 패스파인더에겐 고향이 없어. 패스는 움직임이고 이어짐이지."

"움직임과 이어짐이오?"

"그 날 움직일 수 있었던 게 누구였나?"

오스발은 고개를 끄덕였다. 그리고 오스발은 그날, 철탑 앞에서 파킨슨 신부가 감행한 도박을 떠올렸다.

"그러고 보니, 대사는 어떻게 되었을까요."

"죽었겠지. 키 드레이번 당신은 복수 때문인지 아무렇지도 않은 모습이었잖아. 흐음, 그러고 보니 대사 당신이 없었다면 키 당신은 본인의 도주를 허용치 않았을걸."

"저 괴물이 원한다 하더라도, 선장님은 왜 저 괴물의 뜻을 따르는 겁니까?"

"나도 원하니까, 라이온. 그리고 레보스호의 선원들을 간수하도록."

침착하게 라이온의 말에 대답한 키는 갑자기 시선을 옮겼다. 주춤거리며 물러나던 공주 일행이 그의 시야에 포착되었다. 키의 시선을 느낀 그들 역시 제자리에 멈춰서 키를 바라보았다. 그리고 그들 모두 움직일 수 없게 되었다. 파킨슨 신부는 핸드건을 만지작거리며 애써 키의 시선을 피하려 했지만 그 의미는 뚜렷이 알 수 있었다.

다음은 너희들이다. 거기서 기다리도록.

코트 자락이 거칠게 나부낀 순간, 키는 복수를 쥔 왼손을 뒤로 눕힌 채 대사를 향해 달려가고 있었다. 그리고 하늘 저편에 있던 대사의 머리는 벽력처럼 내리꽂혔다. 해적들의 신음과 비명이 요란한 가운데 파킨슨 신부는 자신의 핸드건을 들어올렸다.

파킨슨 신부의 핸드건은 철탑을 명중시켰다.

오닉스의 배틀 엑스에 맞았을 때도 끔찍한 진동을 일으키던 철탑이었다. 그 알 수 없는 마법을 깨뜨렸던 복수는 다시 키의 손에 돌아와 있었고, 그래서 철탑은 핸드건의 탄환에 마음껏 반응했다. 철탑의 흰 표면 위에 섬광이 작렬한 순간, 돌격하던 키 드레이번은 그 백열광에 주춤하며 물러났다. 그리고 곧 철탑은 지진 네댓 개를 합쳐놓은 듯한 진동을 일으키기 시작했다.

휴휴휴휴흉!

공기는 철탑의 가차없는 진동에 휘말려 비명을 질렀고 바람은 스스로의 춤에 휘말려 갈가리 찢겨져 흩날렸다. 해적들은 저마다의 비명을 지르며 무릎을 꿇었다. 귀머거리라도 몸 자체를 엄습하는 이런 진동에서는 자유로울 수 없었을 것이다. 그 진동의 원인인 철탑에 감겨 있던 대사는 말할 나위가 없다.

철탑은 그 진동으로 자신의 주인을 내팽개쳤다. 거대한 흰 뱀은 철탑에서 떨어져나와 무력한 모습으로 땅을 뒹굴었다. 다시 뒤로 물러난 키 드레이번은 파킨슨 신부를 향해 끔찍한 표정을 지어보였다. 귀를 틀어막은 채 그 모습을 보던 데스필드 역시 파킨슨 신부를 돌아보았다. '어, 혹시 인슬레이버를 쏘려다 실수하신 거요, 신부님 당신?'

그러나 신부의 얼굴은 웃고 있었다. 패스파인더의 두뇌가 고속 회전하면서 데스필드는 파킨슨 신부의 의도를 순식간에 해석했다.

키와 대사의 싸움이야 어떻게 되든 알 바 아니다. 문제는 그 싸움에서 배제된 나머지 해적들이다. 그 해적들이 공주 일행의 도주를 방해할 것이다. 따라서 그들 모두를 무력화시키고 달아날 필요가 있다. 핸드건에 의해 야기된 철탑의 무서운 진동은 해적들을 효과적으로 억누를 것이다. 물론 그 점에선 공주 일행도 예외가 아니었지만, 그들에게는 해적들보다 나은 한 가지가 있었다. 그들에게는 흐름 그 자체를 생으로 삼는 자가 있었다. 그 어떤 여건 하에서도 자신의 '패스'를 설정할 수 있는, 그러지 못하면 죽어버리는 자가 있다. 그러니…….

파킨슨 신부의 눈이 외치고 있었다. 이 자식아, 움직여라!

데스필드는 진동의 골과 능선을 타면서 자신의 패스를 구축했다. 그가 세 명의 패신저를 이끌고 그 진동으로부터 탈출할 때까지 해적들은 그들이 움직인 거리의 십분의 일도 따라잡지 못했다.

오스발은 그때를 회상하며 데스필드에게 질문했다.

"우리가 그 끔찍한 진동 속에서 빠져나올 수 있었던 것이 패스파인더의 패스라는 건 말씀해 주셨는데요, 그걸 어떻게 아시는 겁니까?"

"육감으로 안다고 해두지. 그런데 저건 뭐지?"

데스필드가 가리킨 방향을 보던 오스발은 마을 안쪽으로부터 달려오는 소년의 모습을 보게 되었다.

멍하니 바라보고 있는 오스발을 향해 달려온 소년은 '오스발이시죠?'라고 그를 확인한 다음 자신이 볼드윈 씨의 아들이라고 소개했다. 이어서 소년은 신부와 레이디께서 자기 집에서 기다리고 있다고 말했다. 그들은 주섬주섬 일어나 소년의 뒤를 따랐다.

소년의 뒤를 따라 잠시 걸어간 두 사람은 마을 뒤편 조금 높은 언덕에 자리잡은 건물을 보게 되었다. 좋은 포도원을 하나 끼고 있는 산장 비슷한 건물을 가리키며 소년은 자랑스러워하는 표정을 지었다.

"우리 집이에요."

오스발은 천진하게 웃으며 좋은 집이라고 말했지만, 데스필드는 고개를 조금 갸웃거렸다. 어라, 산장처럼 보이는데 집이라고? 그때 현관으로부터 한 사내가 걸어나왔다.

"안녕하시오. 레이디 율리가 말씀하시던 일행이신가 보군. 난 볼드윈이오."

볼드윈은 아직 그 근육결을 따라 젊음의 기색을 느낄 수 있는 적당한 중년이었다. 데스필드는 그의 이름과 말투, 그리고 나그네를 자기 집에서 재우는 배짱을 보고서는 그가 팔라레온쯤에서 도망친, 하지만 테리얼레이드까지 도망칠 정도의 죄를 짓지는 않은 귀족일 것이라고 추측했다. 채권자를 피해 먼 산장으로 도망친 파산 귀족 정도일까?

데스필드의 추측은 정확했다. 볼드윈을 따라 산장 안으로 들어간 데스필드와 오스발은 포도원이 내려다보이는 테라스에 티 타임이라고 불러야 할 자리가 마련되어 있는 모습을 보게 되었다. 볼드윈은 그들이 한가로운 티 타임의 손님처럼 행동해 주길 원하는 듯했고 그래서 데스필드와 오스발은 머뭇거리며 먼저 와 있던 신부와 공주 옆에 자리를 잡고 앉았다.

그것은 정말 티 타임이었다. (데스필드는 한숨을 내쉬었다.) 볼드윈은 차를 홀짝거리며 그들에게 팔라레온의 사정을 물어보려 했다. 아마도 그 역시 율리아나 공주의 행동거지나 그 용모를 보곤 그녀가 귀족임을 알아보았을 것이다. 그리고 볼드윈은 그들이 테리얼레이드 쪽으로부터 왔다는 말을 듣곤 약간 실망하는 기색이었다. 하지만 그는 째려보는 것이 분명한 아내의 시선을 무시하며―하녀가 없는지 볼드윈 부인이 직접 그들의 시중을 들고 있었다―계속 대륙의 정세라든지 펠라론과 데샨카라돔의 알력 따위의 대사(大事)를 논하려 들었다. 파킨슨 신부와 데스필드는 지루해 죽겠다는 표정을 열심히 지어보였지만 볼드윈은 모르는 척했다.

결국 율리아나 공주가 그녀의 동행들을 구했다.

"말씀하신 대로 하이낙스의 참혹한 범죄 행위가 대륙의 모든 도시와 성과 요새와 교회와 모든 위대한 것들에 대해 씻을 수 없는 상처를 아로새긴, 저 입밖으로 꺼내어 말하기조차 무서운 사건 이후 법황청의 위세가 하락 일로에 있다는 점에는 저도 많은 점에서 동의합니다만 그렇다고 해서 그러한 기왕의 현상들이 데샨 카라돔이 펠라론을 상대로 모종의 술책을 획책하고 있다는 볼드윈 씨의 추측에 대한 뒷받침이 되긴 어렵지 않을까 하는 의심 속에 저는 그 추측을 연역하기 위한 추리의 재료로서 간과하기 쉽지만 간과한 대가는 커다랄 것이 분명한 사실, 데샨 카라돔이 스스로 고귀한 것으로 믿으며 지켜온 그들의 전통을 먼저 관찰하는 것이…… 운운."

볼드윈은 헛기침을 하고선 게으른 그의 아내를 도와야겠다고 말하며 물러났고, 오스발과 데스필드 그리고 파킨슨 신부는 진심 어린 경의로써 공주에게 박수를 보냈다. 공주는 살짝 목례한 다음 다시 찻잔을 들어올리며 데스필드를 돌아보았다.

"당신들이 오기 전에 볼드윈 씨가 말해 줬는데요, 내일이 주말이라더군요. 볼드윈 씨는 미사를 빼먹을 바엔 생니를 뽑겠다는 꽉 막힌 성격…… 어머, 용서하세요. 신부님."

바람의 도시의 신부는 그냥 웃었고, 공주는 조심스럽게 말을 이었다.

"그, 그런 본받을 만한 훌륭한 신도분이신 듯해요. 그래서 그분은 내일 새벽에 이 마을의 신도들과 함께 다림으로 출발할 모양인데, 그 편에 우리들이 동행하면 될 것 같던데요."

데스필드는 고개를 끄덕였다.

"내일? 잘되었군요. 공주님 당신. 그럼 본인은 돌아가도 되겠군요."

"돌아간다고요?"

"일이 끝났잖소. 패스파인더는 이 계절에 부지런해야 돼. 봄은 이동의 철이란 말이야. 자, 신부님 당신. 대금 주셔야지."

대금이라는 말에 율리아나와 오스발의 시선이 파킨슨 신부에게 돌아갔다. 신부는 여전히 웃으며 말했다.

"이 얼간아. 새 교회 짓느라고 정신없던 나에게 무슨 돈이 있겠느냐. 그러니까―."

"시, 신부님 당신이 신도 본인에게서 돈을 떼, 떼먹으려고!"

"⋯⋯닥쳐라! 다림 수도원에 도달하면 그곳의 신부님께 받아서 줄 것이다. 그리고 네놈이 무슨 신도냐!"

"뭐야? 그럼 본인도 다림까지 가야 된다는 말씀?"

"그렇다. 뭐가 불평이냐? 패스파인더는 이 계절에 부지런해야 된다며? 다림같이 큰 도시에 가면 너도 패신저를 구하기 쉬울 거 아니냐. 그럼 테리얼레이드로 돌아가면서도 돈벌 테고. 다 너 좋으라고 계획한 거다. 흠, 흐음. 마지막에 한 말은 믿기 어렵지?"

"확실히 그렇소."

데스필드의 심술궂은 대답에 신부는 헛기침만 해대었다. 뭐라고 더 말하려던 데스필드는 율리아나 공주의 환한 얼굴을 보게 되었다.

"그리고 저도 사례를 하고 싶어요, 데스필드. 카밀카르 상관에 도달하게 되면 당신에게 뭔가 도움될 만한 것을 찾을 수 있을지도 몰라요."

데스필드는 싱긋 웃고는, 율리아나를 놀라게 만들었다.

"사례? 글쎄. 본인은 고귀한 피의 선물(Royal blood's gift)은 달갑잖은데. 교회로부터 받는 것으로 만족하겠어."

둥지로 돌아가는 새들의 날갯짓 속에 해가 저물었다.

볼드윈 부인이 방혈하는 심정으로 제공한 저녁 식사를 마친 후, 일행은 내일 새벽의 출발에 대비해 모두들 일찌감치 잠들기로 했다. 잠들기 전 볼드윈이 다시 한번 율리아나 공주에게 도전했으나, 율리아나는 이 야심한 시각은 두 성인 남녀가 유익한 대화를 나누기엔 적합치 않은 시간이라고 말함으로써 그를 물리쳤다. 그리고 율리아나는 침실로 찾아가는 대신 식당으로 찾아갔다.

그녀의 예상대로 저녁 식사의 뒷처리를 하고 있던 볼드윈 부인은 얼어붙은 얼굴을 한 채 율리아나를 맞이했다. 율리아나는 별말 없이 가지고 갔던 주머니를 볼드윈 부인에게 내밀었다.

"이게 뭔가요, 레이디 유리?"

"나그네가 가지고 다니기엔 너무 무거운 짐이지요."

볼드윈 부인은 주머니를 열었다. 그 내용물은 율리아나에게 남아 있던 현금 전부였다. 카밀카르 사자들의 시체로부터 수거한 돈 중 여행에 쓰고 남은 돈이었지만 돈쓸 일이 별로 없었기에 꽤 많은 액수가 남아 있었다. 볼드윈 부인이 당혹한 얼굴을 들어올렸을 때 율리아나는 재빨리 말했다.

"물론 부인의 훌륭한 집을 여숙 취급하는 건 아니에요. 그냥 사실대로 말하겠어요. 그건 제 여행 자금이지만 제 여행은 이제 거의 끝났거든요. 내일 바깥분과 함께 다림에 가면 그걸로 끝이에요. 그러니 고마움의 표시로 드리고 싶군요."

가만히 돈주머니를 내려다보던 볼드윈 부인이 침착하게 대답했다.

"당신은 고귀한 분이시군요. 이토록 금전에 초연하실 수 있는 것을 보니. 하지만 고귀한 분들은 이런 배려가 드문 법인데, 이상하군요."

율리아나는 대답 대신 생긋 미소를 지었다. 그 미소를 보던 볼드윈 부인은 힘없이 웃었다. 하지만 부인은 아직도 돈주머니를 건드리지는 않았다.

"바깥양반이 알게 되면 화낼 거예요. 그이는 아직도 자신이 옛날의 자신인 줄 알고 있거든요."

볼드윈의 정체에 대해 데스필드와 거의 비슷한 추리를 했던 율리아나는 고개를 끄덕였다.

"세상을 움직이는 것이 여자인 이유가 뭐죠? 남자들이 자기가 세상을 움직인다고 착각하게 내버려두고, 정작 요긴한 사실들은 우리끼리만 알고 있으면 되는 거잖아요. 비밀로 하죠."

볼드윈 부인은 이번엔 조금 더 크게 웃은 다음 돈주머니를 들어올렸다.

"고마워요, 레이디 유리."

볼드윈 부인은 그제서야 자신이 굳은 얼굴로 율리아나를 맞이했다는 사실을 떠올렸다. 미안해하던 부인은 머뭇거리며 차라도 들지 않겠느냐고 물었고 율리아나는 즐겁게 찬성했다. 낮 동안 쌓였던 봄의 향기들이 밤하늘을 향해 비상하는 시간, 산장의 초가 지붕 지푸라기 사이로 달빛이 은은히 스며드는 가운데 율리아나는 차분한 얼굴로 볼드윈 부인의 이야기를 들었다. 차로 시작된 그녀들의 대화는 결국 몰래 꺼내온 술로 이어졌고, 이 놀랄 만한 범죄를 공모하며 두 여인은 소리 죽여 낄낄거렸다.

율리아나 공주는 신음처럼 말했다.

"아―아. 머리가 띵해요."

오스발은 왜 머리가 띵한데 목 언저리를 더듬는 건지 모르겠다고 생각했다. 자기 이마가 어디에 있는지도 모를 만큼 취해 있는 건가? 그렇다면…… 오스발은 들고 간 물그릇을 침대 옆에 내려놓았다. 아마 공주님은 지금 자기 입이 어디 있는지도 잘 모르실 테지.

"일어나실 수 있겠습니까?"

율리아나는 눈을 감은 채 대답했다.

"볼드윈 부인에게 가서 물어보세요. 지금 내 상태는 그녀와 좋은 상대가 될 거예요."

"부인께선 거의 혼수 상태이십니다. 볼드윈 씨는 신부님께 그녀를 부탁하고는 아드님과 함께 다림으로 출발하셨습니다."

"출발했다고요? 그럼 지금이?"

"글쎄요. 해를 보기 위해서 고개를 꺾을 필요가 생기기 시작하는 시간입니다."

"으흐—응. 볼드윈 씨 화 많이 났죠?"

오스발은 대답 대신 조금 웃었다. 볼드윈은 만취하여 미사에 참여할 수 없으니 이런 개탄할 만한 죄악이 어디 있냐고 고래고래 고함 질렀고, 그래서 파킨슨 신부가 나서서 그를 만류해야 했다. 파킨슨 신부는 부인이 깨어나시면 자신이 약식으로라도 미사를 보면 되니 문제될 건 아무것도 없다는 상당히 수상한 논리를, 전혀 수상하지 않은 논법으로 당당하게 말함으로써 그를 달래어 다림으로 출발시켰다.

"왜 그러셨습니까? 어제 처음 만난 부인과 그렇게 만취되도록 술을 드시다니 이해가 잘 되지 않는군요."

"글쎄요. 그냥 그녀가 불쌍하게 보였어요."

"불쌍하다고요?"

생각을 가다듬는 듯, 율리아나의 미간이 살짝 찌푸려졌다.

"짐작했겠지만 볼드윈은 귀족이에요. 거실 벽의 방패를 봤어요? 아, 못 봤군요. 문장이 들어 있어요. 여기도 원래 가문의 재산인 산장이었대요. 그리고 이젠 그의 유일한 재산이고. 부인이 말해 줬어요. 볼드윈은 도박으로 재산을 탕진하곤 빚쟁이들을 피해 이곳으로 도망친 거예요."

"그런가요."

"속언에 여자 팔자 어쩌고 하는 말이 있지만…… 어쨌든 모자란 남편 때문에 이런 곳에서 고생하고 있는 부인이 안쓰러웠어요. 그녀는 말하지 않았지만 당연히 자신도 귀족일 터, 결혼 잘못해서 고생하고 있는 그녀를 보니 말벗이라도 해주고 싶었어요. 이제 설명이 됐나요?"

"아니오."

율리아나는 눈을 떴다. 오스발은 침대 옆의 의자에 앉아서 언제나처럼 침착한 얼굴로 그녀를 내려다보고 있었다. 오스발의 시선 아래 드러누워 있는 자신을 깨달은 율리아나는 잠시 얼굴을 붉혔다.

"왜 설명이 안 되죠?"

"저는 모르겠습니다. 공주님. 볼드윈 부인에겐 건강한 남편과 건강한 아들이 있습니다. 그리고 포도원이 딸린 훌륭한 집도 있고요. 그녀가 공주님께 동정받아야 할 것들은 어떤 여인들에겐 축복의 증거일지도 모르겠다는 생각이 듭니다."

오스발의 말을 듣던 율리아나는 그럴 수도 있겠다는 생각을 떠올렸다. 그리고 별로 신경 쓰고 있지 않았던 그녀와 오스발의 신분 차이를 느꼈다.

"아마…… 시야의 차이인가 보네요. 내가 볼드윈 부인이 잃은 것을 볼 때, 당신은 그녀가 가진 것을 보는 것이군요."

"그런가요. 공주님과 전 신분이 다르니, 역시 볼 수 있는 것도 다르겠지요."

"그래요, 그래요. 신분이 달라요. 난 함대의 호위를 받고 있어도 키 드레이번에게 붙잡히는 공주고 그대는 그냥 친절을 발휘하고 싶다는 이유만으로 공주를 데리고 키 드레이번에게서 도망칠 수 있는 노예고. 여기서 문제 하나. 누가 누구를 얼간이라고 부를 수 있을까요?"

"물론 공주님께서 저를. 제가 그랬다간 어느 칼에 죽을지 모릅니다."

율리아나 공주는 갑자기 시트를 끌어올려 얼굴을 감췄다. 그래서 오스발은 그녀의 표정을 볼 수 없었지만, 시트 아래에서 까르르! 하는 웃음 소리를 들을 수는 있었다. 쉬도록 놔두고 나갈까 생각하던 오스발은 나가라는 명령을 듣지 않았음을 떠올렸다. 어쩌지. 그냥 나갈까? 그때 공주가 시트 아래에서 말했다.

"맞아요."

"예?"

"당신 말이 맞다고요. 그녀 자신도 몰랐고 나도 몰랐지만, 볼드윈 부인은 적어도 얼마 전의 저보다는 훨씬 좋은 처지군요. 언제 드래곤의 입에 던져질지 모르는 처지보다야 지금 처지가 백배 낫겠죠."

"아―예."

"흐음. 내가 그녀를 동정한 건 주제넘은 짓이었나 보군요. 아니, 그 때문에 그녀는 자기가 잃은 것에 대한 추억만 떠올렸겠군요. 데스필드 말대로 고귀한 피의 선물이었나 봐요."

"그건 무슨 뜻입니까?"

"그거? 흐음. 선물은 좋은 것이 있고 나쁜 것이 있지만, 왕에게 선물받는 건 뭐든 나쁜 거라는 뜻이에요. 자살용 독약이나 단검 같은 거야 말할 것도 없고…… 좋은 의미에서 받는 것도 문제죠. 그 왕이 혹시 반역이라도 당해 죽게 된다면…… 과거 왕에게 선물받았던 이도 무사하기 어려우니까요. 그러니까 왕족에게선 아무것도 받지 않는 것이 가장 좋은 선물이라는…… 상당히 비꼬는 말…… 크르르릉!"

조용히 듣고 있던 오스발은 시트 아래에서 울려퍼지는 장엄한 콧소

50

리를 들으며 핏 웃고 말았다. 오스발은 저건 왕족의 코골기(Royal blood's snore)인가 보다 생각하며 공주의 이불을 대충 매만져준 다음 밖으로 나왔다.

계단을 내려온 오스발은 거실의 의자에 앉아 있던 파킨슨 신부를 보게 되었다. 핸드건을 꺼내어 손질하고 있던 파킨슨 신부가 오스발에게 물었다.

"좀 어떠시던가, 오스발?"

"일어나실 만한 상태가 아니더군요."

파킨슨 신부는 한숨을 내쉬고는 다시 핸드건의 포구를 청소했다. 그때 데스필드가 주방으로부터 걸어나왔다. 데스필드의 손에는 빈 술병이 들려 있었고 거기에 코를 가져가 킁킁거리던 데스필드는 그것을 기울여 밑바닥에 남은 술을 조금 맛보았다.

"신기하네. 이런 메스꺼우리만큼 달짝지근한 술을 어떻게 다 비운 거지? 본인이라면 쳐다보기도 싫을 텐데."

파킨슨 신부는 데스필드를 흘끔 바라보고는 말했다.

"평소에 술 안 마시던 사람이 그런 설탕 범벅 같은 술을 만나면 위험한 법이다. 음음. 사실 익숙한 술이군. 나도 테리얼레이드에 처음 발 들여놨을 땐 그걸 꽤 마셨었지."

"에? 신부님 당신이?"

"그래. 사람들이 그런 지독한 술을 어떻게 마시냐고 물었을 때 난 이해를 못했었다. 술맛을 좀 알게 되었을 때에서야 그게 지독하다는 것을 알아차렸지. 그래서 끊기도 쉬웠다. 하하."

"흐음. 한번 타락한 신부님 당신은 악마 당신의…… 아, 아하하. 부디 이거 좀 치워주쇼."

파킨슨 신부는 데스필드의 관자놀이에서 핸드건을 치운 다음 방아쇠틀에 집게손가락을 건 채 그것을 획획 돌렸다. 그리고 신부는 곧 당황해야 했는데, 오스발과 데스필드가 사지를 편 채 땅바닥에 납작 엎드렸기 때문이다.

"뭐, 뭐, 뭐하는 거쇼! 신부님 당신!"

"신부님, 부디 고정하십시오!"

파킨슨 신부는 헛웃음을 지은 다음 손가락으로 빙빙 돌리던 핸드건을 허리의 홀스터에 꽂아넣었다. 벌떡 일어난 데스필드는 노기충천한 얼굴로 우릴 죽일 작정이었냐고 고함 질렀지만 파킨슨 신부는 핸드건은 그런 식으론 발사되지 않는다고 설명했다.

"꽤 연습한 거라고. 테리얼레이드에선 자기 영혼의 문제로 내게 상담하러 오는 형제들은 별로 없었고, 그래서 난 심심할 때마다 연습할 수 있었지. 한번 더 보여줄 테니 잘 봐. ……이봐. 이왕이면 서서 보라구!"

백부장도 아니고 도나텔도 아닌 남자는 마을 사람이 가르쳐준 오솔길을 바쁘게 걸어올라가고 있었다. 그의 마음속에서 꿈틀거리고 있는 것을 한시라도 빨리 끄집어내고 싶었기에 그의 걸음은 성급할 정도였다. 그러나 언덕을 다 올랐을 때, 백부장도 아니고 도나텔도 아닌 사내는 눈앞의 광경에 마음속 깊은 곳에서부터 자신을 괴롭히고 있던 심려도 잠시 잊은 채 얼떨떨한 얼굴이 되었다.

그가 바라보고 있던 산장의 문으로부터 두 사내가 뛰어나왔다. 사내들은 바깥으로 나오자마자 온몸을 날려 땅바닥에 납작 엎드렸다. 저게 뭐야? 그러나 잠시 후 백부장도 아니고 도나텔도 아닌 사내 역시 그들의 행동을 흉내내어 땅바닥으로 몸을 날릴 수밖에 없었다.

땅바닥에 납작 엎드린 휘리는 두려움에 찬 눈으로 문을 응시했고, 핸드건을 휘두르며 걸어나온 파킨슨 신부는 고함을 빽 질렀다.

"절대로 발사 안 되니까 마음놓고 구경하란 말이다!"

신부의 외침에 땅바닥에 엎드려 있던 데스필드가 맞고함을 질렀다.

"그 커다란 목표도 못 맞춰서 건물을 쏘고야 마는 포수 당신을 어떻게 믿으라는 거요!"

"건물? 어, 그거? 이 자식아, 내가 못 맞춘 거냐! 일부러 건물을 맞춘…… 그런데, 저 형제는 뭐지? 뭘 흘렸나?"

파킨슨 신부의 지적에 오스발과 데스필드는 그제서야 그들과 똑같은 자세를 취하고 있는 휘리의 모습을 발견했다. 잠시 뭘 찾는 시늉을 할 것인지 술주정뱅이 흉내를 낼 것인지를 놓고 고민하던 휘리는 힘없이 웃으며 몸을 일으켰다.

"안녕하십니까. 어제 뵈었던, 으악!"

반쯤 일어나던 휘리는 다시 납작 엎드렸다. 그를 본 파킨슨 신부가 몸을 돌렸고 그러자 핸드건의 포구 역시 그에게로 돌아왔던 것이다. 파킨슨 신부는 메어쳐진 개구리 같은 모습으로 엎드린 세 남자를 보며 마음속으로 절규했다. 이렇게도 나를 못 믿나! 서부 최고의 건맨인 나를!

'일반인들은 건맨이 뭔지도 모르며, 제국 서부에서 핸드건을 소지한 신부는 파킨슨 신부 하나뿐'이라는 사실을 무시하고 있던 파킨슨 신부는 핸드건을 홀스터에 집어넣으며 침울하게 말했다.

"나에게 경의를 표하기 위해 혼 족의 풍습을 끌어올 필요는 없소."

"예?"

"오체투지는 혼 족의 풍습이란 말이오. 하는 행동을 보아하니 이게 뭔지 잘 아는 것 같은데, 그럼 오체투지도 뭔지 알 거 아니오."

휘리는 멋적게 웃으며 일어났다.

"예. 그건 교회의 보물인 핸드건이죠. 그리고 저는 그것을 쥐신 분이 신부님이시라는 것까지 짐작하고 이렇게 찾아—."

"너희들도 어서 일어나란 말이다! 도로 집어넣었어!"

"아, 예, 저, 신부님? 계속 말해도 될까요?"

"물론이오. 형제."

파킨슨 신부는 오스발과 데스필드 쪽을 노려보며 말했기에 휘리는 한숨을 내쉬곤 잠시 기다리기로 마음 먹었다. 오스발과 데스필드는 핸드건이 홀스터에 들어갔음을 확인하고서야 일어났고, 파킨슨 신부는 그제서야 휘리에게 고개를 돌렸다.

"아 참. 이 만남을 인도하신 주님을 찬양할진저. 파킨슨 신부요. 도나텔 백부장님이시던가?"

"이 만남을 인도하신 주님을 찬양할진저. 그렇습니다."

"다른 부하들은 어디 있는 거요?"

"저 혼자서 잠시 찾아온 겁니다, 신부님. 부하들은 마을 바깥의 야영지에서 기다리고 있습니다."

"찾아온 거라고? 나를 말이오?"

"그렇습니다."

파킨슨 신부는 의아한 얼굴로 휘리를 바라보았고 그제서야 이 젊은 이가 끔찍한 몰골을 하고 있다는 것을 알아차렸다. 두 볼은 홀쭉하고 이마는 창백하며 눈가는 거뭇한 것이 하루 만에 이렇게 변했다는 것이 믿어지지 않을 정도였다. 파킨슨 신부는 미소 지으며 말했다.

"어제 처음 만난, 그것도 스쳐 지나가듯 만난 이 사람에게 무슨 용건이 있으신지 모르겠는데?"

파킨슨 신부의 미소를 보고 있던 휘리는 갑자기 무릎을 꿇었다. 옷을 털던 데스필드와 오스발은 그 모습에 깜짝 놀랐고, 신부 역시 당황한 표정으로 휘리에게 손을 뻗었다.

"이게 무슨 짓이오, 어디 불편하시기라도?"

그리고 파킨슨 신부는 더 놀랐다. 무릎을 꿇은 휘리는 갑자기 울음을 터뜨렸던 것이다. 서럽게 울던 휘리는 신부의 다리를 와락 끌어안았고 그래서 허리를 굽히던 신부는 하마터면 나동그라질 뻔했다. 그러나 휘리는 그것도 알아차리지 못한 채 울부짖듯 외쳤다.

"으흐흑! 고해하고 싶습니다, 신부님! 제 죄를 사해 주십시오!"

"뭐요?"

데스필드는 하마터면 웃음을 터뜨릴 뻔했다. 역시 칼만 잘 쓸 뿐 소심한 당신이었나. 휘리의 고뇌의 원인을 알고 그래서 그의 고통도 이해했지만, 데스필드는 저토록 절규하는 휘리의 모습을 보며 뭐라 정의할 수 없이 웃기는 기분을 느꼈다. 그렇게 죄의식 느낄 거면 결투는 왜 했냐? 아, 참. 안 죽이고도 깨끗하게 이길 자신이 있으셨지? 데스필드가 조금 진정하게 되었을 무렵, 당황하고 있던 신부 역시 진정하게 되었다. 파킨슨 신부는 휘리의 손을 뜯어내려 애쓰며 말했다.

"자, 잠깐. 형제여. 에, 그러니까 무슨 말인지는 알겠는데, 어, 그러니까 형제는 영혼의 문제로 신부를 찾을 필요를 느꼈고, 이 근방에서 발견할 수 있는 유일한 신부인 나를 찾아온 거라 이 말이군?"

"주님의 이름으로! 오, 놀랍습니다, 어떻게 아셨습니까?"

"……그거야 우리 주님이 이 늙은 신부에게 귀띔해 주시지 않아도 짐작할 수 있는 거요. 어, 일단 좀 일어나 보시오. 당신이 내 다리를 부러뜨릴까 봐 겁나는군."

휘리는 울먹거리며 일어났다. 너무도 순진한 그 울음에—보든 말든 상관하지 않겠다는 식으로 울어제치는 젊은 사내라는 건, 그것도 맨정신으로 그럴 수 있는 사내는 고금을 막론하고 희귀 동물에 속한다—파킨슨 신부는 뭐라 탓할 생각도 들지 않았다. 그래서 파킨슨 신부는 떨떠름하게 말했다.

"어디 보자. 그런데 문제가 있군. 난 당신의 고해 신부도 아니고—."

"고위 성직자분 아니십니까! 제발이니 고해를 받을 자격이 안 된다느니 담당 교구가 아니라느니 하는 말씀은 하지 마십시오. 혹시 이 비천한 죄인의 고해를 받으시기엔 너무 고귀하신 분인지라 주저하시는 건……"

"천만에, 천만에. 이런, 젊은 백부장께선 내 무구를 보고 뭔가 오해를 하신 모양이군. 어, 난 형제가 짐작하는 만큼의 고위 성직자는 아니지만 그래도 내 교회를 가진 사제니까 고해야 받을 수 있소."

파킨슨 신부는 잠깐 머뭇거렸다. 그런데 그 교회가 남아 있을까?

"그리고 주님의 아들이 고해를 원하는데 성직의 고하가 무슨 상관이겠소? 뭐, 좋소. 까짓 거 그럽시다."

"예?"

이크, 테리얼레이드식 말투였나? "아, 아니. 고해를 받겠다는 겁니다. 흐음, 어디 조용한 곳을 찾아야겠군."

파킨슨 신부는 주위를 둘러보았다. 하지만 조용한 곳이라곤 그들이 방금 뛰쳐나온 볼드원의 산장뿐이었다. 파킨슨 신부는 오전의 햇살 속에 포근히 잠든 포도원에 유혹을 느꼈지만 저토록 아름다운 장소는 어쩐지 고해성사를 받을 만한 장소가 못 될 것 같았다. 결국 파킨슨 신부는 산장을 가리키며 말했다.

"이 댁 주인도 자신의 집에서 성사가 행하여진다면 불쾌해하지야 않겠지. 들어갑시다. 그리고 데스필드와 오스발은—"

"밖에서 기다리겠수."

파킨슨 신부는 고개를 끄덕인 다음, 휘리를 인도하며 산장 안으로 들어갔다.

무심한 얼굴로 그 뒷모습을 보던 데스필드는 두 사람이 건물 안으로 사라지자마자 재빨리 몸을 날려 건물 벽에 달라붙었다. 어이없는 얼굴로 그 모습을 보던 오스발이 말했다.

"뭐하는 겁니까, 데스필드?"

데스필드는 건물 벽에 몸을 바싹 붙인 채 대답했다.

"보통은 엿듣는다고 하지. 다음절어를 좋아하는 당신들이라면 정보 수집 활동중이라고도 하고."

"어, 저는 잘 몰라서 그러는데, 고해 성사를 엿들어도 되는 겁니까?"

"절대로 안 되지! 건전한 상식인 당신이라면 절대로 그런 짓을 하지 않아."

오스발은 더욱 어이없는 얼굴이 되었다. 그러나 그때 데스필드는 갑자기 벽 뒤로 물러났다. 저 작자가 마음을 바로잡았구나 하며 반가운 얼굴로 다가선 오스발은 데스필드가 뭐 씹은 얼굴을 하고 있는 것을 발견했다.

"왜 그런 얼굴이십니까?"

"안쪽에서 철컥 하는 소리가 들리더니 곧 신부님 당신이 이렇게 말하더군. '벽에 붙어 있을 거 짐작하는데……"

"…… 어디 있을지는 모르니 벽 아무곳이나 쏘겠다."

파킨슨 신부는 그렇게 말한 다음 핸드건을 도로 홀스터에 집어넣었다. 그러곤 찌푸린 눈으로 테이블 너머를 바라보았다.

"일어나서 의자에 앉으시지요. 그런 자세로 고해를 할 겁니까?"

머쓱한 얼굴로 일어난 휘리는 의자에 앉았다. 하지만 의자에 앉아서도 휘리의 눈은 핸드건에만 집중되어 있었다. 파킨슨 신부는 퉁명스러운 표정으로 말했다.

"아무래도 이 무구가 당신의 고해를 방해하는 듯하군. 오발이라도 일어날까 봐 겁난다, 이거요? 걱정 마시오. 이건 장전도 안 된 거니."

"예?"

파킨슨 신부는 아무 말 없이 핸드건을 뽑아서 자기 관자놀이를 겨냥했다.

"아, 안 됩니……!"

휘리가 일어나는 것과 동시에 핸드건에서는 철컥 하는 소리가 들려왔다. 휘리는 반쯤 일어난 채 혼비백산한 표정으로 신부를 바라보았다. 파킨슨 신부는 심술궂은 미소를 지으며 핸드건을 빙글빙글 돌렸다.

"저 얼간이들은 내가 장전된 핸드건으로 장난을 칠 위인이라고 생각하더군. 그건 그들의 무지와 오해니, 내가 그 무지와 오해를 이용한다 한들 저들로서는 날 원망할 순 없을 거요. 흠, 그럼 이제 안심하고 고해성사를 하실 수 있겠소?"

빙글빙글 돌던 핸드건은 다시 신부의 허리춤으로 사라졌다. 휘리는 힘없는 웃음을 지으며 도로 의자에 앉았다.

잠시 정적이 흘렀다.

파킨슨 신부는 차분히 기다렸지만 휘리는 모아쥔 두 손을 테이블 위에 올려놓은 채 테이블 표면만을 바라보았다. 그 모습을 보고 있던 파킨슨 신부는 테리얼레이드의 신부다운 고민에 빠져들었다. 이런, 고해성사를 어떻게 하더라? 어쨌든 내가 먼저 말해야겠지.

"고해를 하신 지 얼마나 되셨습니까?"

"너무도 오래되었습니다."

나와 같군. 속으로 미소를 지은 신부는 부드럽게 말했다.

"걱정 마시고 기억나는 대로 천천히 말해 보십시오."

휘리는 기다렸다는 듯이 진지하면서도 빠른 어조로 말했다.

"별을 떨어뜨렸습니다. 백만 개의 꽃을 짓밟았습니다. 가장 높이 날던 새의 날개를 꺾었습니다. 영광의 일출을 모독했습니다. 그리……"

"바쁘셨겠습니다."

"예?"

"아, 물론 댁이 나를 희롱하는 건 아닐 테니 그건 일종의 은유일 텐데, 난 그게 도대체 무슨 은유인지 모르겠군요. 그리고 고해를 하며 수사법을 쓸 필요야 없는 거 아닙니까. 주님이 보고 계시니 진실 자체만을 말씀하십시오."

"사람을 죽였습니다."

휘리의 말은 천식 환자의 숨소리 같았다. 파킨슨 신부는 잠시 말을 멈춘 채 휘리를 바라보았다. 살인이라. 이 얌전하게 생긴 젊은이가 어떤 목숨을 종말 처리했다고? 그러나 이어지는 휘리의 설명을 들으며 파킨슨 신부는 납득할 수 있을 것 같은 기분을 느꼈다.

"결투였습니다. 제가 신청했죠. 하지만 그는 제 부하였으니 그건 명령이라고 할 수 있을 겁니다. 그렇습니다. 그건 공정한 결투가 아닙니다. 전 부하에게 죽음을 명령했던 것입니다. 군인에겐 항명이란 없는 것을 이용하여…… 저는 살인자입니다!"

"결투라고 하지 않았습니까?"

"그저 그의 버릇을 고쳐주고자, 혹은 제가 그보다 더 잘난 것을 과시하고자 검을 뽑았을 때 이미 전 살인자였습니다."

이어서 휘리는 자신과 바크 사이에 일어났던 일을 사실 그대로 털어놓았다. 고개를 끄덕이며 그 설명을 듣고 있던 파킨슨 신부는 그것이 살인이 아니었음을 알 수 있었다.

"그가 당신의 검 위로 쓰러진 것 아닙니까? 그건 사고인 것 같습니다만."

"애초에 결투 따위를 신청하지 않았다면 그런 일은 없었을 것입니다. 신부님. 게다가 사고라고 하셨지만 저는 제 알량한 검술만을 믿고 그런 위험한 짓을 했던 것입니다. 그건 살인입니다."

살인하지 말지니.

파킨슨 신부는 갑자기 이 가장 오래되었고 가장 잘 무시되는 계율에 자신이 충실했던가 하는 잡념을 떠올려보았다. 그러나 자신이 고해를 받고 있음을 떠올린 신부는 곧 마음을 다잡았다.

"알겠습니다."

노신부는 두 손을 모아 테이블 위에 올렸다. 신부의 낡은 옷소매에서 비져나온 보풀 위로 창문을 통해 미끄러지는 햇살이 어리고 있었다. 잠시 그 반짝이는 보풀을 바라보던 신부가 입을 열었다.

"당신은 당신의 죄가 얼마나 큰지 잘 안다고 믿겠지요. 하지만 당신의 죄는 지금 당신이 생각하는 것이 티끌로 여겨질 만큼 무겁습니다."

휘리는 다시 울음을 터뜨릴 것 같은 얼굴이 되었다. 파킨슨 신부는 재빨리 말했다.

"나는 그 '살인'을 말하는 것이 아닙니다. 당신의 죄는 그것이 아닙니다."

휘리는 고개를 번쩍 들어올렸다. "예?"

"당신은 스스로를 심판하고 죄의식의 탈출구를 만들고 있습니다."

"무슨 말씀입니까, 신부님. 저는……"

"손해는 그 주인에게 배상하는 법, 주님께서 빚으신 생명을 취하였으니 그 생명을 빚으신 주님이 당신을 심판할 겁니다. 당신을 벌할 이는 주님입니다. 그러니 스스로를 심판하지 마십시오. 자학하지 마십시오. 괴로워하지 마십시오. 자신에게 벌을 주지 마십시오. 이만큼 괴로워했으면 되겠지, 이만큼 선한 일을 하면 되겠지…… 허겁지겁 신부를 찾아 고해를 하면 되겠지."

휘리의 얼굴이 얼어붙었다. 하지만 파킨슨 신부의 말은 끝난 것이 아니었다.

"왜 고해하러 오셨습니까? 나한테 죄를 말하려고? 이미 말했듯이 당신의 벌을 정할 이는 우리 주님이며, 그분은 이미 당신의 죄를 알고 있습니다. 그런데 당신을 벌할 자도 아닌 내게 당신의 죄를 말하는 이유가 뭡니까? 고해하면 죄가 사라집니까?"

휘리의 얼굴에서 빠르게 핏기가 사라졌다.

"당신의 죄를 볼까요. 난 당신이 살인자라고 생각되진 않아요. 그것은 사고였습니다. 주님이 그 죄값을 결정하시겠죠. 혹은 당신이 그 바크의 죄값이었을 수도. 어쨌든 그 사고에 대해 고해하겠다면 난 그 고해를 얼마든지 받겠습니다. 하지만 당신은 스스로를 살인자라고 부르며 자학하고 거기에 대한 대책까지 제시하는군요. 빨리 신부를 찾아 고해할 것. 그건 우리 주님 몫인 벌을 당신 스스로 정하는 행위이므로 용납할 수 없습니다. 그것은 교만이고 주님을 능멸하는 처사입니다."

"신부님! 아닙니다. 저는……"

"왜 이렇게 급하게 오셨죠?"

휘리는 다시 말문이 막혔다. 파킨슨 신부는 고개를 살짝 가로저었다.

"은연중에 그런 생각이 있으셨겠지요. 마치 어린애처럼 고백하면 용서받겠지 하는 생각, 의외로 어른들도 많이 가지고 있죠. 아닙니다. 고해를 하는 이유는 죄사함을 받기 위함이 아닙니다. 고해를 하는 이유는 오히려 스스로의 죄를 정확히 알기 위해서입니다. 그리고 다가올 주님의 벌을 가장 겸손한 마음으로 기다리기 위해서입니다."

파킨슨 신부는 의자에서 천천히 일어나 허공에 성호를 그었다. 휘리를 위하여 교회가 아닌 이곳을 정화하는 손짓이었다. 정화를 끝낸 신부는 다시 휘리를 바라보았다.

"주님과 그 불쌍한 이에게 용서와 벌을 구하십시오. 그러나 스스로에게 용서와 벌을 구하진 마십시오. 난 이만 물러나겠습니다. 이곳은 조용하니 마음껏 기도드리고, 마음이 안정되거든 밖으로 나오십시오. 밖으로 나왔을 때 내게 인사할 필요 없습니다. 그냥 떠나십시오."

휘리는 뭐라고 말할 듯이 신부를 바라보았지만 파킨슨 신부는 이미 문 쪽으로 걸어가고 있었다. 문을 열기 전 신부는 잠시 휘리를 돌아보았다.

"주님의 은총이 그대에게."

문이 닫혔다.

길버트 하드루스 대통령은 코를 만지작거리던 손을 턱으로 옮겼다. 그리고 잠시 후 다시 코로 옮겼다. 그 왕복을 보던 바스톨 장군은 헛기침을 한 다음 계속 말했다.

"……물론 각하께선 이 이야기를 비밀로 지켜주시리라 믿습니다만."

"아, 물론이지요. 다른 사람의 가정사를 술자리의 화제 따위로 삼는 건 제 취미가 아닙니다. 그런데 그 휘리가 그의 아들이라는 건 확실한 겁니까?"

"그에게 직접 들었습니다."

"흐—음. 좋습니다. 하지만, 그의 아들이라는 것뿐이잖습니까."

"사자 새끼는 사자가 되는 법입니다."

"그리고 가수의 아들이기도 하지요. 어머니를 제외할 필요는 없겠지요?"

"……예. 그렇지요."

"지금 알려진 그의 모습을 보면 그는 어머니의 피를 이은 듯합니다만. 아들이 꼭 그 아버지를 닮아야 된다고 생각하는 건 에, 그러니까 무의식중에 그런 믿음을 가진다는 건데……"

"남성의 독선이라고요?"

하드루스 대통령은 싱긋 웃으며 장군의 시선을 외면했다.

"어쨌든 그의 아들이라는 것만으로는 이 논의의 대상으론 좀 모자라겠습니다만."

"무슨 말인지 알겠습니다. 하지만 그는 아직까지 성명판을 비워두고 있습니다."

하드루스 대통령은 잠시 의아한 얼굴로 바스톨 장군을 바라보았다. 성명판? 하드루스 대통령은 물론 이 이국적인 풍습에 대해 알고 있었지만 잠자코 바스톨 장군의 설명을 기다렸다.

"혼 족의 가장으로서 그건…… 스스로 불화를 조장하는 짓입니다. 벌써 오래전에 자녀들 중 한 명의 이름을 성명판에 새겼어야죠. 장성한 자녀들을 불안하게 만들고 집안 전체의 분위기를 위험하게 만드는 행동입니다. 혼 족의 신사라면 당연히 기피할 만한 그런 짓을 하는 이유가 뭐겠습니까? 그는 상식인입니다."

"글쎄요. 그가 그러는 이유가 휘리 때문이라고 말씀하시는 겁니까?"

"제가 보기엔 그렇습니다. 그는 휘리의 이름을 쓰고 싶은 겁니다. 가문의 이름을 이어나갈 이름으로서 '휘리 타르타니어스'를 성명판에 새기고 싶은 거죠. 그는 자신의 아들이 휘리 노이에스를 버리고 휘리 타르타니어스로서 그를 찾아올 때까지 성명판을 비워둔 채 기다릴 겁니다. 그리고 저는 그가 그런 결정을 내렸을 때 아버지의 눈이 아니라 무인의 눈의 도움을 받았다고 생각합니다."

"어째서죠?"

"말씀드렸듯이 타르타니어스 공은 상식인입니다. 단순히 부정(父情)

때문에 가문을 어지럽히는 일을 할 리는 없습니다. 그는 타르타니어스 가문을 위해서, 그 고명한 무문을 이어나갈 자로서 휘리를 기다리고 있는 겁니다."

사트로니아의 노장군에 의해 이 시대 최고의 무인 중 하나가 될지도 모른다는 굉장한 칭송을 받고 있던 사내는, 두 손으로 머리를 감싸쥔 채 자신에겐 화살이나 다름없었던 신부의 말을 생각하고 있었다.

파킨슨 신부의 말은 휘리에겐 굉장한 충격이었다. 그리고 휘리는 그것이 충격인 이유는 진실이기 때문이라는 사실을 부정할 정도로 교활하지는 못했다. 파킨슨 신부는 말했다. 고해는 죄를 씻기 위해서가 아니라 죄를 정확하게 알기 위해서 하는 거라고. 그러나 나는 고해를 하면 죄가 사라진다는 엉터리 믿음으로 신부를 찾아 달려왔다. 이건 어쩔 수 없는 이교도의 피의 증거인가?

순간 휘리는 소스라치게 놀랐다.

이교도의 피. 아버지의 피. 내 몸에 흐르고 있는 그 짐승의 피.

휘리는 그제서야 자신이 왜 이곳까지 이렇게 허겁지겁 달려왔는지 깨달았다. 그가 부하들을 인솔해야 할 책임도 다 팽개치고 어제 처음 만났을 뿐인 신부를 이렇게 찾아온 까닭은 살해의 죄 때문이 아니다. 그리고 조금 전까지 그렇게 믿었던 것처럼 고해를 하면 죄를 벗을 수 있으리라 생각했기 때문도 아니었다. 그가 파킨슨 신부를 찾아온 까닭은…… 그가 교회의 품에 안긴 신앙인임을 자신에게 증명하기 위해서였다.

아버지의 아들이 아님을 증명하기 위해서였다.

휘리는 소름 끼치는 기분을 느끼며 자신의 두 손을 내려다보았다. 오, 이런 가증스러운 신성 모독이 있단 말인가. 사람을 죽였으니 고해를 해야 된다고 믿는다면, 그건 미사에 참석하고 성전의 구절을 인용할 줄 아니까 신앙인이라고 주장하는 것과 뭐가 다르단 말인가! 나는 역시 가짜 신앙인인가? 이교도의 아들이라는 이 숙명에서 벗어날 수 없단 말인가?

"아버지…… 제기랄!"

"보통 그 단어들은 붙어다니지 않지요. 그게 붙어다니면 가정 교육을 의심받을걸요."

휘리의 얼굴이 확 붉어졌다. 목뼈가 부러질 만한 속도로 고개를 돌린 휘리는 계단에서 내려오고 있는 율리아나의 모습을 보게 되었다. 그리고 그 순간 그의 머릿속이 하얗게 바뀌었고, 어느새 휘리는 벌떡 일어나며 부드럽게 말하고 있었다.

"반갑습니다. 그런데 날개는 어디다 두셨습니까?"

"전당포에 맡겼어요. 얼마 안 주던데요."

휘리의 아첨에 대충 대답한 율리아나는 그대로 걸어왔다. 다가오는 율리아나를 보며 심장 박동수를 무자비하게 높이고 있던 휘리는 그녀가 그의 곁을 지나쳐 주방으로 걸어간 순간 졸도할 뻔했다. 그러나 율리아나는 그에게 졸도할 틈을 주지 않았다. 주방으로부터 율리아나의 목

amus. mirgo rupuan aifu.____ICO. furfams grām. licu.

소리가 들려왔다.

"도나텔 백부장님이죠? 유리예요. 그런데 여기서 뭐하고 계시죠?"

"신부님을 뵐 일이 있어서 급하게 찾아왔습니다. 이 부근에 찾을 수 있는 신부님은 한 분뿐이더군요."

"음? 어떻게 신부님이라는 거 아셨죠?"

"교회의 보물을 가지신 것을 보고 고위 성직자분이실 것을 짐작했습니다." 아차, 그렇다면 저 레이디도 귀족인 걸까? "어, 그래서 유리 양이 천사이실 거라는 것도 짐작했고요."

휘리의 말이 끝난 순간 주방으로부터 이상한 소리가 들려왔다. 휘리는 꼭 물 마시다 사레 들린 소리 같다고 생각했다. 과연 다시 거실로 돌아온 율리아나는 가슴을 두드리며 원망스럽게 말했다.

"물 마시다 사레 들렸어요. 그러니 예의는 그만 차리세요."

휘리는 이 천사가 퍽 솔직한 성격이라고 생각했다. 어쩌면 귀족이 아닐지도. (주여, 감사합니다!) 휘리가 자신이 절대로 예의를 차리기 위해 말한 것이 아니며 진심으로 그렇게 믿고 있다는 것을 어떻게 전할까 고민하고 있을 때 주위를 둘러보던 율리아나가 말했다.

"신부님을 보지 못하셨나요? 이상하군요. 어디 가시진 않으셨을 텐데."

"아니오. 방금 만나뵈었습니다. 그런데 여기가 댁이십니까?"

"아니오. 도나텔 씨처럼 손님이죠. 곧 떠날 거예요."

"그럼 댁이 어디시죠?"

'카밀카르의 폰스파궁 동관'이라고 대답하는 대신 율리아나는 말을 돌렸다.

"왜요, 편지하시게요?"

"편지보다는 납치를 하고 싶은데요. 장미 꽃다발로 위협해서 백마가 끄는 마차로."

율리아나는 생긋 웃었고, 마음속으론 이 남자는 역시 바람둥이라는 결론을 내렸다. 그리고 휘리 역시도 그런 결론을 내리곤 좌절하고 있었다. 으아아! 이 무슨 난봉꾼 같은 말이람!

"흐―음. 신부님 만나보러 오신 건가요, 제 마부가 되겠다는 말씀을 전하러 오신 건가요?

"무, 물론 신부님을 뵈러 왔습니다!"

"왜 신부님을 만나셔야 했는데요?"

"고해를 할 일이 있었……"

휘리는 말을 맺지 못한 채 갑자기 쓰러지듯 주저앉았다. 율리아나는 다리가 마비된 사람처럼 의자에 주저앉는 휘리를 보며 깜짝 놀랐다.

"백부장님? 괜찮으세요?"

"이럴 수가…… 이럴 수가!"

율리아나는 휘리의 대답을 이해할 수 없었다. 물론 휘리 자신도 자신의 말을 이해할 수는 없었을 것이다. 율리아나를 본 순간 머릿속에서 휙 사라졌던 것들이 더 무거운 무게로 돌아와서 그의 혀를 억눌렀던 것이다. 회오리바람처럼 핑핑 도는 그의 머릿속으로 뚜렷하게 떠오르는 것은 하나뿐이었다.

아버지, 제기랄!

그의 아버지는 이교도이며 야만인이다. 제국의 적인 혼 족의 장수다.

그리고 그의 어머니를 겁탈한 강간마다. 그의 어머니는 그런 말을 한 적이 없지만 휘리는 그렇다고 단정하고 있었다. 아니, 그래야만 한다. 휘리는 그의 어머니가 저 이교도 괴물을 사랑했을 수도 있다는 사실을 절대로 받아들일 수 없었다. 그리고 그 아버지를 향해 휘리는 모든 마음으로 외쳤다.

내 몸에 흐르는 당신의 피를 가져가!

휘리는 자신의 소리 없는 외침에 온몸이 서늘해지는 것을 느꼈다. '그래. 바로 이거야. 그거였어. 죄마저 잊고 여인에게 치근덕거리게 만드는 이 더러운 동물의 피를 가져가! 이 야만인, 괴물아!' 휘리는 그 끝을 알 수 없는 저주와 포악한 외침들 속에 자신을 밀어넣으며 숨가빠 했다.

그때 그의 어깨를 살짝 건드리는 손길이 있었다.

"도나텔 백부장님. 왜 이러세요?"

휘리는 고개를 들었다. 율리아나가 커다란 눈 속에 불안을 가득 담은 채 그를 바라보고 있었다.

"저는 죄인입니다."

"예?"

"죄인…… 그것도 타고난 죄인입니다. 제 몸엔 죄악의 피가…… 흐르고 있습니다. 그 피는 죽을 때까지 저를 따라다니며 저를…… 죄악으로 몰아갈 것입니다. 저는 그 피를 증오합니다!"

휘리의 외침을 들으며 율리아나는 당혹과 난처함, 그리고 약간의 공포도 느꼈다. 그러나 율리아나는 그를 내버려두고 2층으로 돌아가버리는 대신 의자를 끌어와 그의 앞에 앉았다. 휘리는 눈물이 그렁한 눈으로 그런 율리아나를 바라보았다.

"동정은 사양합니다. 위로도 필요없습니다. 아름다우신 이여, 당신의
입술에 깃들일 아름다운 노래들 속에 저를 위한 자리를 만드실 필요는
없습니다."

"음―백부장님은 꼭 가수 같군요."

"가수입니다."

"예?"

휘리는 자신이 하는 말을 거의 깨닫지 못하고 있었다. 다벨군의 기밀
을 누설하고 있다는 자각도 그에겐 존재하지 않는 듯했다. 율리아나의
얼굴을 보고 있던 휘리에겐 그의 모든 것을 말해 버리고 싶은 욕망밖엔
남지 않았다.

"감히 그랬습니다. 저는 가수가 되어 노래로 세상을 대하고 아름다
움으로 세상을 이해하려 했습니다. 저 자신 속에 있는 죄를 모르는 척
하며! 하지만 그 피는 음험하게 잠들었을 뿐 사라진 것은 아니었습니다.
제 몸 속에서 깨어난 그 피는 저를 더없이 끔찍한 죄로 몰아갔고, 성사
를 모독하게 만들었고, 다시 저 자신을 능멸했습니다. 저는 저주받은 죄
인입니다."

"백부장님. 백부장님의 몸에 흐르고 있다는 그 죄의 피라는 건 무슨
뜻이죠? 백부장님이 악마의 아들이라도 된다는 의미인가요?"

"이교도의 아들입니다. 혼 족이지요. 혼 족의 반란 때 그 가증스러운
자는 저의 어머니를 취하여 저를 만들었습니다. 제국은 혼 족의 손아귀
에서 벗어난 지 오래지만, 저 자신은 지금까지도 혼 족에게 유린당하고

있는 것입니다!"

"그럼 교인의 아들이기도 하군요?"

"예?"

율리아나 공주는 사트로니아의 대통령이 그의 노장군에게 했던 말을 휘리에게 해주었다.

"어머니를 제외하실 필요는 없잖아요. 아버지를 닮으려고 특별히 애쓰실 필요는 없을 텐데요."

"닮아야 된다니오! 저는 그를 닮으려고 한 적이 한번도 없습니다!"

율리아나는 한숨을 살짝 내쉬었다.

"백부장님 말이 그거잖아요. 아무리 노력해도 나는 아버지처럼 될 수밖에 없어. 자식은 결국 아버지를 닮게 마련이니까. 그 말씀이죠. 하지만 그런 법이 어디 있어요? 아들은 결국 아버지를 닮을 수밖에 없나요?"

멍한 얼굴로 바라보는 휘리의 얼굴을 향해 율리아나는 차분하지만 날카로운 말들을 던졌다.

"아니면, 마음에 안 드는 아버지라도 그 아버지를 닮을 수밖에 없나요? 남자들의 권위에 대한 추종 의식? 위신을 위해선 뭐든 하겠다. 체면을 상할 바엔 목숨을 끊겠다." 율리아나는 휘리로서는 알 수 없는 비웃음을 잠깐 머금었다. "가문이 결딴나도 귀족이니 고상하게 살겠다?"

"그건……"

"받아들일 수 없는 아버지라도 나는 그 찬란한 이름 '아버지'를 닮고야 말겠다?"

휘리는 어안이 벙벙한 얼굴로 율리아나를 바라보았다. 율리아나는 다시 잔잔히 미소 짓고 있었다.

"아들의 독선이군요. 꽤 유명한 거죠."

"독선이오?"

"위신, 체면, 가문, 아버지. 나보다 훌륭한 무엇. 남자들이 말할 땐 항상 그런 것 같아요. '내가 하고 싶어서'가 아니라 '권위가 원하니까'라고 말하지요. 국민의 이름으로, 일반적인 경향은, 이런 경우라면 대개, 시대가 원하는, 다들 그러니까, 보편적으로, 보통은…… 다 마찬가지예요. 왜 '내가 그러고 싶어서'라고 말하지 못할까요. 자기가 뭘 원하는지 모르나요?"

율리아나는 갑자기 오므린 두 손을 앞뒤로 붙여 망원경을 만들어보였다. 손망원경을 오른쪽 눈에 가져다댄 율리아나는 그것을 휘리의 가슴에 겨냥했다.

"얍! 뭘 원하는지 볼까요?"

율리아나는 휘리가 깜짝 놀란 표정을 지으며 가슴을 가리자 웃음을 터뜨렸다. 그러나 그녀의 생각과는 달리 휘리는 공주의 장난에 호응한 것은 아니었다. 휘리가 정말 가슴속이 보여질까 봐 놀랐다는 사실은 모른 채 율리아나는 계속 말했다.

"나에겐 한 노예 친구가 있어요."

"노예……요?"

"예. 배에 묶인 노잡이였죠. 가장 권위가 있을 수 없는 인물. 그렇다면 그는 권위에 가장 매달리는 모습을 보여야 했을 거예요. 하지만 그는 그렇잖았어요."

"그렇잖았다고요?"

"그는 물론 자신이 노예임을 무시하진 않았어요. 하지만 노예로 그냥 살 뿐 그것에 대해 화내지도 않더군요. 그냥 패배주의자나 타협주의자의 말처럼 들리겠죠? 하지만 그가 말할 땐 느낌이 달랐어요. 난 그 느낌이 뭔지 알 수 없었어요. 하지만 이제 백부장님을 보니 그의 말이 왜 다르게 느껴졌는지 알겠군요."

휘리는 다시 공주의 말을 반복했다. "알겠다고요?" 아마 그는 자신이 뭐라고 말하는지도 잘 모를 것이다.

"그 노예는 자신의 신분 때문에 자신이 추구하고픈 것을 방해받고 있지는 않다고 여기는 듯했어요. 그는 권위가 원하는 것엔 관심이 없었죠. 자기가 할 수 있고 하고 싶은 일만 생각하더군요."

원한다면 여가 시간에 공주도 탈출시키더군요. 그러곤 자유호로 돌아가겠다고 했어요. 왜 그럴까요?

이젠 난 알아요. 오스발은 그것이 정의이기 때문이 아니라, 그냥 그러고 싶고 마침 기회도 되니까 나를 탈출시킨 거예요. 납치당한 공주를 구한다는 근사한 명예에도, 정의의 실천이라는 그 근사한 권위에도 관심이 없었기에.

그러곤 여가 활동이 끝났으니 일터로 돌아가겠다는 거죠.

율리아나 공주는 자기 생각에 생긋 웃었다. 물론 그녀는 그러지 말았어야 했다. 공주가 휘리에게 보내곤 하는 그 죄없는 웃음들은 휘리에겐 강철의 레이디로 쏘아진 직격탄을 맞는 것 같은 효과를 내기 때문이었다.

"당신도 그러시면 좋겠군요. 이교도의 아들이라는 것 때문에 자신이 선을 추구할 수 없다고는 생각하지 마세요. 백부장님은 물론 아버지의 아들이에요. 그 사실을 무시하지 마세요. 그리고 동시에 그냥 아들일 뿐이에요. 그 사실에 대해 화내지 마세요."

"레이디 유리."

"교회가 이교도인 당신 아버지를 비난하고, 제국이 혼 족인 당신 아버지를 비난하고, 세상에 존재하는 모든 권위가 아버지를 힐난한다 해도…… 당신마저도 아버지를 힐난하고 그 아버지의 종속물인 자신을 힐난하지는 마세요. 그것이 잘못되었다는 것이 아니라 그럴 필요가 없는 거예요. 왜냐하면 당신은 권위의 종속물도 아니고 아버지의 종속물도 아니니까. 당신이 추구하고픈 선을 추구하세요. 휘리 노이에스."

율리아나는 미소를 지우지 않은 채 의자에서 일어났다. 다음 순간 앞으로 뻗어나온 율리아나의 손을 보며 휘리는 거의 반사적으로 그 손을 감싸쥐었다.

그리고 휘리는 마룻바닥에 무릎을 꿇고 그 손등에 키스했다.

악수할까 생각했던 율리아나는 이 기습에 살풋 웃었다. 고맙다고 해야 할지, 아니면 무례를 사과하라고 해야 할지 결정을 내릴 수 없었기에 율리아나는 그저 손을 살짝 끌어당긴 다음 뒤로 돌아 걸어갔다. 망연한 눈으로 그녀의 뒷모습을 좇던 휘리의 머릿속에 그녀의 마지막 말이 떠올랐다.

휘리는 경악하며 일어났다.

"어떻게?"

율리아나는 몸을 돌리지 않은 채 말했다.

"사람들은 말하더군요. 다벨의 가수 휘리 노이에스는 천사의 아들일 거라고. 왜 그런 소문이 생겼냐 하면 그나 그의 어머니 모두 휘리 노이에스의 아버지가 누군지 밝히지 않았기 때문이죠. 하지만 난 이제 그가 사람의 아들임을 알았어요. 당신이 왜 군대에 몸을 담으셨는지 모르겠지만, 덕분에 다벨의 열성적인 청년들은 애인에게 바칠 노래가 곤궁해졌겠군요."

"당신은 누구십니까?"

"전당포에서 바가지 쓰는 칠칠맞지 못한 천사."

그 말을 남기고 율리아나는 계단 위로 사라졌다. 휘리의 눈엔 하늘로 돌아가는 것처럼 보였다.

산장 밖으로 나온 휘리는 홀스터에서 핸드건을 잡아뽑는 연습을 하고 있는 파킨슨 신부와, 그리고 그때마다 죽을 힘을 다해 그 포구 앞에서 벗어나려 애쓰고 있는 오스발과 데스필드의 모습을 보게 되었다.

휘리가 보기에 파킨슨 신부는 핸드건을 빠르게 뽑는 연습을 하는 척하며 고의적으로 오스발, 혹은 데스필드를 겨냥하고 있는 것이 분명해 보였고 데스필드와 오스발도 그렇게 여기는 듯했다. 하지만 그들로서는 이리저리 몸을 날리거나 있지도 않은 꼬리가 빠질까 겁나는 속도로 달리고 있느라 바빠서 제자리에 멈춰서 신부에게 항의를 할 겨를은 없는 듯했다. 지금도 데스필드는 죽을 힘을 다해 달리며 외치고 있었다.

"우, 쌍! 그 연습인가 뭔가 좀 그만할 수 없으셔!"

"신부님, 신부님! 부디 연습은 저기 산장 뒤편에서라도…… 으아악!"

"이 자식들아, 너희들을 맞출 일은 없다고 했잖아! 왜 날 못 믿어!"

"10로드는 되는 목표물도 맞추지 못한 포수 당신의 말을 어떻게 믿으란 거요!"

"신부님을 믿습니다만, 그 핸드건은 믿을 수가 없군요!"

잠시 현관에 서서 그 모습을 보며 싱긋 웃던 휘리는 파킨슨 신부의 말대로 그에게 인사하지 않고 그대로 걸어갔다. 미친 듯이 달리고 있던 두 사내는 자기들 사이로 차분히 걸어가는 휘리를 보고선 의아한 얼굴이 되었다. 휘리는 신부의 말대로 고개를 돌리지 않은 채, 그저 지나가는 말처럼 중얼거렸다.

"저 핸드건은 장전이 안 되어 있습니다."

데스필드와 오스발의 필사의 도주가 멎는 순간 파킨슨 신부의 손도 딱 멈췄다. 오스발은 그만 털썩 주저앉고 말았고, 데스필드는 온몸을 떨며 분노 어린 목소리로 으르렁거렸다.

"신…… 부…… 님…… 당…… 신!"

"그래서 말했잖아? 너희들을 맞출 일은 없다고. 신부가 설마 거짓말할까. 아하! 날씨 한번 좋다. 흠흠."

뒷짐을 지며 헛기침을 하는 신부를 보며 데스필드는 방금 생니를 뽑힌 사람 같은 얼굴이 되었다. 곧이어 데스필드는 자신의 옷깃을 잡아뜯으며 발광하기 시작했다.

78

"크아악! 이젠 신부님 당신까지도 본인을 격파해! 으아아!"

데스필드의 절규는 그 자신만 이해하는 말이었기에 당연하게도 누구의 동정도 끌어들이지 못했다. 휘리는 절규하는 데스필드에게서 시선을 돌려 오스발에게 잠시 눈인사를 보내었다.

"여행 즐거우시길 바랍니다. 아, 그리고 아름다운 레이디를 그분의 천국으로 인도해 주시길 바랍니다."

그러나 땅에 주저앉았던 오스발이 그 인사에 답례하기 위해 일어났을 때 휘리는 이미 언덕을 내려가고 있었다. 휘리의 뒷모습을 보던 오스발의 입술이 천천히 열렸다.

"밝아보이는군요."

발광하고 있던 데스필드가 고개를 돌렸다.

"응? 본인 말인가?"

잠시 딸꾹질을 하던 오스발은 간신히 손을 들어 오솔길 저편으로 희미해지는 휘리의 뒷모습을 가리켜보였다.

"아뇨…… 저 사람 말입니다. 조금 전 신부님과 함께 고해하러 들어갔을 때는 퍽이나 어두운 표정이었는데 지금은 그렇잖군요. 아마도 고해를 끝내어 마음이 후련해진 모양이죠."

"잠깐. 그리고 보니 산장 안에 공주님 당신이 계셨지?"

"예. 주무시고 계셨습니다만."

순간 데스필드의 눈에서 야릇한 빛이 흘렀다.

"어라? 저 당신, 혹시 잠자는 공주님 당신의 입술을 시음해 봤다거나 한 건 아닐까? 아니면 당신의 두 팔로 공주님 당신의 칫수를 재어봤다거나 혹은 그 이상의……"

"서, 설마요?"

"아냐. 그렇잖다면 밝아진 이유를 설명할 수 없어. 분명히 아름다운 레이디 어쩌고 했으렷다? 깡패나 다름없는 신부님 당신이 저 친구 당신에게 훌륭한 목자 노릇을 해줬다고는 죽어도 믿을 수 없고, 그러니까 저 당신이 밝아졌다면 그건…… 응? 왜 그렇게 손짓을 하는 거야? 뒤? 뒤가 어째…… 으윽!"

일격으로 데스필드를 쓰러뜨린 파킨슨 신부는 근엄한 얼굴로 주먹을 매만지며 돌아섰다. '저 가련한 이가 희망을 얻었다면, 그건 물론 여기 있는 나의 덕분이리라!'라고 외치는 듯한 신부의 뒷모습을 보며 오스발은 그냥 웃고 말았다. 그러나 땅에 엎어져 있던 데스필드는 절대로 그렇게 생각해 줄 수 없는 모양이었다. 두 팔 위에 턱을 괸 데스필드는 심술 사나운 눈으로 신부의 뒷모습을 바라보며 중얼거렸다.

"헤. 죽어도 못 믿어."

"하하. 데스필드."

"분명히 공주님 당신이야. 흐음. 어쩌면 저 친구 당신은 고귀한 피의 선물이라도 받았나 보지. 쯧쯧. 그건 위험한 건데."

물론 데스필드는 자신이 말한 '위험'이 실제로 발생할 위험에 반도 미치지 못한다는 사실을 알지 못하고 있었다. 그러나 밝은 기분에 휩싸여 언덕을 내려가고 있는 휘리는 어렴풋이나마 그 위험에 대해 알고 있었다. 그러나 휘리는 당장은 그 위험에 대해 생각하고 싶지 않았다. 그가 지금 생각하고 있는 것은, 그리고 죽을 때까지 잊지 않겠다고 거듭 되뇌이고 있는 것은 그의 입술에 와닿았던 율리아나의 감촉이었다.

"우하하하하!"

다람쥐나 지빠귀 등이 말을 할 줄 안다면 그들은 그날 종일토록 오솔길을 걸어간 그 미친 인간에 대한 토론을 나눠볼 수 있을 것이다. '그 인간은 왜 나무를 끌어안고 웃어댄 걸까?' '나무를 사랑하는 거야.' '그럴까. 그럼 그 인간은 왜 풀잎을 뜯어 머리 위로 날리곤 했던 거지?' '물론, 풀잎을 미워하는 거야.'

다람쥐나 지빠귀 등에게 토론거리를 던져주며 걸어가던 휘리가 어느 정도 제정신을 차린 것은 오솔길 저편으로 마을의 모습이 희미하게 보이기 시작했을 무렵이었다. 휘리는 내려가면서 웃음을 멈출 것인지 웃음이 멈추고 나서 내려갈 것인지를 놓고 고민하다가 그냥 나무 아래에 주저앉았다.

길가의 나무들이 만들고 있는 회랑의 천장에서 광선이 되어 쏟아지는 정오의 햇살을 보며 휘리는 천천히 호흡을 골랐다. 그리고, 정돈되는 호흡 속에서 휘리는 자신이 들었던 말을 되새겨보았다.

'모든 권위가 아버지를 힐난한다 해서 당신마저도 아버지를 힐난하고 그 아버지의 종속물인 자신을 힐난하지는 마세요. 당신은 권위의 종속물도 아니고 아버지의 종속물도 아니에요.'

그것은 해방 선언이었다.

데스필드의 판단은 정확했다. 휘리는 재능을 가지고 있지만 그 재능을 펼쳐보이는 상황은 무서워하고 꺼려 왔다. 그러나 공주가 그렇게 말했을 때 그녀는 이미 휘리를 모든 권위로부터 해방시켜 주고 있었다. 이제 휘리는 제국의 종속물로서 그의 아버지를 비난할 필요도, 교회의 종속물로서 그 자신을 스스로를 얽맬 필요도 없었다. 그리고 무엇보다도 스스로의 죄의식으로 자신의 욕망을 억누를 필요가 없었다.

'당신이 추구하고픈 선을 추구하세요.'

상쾌함까지도 느껴졌다. 나는 무엇의 종속물도 아니다. 그저 내가 할 수 있고 하고 싶은 일을 할 뿐. 얼마나 단순한가. 그래. 난 할 수 있고 하고 싶다. 진짜 한번 해보고 싶었다.

휘리는 그 본성부터가 탤런트였다. 그는 자신이 다른 사람들에게 자기 재능을 마음껏 보여주는 그 자체에 항상 매료되어 왔다는 사실을 잘 알고 있었다. 그가 다벨군의 촉탁을 받아들여 롱레인저들을 이끌고 이 남쪽 땅까지 내려온 것도 기실 그의 성격 때문이다.

벌떡 일어난 휘리는 하늘을 올려다보며 힘껏 외쳤다.

"제기랄, 이건 최고의 공연이라고. 스테이지는 대륙 전체다!"

휘리의 고함에 놀란 새들이 일제히 오솔길 위로 날아올랐다. 태어난 이후로부터 가져온 죄의식의 종속에서 벗어난 사내의 외침은 강렬함을 넘어서 처절할 지경이었다.

그리고 이 공연이 끝나면 당신을 찾아가겠습니다. 내가 만나본 가장 지혜로운 조언자인 유리 양을.

물론 휘리는 바로 그 순간 율리아나가 오스발의 어깨를 붙잡고 흔들며 '붙잡았어야죠! 우아아—앙. 난 바보야. 그 유명한 가수를 만났는데 노래 한번도 듣지 않고 보냈어. 난 바보야!' 등으로 외치며 휘리의 말을 부정하고 있다는 사실을 알 수야 없었다. 굳건한 동작으로 오솔길을 내려가는 그의 얼굴은 차가운 희열에 물들어 불길한 빛으로 빛나고 있었다.

언덕과 언덕 너머, 멀리 다림 시의 불빛이 가물거리는 숲속에서, 노스 윈드 선단의 두캉가 선장은 뒤뚱거리며 일어났다.

두캉가 선장은 먼저 코를 한번 씰룩인 다음 횃불 하나를 들어올렸다. 해적들이 횃불에 비친 320파운드의 거구를 보고 비명을 질러대자, "으악! 괴물이다!" "아니, 내가 보기엔 두캉가 선장님인데. 뭐 특별히 다를 바는 없다고 생각되지만." 두캉가는 다시 한번 코를 씰룩인 다음 파리를 쫓는 것처럼 손을 휘휘 휘저어보였다. 바다사자호의 선원들은 사납게 낄낄거렸다.

선원들의 웃음을 뒤로 한 채 두캉가는 뒤뚱거리며 언덕 정상으로 걸어갔다. 어떤 각도에서 그의 동작은 마치 걸음마를 덜 배운 아기가 아장아장 걷는 것처럼 보이는데, 본인은 품위 있게 걷느라 그렇게 보인다고 주장하지만 다른 해적들은 모두 안짱다리에 통통한 팔다리 때문에 그렇게 보인다고 확신을 담아 믿고 있었다. 두캉가가 정상 가까이에 다가섰을 때 횃불빛 저편에서 낮은 목소리가 들려왔다.

"근시로 알고 있었습니다만."

"그렇네. 키 선장."

"그렇다면 위험합니다. 돌아가십시오. 두캉가 선장."

두캉가는 돌아가는 대신 요란한 소리를 내며 바닥에 주저앉았다. 바닥에 주저앉고서야 두캉가 선장은 자신이 횃불을 가져왔음을 떠올렸고, 그래서 그것을 어떻게 해야 될지 몰라 쩔쩔매다가 그냥 팔을 높이 들어올렸다. 그러나 어둠 속에서 키의 손이 나타나 그 횃불을 살짝 뺏었다.

"그것을 들고 앉아 있을 생각이었습니까."

두캉가는 큼직한 미소를 지으며 위를 올려다보았다.

"자네도 앉게. 이야기 좀 하세."

키는 잠자코 큼직한 돌멩이들을 모은 다음 그 사이에 횃불을 꽂아넣고는 바닥에 앉았다. 두캉가는 손을 비비며 말문을 열었다.

"이 꼭대기에서 뭐하고 있었나?"

"다림을 보고 있었습니다."

키의 목소리는 공허했고 그 때문에 두캉가는 적당한 대답을 찾지 못했다.

"흐유. 흠. 아무래도 놓친 것 같지?"

"예. 그들은 다림에 들어간 듯합니다."

잠시 대화가 끊겼졌다. 키는 대화의 단락을 이상스럽게 여기며 두캉가를 바라보았고 두캉가는 밤하늘을 쳐다보았다. 갑자기 두캉가는 자신의 팔을 쓰다듬었다.

"봄인데도 꽤 춥군. 나는 이런 계절엔 데샨 카라돔 해를 좋아한다네.

물이 정말 멋있지."

"항구도 아름답지요. 카라돔 항은 목하 황금항이라 할 만하지요."

"그렇지, 그렇지. 황금항이라. 다른 때도 물론 좋지만 너무 더워지기 전 지금의 카라돔 항은 최고지. 항구에 배를 정박시키고 해먹에라도 누워 밤바다에서 불어오는 바람을 맞고 있으면, 난 때론 내가 남자가 아닌 것이 아닌가 하는 생각이 들지."

"무슨 말씀이십니까?"

"그럴 땐 여자도 싫다는 말이야. 옷을 입었건 벗었건 간에."

말을 끝낸 두캉가는 크게 웃었고 키는 조용히 미소를 지었다. 웃음의 끝에서 두캉가는 코를 한번 씰룩였다.

"데샨 카라돔에 가고 싶군."

"오스…… 공주만 잡으면 돌아가겠습니다."

두캉가는 키가 꺼내려다가 삼킨 말에 주의했지만 그것을 거론하지는 않았다. 그리고 이미 놓친 것 아니냐는 질문도 하지 않았다. 다만 두캉가는 이렇게 물었다.

"공주를 잡아야 될 이유는 뭔가?"

"공주는 카밀카르와 필마온의 연결고리가 됩니다."

"그건 전에 들었네. 그리고 자넨 말하지 않았지만, 이 늙다리 해적은 그녀가 검독수리의 성채에 들어가는 순간 인질이 된다는 것 정도도 짐작할 수는 있네."

키는 해묵은 해적을 바라보며 고개를 끄덕였다.

"그녀는 빨리 죽을수록 좋습니다. 살아 있는 공주는 골칫거리입니다.

그녀가 살아서 카밀카르로 돌아가면 카밀카르와 필마온의 제휴가 다시 시작됩니다. 그녀가 카밀카르로 돌아가지 않더라도 그녀가 살아 있을 가능성만 있다면 언제든 카밀카르는 필마온으로 협조 요청서를 소나기처럼 쏘아보낼 수 있습니다. 율리아나 공주는 명명백백한 상황에서 확실히 사망해야 합니다."

"흐음. 복수는 어떻게 되나? 아, 자네의 검이 아니라 발도 로네스 경의 복수 말일세. 필마온은 신부의 죽음에 대한 복수를 내세울 수도 있잖은가."

"그 경우 발도 로네스는 교회 기사단인 필마온 기사단을 동원할 수는 없습니다. 교회 기사단은 교회를 수호하기 위해 존재하는 것이므로 개인적인 복수에 이용한다면 모양이 좋지 않습니다."

"자네가 말했듯이 성사의 수호를 위해서라면?"

"공주가 죽으면 불가능합니다. 율리아나 공주가 죽은 이후에 필마온이 움직인다면 그건 누가 보더라도 성사의 수호가 아니라 복수입니다. 교회는 복수를 용납하지 않습니다. 만일 교회가 복수를 용납했다면 선교사를 죽였던 이교도나 야만인들은 모두 보복을 당했겠지요. 하지만 그런 일은 없었습니다. 그녀가 살아 있을 때만이 성사의 수호라는 명분이 가능합니다."

두캉가는 코를 씰룩인 다음 입을 다물고 자신이 들었던 이야기들을 곰곰이 생각해 보았다. 그 동안 키는 땅바닥에 세워놓은 횃불을 응시하고 있었다. 두캉가는 마침내 불평하듯이 말했다.

"허, 참. 옛날이 좋았다는 생각이 드는군. 옛날의 나는 보이는 배는

모조리 잡아 족치고 고급 선원들을 붙잡아서 몸값을 받으면 그걸로 그
만이었어. 자네와 같이 하게 된 것이, 이토록이나 골 복잡하게 만드는
자네와 같이 뛰기로 한 것이 과연 괜찮은 선택이었는지 의심스럽군."

"흥. 당신은 잘못된 선택을 어떻게 바로잡습니까?"

키는 냉랭한 미소를 지었고, 두캉가는 그 미소를 슬쩍 피하며 히죽
웃었다.

"그냥 골 복잡하다는 것뿐이야. 나에겐 기회만 오면 자네 먹을 따버
리겠다는 결심 같은 건 없어."

말의 끝머리에서, 두캉가는 오닉스가 앉아 있는 방향을 슬쩍 돌아보
았다. 하지만 미약한 모닥불들과 어둠 너머로 오닉스 나이트의 모습을
확인하는 것은 불가능했다. 다시 고개를 돌린 두캉가는 푸념하듯이 말
했다.

"차라리 제독이 되지 왜 이렇게 사람을 괴롭히나."

"두캉가 선장."

"이봐, 그냥 우리 모두를 지배해 버리라고."

키는 입을 다물었다. 두캉가는 흔들리는 횃불빛에 비쳐 붉게 도드라
진 키의 얼굴이 어쩌면 저다지도 차게 보이는지 모르겠다고 되뇌었다.

"자네의 매끄러운 대답을 듣고 있으니 그런 짐작이 확실해지는군. 준
비를 많이 했지?"

"준비?"

"그래. 준비. 의식적이든 무의식적이든 간에, 자넨 설명을 요구하는 어
느 선장이 찾아올 것을 대비해서 들려줄 말을 준비해 뒀을 거야. 뭐 자

기 자신에게 들려주고 싶어서 준비한 건지도 모르겠지만, 그건 중요하지 않고. 어쨌든 다른 선장놈들은 묻지도 않았지?"

"이렇게 물어온 건 당신이 처음이긴 합니다."

"그래. 나 역시 물어보고 싶은 생각은 별로 없었어. 왜 그런 줄 아나? 나는 설명을 듣든 듣지 않든 내가 결국 자네에게 찬성하게 될 것을 알아. 다른 선장들도 마찬가지겠지. 하지만 자네가 우리의 우두머리가 아니니, 난 이렇게 자네에게 물어봐야 돼. 자네에게 동의하기 위해서라도 말이야. 귀찮아. 귀찮은 일이라고. 그냥 우리를 지배해. 다른 작자들을 자신과 평등하게 대해 주겠다는 거, 고상한 성품이라는 건 나도 잘 알아. 하지만 평등은 기호품이야."

"기호품?"

"평등은 모든 사람을 똑같이 대해 주는 것이 아냐. 그 사람이 원하는 만큼 대접해 주는 것이 평등이야. 이 늙은이가 평생을 살아오면서 체득한 지혜이니 믿어도 좋을 걸세. 사람은 평등에는 관심이 없네. 자신이 원하는 것에만 관심이 있지. 따라서, 각자가 원하는 것을 만족시켜주면 사람들은 자기들을 평등하게 대해 준다고 좋아하는 거야. 여기서 배신스러운 문제는 자신이 받는 대접에 만족할 줄 아는 고귀한 작자는 별로 없다는 점이지만. 어쨌든, 스스로의 대가리를 굴리느니 자네의 지휘를 받는 것이 훨씬 속 편하다고 생각하는 우리 해적놈들에겐 자네가 우리를 지배하는 것이 평등하게 대해 주는 거야."

늙은 해적과 최악의 해적 사이로 밤바람이 한 올 스쳤다. 횃불빛이 잠시 까불거리다가 다시 고요해졌다.

"문제가 많습니다."

"오닉스 말하는 건가? 그렇다면 잘못 안 걸세. 그의 자존심은 자네가 그를 완전히 지배할 때 충족될 걸세. 그가 지금 자네에게 으르렁거릴 수 있는 건 자네 둘이 같은 위치이기 때문이야. 그것이 그를 괴롭히고 있는 거지. 그는 자신을 패배시켰던 자가 여전히 자신의 동료로 있다는 것을 참을 수 없는 걸세. 자네가 그를 완전히 지배해 버린다면 그는 오히려 만족할 것이고 자네 먹을 따버리려는 생각도 포기할 걸세. 그럼 우리 모두는 퍽 행복해지겠지."

"하리야 선장의 경우는 어떻습니까."

"신부님? 글쎄. 그가 신을 섬기므로 지상의 지배자를 인정하지 못할 것 같은가? 그렇지 않네. 그는 이미 페가서스호를 지배하고 있어. 따라서 그는 무리 없이 그의 머리 위에 있는 지배자도 받아들일 걸세. 그는 이상적인 것과 현실적인 것을 조화시킬 줄 아는 원숙한 사내야. 다른 선장들, 그러니까 돌탄이나 킬리, 트로포스의 경우에는 말할 것도 없고……"

두캉가가 잠시 머뭇거리는 순간 키가 그의 말을 받았다.

"알버트 선장은?"

두캉가의 이맛살이 찌푸려졌다.

"그가 반대할 거라고는 생각하지 않으십니까?"

"쳇. 그는 반대하고 자시고 할 수 없는걸. 그 일 이후로 그에게서 무슨 말을 들었던 사람은 아무도 없어. 빌어먹을. 그가 물수리호를 지휘하고 있는지조차 알 수 없는 노릇이야."

"하지만 물수리호의 선원들은 그를 여전히 선장으로 여기고 있습니다. 그리고 그는 물수리호를 확실히 지휘하고 있습니다. 당신도 아시잖습니까. 과연 그가 그의 배나 그의 선원들을 타인에게 맡기겠습니까."

"하지만 알버트 선장은, 물수리호는 자네의 지휘를 한번도 거부한 적이 없어. 거기다가 미노 만에 정박하고 그의 선원들을 이 탐색에 합류시키기까지 했어. 알버트 선장 역시 우리 모두들처럼 자네를 받아들이고 있는 것이 아닐까?"

"내가 그였다 하더라도 그의 배나 그의 선원들에게도 유익한 지시를 내려주는 동료는 얼마든지 받아들였을 겁니다. 하지만 그의 배와 선원을, 그리고 그 자신을 지배하겠다고 든다면 이야기가 다릅니다. 잊어서는 안 됩니다. 그는 어떤 맹세를 했는지를. 그런 식으로 맹세한 이상 그가 타인에게 물수리호를 넘길 수는 없는 노릇입니다."

두캉가는 거칠게 말했다.

"그럼 물수리호는 제외해 버려."

키는 잠시 말을 멈춘 채 두캉가를 바라보았다. 절벽 위를 제멋대로 횡행하는 바람은 횃불을 마구 흔들고 있었고, 두캉가의 검은 얼굴은 횃불빛 속에서 작열하는 석탄더미처럼 보였다. 해풍은 그의 눈가에 망목 좁은 그물 같은 잔주름을 만들어놓았고 짠바람에 수없이 담금질된 그 몸은 그의 고향의 특산품인 질긴 생고무처럼 보였다. 키는 씁쓸하게 말했다.

"내게 책임을 지울 생각입니까."

"부정하진 않겠네. 자넨 분명히 떼장이 어린애처럼 굴고 있어. 마음대로 행동하기 위해서 책임을 사양하겠다는 거지. 그래. 자네가 우리들 중 하나일 땐 마음대로 행동할 수 있지. 하지만 우리들을 지배하게 된다면 자넨 마음대로 행동할 수 없겠지. 자넨 그걸 잘 알아. 하지만 난 오래전부터 자네가 우리들 모두를 지배해야 된다고 생각해왔네."

"두캉가. 나는 싫습니다."

미약한 횃불에 밝혀진 공간 전부가 고요함으로 가득 찼다. 두캉가는 한숨을 내쉬었다.

"난 프러포즈를 던졌고 거부를 받았군. 그리고 나는 이제부터 프러포즈를 던진 녀석들이 항상 취하는 자세를 따르겠어. 마음이 바뀔 때까지 기다리지. 실제적인 이야기나 하세."

"예. 두캉가 선장."

"어쩔 텐가? 공주는 이미 다림에 들어갔어. 거긴 테리얼레이드 같은 곳이 아냐. 난 오늘 내내 자네에게서 정지 명령이 나오길 기다렸지만 자넨 그런 말을 하지 않더군. 그렇지만 내일도 계속 걸어간다면 틀림없이 다림의 병사들에게 들킬 거야. 자네 생각을 듣고 싶군."

"혼자 가겠습니다."

잠시 키의 대답을 기다리던 두캉가는 키가 이미 대답했음을 깨달았다. 키의 대답을 되뇌어보던 두캉가의 얼굴이 곧 일그러지기 시작했다. 키는 땅에 꽂힌 횃불을 바라보며 나직이 말했다.

"말하신 대로 이런 대규모의 인원을 끌고 갔다간 당장 들킬 겁니다. 하지만 나 혼자라면 상관없을 겁니다. 다림에 잠입해서 노예와 공주를 죽인 후 복귀하겠습니다. 오히려 잘되었군요. 수많은 다림 시민들이 공주의 죽음을 증명해 줄 테니까. 그 동안 이곳에서 기다려주시든, 아니면 당신의 선원들을 데리고 미노 만으로 돌아가든 마음대로 하십시오. 다른 선장들에게도 그렇게 말하겠습니다."

두캉가는 기어코 노성을 지르고 말았다.

"정신나갔나! 자넨 제국의 공적 1호야. 들키는 순간 그들은 자넬 찢어 죽이려 들 거라고!"

키는 잠시 멈칫했다. 하지만 곧 차가운 미소를 지으며 말했다.

"그렇겠지요. 현상금 때문에 내 팔이나 다리 하나라도 가지려고 아우성이 벌어질 테니까, 찢겨 죽는다는 말은 정확한 것 같습니다."

"지금 그걸 농담이라고 하는 건가? 말도 안 되는 소리 집어치워! 돌아가세!"

키는 우울한 얼굴로 두캉가를 바라보았다. 두캉가는 흥분하여 손을 휘두르며 외쳤다.

"미노 만으로 돌아가자고! 자넨 할 바를 다했어. 사실 우리야 남해의 제해권이 어디로 가든지 알 바 아니잖아! 어느 놈이 남해를 주물럭거리든 마찬가지야. 우린 우리 나름대로 재미있게 살 수 있다고."

키는 여전히 말이 없었다. 뭔가 다른 말을 해야 될 것으로 판단한 두캉가는 이를 악물며 말했다.

"라이온 때문인가?"

키의 얼굴에 약간의 감탄이 떠올랐다.

"알고 있었습니까?"

"그 녀석 때문이군! 그래서지? 제기랄, 그 놈 때문에 남해를 청소해

줄 생각인 건가? 나는 그런 짓은 절대로 용납할 수 없……"

다음 순간 키가 벌떡 일어났다. 당황한 두캉가가 뭐라고 말할 틈도 없이, 키는 땅에 꽂혀 있던 횃불을 힘껏 짓밟았다.

두캉가가 팔을 들어 얼굴을 가린 것과 불티가 팍 피어오른 것은 거의 동시였다. 짧은 순간 키의 얼굴이 환해졌다가 곧 암흑 속에 잔영만을 남긴 채 사라졌다. 두캉가가 다시 팔을 내렸을 땐 횃불은 이미 꺼져 있었고 사방은 완벽히 캄캄했다. 두캉가가 키의 행동과 어둠 양쪽에 당황해하고 있을 때 암흑 저편으로부터 키의 냉랭한 목소리가 들려왔다.

"돌아가시오. 두캉가 선장."

두캉가는 소름 끼치는 기분을 느꼈다. 아무것도 보이지 않는 어둠, 그 너머 어딘가에서 그를 노려보고 있을 키의 모습을 떠올리자 두캉가는 입 속이 타들어가는 기분을 느낄 수밖에 없었다. 그는 조금 전 키의 얼굴이 떠올랐던 방향을 향해 힘들게 말했다.

"이보게, 키 선장……"

"두캉가."

나오려던 말은 두캉가의 입천장쯤에 말라붙었다. 복수가 뽑힐 때 소리가 나던가? 두캉가는 복수가 뽑히는 광경을 많이 보진 못했기에 잘 떠올릴 수 없었다. 하지만 어둠 너머 저편에 있을 키의 모습을 생각할 때 두캉가는 복수를 손에 쥔 그의 모습 이외엔 떠올릴 수 없었다.

"드래곤의 이빨을 세지 마시오."

메마른 키의 목소리가 어둠을 예리하게 갈라놓았다. 두캉가는 간신히 일어났다. 달빛조차도 제대로 볼 수 없는 두캉가로서는 대단한 일이었다.

"그런, 어, 생각은 없네. 키. 미안하군. ……용납하느니 어쩌느니 했던 건 아무 뜻도 없는 말이었어. 그냥…… 미안해. 난…… 어, 돌아가겠네."

두캉가는 힘없이 돌아섰다. 그러곤 더 비참해지는 기분을 맛보아야 했다. 두캉가 선장은 자신의 근시를 저주하면서 멀리 보이는 모닥불을 겨냥하며 힘들게 언덕을 내려갔다.

키는 검푸른 어둠 속에 홀로 서서 말없이 두캉가의 뒷모습을 바라보았다. 잠시 후 키는 그의 손에 들려 있던 복수를 다시 검집에 꽂아넣으며 몸을 돌렸다.

정말 죽였을까? 키는 알 수 없었다. 그리고 알 수 없었기에 키는 눈앞에서 두캉가 선장의 모습을 지워버렸던 것이다. 하지만 어둠은 그에게 많은 도움이 되진 않았다.

암흑은 그에겐 너무 익숙했다.

별들이 불타오르는 검푸른 하늘 아래, 풀잎의 그림자가 춤을 추는 새까만 언덕 위에 서 있는 사내에게로 느닷없이 한 줄기 바람이 불었다.

쏴아아아……

거친 밤바람은 키의 코트 자락을 사정없이 펄럭거리게 한 다음 다림을 향해 휘몰아쳤다. 마치 키 그 자신의 분노처럼.

제6장

Bladerunner

다림은 일종의 자유 무역항이다.

영토는 작을지 모르나 바다에서의 발언권이라면 둘째 가라면 서러울 레갈루스의 뱃사람들에 의해 개발된 이 항구는 원래 이보레 열도를 오가는 선박들의 피난항으로 개발되었다. 하지만 대륙 최고의 곡창 지대인 팔라레온에 인접하면서도 팔라레온에 속하지 않는다는 그 입지적 특성 때문에 다림은 곧 비관세 무역항의 성격을 지니게 되었다. 다림이 그런 식으로 발달하게 된 데에는 레갈루스인들의 영토에 대한 무관심도 크게 작용했다. 레갈루스인들은 팔라레온이라는 거대한 나라에 맞서 이 조그마한 식민지를 지키는 대신 그것을 자유 무역항으로 개방하여 생기는 이점을 취하는 편이 훨씬 낫다고 생각했다. 그리고 그 생각은 옳았다.

네발 동물이 견인할 수 있는 화물량과 바람이 견인할 수 있는 화물

량은 비교도 되지 않는다. 따라서 멀리 그리치나 자마쉬, 그리고 카밀카르의 상인들은 말할 것도 없거니와 가까운 라트랑이나 레모에서도 다림에 그들의 배를 부린다. 그러곤 그들의 선창에 팔라레온의 밀을 가득 실은 다음 한 가지 소망을 거듭거듭 기원하며 그들의 고국으로 돌아가는 것이다. 대부분의 뱃사람들이 '키 드레이번을 만나지 않게 해주십시오'라고 비는 것에 비해 볼 때 그들은 '순풍을 기원합니다'라는 퍽이나 전통적인 기원을 올린다. 키 드레이번은 밀 운반선을 공격하지 않기 때문이다.

냉소적인 이들은 키 드레이번에게 밀장사를 할 만한 상재(商材)가 없기 때문이라고 말했고, 낭만적인 이들은 키가 사람들의 빵을 뺏는 일은 피한다고 말했다. 하지만 세상사를 냉정하게 볼 줄 아는 식견 있는 자들은 좀 다른 견해를 가지고 있었다.

"밀 운반선을 건드릴 경우 받게 될 무시무시한 보복을 피하기 위해서겠죠."

율리아나 공주는 그렇게 쉬운 질문은 처음 받는다는 듯이 간단히 대답했다. 폴라 대사는 싱긋 웃었다.

"그렇겠지요. 공주님. 노스윈드는 냉정하고 잔혹할지는 몰라도 영리한 자입니다. 그를 꺼림칙하게 여기는 각국 정부들도 자국민이 굶주리게 되면 눈을 뒤집고 달려들 것쯤은 짐작할 수 있는 사내지요. 어쩐지 매력적이군요. 어떤가요, 공주님. 직접 만나보신 소감은?"

공주는 다시 쉬운 질문이라는 듯이 대답했다.

"침착하게 미친놈이에요."

폴라 대사는 가벼운 웃음을 터뜨렸다.

"라힘턴 전하를 가장 많이 닮은 건 셋째 공주님이라는 말은 들었습니다만, 과연 그러하군요."

"으음? 무슨 말씀이죠?"

폴라 대사는 대답 없이 싱긋 웃었다. 그러곤 고개를 들어 카밀카르 상관의 천장을 바라보았다.

대사(ambassador)라고 불리긴 하고, 그것이 그녀의 정식 직함이긴 했지만, 그 직함이 폴라의 일을 정확히 나타낸다고는 볼 수 없다. 이곳 다림엔 다림 주재 카밀카르 대사인 그녀가 고국 카밀카르를 대신하여 논의를 나누거나 대사(大事)를 의논하거나 하다못해 차라도 한 잔 나눌 만한 정부가 존재하지 않았다. 물론 레갈루스가 파견한 총독이 있긴 했다. 하지만 폴라 대사가 다림 총독 글라두스와 회견을 가질 경우 그것은 '카밀카르 대 레갈루스'의 일이라기보다는 '설탕 한 컵 대 과자 쟁반'과 같은 일일 경우가 더 많았다.

"아, 폴라 대사. 설탕 한 컵만 꿔주겠소? 과자를 만들려 했는데 설탕이 없더라고. 만들어지면 좀 가져다드릴 테니 맛이나 보구려."

"아, 고마워요. 총독님. 컵 이리 주세요."

다림은 말 그대로의 자유 무역항이고 그 자유로운 분위기는 이곳을 이용하는 모든 뱃사람들에 의해 암묵적으로 지켜지고 있었다. 많은 뱃사람들은 자신들이 제2의 고향으로 여기고 있는 이 아름다운 항구가 어떤 정치적 색채를 띠는 것을 원하지 않았다. 더군다나 원칙적으로 이 항구의 소유자인 레갈루스 자신이 이 땅에 대해 '손놓고 있다'는 태도를 취하고 있었다. 레갈루스는 다림 총독마저도 본국인이 아닌 다림 시민들 중에서 선출했고, 그래서 현 총독인 글라두스는 레갈루스 본국을 딱세 번 밟아보았다는 것을 자랑삼아 말하곤 한다. 그런 바에야 다른 나라의 대표자들 역시 이 땅에서 어떤 국가의 분위기를 지나치게 내는 일을 삼갈 수밖에 없었다. 그것은 레갈루스의 교묘한 정치 수완에 기인한 것일 수도 있고 항만세가 없는 항구에 대한 뱃사람들의 깊은 애정에 기인한 것일 수도 있지만, 어쨌든 다림에 발을 내린 각국의 대사들은 먼저 다림식의 뱃사람이 되는 일을 배워야 했다.

그래서 폴라 대사 역시 은퇴한 뱃사람처럼 행세하길 좋아했다. 실제로 많은 뱃사람들이 이곳에서 은퇴를 결심하므로 한번도 배를 타본 적이 없는 그녀가 보고 배울 만한 모델은 많았으리라. '이 아름다운 항구에 살고 있는 은퇴한 카밀카르 뱃사람으로서 현역인 후배들을 보살핀다'는 식의 태도는 어쨌든 카밀카르 뱃사람들에게 어느 정도 받아들여지고 있었다. 따라서 카밀카르 뱃사람들이 생각하는 폴라 대사는 '다림의 큰누님'인 셈이다.

그 다림의 큰누님은 찻잔을 들어올리며 말했다.

"어쨌든 그러니 공주님의 말씀을 믿기가 더욱 어렵군요. 그렇게 냉철한 남자가 과연 자기 목숨줄이나 다름없는 배를 버리고 그에겐 지옥보다 더 위험한 곳이 될 이 육지에 올랐단 말인가요?"

"올라왔어요. 그리고 한마디 덧붙이자면, 그 남자는 지옥에 떨어지더라도 뭐가 이렇게 따분하냐고 투덜거릴 작자예요."

"더욱 매력적이군요. 호호호!"

"대사님. 악마도 직접 만나기 전까진 매력적으로 느껴지는 법일 테니 그렇게 생각하시는 것도 이해해요. 하지만 제게 물어보신다면 다시는 만나고 싶지 않다고 대답하겠어요."

율리아나의 진지한 태도에도 불구하고 폴라 대사는 농담으로 대답했다.

"푹 빠지게 될까 봐서요?"

율리아나는 못 말리겠다는 표정을 지었다. 폴라 대사 역시 농담은 그쯤에서 그만두기로 했다.

"어쨌든 공주님의 말씀대로라면 이것은 그 자를 체포할 절호의 기회군요. 하지만 100여 명이라…… 아시겠지만 전 몇 명의 호위병 이외엔 병력이라는 것을 가지고 있지 않습니다. 그 자를 체포하는 영광은 아무래도 메르데린 공작에게 돌리는 것이 좋겠군요. 그 자가 얼마나 우쭐거릴 것인지 생각하면 벌써부터 속이 이상해지는 것 같지만."

"메르데린 공작이오?"

"다벨에는 롱레인저라는 부대가 있지요, 공주님. 아피르 족이 사는 검은 황야를 순찰하는 부대입니다. 그들이라면 키 드레이번과 그의 졸개들을 쉽게 체포할 수 있겠지요."

율리아나는 재빨리 찻잔을 들어올려 얼굴을 감추며 속으론 한숨을 내쉬었다. 아, 이런. 휘리를 만났을 때 키의 체포를 부탁했어야 되는 거였군. 난 역시 바보야. 아냐! 그건 술 때문이야. ……어라? 그, 그럼 '난 역시 술주정뱅이'라고 자학해야 되는 거야? 율리아나는 가엾게도 다른 일행들이 그녀의 정체가 드러나는 것을 우려하여 키에 대한 아무런 언

급을 하지 않았다는 사실을 모르고 있었다. 그때 하인의 헛기침 소리가
들려왔다.

"대사님. 손님이 오셨습니다만."

폴라 대사는 잠시 갸웃하다가 손가락을 딱 튕겼다.

"다벨에서 사람들이 온 모양이군요."

율리아나 공주는 잠시 이 어처구니없는 우연에 당황해하며 폴라 대
사를 바라보았다. 다벨 이야기가 나오자마자 다벨에서 사람이 오다니?
그녀가 심지어 폴라 대사가 마법사였을지도 모른다는 생각을 하는 순
간, 폴라 대사는 율리아나 공주의 마음을 읽었다는 듯이 너털웃음을
터뜨렸다.

"하하! 무슨 상상 하세요, 공주님. 아마도 메르데린 컬렉션을 가지고
온 사람들일 겁니다."

데스필드는 쾌활한 휘파람을 불며 다림 시내를 걸어가고 있었다. 뚜
렷한 목적지 같은 것은 없었지만 패스파인더에겐 그것이 대단한 문제가
못 된다. 그냥 자신의 두 다리에 맡기고 걸어가면 되는 것이다. 그래서
데스필드는 내키는 대로 걸으며 다림의 풍광을 감상했다.

그의 옆에선 그에게 끌려나온 오스발이 따라 걷고 있었다. 데스필드
의 기대와는 달리 오스발은 평온한 얼굴로 주위를 보았을 뿐 눈이 휘둥
그레지거나 감탄성을 연발하거나 하지는 않았다. 다만 조용히 말했다.

"신부님께서 교회에서 돌아오셨을 때까지 기다렸다가 함께 나왔으면 좋았을 텐데요."

"아아! 그건 곤란하지. 신부님 당신은 본인에게 지급할 대금 가지러 간 건데, 그 대금이 본인의 손에 들어오면 본인은 모조리 다 써버리고 말걸? 본인은 떠나기 직전에 대금 받을 거야."

"언제 떠나실 생각입니까?"

"대금 받는 대로! 그러니까 지금 나온 거잖아?"

오스발은 미소 지으며 속으로는 패스파인더를 그냥 한 자리에 가만 있지 못하는 사람 정도로 이해하면 될까 하고 생각했다. 어디로 가는 거냐고 물어볼 법도 하건만 오스발이 그 질문을 하지 않은 것은 데스필드에 대해 그 정도로 이해하고 있었기 때문이다. 어쨌든 패스파인더는 움직이는 것 그 자체가 좋고 주위의 모습이 계속 바뀌는 것 자체에 매혹되는 사람이었다.

그러나 그런 데스필드도 항구가 내려다보이는 주점의 유혹에선 자유롭지 못한 듯했다. 부두 창고와 어시장을 지나쳐 주점들이 늘어선 언덕에 도달하자 데스필드는 즐거운 신음을 내곤 오스발을 돌아보았다.

"술 잘하나?"

오스발은 멋적게 웃었고 곧 데스필드는 자신의 이마를 딱 쳤다. 노잡이 노예였지. 데스필드는 손가락을 까딱거리며 먼저 펍 안으로 들어섰고 오스발은 겸연쩍어하는 걸음걸이로 그 뒤를 따라들어갔다.

오후였지만 펍은 그럭저럭 활기가 있었다. 다시 항해를 떠날 때까지 익숙하지 않은 뭍에서 시간 떼울 장소가 필요했던 선원들이 곳곳에서 잡담을 나누고 술을 마시고 있었다. 선원들을 둘러보던 오스발은 그들 중 일부는 오늘 이곳에 들어온 것이 아닐지도 모른다고 생각했다. 며칠 동안이나 계속 술을 마셔온 사람들은 자신의 구토물 속에서 헤엄치고 있지 않아도 어떻게든 표시가 나는 법이다. 경쾌한 걸음걸이로 홀을 가로지른 데스필드는 다른 사람들과 조금 떨어진 자리에 앉았다. 머리에 비해 너무 커보이는 선원모를 눌러쓴 소년이 그들을 향해 달려왔다.

"럼, 냉수 타서, 두 잔."

소년은 두말 없이 달려가려 했다. 하지만 데스필드의 말은 끝난 것이 아니었다.

"푸른 잔에."

오스발은 그냥 술잔 모양까지 지정하는 술이 다 있나 보다 생각했지만, 소년은 잠시 데스필드를 바라보았다. 하지만 주문을 끝낸 데스필드는 창문에 몸을 기댄 채 다리를 까딱거리기 시작했다. 소년은 앞치마에 손을 닦으며 저쪽으로 달려갔다.

잠시 후 소년은 세 개의 푸른 잔을 들고 왔다. 오스발은 어리둥절한 표정으로 소년을 바라보았고 그건 데스필드 역시 마찬가지였다. 하지만 데스필드가 어리둥절해하는 이유는 오스발과는 좀 달랐다. 소년은 두 개의 잔을 데스필드와 오스발 앞에 내려놓고는 그 자신도 의자에 앉았다.

"꼬마 당신이야? 희한하네."

"시끄러워요, 데스필드 씨. 원하는 건 뭐죠?"

"우하! 본인 이름도 알아?"

"그 희한한 말투를 보니 데스필드 씨가 맞긴 맞나 보군요. '안'에서 가르쳐줬어요."

소년은 엄지손가락을 어깨 너머로 넘겨 주방 쪽을 가리켜보였다. 데스필드는 흘끔 주방 쪽을 바라보고선 다시 소년을 쳐다보았다.

"아, 좋아. 그럼 꼬마 당신의 이름은?"

"설마 알고 싶은 게 그거예요?"

"물론 그건 아니지. 빡빡하게 굴지 마, 꼬마 당신. 좋아. 휘리가 누구지?"

오스발은 어렴풋이 이 사태를 이해하기 시작했다. 데스필드가 단순히 술을 마시기 위해 주점에 들어온 것이 아니라는 사실을 깨달은 오스발은 약간의 호기심을 가지며 둘의 대화를 들었다. 하지만 소년은 기분이 별로 좋지 않았다. 목소리는 높이지 않았지만, 소년은 충분히 사나운 어조로 말했다.

"이거 보세요. 데스필드 씨. 꼬마를 내보내서 당신을 무시한다고 생각하나 본데 그건 당신 착각이에요. 빨리 묻고 싶은 거나 물어봐요. 나바쁘니까."

"아니 아니. 진짜 묻는 거야. 휘리가 누구야?"

"정말 이럴 거야!"

소년은 진짜로 화를 내기 시작했다. 뭔가 이상하다고 느끼면서도 데스필드 역시 화를 내었다.

"젠장, 이것 봐. 진짜 모른다고! 그리고 모르니까 이렇게 찾아와서 묻는 거잖아."

"얼씨구? 왜? 가수 이름 대신 차라리 퓨아리스 4세가 누구냐고 묻지 그래? 그게 더 재미있을 것 같은데?"

비아냥이 가득한 소년의 대답을 듣는 순간 데스필드는 이 이상한 상황이 한꺼번에 해결되는 상쾌함을 느끼면서도 동시에 어이없음을 느꼈다. 아차! 그래, 가수였어. 어쩐지 기억에 있는 이름이었어. ……하지만 가수일 리가 없잖아.

"그 가수 말고 다른 휘리 없어?"

그리고 데스필드의 대답을 듣는 순간 소년 역시 이 상황이 한꺼번에 해결되는 상쾌함을 느꼈다. 하지만 데스필드와는 달리 소년이 동시에 느낀 감정은 약간의 굴욕과 낭패감이었다.

"어, 다른 휘리가 있었어요? 이상하군. 모르겠는데."

소년은 계속해서 거 참 이상하다, 그렇게 유명한 이름의 동명이인이라면 내가 모를 리가 없는데 등의 말을 중얼거렸다. 잠시 후 소년은 패배를 인정하기 싫다는 듯이 맥빠진 동작으로 일어섰다.

"젠장. 안에 물어보고 오겠어요."

잠시 후 오스발과 데스필드가 술 한 모금씩 마셨을 때 소년은 더욱 혼란스러워하는 얼굴이 되어 돌아왔다.

"쌍. 정말 이상한데. 그 가수 말고는 없다는데요?"

"어, 그럼 그 가수 당신인가?"

소년은 잡아먹을 듯한 얼굴이 되어 데스필드를 쏘아보았다. 데스필드는 미안하다는 듯이 웃으며 말했다.

"아, 잠깐. 정말 이상하다고. 가수일 리가 없는 당신이야. 군―." 잠깐. 군인이 아니었잖아. 그럼 진짜 그 휘리 당신이 그 가수 당신인가? "확실히 다른 휘리는 없는 거지?"

"없어요."

"흐음. 좋아. 다벨의 휘리. 유명한 가수. 아버지를 알 수 없고 사람의 재주가 아닌 것 같은 기막힌 노래 때문에 그의 어머니 당신이 악마 당신과 관계해서 휘리 당신을 낳았을지도 모른다는 이야기가 따라다니는 당신. 그 외에 다른 거 있나?"

"당신 여러 번 똑같은 대답 하게 만드는데, 없어요. 그런데 그 가수가 왜요?"

"흐음. 본인은 아무런 대답도 못 받았는데 본인한테서 뭘 캐려는 거야? 웃기지 마."

소년의 얼굴에 처음으로 웃음이 떠올랐다. 약간 비틀린 웃음이었다.

"거 신기한데. 뭔가 있긴 있는 것이군요. 좋아요. 뭐 다른 거 알고 싶은 거 없어요?"

"흐음. 당장은 없군. 혹시 본인이 알고 싶어할 만한 건 없나?"

"쳇. 그럼 거래가 안 되잖아. 당신이 쥐고 있는 게 어떤 건지도 모르는데."

"보라고, 꼬마 당신. 저 안쪽에서의 본인의 평판이 그렇게 나쁘진 않을 텐데?"

소년은 잠시 고민하는 얼굴이 되었다. 오스발은 재미있어하는 표정으로 소년의 대답을 기다렸다. 잠시 후 소년은 결정을 내렸다.

"좋아요. 쥐덫 다섯 개가 팔리는 것 같아."

"쥐덫? 누가?"

"몰라요."

데스필드의 얼굴에 약간의 진지함이 떠올랐다.

"모른다고?"

"그래요. 재밌잖아?"

"흐음…… 좋아. 휘리라고 불리는 당신이 롱레인저 당신들과 함께 다림 근방을 어정거리고 있더군." 데스필드는 계속해서 사흘 전 그들이 롱레인저를 만났던 장소를 상세하게 설명했다. 소년은 자신이 받은 정보의 값어치를 곰곰이 따져보는 얼굴이 되었다.

"그거 본전치기는 안 되는 거 같은데. 롱레인저가 이 근처를 어슬렁거리는 건 이상할 게 없는데. 경매 때문에 따라온 것일걸."

데스필드는 카밀카르 상관에서 벌어지는 메르데린 컬렉션의 경매 이야기를 이미 들었었고, 그래서 소년의 추리와 비슷한 추리를 했었다.

"피차일반이오, 젊은 당신. 쥐덫 장사는 본인관 별 관련 없어. 본인은 패스파인더라고."

"쥐를 찾아가면 되잖아."

"쥐덫 장수 당신들하고는 상대 안해."

"좋아요. 좋은 시간 되시길. 필요한 거 있으면 불러요."

소년은 그때까지 손도 대지 않았던 자신의 잔을 들어올리더니 그것을 단숨에 비우곤 몸을 일으켰다. 데스필드는 다시 창턱에 팔을 괴며 창 밖을 바라보았다. 그러나 조금 후 데스필드는 심히 괴이하다는 눈으로 오스발을 바라보았다.

"뭐 안 물어보나?"

110

"말씀해 주실 것이 있습니까?"

"설명을 기다릴 뿐 질문은 안한다? 노예 근성이라고 말해 버리고 싶은데 그런 평온한 얼굴을 하고 있으니 그렇게 말하기도 어쩐지 이상하고. 참 재미있는 당신이야."

오스발은 조용히 웃었다. 데스필드는 어깨를 으쓱여보이곤 두 다리를 테이블 아래로 쭉 뻗었다. 하지만 데스필드는 입을 다물고 있기엔 이 정적이 뭔가 이상하다고 생각했다. 그래서 데스필드는 술잔을 들어올리며 혼자말처럼 말했다.

"이 동네엔 일거리가 없군. 본인이 패스파인더인 것 잘 아니까 뭘 소개해 주려면 패신저 당신을 소개해 줬겠지. 그런데 그런 당신이 없으니까 대신 쥐라도 찾아가 보면 어떠냐고 말하는 거야."

"쥐가 뭡니까?"

"쩝. 그거야 정확하겐 모르지. 납치일지 린치일지 암살일지…… 어쨌든 이 도시의 누군가가 다섯 명의 칼잡이 당신들을 고용해서 이 도시의 누군가를 곯려줄 작정인 모양이야. 그러니까 그 타깃이 된 당신을 찾아가서 일거리를 찾아보면 어떠냐고 제안하는 거지. 타깃 당신이 어딘가로 도망치고 싶어할 수도 있으니까. 하지만 그러면 그 칼잡이 당신들은 본인한테 화를 내겠지. 그런 당신들을 건드리는 건 귀찮아."

데스필드는 문득 말을 멈추곤 오스발을 바라보았다. 하지만 단신으로 4,000여 명의 해적으로부터 공주를 구해 내었던 노예는 별 표정 없는 얼굴로 술잔만 들여다보고 있었다. 데스필드는 그런 걸 느끼는 건 자신의 스타일이 아니라고 생각했지만, 그래도 약간의 자격지심을 느꼈다.

"본인은 이걸 생업으로 한다고. 위험 요인은 피해야잖아."

"예? 아, 그러시겠지요."

이런 동의는 받으면 더 비참한 것이라고. 본인이 이 무슨 푼수짓을. 데스필드는 고개를 살짝 가로젓고는 다시 창 밖의 항구를 바라보았다. 멀리 다림의 건물들 사이로 다림 수도원의 높은 종탑이 눈에 들어왔다.

이를 악문 채 테이블을 내려다보던 파킨슨 신부는 다시 고개를 들어 상대방을 바라보았다. 어딜 보나 그와는 반대되는 모습이다. 화려한 신부복과 깨끗한 피부, 좋은 향기가 날 것 같은 손가락들엔 커다란 반지가 끼워져 있고 풍채 좋은 몸은 태어날 때부터 유복한 환경에서 자라왔음을 증명하고 있다. 그에 비한다면 병이 있는 것이 아닌가 싶을 정도로 마른 몸(단단하기는 하지만)과 거무튀튀한 피부를 한 파킨슨 신부는 혈통 좋은 종마 앞에 서 있는 비루먹은 나귀처럼 보였다.

그러나 그들의 다른 점들 중에서도 가장 이질적인 것은 눈에 보이는 것이 아니었다.

"그녀를…… 죽일 필요는 없지 않습니까. 도리언 원장님."

"있습니다. 파킨슨 신부님."

"난…… 이해할 수 없습니다."

다림 수도원의 수도원장인 도리언 신부는 고개를 가로저었다.

"이해하고 자시고 할 문제가 아닙니다, 파킨슨 신부님. 순종의 미덕을 생각하십시오. 그 외진 곳에서 오랫동안 교회의 손길에서 떨어져 있었다는 점은 이해합니다만, 상부의 명령에 설명을 요구하지 않고 순종해야 하는 것이 우리의 의무임을 잊으셔선 안 됩니다."

파킨슨 신부는 하마터면 울컥할 뻔했다. 순종의 미덕이라고! 살인 명령에 따르는 것이 미덕이란 말이냐! 파킨슨 신부는 가까스로 자신을 억눌렀다. 그러나 그의 성격상 한마디 튕겨주지 않고선 참을 수 없었다.

"외진 곳이라 하셨지만, 그곳에도 신은 계십니다."

"예? 아, 예. 물론이죠. 이 보잘것없는 선창가에도 신이 계심과 마찬가지로. 하하하!"

얼간이 자식. 입 닥쳐. 네놈 눈엔 남해 최고의 항구 중 하나가 보잘것없는 선창가로 보이냐? 파킨슨 신부는 상대방에 대한 경멸감을 얼굴에서 완전히 지울 자신이 없었기에 고개를 조금 떨구었다. 안타깝게도 도리언 수도원장은 파킨슨 신부의 그런 모습을 긍정의 의미로 판단하고 말았다.

"이해합니다. 차마 신부님의 손으로 그러실 수는 없겠지요. 이곳까지 와주신 그 노고엔 정말 감사드립니다. 그 일은 제가 맡겠습니다."

"당신이요?"

도리언 원장은 웃으며 자신의 계획을 설명했다. 요번 주말, 율리아나 공주는 미사에 참석하기 위해서 반드시 다림 수도원의 예배당에 올 것이다. 그때 살인자들을 미리 잠복시켰다가 공주를 찌르고 도망치게 하면 된다. 그 일을 맡을 자들은 이미 다섯 명 구해 됐다. 미사에는 비무장으로 참석하는 것이 상식인 만큼, 무기를 든 암살자들은 비무장인 호위병들에게서 쉽게 도망칠 수 있을 것이다. 폴라 대사나 카밀카르 상관의 사람들의 경우는 신경 쓰지 않아도 좋다. 다림의 정치적 성격이 무색에 가깝다는 것은 이번 경우 오히려 유리한 점으로 작용할 것이다. 카밀카르는 이 땅에 있는 많은 대사관과 상관, 그리고 다른 많은 세력들 중 누가 암살을 시행했는지 짐작할 수 없어 당황해할 것이다. 만약 그녀가 미사에 참석하고픈 생각이 없다면 그때는 파킨슨 신부가 나서면 된다. 이곳까지 무사히 오게 된 데 대해 주님께 감사드려야 된다고 당신이 말씀하시면 그녀는 당연히 따르지 않겠는가.

파킨슨 신부는 위 내용물 대신 말을 토하기 위해 무진 애를 써야 했다.

"……주도 면밀한 계획을 보니, (살인 계획에 대해) 생각을 많이 하셨나 보군요."

"아, 그거야 별것 아닙니다. 신부님."

이 자식, 틀림없이 귀족가의 둘째아들인 모양이군. 암살이야 귀족가의 필수 교양이니 살인 계획 세우는 것쯤 간단하다 이건가? 일단 시간을 끌어보자고 생각한 파킨슨 신부는 마른 입술을 핥은 다음 가까스로 평온한 말투로 말했다.

"한 가지만 확인해 두고 싶습니다. 그 교회의 명령서라는 것, 좀 보여주시겠습니까? 전 아직까지도 교회가 우리에게 살해를 명령했다는 것이 믿어지지 않습니다. 아무리 그녀가 잠재적 위험이라 하더라도……"

"아, 물론 그러시겠지요. 저도 그 서한을 받아들곤 무수히 고민했습니다."

수도원장은 그렇게 말하며 품속으로 손을 집어넣었고 파킨슨 신부는 허를 찔린 기분을 느꼈다. 미리 준비해 뒀군. 수도원장은 품속에서 꺼낸 양피지를 파킨슨 신부에게 건네었다.

파킨슨 신부는 조심스럽게 양피지를 펼쳤다.

먼저 아래쪽을 살펴 법황청의 법인을 확인한 다음 파킨슨 신부는 우울한 표정으로 서한을 처음부터 읽어내렸다. 서한은 물론 암호로 구성되어 있었다. 하지만 그것은 성전을 모조리 외고 그외에도 수많은 교리서와 주석서 등을 모두 외울 수 있는 신부라면 해독할 수 있는 암호들이었다. 예를 들어 '펠라론이 신실한 형제 그대를 볼 때 일곱 양에서도 으뜸인 양을 생각하고……'와 같은 문장을 보자. 언뜻 상대방을 칭찬하는 평범한 문장처럼 보이는 이 문장은, 그러나 사실은 '그대를 볼 때'라는 말로 시작되는 성 파킨슨의 주석서 7장 1절을 떠올려보라는 의미가 된다. 파킨슨 주석서 7장 1절은 '성전에 나오는 이웃을 죽이는 자라는 말은……'으로 시작하므로 이것은 '살해' 혹은 '암살'이라는 단어가 된다. 이렇게 주관성이 강한 암호는 그 주관성을 공유하지 않는 사람으로선 해석하기 어렵다. 물론 성전과 교리서와 주석서들을 모조리 준비해 놓고 끈질긴 집념으로 해독한다면 시간만 좀 들 뿐 끝내 해석해 낼 수 있겠지만 교회의 서한에 함부로 손대는 사람은 드물다.

물론 파킨슨 신부는 아무런 책의 도움 없이 곧장 그 의미를 읽어낼 수 있었다. 서한은 먼저 율리아나 공주를 얻게 된 필마온 기사단의 세력이 얼마나 거대해질지를 설명하고 있었다. 그리고 그 경우 이미 주인을 물 정도의 맹견으로 자란 필마온이 아예 광견이 되어버릴지도 모른다는 점을 설득력 있게 말하고 있었다. 도리언 신부는 짐작도 못했겠지만 서한을 읽던 파킨슨 신부는 이 서한의 글씨가 어쩐지 핸솔 추기경의 필체와 비슷하다는 생각을 떠올렸다. '그렇다면 증거 2호다. 젠장.' 그리고 서한은 '절대로 교회에 의심이 돌아오지 않는 형태로 공주를 암살'할 것을 명령하는 것으로 끝나고 있었다. 끝까지 다 읽은 파킨슨 신부는 다시 처음부터 읽었고, 그리고도 서한에서 눈을 떼지 못했다.

마침내 도리언 원장이 입을 열었다.

"조금 전 이해를 못하겠다고 하셨는데, 어떻습니까. 이젠 이해하시겠습니까?"

파킨슨 신부는 우울한 표정으로 양피지를 도로 접은 다음 수도원장에게 건네었다.

"무슨 상황인지는 이해되는군요."

양피지를 받아들던 도리언 원장은 파킨슨 신부의 말에 깃들인심상치 않은 어조를 눈치 챘다. 파킨슨 신부는 팔짱을 끼며 말했다.

"하지만 그 상황을 타개하기 위해 꼭 그런 방법이 사용되어야 되는지는 아직 이해되지 않소."

"신부님?"

"내가 법황청에 직접 서한을 보내어야겠소."

수도원장은 '말도 안 되오! 법황청까지 서한을 보내고 답신을 받으려면 시간이 얼마나 걸릴지 모릅니다. 공주는 그 전에 다림을 떠날지도 몰라요'라고 외치지는 않았다. 다만 찌푸린 표정으로 말했다.

"그럴 필요가 있겠소?"

"보다 책임 있는 분께 이 행위의 정당성을 직접 들어야겠소. 그리고

116

따로 보고할 일도 있고."

파킨슨 신부의 말은 물론 '너 따위는 화려한 옷을 걸쳤을 뿐 책임 있는 자가 아니야'라는 뜻의 야유였고, 도리언 원장은 그 야유를 잘 이해했다. 그럼에도 불구하고 도리언 원장은 화를 내지 않았다. 도리언 원장을 화나게 해서 싸움이라도 일으키면 시간을 끄는 것이 더 쉬워질 거라 생각했던 파킨슨 신부는 의아한 표정으로 수도원장을 바라보았다.

"신부님께서 그러시다면야 뜻대로 하셔야죠. 따라오십시오."

"예?"

도리언 원장은 주저 없이 자리에서 일어났다. 파킨슨 신부는 당황한 표정을 지우지 못한 채 그의 뒤를 따랐다. 수도원장은 몸소 파킨슨 신부를 안내하며 수도원 경내를 가로질렀고 수도원의 구조란 대개 비슷한 법인지라 파킨슨 신부는 자신들이 어디로 가고 있는지 대충 짐작할 수 있었다. 짐작대로 그들이 도달한 곳은 수도원의 귀빈실이었다.

귀빈실에 도착할 때까지 도리언 원장은 아무 말도 하지 않았다. 분명히 계산된 침묵이었다. 원장이 귀빈실의 문을 두드리고 안에서 익숙한 목소리가 들려왔을 때 파킨슨 신부는 수도원장이 왜 침묵을 지켰는지 짐작할 수 있었다. 젠장!

문을 열고 안으로 들어선 파킨슨 신부는 공손한 태도로, 하지만 씁쓸한 어조로 말했다.

"이 만남을 인도하신 주님을 찬양할진저. 오래간만에 뵙습니다, 핸솔 추기경님."

"주님을 찬양할진저. 예상하고 있었소, 파킨슨 신부. 당신이라면 그 서한만으론 만족하지 못할 거라고 생각했지. 건강한 모습을 보니 정말 기쁘오."

핸솔 추기경은 읽고 있던 책을 내려놓곤 성큼 다가왔다. 파킨슨 신부는 추기경의 손등에 입맞추려 했지만 추기경은 친밀한 동작으로 신부의 어깨를 감싸안았다. 파킨슨 신부는 당황했고 수도원장의 눈은 이채로움으로 빛났다. 추기경의 포옹에서 풀려나자 파킨슨 신부는 고집스럽게 목례한 다음 말했다.

"이곳엔 어쩐 일이십니까. 설마 자신이 작성한 서한을 전달하기 위해 오신 건 아니실 텐데요?"

"그렇게 표시가 났소? 날카로운 눈이군. 물론 그건 아니오. 내 목적은 메르데린 컬렉션이지."

학자로 알려진 추기경은 빙긋 웃으며 신부를 의자로 인도했다. 파킨슨 신부는 폭신해 뵈는 의자에 앉으며 말했다.

"카밀카르 상관에서 행하여진다는 그 경매 말씀입니까?"

"그렇소. 내 연수입을 모조리 던질 결심을 하고 왔소. 몇 권이라도 건질 수 있다면 좋겠는데."

그리고 진짜 목적은 '다림 수도원 암살 사건'의 배후 지휘시고요. 파킨슨 신부는 입 안에서 굴리던 말을 도로 삼켰다. 비아냥거림이 통하지 않는 사람에게 던지는 비아냥거림은 스스로를 초라하게 만들 뿐이다. 핸솔 추기경은 비아냥거림이 통하지 않는 사람이었다.

"수도원장께서도 앉으시오."

"아니오. 급한 용무가 있습니다. 추기경님. 그리고 파킨슨 신부께선

은밀히 말씀드려야 할 일도 있으신 듯합니다. 저는 나가보겠습니다."

수도원장은 인사를 하고 밖으로 나갔다. 그의 뒷모습을 보던 핸솔 추기경은 파킨슨 신부를 바라보았다.

"따로 보고할 일? 그게 뭐요?"

파킨슨 신부는 잠시 생각할 시간이 필요했다.

"그 전에 먼저 들을 말씀이 있습니다, 추기경님. ……그녀의 일에 대해서인데요."

핸솔 추기경의 이마에 수심이 한 가닥 떠올랐다. 추기경은 조그만 테이블에 놓인 디캔터를 들어올리더니 "한잔 하시겠소?" 하고 묻고는 손수 파킨슨 신부의 잔과 자신의 잔을 채웠다. 법의도 걸치지 않고 단출한 차림으로 술을 따르는 핸솔 추기경의 모습은 성직자라기보단 외교관 같은 모습이었고 실제로 그가 하는 일도 그랬다. 마치 이 귀빈실이 수도원의 방이라기보다는 귀족가의 응접실처럼 보이듯이. 그래서인지 펠라론에서는 핸솔 추기경을 '작은 법황'으로 보는 시각이 많았다. 그러나 핸솔 추기경이 법황을 닮은 것은 아니다. 로데인 백작이 퓨아리스 4세가 된 후 검을 놓은 것에 비해 볼 때 핸솔 추기경은 아직까지도 학자다. 모습이 바뀐 것은 오히려 법황 쪽이다.

술 한 모금을 마신 핸솔 추기경은 잠시 후 남은 술마저도 비우고 나서 말했다.

"내가 무슨 말을 한다 한들 살인을 정당화할 순 없을 거요. 따라서 아무 말도 하고 싶지 않다는 것이 내 솔직한 심정이오. 하지만 그건 형제에 대한 터무니없는 무례겠지. 좋아요. 뭘 알고 싶소?"

"누가 그 결정을 내렸습니까?"

"물론 법황이오."

추기경의 대답은 너무나 쉽게 나왔다. 핸솔 추기경은 당혹해하는 파킨슨 신부의 모습을 보며 미소 지었다.

"형제여. 난 거짓말하지 않을 것이고 에둘러 말하지도 않겠소. 당신은 진실을 들을 자격이 있소. 존경받을 만한 자격이지. 펠라론은 항상 당신의 노고에 감사해 왔고 이번 노고에 대해선 어떻게 감사를 표해야 될지 짐작도 할 수 없을 정도요. 우리가 진실 외에 뭘로 당신께 보답하겠소."

"부활의 법황이 그 신도를 주살한단 말씀이십니까?"

"바로 그렇소."

"제발 뭔가 납득될 말씀을 해주십시오!"

핸솔 추기경의 얼굴이 약간 굳었다.

"그건 당신이 이미 읽었던 그 서한에 다 적혀 있소, 파킨슨 신부. 그리고 당신은 그 이유를 이미 납득하고 있고. 당신이 원하는 건 약간의 동정이나 위로의 말인 듯하군요."

"정말 그 방법밖에 없는 것입니까? 그저 그녀를 감금하면 안 된단 말입니까? 예, 그녀를 납치하여 적당한 곳에……"

"그 경우 필마온은 성사의 완성을 요구하며 자신의 신부를 탐색할 수 있소. 그들이 페리나스 해협 밖으로 나올 구실을 주는 것이오. 그녀의 죽음은 명명백백해야 하오."

"……전 그녀가 단지 교회의 손에 죽기 위해 이곳까지 그 험로를 달려왔다는 사실을 받아들일 수 없습니다."

"모든 인생은 똑같다. 그 최종 목적이 동일하므로." 엘핀어로 말하는 핸솔 추기경을 보며 파킨슨 신부는 얼굴을 찡그렸다. 하지만 추기경은 곧 제국어로 말했다. "죽음은 누가 만든 것이오?"

"예? 물론 주님이십니다."

"그렇소. 신학교를 방금 졸업한 풋내기라도 대답할 수 있는 것이지. 그럼 조금 전 형제의 말을 내가 조금 바꿔보겠소. 우리는 단지 주님의 손에 죽기 위해 그 험한 인생을 살아가는 거요. 틀립니까?"

파킨슨 신부는 어금니를 사려물었다.

"법황은 신이 아닙니다. 그리고 신의 진리가 아니라 교권의 수호를 위해 신도를 죽인다면 이미 신의 대리인이라 할 수 있을지도 의심스럽습니다."

이단 심판관을 지내기도 했던 자에게 하는 말로는 엄청나게 용기 있는 말이라 하겠다. 핸솔 추기경은 그 용기에 대한 순수한 존경으로 미소 지었다.

"슬프군요. 우리가 애져버드를 잃지만 않았던들 형제와 이토록 슬픈 이야기를 나눌 필요도 없었을 것을. 하지만 우린 그 용맹한 푸른 까마귀들을 잃었고, 이제 세상엔 규환지옥에서 내지르는 단말마만이 가득하오. 형제여."

핸솔 추기경은 지금껏 그랬던 것처럼 순수한 본심으로 말했다.

"우리는 그녀를 순교자로 생각할 수 없을까요?"

"터무니없는 말씀입니다! 순교는 강요되는 것이 아닙니다!"

"아니, 순교는 강요되는 것이오. 세상이 성전 말씀대로만 굴러간다면 순교가 왜 필요하겠소? 하지만 이 성스러운 곳에 앉아 있어도 코끝까지 다가오는 이 악의 냄새는 우리들에게 순교를 강요하오. 성 페이루스를 매달았던 혼 족은 그에게 순교를 강요한 것이오. 데샹 카라돔의 그 무지한 촌로들은 성 바이올에게 순교를 강요한 것이오."

"그들은 이교도이거나 악마의 대리인들입니다. 그리고 성 페이루스나 성 바이올은 바로 그런 악의 세력에 자신의 목숨을 내어주면서까지 자신의 신앙을 지키셨기에 순교자로 불리는 것입니다."

"그렇소. 그리고 우리는 세상에 횡행한 악으로부터 우리의 신앙을 지키기 위해 우리 중 가장 고귀한 부분을 내놓는 것이오."

"추기경님!"

"파킨슨 신부님."

핸솔 추기경은 피로감이 묻어나는 목소리로 말했다. 파킨슨 신부는 거친 숨을 몰아쉬며 추기경의 말을 기다렸다.

"내 말이 궤변처럼 들릴 거라는 점은 짐작하오. 하지만 다시 순교자들을 생각해 보시오. 주님께서 주신 고귀한 목숨을 팽개친 그들을 우리가 왜 존경하는지. 우리가 그들을 존경하는 이유는 목숨보다 신앙을 우위에 놓는 그들의 가치관에 우리가 동의하기 때문이오. 다른 누구보다도 먼저 당신이 동의할 거요. 당신은 왜 바람의 도시에서 그토록 오랜 세월 동안 자신의 목숨을 위험에 방치해 두셨소? 나는 당신에겐 목숨보다 신앙이 더 중요하기 때문이라고 짐작하고 그러한 태도를 존경하오만."

파킨슨 신부는 고개를 떨구었다.

"지금…… 제 이야기를 하실 필요는 없습니다……"

"교회는 그녀를 잃고 싶지 않소, 파킨슨 신부. 그녀는 순수한 어린 양이오. 그녀의 두 언니들처럼. 우리는 주님 영광 속에 그녀의 결혼을 축복해 주고 행복을 빌어주었을 수도 있소. 그 남편될 이가 검독수리의 성채의 주인만 아니었다면. ……차라리, 키 드레이번이었다면."

핸솔 추기경이 덧붙인 이름에 파킨슨 신부는 고개를 들어올렸다.

"예?"

"검독수리의 성채의 주인과 결혼하느니 차라리 제국의 공적 1호와 결혼하는 편이 더 나았을 거라 말하는 거요. 그녀는 받아들이지 않겠지만, 난 진실로 그렇게 믿고 있소. 키 드레이번은 제국의 적이지 교회의 적은 아니오. 그렇지만 발도 로네스는 교회의 적이고 제국의 적이 될 것이며 세계의 적이 될 것이오. 다른 어떤 남자라도 좋았을 거요. 키 드레이번 같은 최악의 남자라 해도. 하지만 발도 로네스는 안 되오."

"추기경님……"

"그녀와 발도 로네스가 결합한다면 그녀는 발도 로네스와 함께 지옥으로 걸어가게 것이오. 그녀는 인질이 되어 자신의 조국 카밀카르를 업화로 끌어들일 것이며, 그리고 지아비의 흉악한 야망에 이끌려 어쩔 수 없이 제국과 교회의 적이 될 것이오. 그녀의 이름은 그 지아비의 이름과 더불어 모든 제국인들에게 원수로 기억될 테지. 그녀가 파멸로 걸어가게 되는 것은 이제 바꿀 수 없소. 성스러운 교회에서 맞이하는 죽음은 그녀에게 준 것 없었던 우리가 마지막으로 주는 선물일 것이오. 난 전염병에 걸린 양을 도살하여 다른 양떼를 구원하는 양치기의 심정으로 그것을 지지하겠소."

핸솔 추기경은 잠시 말을 끊었다가 담담하게 말했다.

"만일 그녀 대신 내가 죽어도 된다면 난 기꺼이 죽을 것이오."

핸솔 추기경은 목소리를 높이지 않은 채 단정짓듯 말했다. 그리고 그가 이미 말했던 대로 그것은 진실이었다. 핸솔 추기경은 스스로의 목숨을 내걸 자신도 없으면서 타인의 목숨을 탐하는 비루한 작자는 아니었다. 목숨을 경시하는 것이 아니다. 타인의 목숨을 자신의 목숨처럼 똑같이 소중히 여긴다는 말이다. 존경받을 만한 품성이지만, 이런 경우가 골치 아프다. 이 고귀하고 강직한 이는 그래서 자신의 목숨을 던질 만한 일이라 판단되면 무리 없이 타인의 목숨도 요구할 수 있는 것이다. 파킨슨 신부는 입을 다물었다.

긴 오후 속으로 짧은 영원들이 떠다녔다.

"나는…… 확신이 없습니다. 신앙을 잃은 것일지도 모르겠습니다."

"배교하시겠다는 말씀이오?"

"다른 때였다면 그런 생각 해본 적도 없다고 쉽게 대답했을 겁니다."

이어질 말이 이어지지 않았고, 핸솔 추기경 역시 그것을 잇지는 않았다.

"테리얼레이드로 돌아가시오, 파킨슨 신부."

파킨슨 신부는 흐느끼는 듯한, 하지만 메마른 시선으로 핸솔 추기경을 바라보았다. 핸솔 추기경은 다시 디캔터를 들어올렸다. 술잔으로 쏟아지는 붉은 액체를 보며 파킨슨 신부는 자신의 눈물 같다는 생각을 해보았다.

"돌아가시오. 당신은 이곳에 남아 있으면 안 되오. 그냥 돌아가시오. ……그리고 원한다면 다른 곳으로 보내주겠소. 희망하는 곳을 적어 내게 보내시오. 다른 곳에 가는 대신 테리얼레이드에 대한 더 많은 지원을 원한다면 그렇게 해주겠소. 그리고, 보고하실 것은 뭐요?"

파킨슨 신부는 핸솔 추기경에게 감사했다. 그는 신부로 하여금 율리아나 공주를 팔아넘겼다는 생각을 하기에 앞서 보고할 것을 떠올리게끔 해주었다.

"키 노스윈드 드레이번이 육지에 올랐습니다."

핸솔 추기경의 술잔으로부터 술이 조금 쏟아졌다.

카밀카르 상관으로 돌아오는 포석 위론 석양의 붉은 광선이 흐르고 있었다. 길가에 구르는 돌멩이조차 아름다운 보석으로 보이게 만드는 황혼이었지만 스스로의 고민 속으로 침잠해 있던 파킨슨 신부의 눈엔 아무것도 들어오지 않았다. 부둣길을 걷던 신부는 잠시 멈춰서 바다를 바라보았다.

수평선 안쪽으로 나갔던 배들은 힘든 노역에 지친 어부들을 싣고 부두로 돌아오고 있었고, 수평선보다 더 먼곳으로 떠날 배들은 내일 일출의 출발을 위해 마지막 점검으로 부산했다. 다림의 항구 전체가 부드러운 소란함으로 들끓고 있었고 그 모든 것 위로 금적색의 황혼이 스며들고 있었다. 거대한 배들의 옆구리로 음영은 더욱 짙어지고 있었지만 젖은 밧줄들은 화염처럼 빛나고 있었다.

멍하니 서 있던 파킨슨 신부의 머릿속으로 핸솔 추기경의 말이 스쳐 지나갔다.

키 드레이번과 결혼했더라면, 죽음과 결혼했더라면.

파킨슨 신부는 헛된 소망을 품어보았다. 그날, 철탑 앞에서 율리아나 공주가 키 드레이번의 손에 죽었더라면. 그는 키 드레이번이라면 얼마든지 증오할 수 있었을 것이고, 바로 그렇기에 용서할 수도 있었을 것이다. 심지어 그 비정한 자를 위해 기도할 수도. 하지만 신부는 교회를 증오할 수는 없었고 바로 그렇기에 용서할 수도 없었다. 파킨슨 신부는 얼굴 아래쪽 전체가 마비될 때까지 어금니를 사려 물었다.

"비켜어, 히꾹! 이 정신나간 영감아!"

신부는 천천히 고개를 돌렸다. 초저녁부터 술에 취한 선원 몇 명이 비틀거리고 있었다. 아마도 낮 동안 내내 마시다가 잠자리를 찾아 배로 귀환하는 선원들인 듯하다.

"뭐라고 하셨소?"

"비키라고! 왜 사람 다니는 길을 막고, 끽! 서 있는 거야? 어라, 혹시 밀항이라도, 히꾹! 하려는 거야? 쿠젤겔!"

파킨슨 신부는 잠시 다섯 명의 선원들을 물끄러미 바라보았다. 어떤 계획이 그의 머릿속으로 그려진 것은 바로 그때였다. 파킨슨 신부는 자신의 계획에 찬성하듯 고개를 끄덕였다.

"형제들. 혹시 이 중에서 행동이 굼떠서 다른 친구들보다 항상 손에 들어오는 게 적어 속상했던 친구 있나?"

선원들 중 하나가 얼빠진 목소리로 질문했다. "뭐라고?" 다음 순간 대답한 선원은 파킨슨 신부의 세찬 주먹에 맞아 뒤로 나가떨어졌다. 아직까지 이 상황에 적응하지 못해서 어리둥절해하고 있던 선원들을 무시한 채 파킨슨 신부는 쓰러진 선원에게 말했다.

"자넨가? 그럼 자넨 두 배로 축복해 주지. 다음 차례로 축복받고 싶은 친구는 누구지?"

율리아나 공주는 파랗게 질린 얼굴로 파킨슨 신부를 바라보았다. 신부는 히죽 웃으려다가 입술을 움켜쥐고 신음을 흘렸다. 찢어진 입술에서 다시 피가 흐르기 시작했던 것이다.

"신부님! 이게 어떻게 된 일이에요, 누구랑 싸우셨어요?"

신부는 잠시 아파서 그러는 것처럼 얼굴을 감싸쥔 채 낭패한 기분을 다스렸다. 파킨슨 신부는 그녀를 만나고 싶지 않았기에 대사관저 경비병에게도 소란을 일으키지 말라고 사정하곤 조용히 들어왔던 참이었다. 그러나 율리아나는 그의 소망대로 침실에 있는 대신 응접실에 오도카니 앉아서 그를 기다리고 있었다. 율리아나 공주는 그가 뭐라고 말할 겨를도 주지 않은 채 그의 팔을 끌어당겼다.

"일단 좀 앉아보세요. 세상에!"

소파에 앉는 파킨슨 신부를 보며 율리아나는 다시 한번 가슴이 서늘해지는 기분을 느꼈다. 신부의 머리카락은 피와 함께 굳어 있었고 왼쪽 눈은 이미 눈동자가 잘 보이지 않을 정도로 부어 있었다. 이마와 볼의 피부 여러 군데가 찢어져 있었고 방금 터진 입술에서 흐르는 선혈은 섬뜩했다. 율리아나는 짧게 숨막힌 소리를 내었지만 시름에 잠겨들거나 설명을 요구하는 대신 재빨리 하인을 불렀다. 하지만 그녀는 곧 자신을 꾸짖으며 직접 일어났다. 잠시 후 율리아나 공주는 직접 주전자와 대야, 그리고 수건 등을 챙겨들고 돌아왔다. 공주는 수건을 물에 적시며 말했다.

"약은 어디 있는지 모르겠군요. 대사님이 아직 돌아오지 않으셔서. 그 경매건 때문에 다벨 사람들하고 이야기할 일이 많으신가 봐요."

"아아, 메르데린 컬렉션이 도착했습니까?"

"예. 아까 오후에요. 호송단 인원이 얼마나 많은지 대사관저의 하인들까지 다 그쪽으로 갔어요. 대사님은 저를 혼자 내버려둘 수 없다고 하셨지만 제가 다 가라고 했지요. 지금은 좀 후회되는군요. 아, 말씀하지 마세요. 일단 피 좀 닦아내죠. 물을 끓였으면 좋았을 텐데."

파킨슨 신부는 자신이 하겠다는 듯이 손을 내밀었지만 율리아나는 수건을 꼭 쥔 채 직접 파킨슨 신부의 얼굴을 닦아내었다.

"오스발과 데스필드는 술을 약간씩 하고 와서는 이미 잠들었어요. 데스필드는 신부님이 빨리 돌아오지 않는다고 많이 투덜대더군요. 신부님이 자기 대금으로 술 마시고 있을지도 모른다고까지 그러더라고요. 아까는 그 말에 웃어버렸지만, 지금은 데스필드가 부업으로 예언가 일도 하는 것이 아닌가 하는 상상까지 되는데요?"

파킨슨 신부는 눈을 꼭 감은 채 속으로 말했다. 예언가라면 여기 있습니다. 당신의 사망 시각과 장소를 예언해 드릴 수 있지요. 순간 신부는 비명을 내지르고 싶은 기분 속에서 몸을 떨었다. 그러나 율리아나는 그 몸짓을 엉뚱하게 해석했다.

"죄송해요. 아프시죠? 살살할게요. 도대체 왜 이렇게 되셨어요?"

"……돌아오는 길에 부둣가에서 선원들과 약간의 언쟁이 있었습니다."

이 경우 언쟁은 너무 부드러운 표현일 것이다. 한 가지 확실한 것은, 파킨슨 신부가 상대가 내미는 단검의 끝을 볼 줄 아는 특이한 신부가 아니었거나 그 선원들이 파킨슨 신부가 둘로 보일 만큼 취하지 않았다면 '언쟁'을 벌였던 여섯 명 중 한둘은 시체 꼴이 되었을지도 모른다는 점이다. 그렇지만 율리아나는 다른 사실에 분개했다.

"아니, 신부님을 때려요?"

"신부복을 입지 않았잖습니까."

"그래도 말씀하셨어야죠! 아아, 믿지 않았나 보군요. 핸드건으로 하늘이라도 쏘지 그러셨어요? 아아, 오발 사고가 날까 봐 그러셨나 보군요. 그래도 이렇게 될 때까지!"

율리아나는 파킨슨 신부가 우물거리는 사이에 자기 질문에 대한 대답까지 다 해버렸다. 그래서 파킨슨 신부는 침묵으로써 공주의 말에 동의하는 척했다. 피를 꼼꼼히 닦아낸 율리아나는 일단 외부적으로 치명상은 보이지 않는다고 판단했다. 안쪽으로 뭔가가 상했을지도 모른다는 우려는 이곳까지 걸어온 파킨슨 신부의 상태로 보아 당장은 신경 쓰지 않아도 될 듯했다. 그래서 율리아나는 한숨을 쉬며 일어났다.

"갈아입으실 옷을 찾아야겠는데…… 신부님 배낭에 여벌 옷이 있죠?"

"예. 제가 갈아입도록 하겠습니다. 감사합니다, 공주님."

"정말 괘씸하기 짝이 없어요! 누군지 알아보실 수 있으세요? 대사님께 말해서 체포하도록 하겠어요."

"아니, 괜찮습니다. 제 상태는 상대방에 비하면 오히려 나을 정도거든요."

율리아나는 잠시 당혹한 얼굴로 파킨슨 신부를 바라보았다. 그러나 곧 그녀는 작게 웃음을 터뜨렸다.

"제가 뭔가를 착각했군요. 전 무의식중에 신부님이 그냥 때리는 대로 맞았을 거라고 넘겨짚었거든요. 선입견이었어요. 하지만 신부님이 그런 고분고분한 성격이시라면 바람의 도시에서 그렇게 오랫동안 계실 수는 없었을 거라는 사실을 생각하지 못했군요. 차라리 상대방을 찔러버리지는 않았냐고 물어야겠군요. 아! 농담이에요."

"그러지는 않았습니다."

파킨슨 신부는 몸을 일으켰다. 율리아나는 그의 굳은 얼굴을 보며 자신의 농담이 과했던 것은 아닌가 걱정했다.

"신부님? 저녁은 드셨어요?"

"가는 길에 먹죠."

"예?"

파킨슨 신부는 품속에서 돈주머니를 꺼내었다. 신부는 그것을 율리아나에게 건네는 대신 그녀의 눈을 피해 소파에 올려놓았다. 그러곤 여전히 그녀의 얼굴을 피하며 말했다.

"죄송합니다만 데스필드에게 좀 전해 주십시오. 그의 대금입니다."

"어? 당장 떠날 사람처럼 말씀하시네요?"

파킨슨 신부는 아무 말 없이 문 쪽을 향해 걸어갔다. 율리아나는 황급하게 말했다.

"신부님?"

그러나 파킨슨 신부는 공주의 말에 멈추는 대신 속도를 더 높였다. 파킨슨 신부는 거의 문을 박차듯이 뛰쳐나갔다.

율리아나 공주는 다급하게 신부의 뒤를 따라 복도로 나왔다. 조금후 계단으로부터 배낭을 양손에 든 신부의 모습이 나타났다. 계단을 내려온 파킨슨 신부는 꼼짝도 하지 않은 채 그를 바라보고 있던 율리아나 공주의 곁을 조용히 지나쳤다. 율리아나가 몸을 빙글 돌렸을 때 신부는 현관에 있던 자신의 지팡이를 들어올리고 있었다.

"파킨슨 신부님!"

파킨슨 신부는 멈춰 섰지만 몸을 돌리지 않았다.

"테리얼레이드의 제 교회가 걱정됩니다. 빨리 돌아가 봐야겠습니다."

어린애도 믿지 않을 딱딱한 어조였다.

"그렇더라도…… 데스필드와 함께 돌아가셔야죠? 신부님 혼자서 어떻게 거기까지 돌아가시겠어요. 그리고 이런 야밤에…… 도대체 뭔가요? 왜 그렇게 급히…… 마치 '도망치는' 것처럼?"

파킨슨 신부는 목이 메인다는 평범한 말이 이토록 무서운 상황을 가리키는 말이리라고는 생각도 하지 못했다. 그는 죽을 사람이 던져오는 따스한 말에 진저리를 쳤다. 당신은 죽습니다. 율리아나 공주. 마침내 탈출에 성공하여 안도하는 바로 이 시점에, 당신을 도와왔다고 믿던 교회의 손에 의해. 그리고 당신을 이곳으로 끌고 온 것은 바로 이 미련한 신부였습니다. 주여!

"이 도시에 있어서는 안 될 사정이 생겼습니다."

율리아나 공주는 오늘 저녁 여러 번 저지른 일이고 그럼에도 불구하고 한번도 눈치 채지 못했던 일을 다시 저지르고 말았다. 잠시 경악한 얼굴로 신부의 등을 바라보던 율리아나는 잠시 후 입술을 깨물며 말했다.

"데스필드를 깨울게요."

"공주님."

"혼자서는 못 달아나세요! 시체는 잘 처리했나요? 정당 방위였음을 주장할 증인이 아무도 없어요? 도망치시려면 데스필드와 함께 가셔야 돼요! 아, 참! 도망치지 않으셔도 돼요. 아무리 엉터리 같은 대사관이라도 이곳은 어쨌든 카밀카르 대사관이니 치외법권 지대예요. 이곳에 계셔야 해요. 폴라 대사님과 함께 사태를 논의해 봐요."

율리아나는 말뿐만 아니라 파킨슨 신부의 팔을 다시 잡아끌었다. 하지만 파킨슨 신부는 약간 거칠다 싶은 동작으로 공주의 손길을 뿌리쳤다. 이 무례에 놀란 율리아나는 그제서야 파킨슨 신부가 울고 있음을 발견했다.

"신부님……?"

파킨슨 신부는 눈물이 흐르도록 내버려둔 채 율리아나 공주를 바라보았다. 신부의 얼굴에 떠오른 비탄과 노여움, 그리고 애절함에 놀란 율리아나는 두 손을 들어 자신의 입을 가렸다.

"신……부님? 파킨슨 신부님? 왜…… 그런 얼굴로 저를?"

눈물을 통해 율리아나를 바라보던 파킨슨 신부의 가슴속에서 누군가가 중얼거렸다. 많은 말도 필요없어. 단 세 마디면 충분해. 미사에 가지 마시오. 그거면 이 가련한 신의 아이를 구할 수 있어. 저런 눈으로, 마치 우리 주님을 바라보는 것 같은 신뢰감과 애정으로 널 보는 눈을 보란 말이다.

그러나 파킨슨 신부는 말하지 못했다. 핸솔 추기경이 그를 보내줬기 때문이다. 파킨슨 신부는 그제서야 핸솔 추기경이 자신을 순순히 보내준 사실에 의아해하고 동시에 그 대답도 떠올렸다. 몇 년 전의 짧은 만남뿐이었지만 핸솔 추기경은 그를 너무도 잘 파악하고 있었다.

"왜 그를 보내셨습니까?"

핸솔 추기경은 우울한 눈으로 다림 수도원장을 바라보았다. 수도원장이 말하는 '그'가 누군지 모르는 바는 아니었지만 핸솔 추기경은 그에 관해 별로 말하고 싶지 않았다. 하지만 수도원장은 추기경이 못 알아들었다고 생각하고는 좀더 상세하게 말했다.

"파킨슨 신부 말입니다. 그가 나서면 공주를 미사에 끌어들이기가 더 쉬울 텐데요."

"그에게 더 이상을 바라는 것은 부당하오. 그는 이미 이곳까지 공주를 데려왔소. 아무도 기대하지 않았을 때, 아무도 짐작하지 못한 곳으로부터. 따라서 나머지는 당연히 우리 몫이오. 법황 성하 자신이라도 그에게 '조금 더'를 말할 수는 없을 거라 생각되오."

"……그가 상관에 돌아가서 계획을 말하면 어쩌실 생각이십니까?"

"그러지 않을 거요."

"그의 교회에 대한 충성심을 믿으시는 겁니까?"

"아니. 난 그 사람의 성격을 믿소."

"글쎄요. 제 생각엔 그를 붙잡아두는 편이 더 안전했을 것 같습니다만."

"원장. 만일 그랬다면 그 계획은 반드시 실패했을 거요. 설령 그에게서 핸드건을 빼앗는다 하더라도 그는 자신의 의지만으로도 수도원을 탈출하여 공주에게 사실을 알렸겠지."

수도원장은 어리둥절한 눈으로 추기경을 바라보았다. 추기경은 팔짱을 꼈다.

"그는 억누르면 그 두 배의 힘으로 반발하는 사람이오. 강력한 용수철 같은 사람이라고 할까. 따라서 그를 억누른다는 건 아무 소용이 없소. 더 거세게 반항해서 기필코 압박을 분쇄해 버릴 사람이니까. 그가 그 교회의 성물을 길들인 방식을 원장도 보셔야 했을 텐데. 그는 오른팔이 부러지자 왼손으로 핸드건을 쥐고 쏘아대었던 사람이오. 그를 가르쳤던 죠르지오 신부는 그토록 빠르게 핸드건을 터득한 제자는 처음 보았다고 감탄하더군. 혹 자만할까 봐 그에겐 말하지 않았지만."

"그렇습니까?"

"그가 어떤 도시에 교회를 건설하겠다고 덤비고 있는지만 봐도 그의 성격을 미루어 짐작하실 수 있으실 거요. 테리얼레이드요. 제국도 손을 안 대고 하이낙스도 비켜갔던 도시지. 그런 도시에서 포교하는 건 단순히 강인한 정신력만으로 되는 일이 아니오. 정신력이나 신앙의 깊이만으로는 그보다 나은 이도 있을 수 있겠지. 하지만 불굴의 정신력이라도 세월 속에선 닳는 법이오. 억누르면 억누를수록 닳아버리는 대신 더 거세게 반발하는 성격은 타고 나는 것이지. 파킨슨 신부는 그런 사람이오."

"그래서……"

"그래서 난 그에게 진실 그대로를 말해 주었고 그를 붙잡지도 않은 거요. 그에게 분노의 대상을 주는 것은 화를 자초하는 일이오. 하지만 분노의 대상을 전혀 주지 않으면? 그는 무엇에 반발해야 될지 모르고 당황해하겠지. 그리고, 그냥 이 도시를 떠날 것이오."

"확신하십니까?"

원장은 미심쩍다는 투로 질문했지만 돌아온 대답은 확고했다.

"확신하오."

원장은 핸슬 추기경의 설명보다는 추기경의 권위에 대해 머리를 조아렸다.

"알겠습니다. 그런데 말씀하실 것이란 무엇이십니까?"

"좋은 소식을 알게 되었소. 암살 혐의를 뒤집어쓸 작자를 찾아내었지."

"예?"

"키 노스윈드 드레이번. 그가 육지에 올라왔소. 목적은 공주의 추적인 듯하오. 또 하나의 용수철 같은 사내라고 할까. 지옥이나 다름없을 이 육지도 그에겐 힘을 복돋아주는 압박일지도 모르지. 어쨌든 그 미치광이면 충분하오. 율리아나 공주도 겪은 일이라 하니 아마 지금쯤 폴라 대사도 알고 있을 거요. 그 자의 이름을 이용하도록 합시다."

데스필드는 먼저 돈주머니를 열고 금액을 확인하는 것으로써 율리 아나의 따가운 시선을 산 다음, 짐짓 근심스러운 어조로 말했다.

"무슨 말이쇼, 그거. 교회는 당신 마음속에 있으니 어쩌니 하던 당신 이 갑자기 교회가 걱정되다니."

"부둣가에서 싸우셨다고 했어요. 내 생각이지만 아마 그 와중에 누굴 찌른 걸지도 몰라요. 그러곤 그대로 도망치신 거죠."

"젠장! 신부님 당신이라면 그럴 법도 하지."

데스필드의 대답을 들으며 오스발은 잠시 테리얼레이드에서의 파킨 슨 신부의 생활에 대해 의심해 보았다. 율리아나는 걱정이 가득한 얼굴 로 창 밖을 바라보았다.

"어쩌죠? 데스필드 당신이 빨리 추적하면 따라잡을 수 있을까요? 아무리 핸드건을 가지고 계신다 해도 아피르 족을 피해서 테리얼레이드까지 혼자 가시긴 어려울 거예요. 당신이 빨리 뒤쫓아가서 신부님을 보호해 드리는 편이 낫겠지요?"

그때 오스발이 문득 혼자말처럼 말했다.

"누굴 다치게 하신 걸까요?"

데스필드와 율리아나는 동시에 오스발을 돌아보았다. 오스발은 약간

136

머쓱해하는 표정이었다.

"오스발? 무슨 말이에요?"

"글쎄요. 전 잘 모르겠습니다만 신부님이 누군가를 찔렀다고 해서 테리얼레이드로 가셨을 것 같지는 않습니다. 그보다는 다림 수도원으로 가서 고해하신 다음 법황께서 내릴 벌을 기다리시는 것이 보다 신부님답지 않을까 생각되는데요."

율리아나와 데스필드는 모두 눈을 크게 떴다. 율리아나는 말까지 더듬었다.

"그……렇네요? 신부님이시니까 그게 원칙이겠군요. 어떻게 그런 생각을 했어요?"

"볼드윈 저택에서 만났던 그 백부장님의 경우가 생각났습니다."

오스발의 대답에 데스필드는 이마를 딱 치며 외쳤다.

"아, 그렇군! 맞아. 신부님 당신이라면 당연히 그랬을 거야. 그랬을 거야! 그렇다면 다림 수도원으로……"

"하지만 그분은 이 도시에 있어서는 안 될 사정이 생겼다고 했어요. 분명히 다림을 떠난다는 의미로 말씀하신 것 같은데요."

잠시 어리둥절해하던 데스필드는 곧 적절한 대답을 떠올렸다.

"그럼 고해할 일이 없다는 건가? 어느 당신을 찌른 일 같은 건 없는 것이군?"

"그런가 봐요. 오해를 했었나 보네요. 그렇지만 그분이 홀로 떠나신 것은 맞으니까 역시 당신이 빨리 따라가는 편이 좋겠군요."

데스필드는 잠시 돈주머니를 바라보다가 말했다.

"흐음. 그렇잖아도 대금 받는 대로 떠날 생각이었으니, 뭐 돌아가는 길에 신부님 당신 찾아보지."

"테리얼레이드로 가셨을까요?"

율리아나와 데스필드는 다시 오스발을 돌아보았다. 오스발은 이제 재촉을 기다리지 않고 말했다.

"테리얼레이드로 돌아가시긴 힘드실 텐데요. 아피르 족도 그렇지만, 무엇보다도 키 선장님과 다른 선장님들이 따라오고 계실지도 모르니까요. 대사와의 싸움이 어떻게 되었는지는 모르겠습니다만, 위험은 남아있지 않겠습니까."

율리아나 공주는 의식과 무의식 양쪽을 통해 잊으려고 노력했던 이름을 듣고 질겁했다. 그리고 데스필드는 신음을 토하며 이마를 짚었다.

"그럼 뭐야? 오스발 당신 생각은?"

"특별히 떠오르는 생각은 없습니다."

"……아무리 그래도 그렇게 당당하게 대답하면 듣는 본인 기운 빠지잖아. 어쨌든 그 생각을 못했군. 노스윈드 당신이 쫓아오고 있을지도 모른단 말이지."

데스필드는 자신의 계획을 수정할 필요를 느꼈다. 원래 계획대로라면 적절한 패신저도 구할 수 없는 이상 대금을 받는 즉시 테리얼레이드로 떠날 생각이었다. 하지만 오스발의 말에 의해 데스필드는 키 드레이번을 간과할 수 없게 되었고 어쩌면 다림 교외쯤에서 진을 치고 있을지도 모르는 해적들을 돌파한다는 것은 그에게 매력이 별로 없었다. 데스필드는 율리아나에게 키 드레이번의 처리를 물어보았다.

"폴라 대사님은 다벨 공국에 그들의 체포를 의뢰할 생각이세요. 다벨의 롱레인저는 이 근처에서 가장 빨리 동원할 수 있는 군사력이니까요."

"그렇소? 흐음. 본인은 노스윈드 당신이 잡혔다거나 달아났다는 소식부터 듣고 나서 테리얼레이드 쪽으로 가는 편이 낫겠군. 그럼 어디로 갈까."

데스필드는 돈주머니를 챙겨들며 소파에서 일어났다. 율리아나는 당황하여 데스필드를 불렀다.

"가다뇨?"

"이곳 일은 끝냈고, 테리얼레이드 쪽으론 못 가니, 적당한 일거리 찾아 떠나야 될 거 아뇨. 지금으로선 팔라레온 쪽으로 들어가 볼 생각이오."

데스필드는 이상할 것 하나도 없다는 듯이 태연하게 대답했다. 물론 그의 말은 틀린 데가 없다. 하지만 율리아나가 그런 말을 들을 준비가 되어 있지 않았다는 것이 문제였다. 그녀는 테리얼레이드에서부터 그녀와 함께 걸어온 데스필드의 가슴속에 자신의 감정과 똑같은 감정이 자라나 있을 거라고 지레짐작하고 있었다. 하지만 데스필드에겐 동료애 같은 것은 없었다. 그에게 율리아나는 패신저였을 뿐이고 임무를 끝낸 지금은 그나마 작은 관계도 없어진 것이다.

"신부님은 어쩌고요!"

율리아나는 질문을 던지면서도 자신이 무슨 대답을 들을지 거의 짐작할 수 있다는 느낌을 받았다. 과연 데스필드는 그녀의 짐작대로 대답했다.

"신부님? 신부님 당신이 왜. 검은 황야 쪽으로 안 갔다면, 그리고 고해할 만한 죄를 지은 것도 아니라면 대륙의 이쪽 편에서 신부님 당신에게 특별히 위험할 일은 없어요. 그리고 위험한 일이 있어도 본인이 어쩌라는 거요."

"난, 당신이 신부님을 친구로 생각하는 줄 알았어요. 나나 오스발은 아니더라도."

"친구?"

데스필드는 친구라는 말을 생전 처음 들어보는 도시 이름이나 이교도의 신의 이름이라도 되는 것처럼 발음했다. 그리고 율리아나에겐 그 발음으로 충분했다. 데스필드는 더 이상 설명을 하는 대신 일어나 문 쪽으로 걸어갔다. 아까 본 광경이야. 하지만 율리아나는 아까처럼 복도로 달려나가지는 않았다. 잠시 후 계단에서 발자국 소리가 들리더니 데스필드가 문틈으로 머리를 들이밀었다.

"재미있었수, 공주님 당신. 그럼 카밀카르까지 즐거운 여행 되시오."

오스발은 차분하게 대답함으로써 율리아나를 미치게 만들었다.

"안녕히 가세요, 데스필드. 다음에 또 만나뵈면 좋겠습니다."

데스필드는 껄껄 웃으며 문 저편으로 사라졌다. 몸을 돌린 오스발은 율리아나를 쳐다보았다.

율리아나는 소파에 몸을 묻은 채 초점 없는 눈으로 허공을 보고 있었다. 오스발은 어떻게 해야 할까 생각하다가 잘 주무시라고 인사드리고 나가는 편이 좋겠다고 생각했다. 그러나 바로 그때 그의 마음을 짐작이라도 한 것처럼 율리아나 공주가 말했다.

"당신은 안 떠나나요?"

오스발은 침실로 가는 것을 '떠난다'는 거창한 말로 표현했을 것 같
지는 않다고 생각했다.

"제가 떠나길 원하십니까. 공주님."

"당신이 원하는 것을 말해 보세요. 자유호로 돌아가길 원하죠?"

"아니오. 이젠 그렇지 않습니다. 키 선장님이 저를 용서하실 리가 없
으니까요. 괜찮으시다면 공주님께 간청드릴까 생각해 봤습니다. 저를 적
당한 댁에, 그러니까 글도 읽을 줄 모르고 기술이라곤 노 젓는 기술밖
에 없는 노예라도 할 만한 일이 있는 댁에 소개시켜 주시면 감사하겠습
니다."

"……소개시켜 주지 않겠다면?"

"그럼 저는 주인 잃은 노예입니다. 다행히도 이곳은 항구이니, 노잡이
를 원하는 배가 있을 것 같습니다. 걱정인 것은 제 처지가 탈주 노예로
결정되는 것입니다. 그럼 처형당할지도 모르지요. 소개서 한 장만이라도
부탁드리면 안 되겠습니까?"

율리아나는 천천히 고개를 돌려 오스발의 얼굴을 바라보았다. 하지
만 그의 얼굴엔 그녀가 기대하던 표정이 없었기 때문에 그의 표정에 초
점을 맞출 수는 없었다. 오스발의 얼굴은 차분했다.

"내 노예로 삼겠어요. 당신은 키 드레이번에 대한 내 전리품이에요.
그게 싫다면 내가 당신의 전리품이라고 여겨도 무방해요. 사실 그렇게
보인다는 건 누구도 부인 못 할 테지요. 깔깔깔! 말해 놓고 보니 정말 재
미있네요. 당신이 제국의 공적 1호로부터 강탈한 것이 뭔지 보세요. 낄
낄낄낄!"

율리아나는 발을 구르며 웃어대었지만 오스발은 약간의 미소만 지었다.

"전 도와드렸을 뿐, 공주님께서는 스스로의 의지로 탈출하신 겁니다. 괜찮으시다면 전 앞쪽의 견해를 따르고 싶습니다. 공주님께서 탈출의 도구로 쓰시기 위해서 저를 탈취해 오신 거라고."

"그래두우ㅡ! 지금은 당신이 날 구해 냈다고 말해요."

"공주님?"

"날 도와주던 사람들이 다 떠나버렸어요. 왜 그런지 모르지만 서럽고 약간 무서운 기분까지 들어요. 뭔지 모르겠지만 전 키 드레이번에게 쫓기며 이곳까지 올 때보다 여기 카밀카르 대사관에 앉아 있는 것이 더 무서워요. 아마도……"

"예?"

"아마도, 지금부터 일어날 일들에 대해 제가 아무런 영향도 끼칠 수 없다는 것 때문이겠죠. 전 폴라 대사님에 의해 카밀카르로 돌려보내질 테고, 다시 카밀카르에 의해 필마온으로 돌려보내지게 될 거예요. 그렇지 않을 수도 있지만 그렇지 않다면 어떻게 될지도 모르겠어요. 당신 말이 맞았어요. 난 노예였나 봐요. 내겐 인권이 없어요. 스스로 내 인격을 만들어나갈 수 없으니까. 그래서 이렇게…… 무서운 것인가 봐요. 씨이. 다시 키 드레이번에게 잡혀갈까 보다. 그럼 내 의지대로 탈출할 수 있을 테니까."

오스발은 뭐라 대답해야 될지 몰라 멋적게 웃었다. 율리아나는 갑자기 고개를 돌려 오스발을 바라보았다.

"그렇게 된다면."

"예? 공주님?"

"그렇게 된다면 다시 날 도와줄 거죠? 키 드레이번에게서 도망칠 수 있도록?"

쉬운 질문이었다. 오스발은 차분하게 대답했다.

"공주님께서 절 노예로 삼겠다고 하셨으니 전 공주님의 노예입니다. 당연히 그래야겠죠."

파킨슨 신부는 잔교 옆의 말뚝에 앉은 채 밤바다를 내려다보고 있었다.

배의 밧줄을 매는 말뚝은 거칠디 거칠 뿐만 아니라 오랜 세월 동안 빨아들인 습기와 냉기 때문에 지독하게 차갑다. 따라서 그 위에 앉는다는 건 멋으로라도 그다지 추천할 만한 일이 아니었다. 파킨슨 신부 역시 이 쓸쓸한 말뚝 위에 앉아 있는 것이 마음에 들지 않았다. 하지만 핸드건의 무게까지도 버겁게 느껴질 만큼 몸에 힘이 없었기에 파킨슨 신부는 다른 곳으로 옮겨볼 생각이 들지 않았다.

바다를 향해 내뻗은 기중기에서 밧줄이 가볍게 손사래를 쳤다. 차고 습한 바람은 부표를 지나 방파제를 건너 신부를 향해 수렴되고 있는 것 같았다. 배에 매달린 등불들이 까불거리며 먹물빛 밤바다 위에 이교도의 부적 같은 무늬를 날렵하게 그려대고 있었다. 파킨슨 신부는 한숨을 내쉬었다.

등뒤로부터 목소리가 들려왔다.

"지랄 같은 밤바다에 우거지상을 한 신부님 당신이라…… 예술하쇼, 신부님 당신?"

파킨슨 신부는 피식 웃었다.

"귀신 같은 놈. 어떻게 찾아내었지?"

"글쎄. 패스파인더 본인이잖아. 신부님 당신과 본인 사이에 패스 하나 그어봤지."

잔교가 삐걱이는 소리가 들려왔다. 지금껏 아무 소리도 들리지 않았다고 생각하던 파킨슨 신부는 데스필드가 패스파인더라는 사실을 되새겼다. 밤 속에서 걸어나온 데스필드는 자신의 배낭을 집어던지곤 잔교 위에 주저앉았다. 파킨슨 신부는 그 배낭을 잠시 눈여겨보았다. 잔교 바깥으로 내밀어진 다리를 까딱거리며 데스필드는 말했다.

"누굴 찌르셨수?"

"그런 적 없다, 망할 자식아. 그런데 웬 배낭이지? 공주님께서 날 찾으라고 보낸 것 아니냐?"

"아니. 본인도 떠나온 거요. 일 끝났잖아. 그런데 누굴 찌른 게 아니라면 왜 그렇게 달아난 거요?"

"알 것 없다."

"뭐, 뭐. 좋으실 대로. 그래서 말인데, 어디로 가실 거요? 본인 고용할 생각 없으슈?"

"패신저를 구하지 못했나 보지?"

144

"그렇잖으면 왜 신부님 당신이 떠났다는 말 듣고 부리나케 쫓아왔겠소. 어디로 가실 거요? 아, 먼저 말해 드리겠는데 테리얼레이드는 안 돼요. 노스윈드 당신이 길 가로막고 짖어대고 있을지도 모르거든."

"그놈들도 이젠 도망쳐야 되지 않겠느냐? 공주님이 이곳으로 들어오셨으니 놈들을 체포할 병사들이 출동할 것은 당연하니까."

"이곳엔 병력이 없어요. 총독부 휘하로 치안 헌병이 약간 있고 각 대사관이나 공관, 상관 따위에 호위병은 있지만 노스윈드 당신을 때려잡을 만큼은 못 돼. 본인은 노스윈드 당신의 목에 걸린 현상금을 내걸고 선원 당신들 사이에서 모집을 해볼까도 생각해 봤지만, 아무래도 어렵겠더라고요. 뱃놈 당신들 중에 노스윈드라는 이름 좋아할 당신은 아무도 없겠지만 그 이름에 살떨리는 기분 느끼지 않을 당신도 드물걸. 노스윈드 당신이 이미 100명 값을 할 것이 분명한 이상, 못 돼도 이, 삼백 명은 모아야 되는데 그런 인원 모을 자신도 없고 관리할 자신도 없어."

"그런 생각까지 해봤느냐?"

"그—럼. 뭐, 공주님 당신의 말에 의하면 다벨에 롱레인저 출동을 부탁할 모양이요. 메르데린 공작 당신께서 환호를 지르게 되겠지. 그 자아도취 공작님 당신이 얼마나 으스댈까……"

데스필드의 말은 계속 이어졌지만 파킨슨 신부는 그의 말을 듣지 않았다. 파킨슨 신부는 롱레인저라는 말에 도나텔 백부장을 떠올렸고, 문득 그의 처지와 자신의 처지를 비교하게 되었다. 결투 끝에 사람을 죽인 그는 위안을 구하며 신부를 찾을 수 있었다. 하지만 파킨슨 신부는 그 누구에게서도 위안을 받을 수 없다. 교회 그 자체에 의해 이루어지는 살인이니까.

파킨슨 신부는 참을 수 없이 광포해지는 기분을 느꼈다. 긴장하여 수축한 피부 위로 몰아치는 밤바람은 쇠붙이의 비산처럼 느껴졌다. 파킨슨 신부는 벌떡 일어났다.

"데스필드. 이 시간에 술 마실 수 있는 곳을 아느냐?"

"에엑?"

"아느냐?"

"어디로 떠날 생각 아니셨소?"

"지금은 술집이다. 그 다음은 나도 모르지만."

데스필드는 의아한 표정으로 신부를 올려다보다가 순순히 일어났다. 배낭을 들어올린 데스필드는 너털웃음을 터뜨렸다.

"어디로 갈지 모르겠다라. 길 잃은 목자로군."

파킨슨 신부는 이 재담에 쓴웃음을 지을 수도 없었다. 데스필드는 농담을 말한 것이지만 파킨슨 신부에게 그것은 차가운 진실이었으니까. 하지만 어둠 때문에 신부의 얼굴을 볼 수 없었던 데스필드는 신부를 앞장서며 중얼거렸다.

"하긴 뭐, 교회는 신부님 당신 마음속에 있다며? 어디로 가도 무슨 상관이시겠어."

데스필드는 몇 발자국 걸어갔다. 그러곤 갑자기 멈춰 섰다. 언젠가 이런 상황을 겪었던 것 같은 기분 속에 데스필드는 뒤를 돌아보았다.

파킨슨 신부는 제자리에 선 채 그를 바라보고 있었다.

"뭐하쇼? 안 따라올 거요?"

"너 방금 뭐라고 그랬냐?"

"어? 마음 상하셨소? 길 잃은 목자 어쩌고 한 건 그냥 농담이었는걸."

"젠장! 그것 말고 말이다!"

"응? 교회는 신부님 마음속에 있다는 거 말이오? 그건 신부님 당신이 직접 말한 거잖소."

다음 순간 파킨슨 신부의 마음속에서 일어난 일은 신부 자신도 똑똑히 설명할 수 없었다. 하지만 무엇인가가 그의 마음속에서 일어났다. 파킨슨 신부는 옷자락을 펄럭이게 만드는 밤바람도, 그를 바라보는 데스필드의 의심스러워하는 눈빛도 신경 쓰지 않은 채 그것에 파고 들었다.

그의 마음속에 일어난 일을 그런 대로 명확하게 설명할 수 있는 사람인 핸솔 추기경의 말을 빌려본다면, 파킨슨 신부의 용수철이 마침내 올바른 방향을 잡았다고 말할 수 있다. 정확한 방향으로 놓인 용수철은 그 자신의 마음속의 교회를 향했다. 그러자 용수철의 반대쪽은 정확한 압력을 받기 시작했다. 파킨슨 신부는 긴장과 흥분 속에서 물었다.

"내가…… 그렇게 말했었지?"

"지금 교리문답하쇼? 그렇수다! 그 왜, 테리얼레이드 교회를 버렸을 때 그랬잖소."

데스필드의 말은 다시 파킨슨 신부의 뇌리를 강하게 때리고 지나쳤다. 기절할 정도의 충격이었어, 이 자식아. 다음 순간 데스필드는 어둠 속에서 뭔가가 움직인다는 기분과 지독한 불안감을 동시에 느꼈다. 뭐지?

"이놈! 축복받아라!"

퍽! 왠지 상쾌하게까지 느껴지는 소리와 함께 데스필드는 잔교 위로 나가떨어졌다. 데스필드는 자신의 볼을 움켜쥔 채 화도 못 내는 얼굴로 신부를 올려다보았다. 그리고 파킨슨 신부 역시 어리둥절한 표정으로 자신의 주먹을 보다가 갑자기 이마를 딱 쳤다.

"아차! 착각했다. 아까 일을 생각했어. 축복은 이게 아니었지?"

"시, 신부님 당시—인!"

"미안. 미안하다고. 우하하하! 미안해, 으킬킬킬. 이놈, 정말 복받아…… 야! 어딜 도망가? 진짜 복받으란 말이었다고! 으헷헤헤헤!"

파킨슨 신부는 이제 배를 붙잡고 웃어대고 있었다. 고즈넉하고 약간 쓸쓸하기까지 했던 부두의 향취가 일순간에 사라지고 남은 건 미친 듯한 웃음 소리와 한 사내의 두통뿐이었다. 데스필드는 자신의 이마를 짚으며 거칠게 외쳤다.

"우, 씨! 본인한테 신부님 당신이 미치지 않았다는 걸 납득시키기 전엔 팔 길이 이상 가까이 오는 건 용납 안할 거요!"

"네놈 말, 네놈의 그 말 말이다. 끄하하하! 그 말이 맞았어! 맙소사, 주여! 저 악마의 사생아 놈에게 어떻게 그런 분별력을? 끄하!"

"젠장, 무슨 말을 말하는 거요!"

"난 이미 교회를 버렸어!"

도저히 예상할 수 없었던 대답을 들어버린 데스필드는 공포 속에서 입술을 떨었다. 맙소사. 평소부터 그런 끼가 있긴 했지만, 정말 미쳤던 거였군? 하긴 미치지 않았으면 테리얼레이드에서 그렇게 오랫동안 신부질 못했겠지만. 보자, 다림에 정신병자 수용소가 있던가? 그러나 파킨슨 신부는 계속 외쳤다.

"맞았어. 난 이미 교회를 버렸었어! 경험자라구! 하지만 내가 버린 건 물질의 교회. 그건 교회가 아니야. 교회는, 그래, 자식아! 교회는 내 맘속에 있어!"

파킨슨 신부는 희열에 찬 목소리로 외쳤다. 그는 자신이 진리를 찾았다고 믿었지만 핸솔 추기경이라면 그가 반발할 대상을 찾은 것이라고 말했을 것이다. 그리고 핸솔 추기경이 알았다면 틀림없이 씁쓸해하고 심지어 당황했겠지만, 파킨슨 신부가 반발할 대상은 바로 공주를 죽이려는 '교회'였다. 그리고 파킨슨 신부에게 그것은 절대로 교회에 대한 반항이 아니었다. 왜냐하면 파킨슨 신부는 교회를 두 개로 분리하여 그것을 구분하는 데 성공했던 것이다. 파킨슨 신부는 명랑하게 외쳤다.

"가자! 패스파인더, 안내해라! 공주님께 가는 거다!"

"어딜 간다고?"

흥분 속에서도 파킨슨 신부는 데스필드의 목소리가 이상하다고 생각했다. 저 녀석, 왜 키 드레이번의 목소리로 말하는 거야?

"노스윈드!"

데스필드는 고함과 동시에 몸을 돌렸다. 어둠을 향해 휘둘러진 그의 대거는 갑자기 덜컥 멈춰 섰다. 파킨슨 신부는 믿을 수 없다는 듯이 허공에 정지한 데스필드의 대거를 보다가 그의 손목이 무엇인가에 의해 붙잡혀 있는 것을 발견했다. 그리고 파킨슨 신부가 데스필드의 팔 아래에서 칠흑 같은 옷차림을 한 키 드레이번의 모습을 간신히 발견한 순간 키는 다른 손으로 데스필드의 턱을 올려쳤다. 데스필드는 졸도하면서 생각했다. 오늘은 매맞는 운수가 무더기로 겹친 날인가 보구나.

"이놈!"

파킨슨 신부는 오른손을 허리로 가져갔다. 그러나 키는 잠시도 기다리지 않았다. 키는 쓰러지는 데스필드의 손에서 대거를 나꿔채어 그대로 집어던졌다. 대거는 빗나갔지만 신부는 순간 주춤거렸고, 그 동안 지체된 시간은 키에겐 충분했다. 멀리서 누군가 이 모습을 본다 하더라도 검은 옷차림을 한 키의 움직임을 보며 밤바람이 움직였겠거니 생각했을 것이다.

파킨슨 신부는 핸드건을 쥔 자신의 오른손을 덮쳐누르는 키의 왼손을 보았다. 선장의 손답게 큼직한 키의 손은 핸드건째로 파킨슨 신부의 손을 나꿔챘다. 다음 순간 파킨슨 신부는 창피도 잊은 채 자지러지는 비명을 지르며 무릎을 꿇었다. 무지막지한 힘에 의해 그의 손이 핸드건째로 비틀어 올려진 것이다. 키는 힘이 빠진 신부의 오른손을 간단히 비틀어 핸드건의 포구를 신부의 관자놀이에 가져다 대었다.

"손가락을 떨지 않도록 주의해."

키의 침착한 목소리를 들으며 파킨슨 신부는 얼어붙었다. 오발을 두려워한 파킨슨 신부가 감히 반항할 생각을 못하는 사이에 키는 다른 손을 자신의 코트 속으로 집어넣었다. 키의 코트 안쪽으로부터 복수가 뽑혀나왔다. 키는 복수를 손에 든 채 나직하게 말했다.

"손을 놓겠다. 미동도 하지 마라."

그리고 키는 파킨슨 신부의 손을 놓았다.

파킨슨 신부는 경악한 눈으로 키를 올려다보았다. 어쩌면 키는 스스로를 위험에 몰아넣은 것일지도 모른다. 파킨슨 신부는 자신이 손목을

비틀어 키를 쏘는 것과 키의 손에 들린 복수가 그를 베는 시간 중 어느
것이 빠를지를 놓고 무서운 고민을 시작했다.

하지만 확신은 없었다. 파킨슨 신부가 서부 제일의 건맨이라면 키는
제국의 공적 1호였다. 그리고 파킨슨 신부가 알고 있는 것은 그것뿐, 그
외엔 가능성이 따져볼 만한 근거가 아무것도 없었다. 그래서 파킨슨 신
부는 자신의 손으로 자기 관자놀이를 겨냥한 채 비참한 심정으로 키를
올려다보아야 했다. 똑같은 고민을 해볼 법도 하지만, 키는 아무런 의혹
도 떠오르지 않은 차가운 얼굴로 파킨슨 신부를 내려다보고 있었다.

파킨슨 신부의 갈등과 비참함이 극에 달했을 때 키의 입이 느닷없이
열렸다.

"당신 목소리는 너무 크더군. 멀리서도 알아챌 수 있었지."

파킨슨 신부의 마음속에 다시 공포가 스며들었다. 키의 말 자체엔
아무런 위협도 들어 있지 않았다. 하지만 파킨슨 신부는 그 냉랭한 목
소리를 듣는 순간 팔이 굳어버리는 것을 느끼며 자신의 육체가 기어코
자신의 의지를 배신해 버릴 것이라는 확신을 느꼈다. 내 팔은 움직이지
않을 것이다. 난 덤벙거리고 주춤거릴 것이고 키는 그런 나를 쉽게 베어
버릴 것이다. 아마도 웃고 있을 것이다. 차갑게…….

"그럼, 조금 전 당신이 거론하던 레이디에 대해 이야기를 해볼까."

이른 아침, 다림 교외 멀리 떨어진 숲속에서 세실은 하품을 하면서

해적들 사이를 걸어가고 있었다. 트로포스의 상태를 보기 위해 다가선 세실은 트로포스의 손이 모포 밖으로 나와 있는 것을 발견했다. 그 손을 다시 집어넣어 주려던 세실은 이상한 것을 발견했다.

"이건 뭐지?"

세실은 트로포스의 손을 들어보았다. 질풍호의 해적들은 세실이 가르켜보이는 것을 보면서 고개를 가로저었다. 세실이 들어올린 트로포스의 손등엔 아홉 개의 하얀 점이 둥글게 배열되어 있었다.

"상처라기엔 너무 규칙적이군. 문신? 초승달인가?"

"하얀색 문신은 잘 쓰지 않습니다, 마녀님—으윽!"

"마법사다! 음? 그런데 이건 뭐야."

세실은 자신의 손에 들린 지팡이를 바라보았다. 조금 전 그 지팡이에 징벌당했던 젊은 해적이 머리를 감싸쥔 채 불평 가득한 목소리로 대답했다.

"트로포스 선장님의 지팡이입니다."

"어? 아아, 맞아. 그날 이 녀석이 이걸 휘두르는 걸 봤었지."

"저, 혹시 마—법사님께서는 좀 덤벙거리는 성격 아니십니까?"

젊은 해적은 뜨끔해하는 세실의 얼굴과, 무엇보다도 그의 정수리를 겨냥하여 올라가는 지팡이를 보면서 자신의 짐작이 맞다고 생각했다. 세실은 옆으로 휙 피하는 젊은 해적을 흘겨보며 지팡이를 도로 내려놓았다.

"벌써 거기까지 눈치 챘어? 집요한 관찰은 맹목적 사랑의 시작이라던데. 나 사랑하나 보지?"

젊은 해적을 뇌사 상태에 빠뜨려놓은 세실은 자신이 내려놓은 지팡이를 내려다보며 멋쩍게 웃었다. 마법사들에겐 다른 마법사의 지팡이를 건드리는 것이 금기에 해당한다는 사실은 굳이 말해 줄 필요 없겠지. 불법 마법사에게 무슨 예의를 갖출 필요가 있겠느냐는 변명거리—그녀 스스로도 우습기 짝이 없다고 생각했지만—를 되뇌이며 세실은 젊은 해적에게 질문했다.

"이봐. 너희 선장…… 이봐! 정신차리고 대답해."

"가, 가까이 오지 말아요! 전 절대로 마녀와는 싫—."

뎅—! 장엄한 소리가 울려퍼진 직후 젊은 해적은 고꾸라져서 부들부들 떨고 있었다. 젊은 해적은 머리를 움켜쥔 채 생각했다. 손버릇도 나빠. 세실은 지팡이를 내려놓으며 질문했다.

"나도 손자뻘 되는 꼬마는 관심없어. 그러니까 까불지 말고 대답해라. 너희 선장 뭐 바뀐 거 없냐?"

"예. 이젠 잠꼬대도 하시는 거 같고 뒤척거리기는 하시는데 일어나지는 않으시는군요. 혹시 언제 일어나는지 알려주실 수 없습니까?"

"흐음. 한번 더 해봐야겠군. 어이, 꼬마. 가서 노스윈드 좀 데려와라."

젊은 해적은 일어나지 않았다. 세실은 젊은 해적의 얼굴이 이상하게 바뀌는 것을 보았다.

"저, 마—법사님. 키 선장님은 안 계시는데요."

"안 계시다니? 그게 뭔 말이야?"

"키 선장님은 어젯밤에 떠나셨습니다."

세실은 물끄러미 젊은 해적의 얼굴을 바라보았다. 그녀는 그의 말이 무슨 말인지 이해할 수가 없었다. 잠시 후 세실은 미심쩍은 얼굴로 질문했고 키 드레이번이 어젯밤 홀로 다림으로 출발했다는 것을 알게 되었다. 다음 순간 세실은 라이온을 찾아 뛰어다니기 시작했다.

"라이온―! 라이온! 어디 있어!"

불편한 자세로 잠들었던 서 슈마허는 갑자기 들려온 세실의 고함에 놀라 잠을 깼다. 그때 잠이 덜 깬 그의 귀에 라이온의 잠꼬대 소리가 들려왔다.

"아아, 나…… 여기 있어. 율리아나…… 어서 이리로……"

순간 서 슈마허는 머리로 피가 몰리는 기분을 느끼며 동시에 라이온을 때려 죽이려 마음 먹었다. 물론 불가능했다. 철탑 앞에서 키를 공격한 이후로 슈마허는 꽁꽁 묶인 채 라이온에게 끌려다니고 있었고 지금도 온몸이 결박당해 있는 것은 마찬가지였다. 그를 묻어버리자는 의견이 높았음에도 불구하고 슈마허가 생매장당하지 않은 것은, 그가 몸값을 요구할 수도 있는 중요 인질이기도 하거니와 레보스호 선원들을 자극할 우려가 있기 때문이기도 하지만 무엇보다도 라이온이 반대했기 때문이다. 그러나 지금 슈마허의 머릿속엔 그런 은혜가 하나도 떠오르지 않았다. 그래서 슈마허는 고래고래 고함을 지르기 시작했다.

"쿠아아악! 이 XX하고 XX해 버릴 XX야!"

세실의 고함에 놀라 얼떨떨해하던 해적들은 그 고함에 뒤이어 들려오는 욕지거리에 기막힌 얼굴들이 되었다. 고함과 욕지거리의 이중창은 마침내 라이온을 깨우는 데 성공했고 그때쯤 슈마허의 발악을 들은 세실 역시 라이온의 위치를 찾아내었다.

"라이온! 노스윈드가 혼자서 다림으로 떠났다고?"

풀린 눈으로 세실을 보던 라이온은 옷 속으로 손을 집어넣어 몸을 긁으며 말했다.

"그렇습니다. 그런데 슈마허는 왜 저렇게 씩씩거리는 거지?"

불편한 자세로 고함을 너무 많이 내지른 슈마허는 얼굴이 붉어진 채 씨근거릴 뿐 라이온의 질문엔 대답하지 못했다. 그리고 세실은 슈마허의 상태엔 관심없었다.

"왜 혼자 보낸 거야!"

"혼자 가겠다고 했으니까요."

"그런다고 혼자 보내나!"

라이온은 아침에 눈을 뜨자마자 여자에게 추궁당한 경험이 전혀 없었다. 결혼이라는 대형 사고를 친 사내들은 도대체 어떤 기분으로 아침을 맞이할까 궁금해하던 라이온은 기지개를 켜며 말했다.

"세실. 혹시 그런 사람 아는지 모르겠어요. 설득하기 위해 뭔가 말을 꺼내보기도 전에 이미 설득당하는 건 반드시 이쪽이 되고 말 거라는 생각을 들게 하는 사람."

세실은 라이온의 말에 섬뜩함을 느꼈다. 라이온의 말은 마치 그녀가 잘 아는 누군가에 대한 말 같았다. 세실은 떨떠름한 어조로 대답했다.

"많진 않았어."

"있긴 있군요?"

"그래."

"그럼 내 말이 무슨 말인지 알겠군요. 그럴 땐 어떻게 해야 되죠?"

"주의를 다른 곳으로 돌리게 한 후 뒤통수를 내려치는 방법이 좋지."

"다음엔 그 방법을 써보죠."

"제기랄, 그래서 어쩔 거야? 그냥 가만히 기다릴 거야?"

라이온은 대답하려다가 잠시 시선을 옮겼다. 세실은 그를 따라 주위를 둘러보았고 신화 시대에서 걸어오는 듯한 장대한 사내들이 그들에게로 다가오고 있는 것을 발견했다.

킬리 선장과 돌탄 선장이 먼저 도착해서 아무 말 없이 자리를 잡고 앉았다. 그리고 껑충한 하리야 선장이 구슬픈 얼굴을 하고 손엔 성전을 든 채 걸어왔다. 두캉가 선장이 도착하자 킬리 선장과 돌탄 선장은 옆으로 조금 옮겨 자리를 내주려다가, 곧 머리를 내두르며 조금 더 움직였다. 오닉스 선장은 잘 때도 벗지 않는 그 마스크를 쓴 채 조금 떨어진 곳에 방관자처럼 섰다. 그리고 나머지 선장들은 그의 그런 태도를 이해한다는 듯이 이리 와서 앉게 등의 말은 하지 않았다. 미노 만에 남아 있는 알버트 선장, 그리고 의식 불명인 트로포스 선장과 다림으로 사라진 키 선장을 제외한 노스윈드 해적의 선장들이 한 자리에 모인 것이다. 아무런 약속이나 부름의 말은 없었지만 그들은 조용히 모였고, 그 모여앉은 사내들을 보며 세실은 새삼 감탄하고 말았다.

말없이 모였던 것처럼, 회의 역시 무턱대고 시작되었다. 하리야 선장이 지나가는 말처럼 말했다.

"그래, 어쩌지?"

"민첩하코 머리 찰 토는 애를 몇 명 모아서 포내치. 무슨 일이 일어나든 일탄 알아야 퇴니까."

"감시조라고 해야 되나, 경호조라고 해야 되나?"

"감시조."—짧은 웃음들.

"쳇. 바람난 서방 감시하는 여편네라도 되는 것 같군."

"오닉스 선장이 '정확하다'라는 손짓을 보내던데요."—조금 긴 웃음들.

"미노 쪽에도 몇 명 보내는 것이 좋지 않을까?"

"거리가 먼걸, 신부님. 말이라도 타지 않는다면."

"말이 있어도 우리 중에 그런 짐승 탈 줄 아는 놈이 몇 있겠나."

"아! 내가 탈 줄 압니다."

"왜 차네 말이 믿키 어려운치 모르켓쿤, 라이온."

"탈 줄 안다니까요. 말이 없어서 문제지."

"그래. 어차피 말은 못 구해. 다림에서 구하는 건 위험하고 달려간다
해도 너무 늦어."

"무슨 조처를 취하려면 이 인원만으로 처리할 것을 각오해야 돼."

"누굴 뽑지?"

"크컨 내카 코르지."

"좋아."

"그럼."

하리야 선장은 두 손으로 성전을 쥔 채 잠시 눈을 감았다. 오닉스는
몸을 돌려 걸어갔고 돌탄 선장과 킬리 선장이 그 뒤를 이었다. 잠시 후
기도를 끝낸 하리야 선장이 두캉가 선장과 함께 부하들에게로 걸어갔
다. 라이온은 다시 하품을 하다가 세실의 멍한 얼굴을 보게 되었다.

"으헷? 왜 그런 얼굴 하고 있으신 거요, 마법사님?"

"허! 야, 방금 무슨 일이 있었던 거냐? 이거 분위기가 너무 묵직해서 정신이 하나도 없네. 너희네들 분위기는 항상 이러냐?"

껄껄거리며 일어나던 라이온은 그때까지도 짐보따리처럼 팽개쳐져 있던 슈마허가 무서운 시선으로 그를 쏘아보고 있다는 것을 알아차렸다. 라이온은 고개를 갸웃거렸다.

"너 왜 그래?"

"……너 무슨 꿈 꿨냐?"

"꿈? 어라. 그러고 보니 아주 기분좋은 꿈을 꾸었던 것 같은데. 어디 보자. 무슨 꿈이더라, 그게?"

"기억해 내지 마!"

파킨슨 신부는 열렬히 외쳤다.

"왑! 왑왑!"

"왑왑왑. 왑왑."

데스필드는 대답하면서 어쩐지 자신들이 혼 족이나 된 것 같다는 생각을 떠올리며 스스로에 대해 한심해했다. 하지만 파킨슨 신부는 지칠 줄 모르는 열정으로 다시 말했다.

"왑왑왑왑왑! 왑, 왑왑? (최고급 패스파인더라는 놈이 밧줄 하나 풀어 낼 재주도 없냐?)."

"왑왑. 왑왑왑. (본인도 화장실 급하긴 마찬가지요.)."

"왑? 와와왑? 왑왑 왑왑왑? (뭐? 바지 쪽? 거기 뭐 숨겨놨냐?)."

"와. 압 압왑압압왑. ……와왑!? (뭐, 아직 싸버릴 정도는 아니오. ……어딜 더듬는 거요!?)."

부리나케 피하는—그래봐야 온몸이 기둥에 묶인지라 약간 꿈틀거리는 것이 고작이었지만—데스필드를 보며 파킨슨 신부는 자신이 뭔가 오해했다는 것을 알아차렸다. 파킨슨 신부는 넌덜머리가 난다는 표정으로 자신의 입을 막고 있는 재갈을 질겅거렸다. 하지만 어쩌나 꼼꼼한 솜씨로 묶여 있는지 벌써 몇 시간째 그걸 씹어댄 이와 입술만 아파올 뿐 재갈이 느슨해지는 기미는 없었다. 파킨슨 신부는 다시 온몸의 힘을 빼고 기둥에 몸을 기대었다.

키 드레이번은 파킨슨 신부에게서 몇 마디 말을 들은 다음 점잖게 그를 기절시켰다. 머릿속으로 벼락이 쳤다고 생각한 파킨슨 신부가 다시 눈을 떴을 때, 그는 손발이 묶이고 입엔 재갈까지 채워진 채 무슨 기둥 같은 것에 묶여 있는 자신과 데스필드의 모습을 보게 되었다.

곳곳에 서 있는 기둥이라든지 휑뎅그렁한 공간으로 미루어보아 그들이 갇혀 있는 곳은 무슨 창고인 듯했다. 창문은 없었지만 밝기로 미루어보아 대낮인 것 같았고, 그래서 파킨슨 신부는 자신이 꽤 오랫동안 기절해 있었다는 것을 알아차렸다. 간혹 멀리서 사람들이 내는 소음 같은 것이 들려오긴 했지만 가까이 다가오는 것은 하나도 없었다. 설령 가까이 다가온다 하더라도 입에 재갈이 채워졌으니 소리쳐 부를 수도 없는 노릇이다. 따라서 누군가가 문을 열고 창고 안으로 들어와 그들을 발견하지 않는 이상 탈출은 힘들 것 같았다.

하지만 정신을 차린 지 여러 시간이 지나도록 사람이라곤 한 명도 나타나지 않았다.

'도대체 여기가 어디기에 이렇게 사람 기척이 없는 거지?' 조금 전까지 파킨슨 신부의 주된 연구 과제였다. 하지만 얼마 전부터 그의 연구 과제가 조금 바뀌어 있었다. '사람이 안 먹고 얼마나 버틸 수 있던가?' 격심한 배고픔과 갈증 때문에 파킨슨 신부는 정신이 몽롱할 지경이었다. 신학교 시절 금식 훈련을 하기도 했던 파킨슨 신부였지만 온몸이 묶인 채 맞이하는 공복감과 갈증은 지독한 것이었다. '사람이 하루 굶는다고 해서 죽을 리는 없다. 게다가 난 사흘 동안의 금식도 해봤지 않은가.' 아무리 되뇌어보아도 뱃속은 칼로 찌르는 것처럼 아파왔고 입안은 말라 비틀어지는 것 같았다. 꼼짝도 못하도록 묶여 있는 것은 활동량이 전혀 없음에도 불구하고 만만찮은 중노동이다. 힘없이 주위를 둘러보던 파킨슨 신부는 건물 안이 조금 전보다 훨씬 어두워졌다는 느낌을 받았다. 맙소사, 벌써 밤인가? 그럼 하루 종일 갇혀 있었던 건가?

그때 파킨슨 신부의 흐릿한 시야 속으로 뭔가 움직이는 것이 보였다.

파킨슨 신부는 눈을 부릅떴다. 어둑어둑해서 잘 보이지는 않았지만 커다란 문에 달려 있는 조그만 출입문이 열리며 누군가가 안으로 들어온 듯했다. 더욱 자세히 바라본 파킨슨 신부는 문을 열고 들어온 사람이 손을 이리저리 흔들다가 랜턴 같은 것을 들어올리는 것을 보았다. 잠시 후 환한 빛이 비치며 창고 안이 밝아졌다. 랜턴을 들고 있는 것은 부두 노동자 같은 옷을 걸치고 머릿수건을 한 남자였다. 파킨슨 신부는 목청껏 외쳤다.

"왑왑왑왑왑! (여기요, 여기!)."

"왑왑왑. 왑 왑아아왑. (관두쇼. 키 드레이번 당신이오.)."

"왑왑왑! 왑, 아아아왑! (데스필드! 그래, 우린 살았어!)."

데스필드는 측은하다는 듯이 파킨슨 신부를 바라보다가 그대로 뒤통수를 기둥에 기대었다. 희열에 찬 표정으로 다가오는 랜턴 빛을 보던 파킨슨 신부는, 그래서 랜턴 빛 위로 떠오른 얼굴을 본 순간 억장이 무너지는 기분을 느껴야 했다.

키 드레이번은 아무 말 없이 랜턴을 바닥에 내려놓고는 기둥 뒤로 돌아가 파킨슨 신부의 손을 풀어주었다. 신부의 몸은 여전히 기둥에 묶인 채였지만 어쨌든 손은 쓸 수 있게 되었다. 키는 신부 앞에 랜턴과 보따리 하나를 내려놓고는 무슨 상자 같은 것으로 걸어갔다. 상자 속에선 복수와 키의 코트, 그리고 커다란 가방 같은 것이 나왔다. 키는 상자 위에 코트를 깔고는 그 위에 걸터앉았다.

파킨슨 신부는 쓰린 손목을 문지르며 키를 바라보았지만, 키는 신부 쪽은 쳐다보지도 않은 채 복수를 뽑으며 말했다.

"패스파인더의 손을 풀어줘라."

파킨슨 신부는 머뭇거리며 데스필드의 손을 풀어주었다. 종일 묶여 있던 손이 퉁퉁 부어 데스필드의 손을 푸는 것이 쉽지 않았다. 간신히 손이 풀린 데스필드는 재빨리 재갈을 풀어내곤 혐오스럽다는 듯이 그것을 바라보았다. 파킨슨 신부 또한 자신의 재갈을 풀었다. 잠시 동안 두 사람은 키를 바라보았지만 키는 복수를 손질하고 있을 뿐 그들 쪽은 쳐다보지 않았다.

데스필드는 명령하지도 않은 일을 하려니 꺼림칙하다는 듯이 키를 쳐다보며 그들 앞에 놓인 보따리를 풀어보았다. 순간 반가운 냄새가 그들의 코끝을 짜릿하게 만들었다. 빵과 소시지, 선원용 비스킷, 말린 과일, 그리고 치즈와 작은 술병까지 있었다. 데스필드도 이번엔 먹으라는 명령을 기다리지 않았다. 하루 동안의 굶주림 후에 맞이하는 이런 진수성찬은 그들로 하여금 기둥에 묶인 자신들의 초라한 신세를 거의 잊게 만들었다. 데스필드는 입안 가득히 음식물을 우겨넣으며 유쾌하게 말했다.

"하! 내어놓는 음식을 보면 그 당신의 인품을 거의 짐작할 수 있지. 당신이 좋아지려고 하는데, 그래?"

키는 여전히 복수의 손질만 계속할 뿐 아무 대답도 하지 않았지만 그렇다고 해서 데스필드의 기분이 상하지는 않았다. 데스필드는 속으로 '해적선이든 어쨌든 선장은 선장이구나. 선장 당신쯤 되니까 포로에게 주는 음식이라도 이 정도는 되어야 된다고 생각하는 고상한 모습 보여주는 거 아니겠어' 등으로 생각하며 희희낙락해하고 있었다. 그만큼이나 노골적으로 좋아하지는 않았지만 파킨슨 신부 역시 반가워하는 것이 분명한 얼굴로 식사에 매진했다.

파킨슨 신부와 데스필드가 식사를 끝내고 치즈 넝이를 사이좋게 나눠 질겅거리고 있을 무렵, 키는 복수를 다시 검집에 꽂고는 그들을 향해 돌아앉았다. 그리고 그제서야 파킨슨 신부는 자신이 큰소리를 낼 수 없게 되었다는 사실을 알아차렸다. 이런, 젠장. 잘 대접받고 나서 화를 낼 수야 없잖아. 그래서 파킨슨 신부는 좀 어정쩡한 태도로 질문했다.

"흐음. 우리가 얼마 동안 갇혀 있었던 거지?"

"하루."

"어, 그 동안 뭐하고 돌아다녔지? 다림 시내를 돌아다녔나? 어떻게 들키지 않았지? 아, 그리고 여긴 도대체 어딘가?"

키는 앞쪽의 질문은 전부 무시하고 마지막 질문에만 대답했다.

"부두 창고. 당신들이 있던 잔교에서 그다지 멀지 않은 곳이지."

"그런데 무슨 부두 창고에 순찰 하나 안 들어오는 거지?"

키는 차분한 태도로 자신이 부두 창고를 빌렸다고 대답했다. 데스필드와 파킨슨 신부는 어이없는 얼굴이 되었지만 그들이 창고에 갇혀 있다는 것은 엄연한 사실이었다. 데스필드는 어떤 상회의 신용장도 가지고 있지 않을 키가, 더군다나 명망 있는 상인으로 행세할 수 없는 것이 당연한 작자가 도대체 무슨 재주를 부려 화물 창고를 빌릴 수 있었는지 궁금했다. 하지만 파킨슨 신부는 보다 더 급한 질문이 있었다.

"그래, 우릴 어쩔 건가?"

"오스발과 율리아나를 죽인 후 죽이겠다."

키는 일부러 더 잔인하게 말하지도 않았고 가식적인 태연함도 보이지 않았다. 그저 날이 추우면 얼음이 언다고 말하는 것처럼 단조롭게 말했다. 그래서 데스필드는 씹던 치즈를 삼키고 한번 더 베어물었을 때에야 목이 메이는 기분을 느낄 수 있었다. 파킨슨 신부는 숨막힌 목소리로 질문했다.

"왜?"

"인질. 들켰을 때를 대비한."

"아니, 왜 지금 죽이지 않느냐는 질문이 아니라 왜 우릴 죽인다는 건가?"

"이유가 필요한가?"

이 자식 확실히 돈 놈이구나. 파킨슨 신부는 차분해지는 마음과 급격히 흥분하여 끓어오르는 마음 양쪽을 오가며 헐떡였다. 데스필드는 주의 깊게 키의 얼굴을 살폈지만 그 얼굴에선 아무것도 읽어낼 수 없었다.

"이유 없이 사람을 죽인단 말이야?"

랜턴 빛 속에 떠오른 키의 얼굴에 재미있어하는 표정이 잠시 스쳤다.

"그럼 이유 있는 살인이라는 것도 있단 말인가? 살인에는 이유가 없어."

"그런 허무맹랑한 소릴!"

파킨슨 신부는 버럭 화를 내었지만 키는 그 대답에 곧 흥미 잃은 얼굴이 되었다.

"내가 질문할 차례인 듯하군."

"잠깐! 내 말에 대답해라. 난 내 목숨 때문에 이러는 것이 아냐. 네녀석은 정말 이유 없이 사람을 죽일 거라고 말한 거냐?"

"어떤 놈이라도 찬성하고 순순히 목숨을 내어줄 '이유'라는 걸 알면 좀 가르쳐주겠나. 내겐 쓰일 일이 많을 것 같군."

키는 단숨에 대답했고 파킨슨 신부는 말문이 막힌 채 키의 얼굴을 물끄러미 바라보았다. 물론 그런 '이유'라는 것은 없다. 그것이 어떤 이유이든, 설령 세상의 모든 사람들이 동조하는 이유라 할지라도 살해될 자

164

는 그 이유를 받아들일 수 없을 것이다. '따라서 살인에는 이유가 없다?'

"이제 내 질문에 대답해라."

데스필드는 파킨슨 신부를 흘끔 바라본 다음 대신 대답했다.

"질문이 뭔가, 노스윈드 당신?"

"너한테 묻지 않았다. 신부가 대답해. 교회의 계획은 뭐지?"

무안을 당해서 풀이 죽었던 데스필드는 뒷부분의 말에 솔깃하는 표정으로 파킨슨 신부를 바라보았다. 파킨슨 신부는 당혹 어린 말투로 반문했다.

"교회의 계획이라니?"

"말해."

"젠장, 뭘 말하란 말이야!"

키는 갑자기 험상궂은 얼굴이 되었다. 목소리는 높이지 않은 채 키는 짓씹는 어조로 말했다.

"법황의 계획을 지껄이란 말이다. 이곳이 아니면 더 이상 교회에겐 기회가 없을 것이다. 분명히 필사적인 계획이 있겠지. 그러니 교회가 카밀카르 대사관 안에 있는 그녀를 어떻게 후려낼 작정인지 말해라. 메르데린 컬렉션의 경매에서인가? 아니면 미사 때인가? 그렇잖으면 대사관에 대한 정면 습격인가? 어느 쪽인가!"

경악 속에서 파킨슨 신부는 잠시 눈앞에 있는 자가 아델토의 화신은 아닌가 의심했다. 악마가 아니라면 저 모든 사실을 알 리가 없고 지상에 있는 악마라면 아델토뿐일 것이다. 하지만 잠시 후 파킨슨 신부는 악마가 해적이 되어 해적 선단을 몰고 다닌다는 것은 아무래도 이상하다는 사실을 떠올렸다. 파킨슨 신부는 가까스로 어리둥절해하는 표정을 지을 수 있었다.

"무슨 말이냐? 성하께서 왜 공주님을 납치한다는 건가?"

"내가 알고 있는 것을 알고 싶다는 거냐? 말해 주지. 검독수리의 성채 안에서 으스대며 멋대로 법황을 깔아뭉개는 필마온의 갈가마귀들에게 찬물 끼얹어주기 위해서다. 모른다는 소릴 더 지껄이고 싶다면 어젯밤 네놈이 질러대던 고함에 대해 먼저 설명해 봐. 왜 교회를 버리겠다고 말했었지? 교회가 무슨 버림받을 짓을 했다는 거지?"

오, 이 벼락맞을 입이여. 파킨슨 신부가 아득한 자기 혐오에 빠져 있는 동안 데스필드는 키의 말에 대해 재빨리 생각해 보았다. 자칭 최고의 패스파인더의 두뇌가 키의 말이 무슨 의미인지 파악하는 데, 그리고 거기에 자신이 알고 있는 사실들을—쥐덫 다섯 개. 대사관저를 습격하기엔 적고, 경매장엔 입장도 못할 꼬락서니인, 하지만 모든 사람들이 비무장인 교회 안이라면 지독한 실수는 하지 않을 수도 있는 깡패놈 다섯 명—대입시켜서 완성된 이야기를 만들어내는 데 걸린 시간은…… 거의 찰나였다.

파킨슨 신부는 다시 얼굴을 굳혔다. 그 얼굴을 보던 키 드레이번은 한숨을 쉬며 자신의 이마를 짚었다.

"입을 안 열겠다는 건가? 얼간이짓 하지 마라. 넌 지금 이유 없이 내게 반항하고 있는 것이다. 네가 나에게 사실을 말하지 않는다고 해서 공주가 안전해진다는 건가? 넌 교회에 협력하겠다는 거냐?"

"……넌 어쩔 거냐. 해적놈아."

"무슨 뜻이지?"

"교회에 협력할 거냐? 교회의 계획을 알려고 드는 이유가 뭐냐? 그 계획을 돕겠다는 거냐, 훼방놓겠다는 거냐? 너의 의도를 말해 봐."

"내 이유는 나에게만 이유다. 네겐 말해 봐야 이해되지 않겠지. 하지만 나에겐 교회의 계획을 도울 생각은 별로 없다는 것은 말해 줄 수 있겠군."

파킨슨 신부의 얼굴에 약간의 반가움이 지나쳤다.

"공주님을 구할 거냐?"

"그녀가 그렇게 받아들일진 모르지."

"제길, 단순하게 말해! 공주님을 구할 거냐? 넌 내 실언을 이미 들었어. 그럼 내가 원하는 것이 뭔지 알 것 아닌가! 난 그녀를 구하길 원한다. 주님의 손길을 제외한 다른 모든 것으로부터. 따라서 내게서 뭔가를 들어내려면 내 소망을 참고하는 편이 좋을 거야."

"교회가 그녀를 노리고 있다는 말에 동의하는 것이군."

"그렇다! 그리고 난 내 상관들을 이해하고 용서한다. 하지만 용납할 순 없다. 오스발이 내게 말해 줬었지. 그는 신부는 죽지 않는다고 말했다. 신부 살해는 살해가 아니라고. 살해의 목적이 한 인간의 말살이라면, 죽어서 순교자로 추서된 그분들은 영원히 말살되지 않기 때문에 그 목적에 부합될 수 없다고."

데스필드는 오스발의 이름이 말해진 순간 키의 눈에서 불꽃이 일렁인 것을 보았다. 하지만 키는 아무 말도 하지 않은 채 파킨슨 신부를 바라보았다.

"누군가 또 말했지. 순교는 강요되는 것이라고. 그래. 그 말이 옳아. 하지만 신도에게 순교를 강요하는 것은 신도의 마음속에 있는 교회다. 그 교회가 원할 때 신도는 죽음 아닌 죽음도 택하는 것이다. 성 페이루스, 성 바이올 모두 마찬가지지. 그분들은 자신의 마음속의 교회를 위해서 순교하셨지. 바깥의 교회가 아냐!"

"바로 그것 때문에 헷갈렸던 거요, 핸솔 추기경님. 그래요. 나는 그분들의 태도에 공감하오. 그 외롭고 무서운 곳에서도 자기 속의 교회를 잃지 않으셨던 그분들에게. 그리고 나 또한 그리 되기 위해 노력할 것이오."

"따라서 펠라론은 그녀를 죽일 수 없어. 내가 버린 것은 펠라론이다!"

"대단한 연설이었다. 신부."

"감사하군. 하지만 내 말 안 끝났어. 교회도 그녀를 죽일 수 없거늘, 너 따위 지저분한 해적놈이 그녀를 어떻게 할 수는 없어. 그러니까 이제 말해라! 네 의도는 뭐지? 넌 무엇을 바라는가!"

"그녀를 죽일 거야."

도저히 어울리는 일이라고는 할 수 없지만, 더군다나 누군가를 죽인다는 저 끔찍한 말에 대해 그런 반응을 보여주는 것은 절대로 도덕적인 반응이라고 할 수 없겠지만, 데스필드는 그만 킥킥거리고 말았다. 그리고 파킨슨 신부 역시 기가 막혀서 화도 못 내는 얼굴로 키 드레이빈을 쳐다보았다. 그러나 조금 후 파킨슨 신부는 악이 받쳐 외쳤다.

"이 자식아! 그럼 가만히 있으면 되겠구나!"

"가만히 있는다?"

"네가 가만히 있어도 교회가 그녀를 죽여줄 테니까, 너는 풀어주면 교회의 계획을 훼방놓을 것이 분명한 나를 이대로 감금해 두기만 하면 되겠군. 그렇잖아!"

키는 음울한 얼굴로 파킨슨 신부의 얼굴을 한참 쳐다보았다.

"이유는 설명하지 않겠다. 제안 하나 하지."

파킨슨 신부는 씩씩거리며 그를 바라보았다. 키는 단조롭게 말했다.

"넌 그녀를 구하길 원한다. 그리고 난 그녀를 죽이길 원한다. 언뜻 정면으로 대치되는 목적인 것 같지만 난 이 두 가지 소망에서 공통점을 발견한다. 즉 너와 나 모두 교회의 계획을 분쇄하길 원하지."

"아아, 성 이디오테우스여! 직접 죽이고야 말겠다는 건가? 남이 죽이는 꼴은 못 본다고? 네놈은 확실하게 미친 놈이구나."

"좋을 대로 생각해. 어쨌든, 그렇기에 난 협력을 제안한다."

"협력이라고?"

"서로 협력하지. 교회의 계획을 분쇄하는 바로 그 순간까지. 그 순간이 지나면 협력은 끝이다. 핸드건을 돌려줄 테니, 등뒤에서 나를 쏴도 상관없다."

파킨슨 신부는 멍한 얼굴로 키를 바라보았다. 하지만 데스필드는 우울하게 웃으며 오래간만에 입을 열었다.

"좋아하실 거 없으쇼, 신부님 당신."

파킨슨 신부는 데스필드를 돌아보았다. 하지만 데스필드는 키를 똑바로 쳐다보며 말했다.

"똑같은 결론으로, 그 순간이 지난다면 노스윈드 당신은 등뒤에서 신부님 당신이나 본인을 찌를 수도 있다는 말이겠지. 그럴 테지?"

"말하나마나 아닌가."

"껄껄껄! 거 참 공정해서 마음에 드는군. 솔직한 당신이 좋지."

데스필드의 웃음 소릴 들으며 파킨슨 신부는 머릿속의 정리를 끝내었다. 하지만 그것은 또다른 의문만을 불러일으켰다.

공주를 구하는 그 순간까지 협력. 그리고 둘은 그때부터 적이라. 일견 말이 되는 것 같지만 완전한 헛소리다. 키 드레이번은 원한다면 고문이든 뭐든 동원해서 파킨슨 신부에게서 필요한 사실을 짜낼 수 있다. 파킨슨 신부는 자신의 의지력을 신뢰하지만 그것에 대해 환상을 품지는 않았다. 어쨌든 키 드레이번은 파킨슨 신부의 의지력에 무슨 환상을 가지지는 않을 것이다. 그런데 왜 저 얼간이는 왜 그런 위험한 짓을 하겠다는 거지? 파킨슨 신부는 어젯밤의 일을 떠올렸다. 스스로의 손으로 자신의 이마를 겨냥하고 있어야 했던 순간을 떠올렸을 때 신부는 참을 수 없는 모멸감을 다시 느꼈다. 그러나 신부의 기분과 별개로, 그때도 그랬다. 키는 스스로를 위험에 몰아넣었다. 아니, 따진다면 제국의 공적 제1호가 다림에 들어온 것부터 그렇다.

"어떤가."

메마른 목소리에 파킨슨 신부는 고개를 들었다. 어두운 공기 속에서 키의 두 눈이 그를 응시하며 빛나고 있었다. 동물의 눈처럼 감정을 읽을 수 없는 눈. 그 순간 파킨슨 신부는 깨달았다. 율리아나 공주는 이미 깨달았고, 자신은 타성적으로 그 말을 반복하고 있었을 뿐인 사실을. 이놈은 침착하게 돌아버린 놈이다…….

파킨슨 신부의 대답은 그 자신도 인식하지 못한 사이에 나왔다.

"좋아."

"좋아."

새벽부터 내린 비는 아침 무렵 가랑비로 바뀌어 있었다.

다림 수도원의 높은 종탑으로부터 종소리가 울려퍼졌다. 미사일이다. 그래서 가랑비가 내리고 있는데도 불구하고 대로는 사람들로 가득했다. 그날 새벽부터 야수나 다름없는 아이들에게 새옷을 입히기 위해 전투를 치른 끝에 녹초가 된 부인네들이, 역시 녹초가 되어 있지만 빳빳하게 세워진 옷깃 속에 파묻힌 얼굴엔 당장이라도 장난거리를 찾아낼 궁리를 하고 있는 두 눈이 번득이고 있는 아이들의 손을 쥐고 걸어가는 모습이 보인다. 그런 부인네와 아이들 곁에는 근엄한 얼굴을 똑바로 세운 채 마치 그 부인네와 아이들이 자신의 죄악의 증거나 되는 것처럼 외면하며 걸어가는 엄숙한 얼굴의 가장들도 보인다. 그리고 그런 보편적인 미사 참배객들 사이로 어쩌다 뭍에 오른 김에 몇 년치의 미사를 한꺼번에 치를 작정을 하고서 걸어가는 선원들의 모습도 보인다. 그들 사이사이론 진귀한 구경이나 되는 것처럼 혀를 빼문 채 인파를 바라보는 이교도 선원들의 모습도 보인다. 비관세 자유 무역항인 다림이기에 그런 모습들이 신도들을 그렇게 놀라게 하지는 않는다.

물론, 주님께로 향하는 길이라고 해서 평등한 것은 아니다. 걸어가는 참배객들은 마차바퀴 소리가 날 때마다 짜증을 부리며—물론 속으로만—황급히 옆으로 비켜서야 했다. 이런 대로에서 마차를 질주시키는 정신나간 마부는 없지만 마차바퀴가 물을 튀겨올려 신도들의 깨끗한 외출복을 더럽힐 위험은 충분한 것이다.

다시 들려오는 마차바퀴 소리에 염증을 내며 비켜서던 행인들은 뜻하지 않은 광경에 놀라 탄성을 질렀다. 장난거리를 찾아 방황하던 아이들의 눈빛도 지나가는 마차에 고정되어 움직일 줄을 몰랐다.

경쾌해 보이는 승용마차였다. 얼핏 보기에도 준마임이 분명한 네 마리의 록소나 산(産) 백마들이 기운찬 동작으로 마차를 끌고 있었다. 그렇게 화려한 마차는 아니었지만 자유항 다림의 약아빠진 시민들이 그냥 화려하기만 한 싸구려와 진짜 명품을 구별 못할 리는 없었다. 그것은 진짜 명품이었다—바퀴살 아래에서 튀어오르는 물방울들마저도 보석처럼 보일 정도의.

대형 마차라면 차장석이라고 불러야 될 위치, 그렇지만 이런 승용마차에선 하인석으로 구분되는 자리에 앉아 있던 오스발은 행인들의 감탄을 보며 멋쩍은 기분을 느꼈다. 하인석은 마차 뒤의 트렁크 위에 있기 때문에 그의 자리는 퍽 높은 편이었고 마차 지붕 너머로 전방까지 볼 수 있었다. 그때 그의 발치에 있던 뒷창문의 커튼이 치워지며 율리아나 공주의 얼굴이 보였다.

"비 오는데 괜찮아요?"

오스발은 대답에 앞서 소박하게 감탄했다.

율리아나는 화장을 하고 있었다. 미사에 참배하는 길이라 진한 화장은 아니었지만 원래 기막힌 용모인지라 화장을 하자 말 못할 정도로 아름다웠다. 오스발은 문득 신부님이 율리아나 공주님 때문에 미사 순서를 잊지는 않을까 하는 재미있는 생각을 해보았다.

"괜찮습니다, 공주님. 빗방울이 들지 모르니 커튼을 닫겠습니다."

"아, 잠깐만요."

그리고 율리아나는 몸을 팔짝 뛰어올렸다. 율리아나는 의자 위에 무릎을 꿇고 앉아서는 창턱에 팔을 얹고 오스발을 올려다보았다.

"이 안에 있는 사람들은 밖을 못 보게 해요. 그러니 당신 눈에 보이는 거 나한테 말해줘요."

마차 안쪽에서 신음이 들려오는 것을 들으며 오스발은 난처한 미소를 지었다. 그러나 율리아나의 말은 끝난 것이 아니었다.

"아, 언젠가 약속했죠? 치마 입고 내 앞에서 엉덩방아 찧기로. 당신 다리 사이가 보이긴 하지만 지금은 바지니까 무효."

마차 안에서는 보다 강도 높은 신음이 들려왔다. 오스발은 다리를 슬며시 옆으로 꼬며 당혹한 미소를 지었지만 율리아나는 그를 빤히 올려다보며 말했다.

"많이 젖었군요. 정말 괜찮아요?"

"괜찮습니다. 공주님. 배에서 빗물은 좋은 식수입니다. 물론 너무 많이 오면 곤란하겠지만 이런 가랑비는 뱃사람이라면 대개 좋아할 겁니다. 저도 좋아합니다. 그런데 보이는 것을 말해 달라고 하셨습니까?"

"그냥 해본 소리예요. 뻔하겠죠, 뭐. 당신은 안 보이겠지만 지금 폴라 대사가 내 치맛자락 끌어당기고 있거든요. 저러다 치마 찢어먹겠네." 다시, 신음. "똑바로 앉아야겠어요."

커튼이 닫혔다. 커튼을 향해 미소 지어보인 오스발은 얼굴을 들어 빗물을 마셨다.

의자에 똑바로 앉은 율리아나는 폴라 대사의 비난 어린 얼굴을 보며 싱긋 웃었다. 폴라 대사는 한숨을 쉬었다.

"레이디의 교양에 대한 교훈적인 헛소리를 해야 되나요?"

"우-우-우."

"……좋아요. 공주님. 우아하게 처신해 줄 정도의 배려는 해주실 거라고 믿어요."

"그러겠어요. 그런데 본국의 배는 언제 오죠?"

"오지 않아요. 공주님."

"예?"

"아, 당장은 오지 않는다는 말이에요. 본국과 연락이 되었는데, 거기선 시간을 아끼자는 말이 오가는 모양이더군요."

"시간을 아낀다니오?"

"본국에선 다시 혼수품을 장만한 다음 함대를 출발시킬 계획인 것 같아요. 그리고 이곳에서 공주님을 태운 다음 페리나스로 향하는 거죠. 그러니까 우리 모두는 공주님의 혼삿길이 약간 지체된 것처럼 행동하게 될 거예요. ……공주님. 풀죽은 얼굴 하지 마세요. 카밀카르를 다시 보고 싶으신 것은 이해합니다만."

율리아나 공주의 얼굴에서 조금 전까지 보이던 명랑함이 싹 사라졌다. 율리아나는 떼쓰는 듯한 어조로 말했다.

"그렇다고 해서 꼭 이곳에 있을 필요는 없잖아요. 혼수품을 다시 준비하는 건 시간이 많이 걸릴 테니까 제가 그곳으로 갔다가 페리나스로 가도 되잖아요. 이곳에서 카밀카르로 가는 상선 아무거나……"

"뭐라 해도 신부가 혼삿길에서 다시 본가로 돌아간다는 것은 모양이 좋지 않습니다. 그리고 시간은 그렇게 많이 걸리지 않을 겁니다. 공주님이 생각하시는 것보다는 훨씬 빨리 준비가 끝날 거예요."

"그렇게나 빨리?"

"예. 사실 잃은 것은 레보스호 한 척이고 다른 두 배는 안전하게 돌아갔으니까요. 레보스호에 실려 있던 것 정도만 다시 준비하면 되는 거죠."

율리아나 공주는 물론 자신의 고국이 배 한 척을 채울 보화쯤은 어렵잖게 준비할 수 있는 거대 해운국 카밀카르임을 잘 알고 있었다.

"그럼 전 다시는 카밀카르를 보지 못하는 것이군요."

폴라 대사는 고개를 끄덕였다. 율리아나는 의자에 몸을 던지며 마차의 천장을 바라보았다. 두 사람이 만들어낸 고요 속으로 가느다란 빗소리가 스며들었다.

키는 비에 젖은 머리를 뒤로 쓸어넘기곤 팔짱을 꼈다. 그는 마치 비를 피하는 것처럼 예배당 입구의 악마상 아래에 서서는 무심한 표정으로 교회를 향해 걸어오는 사람들을 바라보고 있었다. 그리고 그 옆에선 파킨슨 신부가 쭈그리고 앉아서 돌바닥에 그려지는 동그라미를 바라보고 있었다. 파킨슨 신부가 문득 말했다.

"핸드건은 언제 돌려줄 건가."

"조금 후에."

키 역시 파킨슨 신부처럼 앞만 바라보며 대답했다. 파킨슨 신부는 비에 젖은 앞머리카락을 떼어내며 착 가라앉은 목소리로 말했다.

"언제가 아냐. 잘못 질문했군. 정말 그걸 돌려줄 건가? 받자마자 자네 뒤통수를 날려버릴지도 모르는데?"

"그런 시도는 나에게 자넬 죽일 이유를 주는 행위가 될 거야. 그리고 그 이유는 자네에게도 어느 정도 설득력이 있을 것 같군. 그러니 내게 죽임당하는 이유가 필요하다고 생각되면, 시도하라."

그건 그렇겠지. 하지만 그런 지적인 대답은 좀 하지 마. 네놈이 정말 미친 건지 아닌지 자꾸 혼동되니까. 파킨슨 신부가 다시 뭐라고 할 무렵 빗방울 저편으로부터 데스필드가 걸어왔다.

데스필드는 키와 파킨슨 신부를 보지도 못한 것처럼 지나쳐서 그대로 인파들과 함께 예배당 안쪽으로 걸어들어갔다. 그러나 예배당에 들어서기 직전의 짧은 순간, 데스필드의 눈이 파킨슨 신부를 살짝 향했고 그의 고개가 약간 끄덕여졌다. '당신들이 오는군.'

파킨슨 신부가 일어났다. 그는 잠시 내키지 않은 듯이 키를 바라보다가 그를 부축했다. 키는 자연스럽게 왼손을 신부의 어깨에 얹으며 오른손은 코트자락 안으로 집어넣었다. 파킨슨 신부는 몇 개의 천 너머로 핸드건의 포구가 자신의 오른쪽 허리를 찌르는 것을 느꼈다. 그리고 키는 왼쪽 다리가 굳어버린 사람처럼 절뚝거리며 예배당 안쪽으로 걸어들어갔다.

수반에서 손을 씻은 후 키는 사람들의 흐름과 함께 걸어가면서 데스 필드의 위치에 주목했다. 잠시 후 키와 파킨슨 신부는 데스필드의 뒷자리에 앉는 데 성공했다. 왼쪽 다리를 구부릴 수 없었기 때문에 키의 앉음새는 조금 이상했다. 하지만 키는 그에 아랑곳하지 않고 광대한 예배당을 주욱 둘러보았다. 그의 입가에 미소가 떠올랐다.

양쪽 벽면의 특별석이 폐쇄되어 있었고 그곳엔 무슨 공사라도 하는 것처럼 잡동사니와 자재들이 쌓여 있었다. 키는 천천히 고개를 돌렸고 잠시 후 그의 미소가 더욱 깊어졌다. 제단 바로 앞쪽에 임시 특별석이 마련되어 있었다. 특별석이라곤 하지만 평신도들의 자리에서 몇 발자국만 걸어가면 되는 위치였다. 핸솔 추기경이라고 했던가? 머저리 같은 놈이군. 교회는 이 자리 배치에 대해 설명할 수 있어야 할걸. 특별석이 공사중이었다는 변명이 과연 얼마나 통할지 궁금하군.

그때 그의 등뒤가 조금 요란해졌다. 비에 젖어 약간 짜증스럽게 두런거리던 사람들이 순수한 탄성과 한숨을 내뱉기 시작했다. 키는 살짝 고개를 돌렸다.

"세상에, 저기 좀 봐!"

"저기 저 여자!"

예배당 안에 있던 모든 사람들의 시선이 '다림의 큰누님'과 함께 걸어오는 정체 모를 미녀에게 집중되었다. 대부분의 사람들은 그 기막힌 미모에 감탄했지만 폴라 대사에 대해 잘 알고 있었던 상인들이나 각국 대표부의 공무원들은 조금 다른 방향으로 당황했다. 그들은 그녀가 누군지 모른다는 사실에 당황했고 그래서 폴라 대사와 그 미녀가 수반에서 손을 씻는 동안 재빨리 눈짓과 이야기를 주고받았다.

"이봐, 폴라 대사 옆의 저 여자 누구지?"

라트랑 문화원의 부장이 당황해하며 던진 질문에 레모 상관 서기는 멍한 얼굴로 대답했다.

"자네도 보인단 말이야? 다행이군. 천사가 보이길래 죽을 때가 된 줄 알았어."

그리고 '레모'는 '록소나'를 쳐다보았다. 그러자 '록소나'는 어깨를 으쓱이며 '팔라레온'을 바라보았고 '팔라레온'은 고개를 가로저으며 '자마쉬'를 바라보았다. '자마쉬'는 어리둥절한 표정으로 '레우스'를 바라보았고…… 폴라 대사 일행이 수사의 안내를 받아 특별석에 앉았을 무렵 '사트로니아'가 간신히 그 릴레이를 끝내었다. 사트로니아 대사관 무관은 2년 전 본국에서 느꼈던 강렬한 인상을 떠올리며 낮게 소리쳤다.

"맙소사! 율리아나 공주야. 키 드레이번에게 잡혀갔다고 들었는데 탈출한 모양이군!"

다음 순간 기품 있는 정장을 하고 앉아 있던 많은 점잖은 사내들이 전혀 점잖지 못한 몸짓—그 모습을 보면 누구나 화장실의 위치를 가르쳐주고 싶어질 만한—을 하며 안달하는 진풍경이 벌어졌다.

폴라 대사는 주위를 슬쩍 둘러보며 배부른 미소를 지었다. 미사에 참여하기 위해 점잖은 복장을 하고 온 각국의 고위 인사들이 이 소식을 어서 본국에 전달하고 싶어서 안달하는 모습은 장관이랄 수밖에 없었다. 다림의 큰누님이 율리아나 공주와 함께 미사에 참여하기로 결정한 것에는 이런 모습을 보고 싶다는 작은 소망도 담겨 있음을 부정할 순 없을 것이다. 그들 중 몇몇은 미사가 끝날 때까지 기다릴 수 없다는 듯 그들의 자리로 다가오려는 몸짓까지 해보였다. 하지만 바로 그때 핸솔 추기경이 복사들과 함께 등장했다. 예배당은 간신히 조용해질 수 있었다.

도리언 수도원장 대신 경매건으로 다림을 내방한 핸솔 추기경이 미사를 접전하게 되었다는 이야기는 이미 잘 알려져 있었다. 오늘 모인 많은 고위 사절들 중엔 그 때문에 참석한 이들도 많을 것이다. 하지만 잣나무 가지를 흔드는 복사들과 함께 제단으로 걸어가면서, 핸솔 추기경은 아무래도 오늘 미사의 주인공 노릇하기는 힘들겠다는 생각을 하며 속으로 웃었다. 그 고위 사절들의 관심은 모조리 특별석 귀퉁이에 앉은 율리아나 공주에게로 집중되어 있었던 것이다.

물론 율리아나 공주가 기막힌 용모의 소지자가 아니었다 해도 오늘의 주인공은 그녀다. 오늘은 모든 의미에서 그녀의 날인 것이다.

교회 밖의 마차에 앉은 채, 오스발은 멍하니 하늘을 바라보고 있었다. 정확하게 말한다면 눈을 감고 얼굴을 하늘로 향하고선 떨어지는 빗방울을 받아 마시고 있었다. 이 자극적이고 아름다운 행동에 빠져 있는 사람들이 대개 그렇듯, 오스발은 정신적으론 약간 멍한 상태였다.

그러나 그의 머릿속으로 뭔가 이물적인 간지러움이 느껴졌다. 오스발은 그 느낌에 집중해 보았고 잠시 후 그것이 어떤 종류의 관찰을 의미하는 것임을 깨달았다. 그가 본 무엇. 그러나 신경 쓰지 않았던 것. 그것이 빗물을 받아 마시느라 방심한 그의 머릿속으로 다시 떠올랐던 것이다. 뭘 봤었지?

그는 다시 고개를 숙여 조금 전의 자세를 취해 보았다. 이렇게 의자에 앉아서, 마차 지붕 너머로 전방을 바라보고 있었다. 눈앞으로 다림 수도원의 거대한 모습이 점점 다가오고…… 이 마차를 바라보는 많은 이들의 시선이 그곳에 있었다. 오스발은 고개를 갸웃했다.

그 시선들 중에 낯익은 것이 있었다. 그게 뭐였지? 다음 순간 그의 머릿속으로 비웃는 듯 바라보는 시선과 함께 누군가의 웃음기 어린 목소리가 들려왔다.

순간 오스발은 자신이 본 것을 한꺼번에 떠올렸다. 조금 전 마지막 모퉁이를 돌기 전, 골목길의 귀퉁이에 서 있던 사내. 마치 비를 피하려는 것처럼 손을 들어올리며 몸을 돌리고 있었다. 하지만 오스발은 그 얼굴이 사라지기 직전 그 눈을 보았었다.

'거기 얌전히 앉아서 뭐하고 있나, 오스발 당신?'

오스발은 고개를 돌려 성당을 바라보았다. 빗방울이 점점 거세지고 있었다.

핸솔 추기경은 기품 있는 동작으로 미사를 접전했다. 마치 자신의 교회인 것처럼 편안해 보이는 모습이기도 했다. 많은 이들이 심술궂게 기대했지만 핸솔 추기경은 통성기도를 드리며 성전을 훔쳐보지는 않았다. 그가 추기경이자 이름난 고문학자인 사실을 알고 있는 이들은 별로 놀라지 않았지만 추기경이란 사냥하고 연회를 주관하는 성직자라고 생각하던 이들은 이 모습에 감탄하거나 '열심히 외웠나 보군' 하는 식의 시니컬한 웃음을 지었다. 하지만 핸솔 추기경의 시원시원한 목소리와 자신감 있는 태도는 분명 그들을 감명시켰다.

통성기도와 맹약기도가 끝나고 봉헌의식이 시작되기 전, 핸솔 추기경은 법도대로 뒤로 조금 물러났다. 복사들이 다시 잣나무 가지를 들어올리자 신도들은 모두 고개를 숙였다. 잣나무는 주님의 나무다. 복사들은 신을 대신하여 신도들의 맹약을 받아들였음을 표현한다. 아름다운 소년들이 그들의 손엔 거칠어보이는 잣나무 가지를 흔들며 충성스러운 모습으로 고개를 숙인 신도들 사이를 돌아다니는 이 모습은 어쩌면 미사의식 중 가장 아름다운 장면일지도 모른다.

잣나무 가지를 흔들며 돌아다니던 복사 소년의 눈에 이상한 것이 들어온 것은 그때였다.

고개를 숙인 한 건장한 신도의 옷깃이 벌어졌던 것이다. 소년은 사내의 가슴팍에서 이상한 것을 발견했다. 차가운 금속성 빛을 띠고 있는 그것은 분명 단검의 자루였다. 소년의 손이 허공에서 멎은 순간, 사내역시 낌새를 알아차리고 고개를 들어올렸다. 복사 소년과 암살자의 눈이 순간적으로 맞닥뜨려졌고, 그 험악한 시선에 질려버린 소년은 비명도 지르지 못한 채 뒤로 물러났다. 제단 뒤에서 이 모습을 보던 핸솔 추기경의 미간이 살짝 일그러졌다…….

"카, 칼?!"

순간 암살자는 단검을 뽑아들며 몸을 솟구쳤다. 예기치 못한 사건임이 분명하다. 왜냐하면 다음 순간 일어선 다른 사내들의 동작이 너무 불규칙적이었다. 단검을 들킨 암살자는 의자를 박차고 뛰어올랐고 그의 손이 복사 소년의 어깨를 쓸고 지나간 순간 소년은 애처로운 비명을 지르며 쓰러졌다.

"으아아악!"

암살자는 그대로 몸을 돌려 특별석 쪽을 바라보았다. 그러나 이미 신도들은 자리에서 일어나고 있었다. 암살자에게는 불행하게도 이 예배당 안에는 노회한 사내들이 너무 많았다. 거친 수부들, 다림 상인들, 그리고 각국의 대표부로 뽑힐 정도로 노련한 사내들. 그들은 당황 속에서도 순간적으로 움직이며 암살자를 압박했고 역시나 풋내기는 아니었던 암살자는 특별석으로 뛰어가는 대신 의자 위로 솟아올랐다. 신도들이 고함, 혹은 비명을 지르기 직전, 그들의 머리 위로 길다란 고함이 울려퍼졌다.

"누가 키 노스윈드 드레이번을 막는가!"

그들의 아내나 딸이라 하더라도 사내들의 움직임이 덜컥 멈춰버린 것을 지나치게 욕할 수는 없을 것이다. 공포의 기류가 흐르며 악취가 풍길 정도였다. 사내들의 얼굴이 하얗게 질렸을 때, 다른 곳에서 일어난 사내 하나가 의자 위의 키 드레이번에게 천으로 둘러싸인 무엇인가를 던졌다. 키 드레이번은 받아든 것을 풀어헤쳤고 그러자 그 안에서 화려한 롱 소드가 튀어나왔다. 키 드레이번은 롱 소드를 위로 들어올리며 다시

182

고함 질렀다.

"내 앞을 가로막는 자는 모두 이 복수의 밥이 될 것이다!"

무시무시한 비명이 울려퍼졌다.

키 드레이번은 의자 위에서 뛰어내렸고 그 주위에 있던 사내들은 기겁한 모습으로 물러났다. 성당 안이었기 때문에 그들은 모두 비무장이었고 더군다나 키 드레이번이라는 이름에 질린 상태였다. 혼란과 비명 속에서 그들은 서로를 밟아 죽일 듯한 모습으로 도망쳤고 그래서 키 드레이번과 다른 암살자들은 탄탄대로를 달리듯 예배당을 가로지를 수 있었다. 달려가는 그들 앞쪽으로 폴라 대사와 율리아나 공주의 하얗게 질린 얼굴이 있었다. 폴라 대사는 벌떡 일어나며 외쳤다.

"도망치세요, 공주님―!"

그리고 폴라 대사는 암살자들의 진로를 막아서며 두 팔을 좌악 펼쳤다. 그런 그녀를 보며 키 드레이번은 무시무시한 표정으로 복수를 들어 올렸다. 폴라 대사는 눈을 질끈 감았다.

"멈춰."

비명과 소음이 가득한 가운데서도 이상하게 잘 들리는 낮은 목소리가 있었다. 복수를 휘두르며 달려가던 키 드레이번은 그 목소리에 멈춰 서고 말았다. 다른 암살자들 역시 멈춰 섰고 혼란 속에서 허둥거리던 신도들 역시 고개를 돌려 그 목소리가 들려온 쪽을 바라보았다. 느닷없이 찾아온 고요 속에 갑자기 빗줄기 소리가 뚜렷하게 들려왔다. 그리고…….

키 큰 사내가 예배석 위에 꼿꼿이 서 있었다.

마치 산책 도중이었다는 듯이 왼손을 바지 주머니에 꽂은 태평한 모습으로 사내는 물끄러미 암살자들을 내려다보고 있었다. 사람들의 시선 속에서 키 큰 사내는 주머니 속에 든 왼손을 천천히 뽑았다.

마술 같았다. 사내의 왼손을 따라 롱 소드가 나타났다. 주머니에 낸 구멍을 통해 다리에 묶어둔 검을 뽑는다는 것은 누구에게나 자명했지만 혼란과 공포에 빠진 사람들의 눈엔 그것이 눈에 보이는 모습 그대로, 즉 '바지 주머니에서 롱 소드를 꺼내는' 마술처럼 보였다. 암살자들 역시 다른 신도들처럼 숨을 멈춘 채 그 경이로운 모습을 바라볼 뿐 움직이지 못했다. 키 큰 사내가 롱 소드를 완전히 뽑아들었을 때 몇몇 사람들은 그 롱 소드가 키 드레이번의 손에 쥐어진 복수와 비슷하게 생겼다는 사실을 깨달았다. 더욱 거세어지는 빗소리 속에서, 롱 소드를 뽑아든 사내는 예배석에서 가볍게 뛰어내려 키 드레이번의 앞을 막아섰다.

"키 드레이번이라고 했나."

사내의 목소리는 여전히 침착했지만 그 목소리엔 무서운 분노가 담겨 있었고 그래서 예배당 내의 사람들은 그 차분한 목소리를 들으며 소름 끼치는 기분을 느껴야 했다. 그때, 사람들의 귀에 이 사태에는 도저히 어울리지 않는 소리가 들려왔다.

"꺄하하하!"

폴라 대사는 기막힌 얼굴로 율리아나 공주를 바라보았다. 그녀의 황당해하는 시선에도 불구하고 율리아나 공주는 겨우 손으로 입을 가로막았을 뿐 웃음을 멈출 수 없었다. 키 드레이번과 암살자들은 그 웃음을 이해할 수 없었지만 어떻게든 침착을 되찾을 수는 있었다. 키 드레이

번은 복수를 사납게 휘두르며 외쳤다.

"그렇다! 나는 자유호의 선장, 제국의 공적 제1호 키 노스윈드 드레이번이다! 감히 남해의 제왕인 나를 가로막다니, 죽고 싶은 게냐!"

그 목소리의 담긴 엄포는 가공할 수준이었지만 율리아나 공주는 이제 쓰러질 지경으로 웃어대었다. 신부들과 대사들과 신도들 모두가 키 드레이번의 목소리와 공주의 웃음 소리 때문에 갈피를 못 잡고 당황해하고 있을 때 키 큰 사내가 경멸 어린 목소리로 말했다.

"천박한 원숭이 같은 놈…… 북풍(Northwind)을 향해 부는 북풍도 있는가."

"뭐라고?"

콰루루룽! 거세어지던 빗줄기 사이로 기어코 낙뢰가 떨어졌다. 세상이 초절적인 백색으로 가득 찬 순간 키 큰 사내가 천둥을 닮은 목소리로 외쳤다.

"한번 더 키 드레이번이라고 주장해 보라. 나, 키 드레이번을 향해!"

데스필드를 확인하기 위해 교회 안쪽을 훔쳐볼 요량으로 정문을 향해 걸어가던 오스발은, 그래서 문이 느닷없이 열렸을 때 하마터면 사람들에게 깔려 죽을 뻔했다. 가까스로 옆으로 비켜선 오스발은 이제 떨어져내리는 빗줄기가 아무렇지도 않다는 듯이 달려가는 사람들을 보며 기막힌 얼굴이 되었다. 문을 박차고 달려나온 사람들은 저마다 목이 찢어져라 비명을 내지르며 달려갔고 그 중 상당수가 계단에서 미끄러져 굴러내렸다. 오스발은 급히 사람들을 부축하려 했지만 그 자신이 먼저 깔려 죽을 판국이었다. 그때 그의 눈에 양쪽 겨드랑이에 두 명의 자녀를 끼고 달려가는 사내의 모습이 들어왔다. 오스발이 그 엄청난 모습에 감탄했을 때 사내는 찢어져라 비명을 질렀다.

"노ー스윈드! 노ー스윈드다!"

아무리 어이없는 순간이라 하더라도 오스발은 그 말을 북풍이 분다는 뜻으로 받아들일 수는 없었다. 오스발은 재빨리 정문을 돌아보았지만 사람들로 가득 찬 문을 보고는 고개를 돌렸다. 방황하던 그의 시야에 정문 옆의 창문이 들어왔다. 오스발은 속으로 사과하며 그 아름다운 장식창을 향해 몸을 던졌다.

유리 깨지는 소리가 요란하게 울려퍼졌다. 파편을 피하기 위해 몸을 구부린 채 몇 바퀴 굴러간 오스발은 밟혀 죽지 않기 위해 재빨리 일어났다. 그 사이에도 사람들은 오스발이 깨어놓은 창문을 향해 득달같이 달려들고 있었다. 사람들 사이로 간신히 빠져나온 오스발은 예배당 안쪽의 모습에 주춤했다. 오스발은 의자 뒤에 몸을 숨겼다.

몇 명의 칼잡이들과 대치중인 키 드레이번이 그곳에 있었다. 오스발이 보고 있는 동안에도 한 명을 베어내린 키는 그대로 몸을 뒤틀어 또 다른 칼을 막아내었다. 하지만 그의 방어는 오스발이 보기에도 좀 이상했다. 오스발은 철탑 앞에서 보았던 키를 떠올렸고, 그때 그의 오른팔이 좀 이상했다는 것을 떠올렸다.

오스발의 추측대로 키의 부러진 팔은 아직 완쾌되지 않았다. 가까스로 또다른 검을 막아낸 키는 조금 전 쓰러진 사내의 검을 걷어찼다. 바닥을 미끄러진 검은 한 사내의 발에 걸렸고 사내는 그 검을 차올려 완벽한 동작으로 거머쥐었다.

"본인의 도움을 원하나?"

데스필드는 차가운 미소를 지었고 키 드레이번 역시 무서운 미소로 화답했다.

"누구든 공격해라. 아무 짓도 안하는 것보다는 낫겠지, 패스파인더!"

데스필드는 짧게 웃은 다음 율리아나 공주를 향해 달려드는 또다른 칼잡이의 진로를 막아섰다. 키 드레이번이 왜 암살자들을 막는진 알 수 없었지만—데스필드는 아마 저 정신나간 사내가 자신의 이름을 도용당하는 것을 참을 수 없었기 때문이 아닐가 생각해 봤다—어쨌든 더 급한 건 이 암살자를 저지하는 일이었다. 데스필드는 야수 같은 고함을 지르며 칼잡이에게 달려들었다.

폴라 대사와 대사관 직원들은 율리아나 공주를 감싼 채 자리를 피하려 했다. 하지만 정문은 도망치는 사람들에 의해 막혀 있었다. 제단 왼쪽에서 수도원으로 통하는 문을 발견한 폴라 대사는 목청껏 외쳤다.

"저 문으로!"

그러나 잠시 후 카밀카르 대사관의 일행들은 공포 어린 좌절을 느껴야 했다. 문이 잠겨 있었다. 이런 대낮에, 더군다나 예배 시간에 교회의 문이 잠겨 있을 까닭이 없었지만 혼란에 빠진 그들은 냉정하게 추리할 시간이 없었다. 그들은 일단 급한 대로 율리아나 공주를 고해실에 들어가게 한 다음 그 앞을 몸으로 막아섰다. 그러나 부하들과 함께 고해실을 막아서면서도 폴라 대사는 의문을 떠올렸다. 핸솔 추기경과 다른 수사들의 모습이 보이지 않았다. 정문으로 달아났을까? 그러나 폴라 대사는 왠지 그들이 저 잠긴 문으로 도망쳤을 거라는 의심을 떨치기 어려웠다. 그러나 그녀는 곧 그런 의심을 잠깐 접어두기로 했다. 칼잡이 하나가 괴성을 지르며 육박해 오고 있었던 것이다.

데스필드는 한 명의 칼잡이를 상대하고 있었고 키 역시 두 명의 칼잡이에게 묶여 있었다. 무장한 사람이 아무도 없었다. 카밀카르인들 중 몇 명이 죽음을 각오하고 달려들었지만 상대는 능숙한 칼잡이였다. 사람의 벽이 두껍다고 판단한 암살자는 무조건 육박하는 대신 다가오는 자들을 한 명씩 쓰러뜨렸다. 세 명이 쓰러지자 아무도 달려들지 못했고 그러자 암살자는 득의만면한 표정으로 외쳤다.

"비켜라!"

폴라 대사는 이를 악물었지만 옆으로 움직이진 않았다. 그리고 다른 카밀카르인들 역시 고해실을 막아선 채 꼼짝도 하지 않았다. 사람들이 너무 많아서 달려들 수 없었던 암살자는 사납게 으르렁거렸다. 의자들 사이에 몸을 숨긴 채 그 모습을 훔쳐보던 오스발은 조심스럽게 암살자에게 접근했다. 반쯤 기고 반쯤 달리며 암살자에게 접근하고 있긴 했지만, 오스발은 사실 어떻게 해야 할지 알 수 없었다.

그때 저쪽에서 두 명의 암살자들을 상대하고 있던 키가 고해실 쪽의 모습을 보았다. 키는 거센 공격으로 암살자들을 잠시 떨어지게 한 다음 품속으로 손을 집어넣었다. 다시 나온 그의 손에는 오스발의 눈에도 익은 핸드건이 쥐어져 있었다. 그러나 순간적으로 틈을 보인 그를 향해 암살자들의 검이 날아들었다.

"크윽!"

키 드레이번은 옆구리에 상처를 입었지만 맹렬한 동작으로 핸드건을 집어던졌고 그것을 받아든 사람을 보며 오스발은 다시 당황했다.

파킨슨 신부는 자신의 손에 들어온 핸드건을 믿을 수 없다는 듯이 바라보았다. 키는 고통에 얼굴을 찡그리면서도 짜증을 내듯 외쳤다.

"썩을 신부놈! 누굴 쏴도 상관없으니 빨리 쏴!"

끔찍한 유혹이야. 무의식중에 핸드건의 장전 상태를 확인하고 그것을 들어올려 겨냥하는 동안에도 파킨슨 신부는 이 유혹에 대해 생각하지 않을 수 없었다. 누굴 쏴도 상관없다라.

콰과광!

천둥 소리와 동시에 핸드건이 불을 뿜었다. 암살자들뿐만 아니라 폴라 대사와 다른 카밀카르인들도 질겁하며 놀랐다. 천장을 명중시킨 파킨슨 신부는 핸드건을 내려 고해실 앞에 있던 암살자를 겨냥했다.

"검을 버려라!"

안타깝게도, 그 암살자는 교회의 보물에 무지했을 뿐만 아니라 파킨슨 신부가 천장을 쏜 것도 보지 못했다. 암살자가 느낀 건 그저 굉음뿐이었다. 그래서 암살자는 노성을 지르며 신부를 향해 달려들었다. 파킨슨 신부는 입술을 깨물며 포구를 조금 내렸다.

콰아아앙! 다시 굉음이 울려퍼졌다. 파킨슨 신부를 향해 달려가던 암살자는 마치 다리가 걸린 것처럼 앞으로 쓰러졌다. 어이없는 심정으로 자신의 몸을 내려다본 암살자는 그제서야 자신의 다리 하나가 깨끗이 사라진 것을 발견했다. 고통은 공포 다음에 찾아왔다.

"으아아아악!"

암살자는 자신의 다리를 거머쥔 채 온몸을 비틀어대었다. 파킨슨 신부는 우울한 얼굴로 그 모습을 보다가 핸드건을 돌려 다른 암살자들을 겨냥했다. 남아 있던 세 명의 암살자들은 기겁하며 교회 밖으로 도망쳤다. 폴라 대사가 발을 동동 구르며 외쳐대었다.

"잡아야 해! 배후를 알아야 된다고!"

물론 폴라 대사의 외침은 핸드건에 다리를 맞은 사내의 목숨이 얼마 남지 않았을지도 모른다는 걱정까지 하며 외친 말이었다. 하지만 파킨슨 신부는 다시 사람을 쏘고 싶은 생각이 별로 없었고 데스필드는 한숨 돌리며 쓰러진 암살자를 보고 있는 중이었다. 그리고 무장을 가진 마지막 사람인 키 드레이번의 경우에는…….

"키 드레이번."

파킨슨 신부는 핸드건을 들어올리지는 않았다. 그것을 허리쯤에 늘어뜨린 채 파킨슨 신부는 키 드레이번을 바라보았다. 키는 왼손으로 상처입은 옆구리를 움켜쥔 채 숨을 몰아쉬고 있었다. 파킨슨 신부는 괴로운 표정으로 말했다.

"휴전은 끝난 건가?"

"그렇다."

키는 힘겹게 복수를 들어올렸다. 하지만 파킨슨 신부는 여전히 핸드건을 들어올리지 않았다.

"이렇게 될 걸 짐작하지 못했나? 당신은 정말 미치광이인가?"

키 드레이번은 대답 대신 파킨슨 신부를 향해 걷기 시작했다. 핸드건을 쥔 파킨슨 신부의 손이 가볍게 떨렸다.

"멈춰."

"싫다면?"

"쏜다."

"네 죽음에 그토록이나 이유가 필요하다면, 그렇게 해."

핸드건이 올라왔다. 파킨슨 신부는 키 드레이번의 미간을 조준했고 키 드레이번은 걸음을 멈췄다.

"이건 언젠가 겪어본 일인 것 같군. 쏘지도 못할 대포로 아무나 겨누지 말라고 했던가. 하지만 이번엔 자네 주위에 아무도 없네."

다시 벼락이 쳤다. 꽈루루룽! 열어젖혀진 정문과 깨진 창문을 통해 비바람이 몰아쳤다. 천둥 소리의 여음이 희미해져 갈 무렵, 키는 다시 걷기 시작했다. 그의 두 눈은 파킨슨 신부의 눈동자에 고정되어 있었다.

"멈춰, 포기해!"

하지만 키는 멈추지 않았다. 파킨슨 신부는 입술을 깨물며 핸드건을 조금 내렸다. 키의 다리를 겨냥한 파킨슨 신부는 속삭이듯 말했다.

"미안하네."

꿍음과 함께 핸드건이 발사되었다. 키 드레이번은 걸음을 멈췄다.

그러나 쓰러지지는 않았다.

파킨슨 신부는 흠칫하며 자신의 손과 키의 다리를 번갈아 쳐다보았다. 겨냥은 정확했다. 비교할 대상이 드문 최고이긴 하지만, 어쨌든 최고의 건맨인 파킨슨 신부의 조준은 완벽했다. 키는 분명히 왼쪽 정강이에 상처를 입고 쓰러졌어야 했다. 하지만 핸드건의 포탄은 돌바닥에 무서운 탄흔을 남겨놓았을 뿐 키에겐 아무런 상처도 입히지 않았다. 파킨슨 신부는 어이없는 얼굴로 키의 얼굴을 바라보았다.

광풍에 흩날리는 머리카락 속에서 키는 희미하게 웃고 있었다. 키는 다시 걷기 시작했다.

파킨슨 신부는 다시 핸드건의 방아쇠를 당겼다. 그러나 돌바닥에서 벼락이 뿜어져나왔을 뿐 키의 다리는 아무렇지도 않았다. 파킨슨 신부는 손을 떨며 핸드건을 들어올렸다. 이건 살해다, 이건 살해다! 파킨슨 신부는 자신을 향해 계속 외치고 있었지만 그 손은 그의 말을 듣지 않았다. 핸드건의 포신은 키 드레이번의 가슴을 겨냥한 채 불을 토해내었다.

키 드레이번 뒤쪽의 창문이 박살나며 빗줄기 속으로 터져나갔다.

파킨슨 신부는 그만 울고 싶어졌다. 공포와 당혹 속에서 파킨슨 신부는 키의 두 눈을 바라보았다. 그때 파킨슨 신부는 키의 두 눈에서 뭔가 의미를, 퍽이나 맹포한 의미를 읽을 수 있음을 깨달았다. 파킨슨 신부는 그 의미에 집중했다.

두 번의 굉음이 울린 후 예배당 안은 적막 속으로 빠져들었다. 폴라 대사와 카밀카르인들, 그리고 데스필드는 이 불가해한 대치를 보며 숨쉬는 것마저 잊었다. 데스필드는 도저히 이해할 수가 없었다. 조금 전 사납게 날뛰던 암살자 당신도 한 방에 쓰러뜨린 신부 당신 아닌가. 그런데 저렇게 멍청하게 서 있는 당신도 명중시키지 못한다면 말이 안 돼! 그때 데스필드는 심장이 서늘해지는 모습을 보게 되었다.

파킨슨 신부의 핸드건이 스르르 내려오기 시작했다.

겨냥을 낮추는 것이 아니었다. 신부의 두 눈은 초점을 잃은 채 허공을 방황하고 있었고 그 손은 그저 아래로 떨어지고 있었다. 데스필드의 마음속으로 어두운 불안감이 스쳐지나갔다. 설마, 포기해 버리는 건가? 하지만 왜!

그리고 그 사태에 어이없어하는 자는 그뿐만이 아니었다.

"신부님? 설마 죽으시려는 겁니까?"

데스필드는 목소리가 들려온 쪽을 바라보았다. 그리고 복수를 들어올리던 키 또한 고개를 돌렸다. 예배당 저편에서 오스발이 이해할 수 없다는 얼굴로 신부를 바라보고 있었다.

다음 순간, 키는 끔찍한 분노를 터뜨렸다.

"오스바—알!"

데스필드는 자신도 모르게 허리를 낮추며 두 팔을 앞으로 들어올렸다. 그의 모습은 마치 쏟아져오는 불길로부터 몸을 막으려는 사람처럼 보였다. 그러나 불길은 다른 방향을 향하고 있었다. 오스발을 향해 달려가던 키는 몸을 솟구쳤고 예배석을 박차며 다시 더 높게 날아올랐다. 복수를 쥔 오른손은 등뒤로 완전히 넘겼고 그것이 앞으로 휘둘러졌을 때 오스발의 머리가 쪼개질 것은 누구의 눈에도 당연하게 보였다.

순간 세계가 하얗게 바뀌었다.

"꽈루루루—콰아아아앙!"

무수한 찰나 속에서 데스필드는 많은 것을 보았다. 오스발의 창백한 얼굴, 그의 머리 위에 떠 있던 키 드레이번, 한껏 당겨진 복수. 데스필드는 번개 때문에 자신이 잔영을 보고 있다는 사실을 잘 알고 있었지만, 그럼에도 불구하고 그 모습은 맹렬한 동작을 담은 한 폭의 정지된 그림처럼 보였다. 그의 눈엔 키 드레이번의 등에서 솟아오른 피보라도 멈춰 있는 것처럼 보였다. 그러나 곧 사물의 시간이 원래대로 흐르기 시작했다.

날개 꺾인 새처럼, 키는 아래로 떨어졌다.

키 드레이번은 오스발의 발치에 떨어졌다. 데스필드는 파킨슨 신부를 바라보았고 핸드건에서 피어오르는 파르스름한 포연 너머 그의 파랗게 질린 얼굴도 똑똑히 보았다. 그 모든 것을 보면서도 패스파인더는 패스를 밟아나갔고 데스필드는 곧 키 드레이번의 등을 밟고 다른 손으론 복수를 치워버리는 자신의 모습을 보게 되었다. 거의 반사적으로 치러낸 동작들의 끝에서 데스필드는 자신이 무엇을 밟고 있는가를 깨닫곤 아연해했다.

폴라 대사는 고해실의 문을 열었고 율리아나 공주는 다시 밖으로 나왔다. 파킨슨 신부와 율리아나 공주, 폴라 대사 그리고 카밀카르인들은 서서히 데스필드와 오스발의 주위로 걸어왔다. 그들은 모두 입을 다문 채 데스필드의 발 아래를 묵묵히 내려다보았다.

키는 이를 악문 채 신음을 참고 있었다. 그는 옆구리와 등으로부터 피를 흘리고 있었고 데스필드가 발을 치워준다 하더라도 자신의 힘으로 일어날지 의심스러운 모습이었다. 문득 오스발이 천천히 무릎을 꿇었다.

"괜찮으십니까, 선장님?"

키는 아무 말도 하지 않았다.

제7장

죽지 않는 선장

두두두두.

덧대어진 잿빛 구름들 아래 평야 위로 말들이 달리고 있었다. 가장 앞에 한 마리, 그 뒤에 두 마리, 그리고 네 마리, 이후로는 셀 수가 없다. 기러기의 편대처럼 거대한 삼각뿔이 되어 달리고 있는 기병들과 그들이 뿜어대는 가공할 속력만이 남아 있을 뿐. 말발굽이 일으키는 돌풍 속으로 찢겨진 풀잎이 휘날렸다. 마치 먼지와 풀잎으로 만들어진 파도를 가르며 달려가는 듯하다. 높고 구슬프게 울리는 돌격 나팔 소리. 찢어질 듯 펄럭이는 푸른 군기.

그들의 앞으로 멀리, 평야 반대편.

달려오는 기병들을 바라보고 있는 군사들이 서 있었다. 거짓된 침착함으로 얼굴을 가리고 있던 병사들의 틈에서 궁병들이 걸어나왔다. 이 한 순간을 위하여 무수한 단련의 세월을 버텨낸 손길들이 시위에 걸렸다. 애써 고른 첫 번째 화살의 오늬가 시위에 단단히 물렸다. 궁병들의 어깨가 올라가고, 구름 낀 하늘을 겨냥하는 궁병들의 눈동자마다 두 번째 화살을 쏠 기회를 의심하는 빛이 스쳐지나간다.

"발사!"

일제히 풀려난 시위들이 아우성을 지른다. 화살이 하늘을 뒤덮은 순간 지평선으로부터 검은 장막이 하늘로 펼쳐지는 듯했다. 터무니없이 거대한 포물선을 그렸던 화살의 장막이 이제 기병들의 머리 위로 떨어져내렸다.

기병들의 파도 사이로 피의 역류가 거칠게 분출된다. 화살에 맞은 말이 기수를 팽개치며 애처로운 비명을 지른다. 나가떨어진 기수는 눈을 감을 겨를조차 얻지 못한다. 인마를 짓밟도록 훈련된 사나운 군마의 말발굽이 그의 몸 위를 휩쓴 순간 기수는 이미 죽어 있었다. 어떤 말은 죽은 기수를 실은 채 달려가고 있었다. 팔에 꽂힌 화살을 뽑으려고 허둥거리다 고삐를 놓치고 낙마하는 신병, 몸에 꽂힌 화살을 내버려두고 대신 무기를 움켜쥐며 포효를 지르는 고참병도 보인다.

그러나 상당수의 화살들은 부러져 허공으로 날아갔다. 기병들의 몸을 두른 갑주를 뚫지 못한 화살들이다. 육박해 들어오는 기병들의 기세는 조금의 변화도 없었다. 화살 공격이 별 효과를 보지 못한 것을 깨달은 지휘관은 궁병들을 뒤로 후퇴시켰다. 그리고 그들과 자리를 바꿔 방패를 세워든 보병들이 비장한 얼굴로 걸어나왔다. 가지런히 뻗어나온 창 끝에서 둔중한 빛이 번득였다. 평원의 진동과 그들 자신의 공포로 미세하게 떨리는 창 끝은 죽음의 춤을 추고 있었다.

이윽고 그들의 머리 위로 첫 번째 말 그림자가 떨어졌다.

"그놈이었습니다!"

바스톨 장군은 미심쩍은 얼굴로 하드루스 대통령을 바라보았다. 흥분 때문에 어깨로 숨을 쉬고 있던 하드루스 대통령은 가까스로 숨을 골랐다.

"그놈입니다. 그놈이 철탑의 인슬레이버를 친 것이었습니다!"

"뭐라고요, 각하?"

"장군의 말이 맞았단 말입니다! 다섯 번째의 검, 그건 휘리 노이에스였습니다! 제기랄, 그리고 이제 검집에서 나온 그 검은 팔라레온으로 겨냥되었습니다. 이 보고서를 보십시오!"

바스톨 장군은 잠시 책상 위에 놓여진 보고서를 집어들 생각도 하지 못한 채 멍한 얼굴로 하드루스 대통령을 바라보았다.

"팔라레온? 팔라레온이라고요?"

노장군은 믿을 수 없다는 듯이 중얼거렸다. 하드루스 대통령은 보고서를 나꿔채듯이 들어올리곤 직접 그것을 읽어내리기 시작했다.

"4월 37일. 7,000으로 추산되는 소속 불명의 병력이 팔라레온의 스베이 요새를 공격. 스베이 요새 사령관(카드룩스 피나드)을 비롯한 1,500명 가량의 요새 주둔군 대부분이 사망한 일방적인 전투 후 스베이 요새 함락. 4월 39일. 소속 불명의 병력은 남하하여 스베이를 포위. 스베이 시장이 요구한 강화 교섭에 응한 소속 불명의 병력은 자신들이 휘리 노이에스 장군에 의해 지휘되는 다벨 육군 제8군단임을 밝힘. 휘리 노이에스는 스베이의 무조건적인 항복을 요구했고 스베이가 이를 거부하자 스베이 요새의 포로들을 스베이 성문 밖에서 공개 처형함.—이런 개자식!—스베이 내에는 7,000에 달하는 다벨군에 맞설 만한 병력이 없음을 놓고 볼 때 이것은 빠른 항복을 요구하는 제스처로 판단됨. '당장 성문을 개방하지 않으면 힘으로 밀어붙인 후 스베이 시민 전부를 도륙하겠다'는 의미로 판단한 스베이 시청은 공개 처형 1시간 후 무조건 항복함."

대통령은 보고서를 집어던지고 다른 것을 들어올렸다.

"이건 5월 1일, 그러니까 나흘 전 스베이에 입성한 휘리 노이에스가 발표한 포고문입니다. 아직 다른 나라들에는 제대로 전달되지도 않았겠지요."

하드루스 대통령은 우울한 기쁨을 느꼈다. 사트로니아는 대사 소멸 후 모든 정보 수집력을 다벨과 다케온, 록소나, 팔라레온에 집중시키고 있었기에 가장 먼저 이 포고문을 입수하게 된 것이다. 하지만 우울할 수밖에 없는 것이, 그들은 다벨 역시 예의 주시하고 있었기에 제8군단의 이 기습 공격은 은근히 대륙 최고라고 자부해 왔던 사트로니아의 정보 수집력을 비웃는 처사일 수밖에 없었다.

"대충 정리해서 말씀드리자면…… 아무 내용도 없습니다."

"예?"

대통령은 환멸스럽다는 듯이 포고문을 노려보았다.

"접속사와 문장 부호들 사이로 몇 개의 단어 비슷한 것들이 허우적거리고 있긴 하지만, 기본적으로 여기엔 아무 내용이 없단 말입니다. 정보부가 이미 법적 검토를 해봤습니다. 스베이를 친 것에 대한 정당성을 주장하고 있는 것도 아니고 요구 조건이나 강화 제안 같은 것도 없습니다. 스베이만을 원하는 것인지 팔라레온 전체를 원하는 것인지도 밝히지 않았습니다. 하! 여기 정보부의 한 재기 넘치는 정보부원이 절망스럽게 끄적거려둔 낙서가 있군요. '요약하자면, 다벨=좋은 나라. 팔라레온=나쁜 나라.' 예. 제가 보기에도 이게 이 포고문이라는 것의 핵심입니다. 팔라레온의 로드 데자크도 이 포고문을 보곤 아마 어이가 없어서 화도 못 내고 있을 것 같군요."

노장군 바스톨은 아직도 냉정을 되찾지 못한 채 더듬거리며 말했다.

"팔라레온…… 쪽의 대응은 어……떻습니까?"

"그건 아직 도착하지 않았습니다. 말씀드렸잖습니까. 이건 겨우 나흘 전의 일입니다."

"나흘 전? 그럼 어떻게 벌써?"

"패스파인더를 쓴 모양입니다. 벌쳐라던가? 뭐 그런 이상한 이름의 패스파인더에게 이 보고서를 부탁하고 막대한 대금을 지불했습니다. 하지만 이번에는 정보부가 그런 끔찍한 비용을 쓴 것에 대해 칭찬이라도 해줘야 될 듯하군요. 뭐라 해도 레프토리아 회전 이후 처음 일어난 대규모 전쟁……!"

하드루스 대통령은 자신이 무심결에 내뱉은 말에 오싹하는 기분을 느꼈다. 그리고 그건 바스톨 장군 역시 마찬가지였다. 이것이 국지적인 전투로 끝날 것인지 대규모 전쟁으로 발전할 것인지는 아직 알 수 없다.

하지만 이 애매모호한 포고문을 놓고 볼 때, 그들은 이것이 대통령의 말대로 레프토리아 회전 이후 처음 발생한 대규모 전쟁의 서막일 가능성이 높다는 느낌을 받았다. 공격 목표를 정확히 말하지 않았다는 것은 반대로 모든 나라가 공격 목표일 수 있다는 의미이기도 하다.

바스톨 장군은 입술을 깨물었다.

"정말 오 왕자의 검이 모인 것일까요?"

대통령은 의자에 앉으며 고개를 가로저었다.

"그렇지 않기만을 바랍니다. 하지만 우연이라기엔 너무 절묘해서……. 대사가 소멸했습니다. 그리고 장군께선 그녀를 쓰러뜨릴 수 있는 무사로 휘리 노이에스라는 가수를 지목했습니다. 그런데 이 가수가 다벨군을 이끌고 팔라레온을 공격해 들어갔단 말입니다. 젠장, 가수라니! 로드 데자크가 혼란스러워할 이유가 하나 더 있었군요."

물론 팔라레온의 데자크 공작은 총력을 기울여 황당해하고 있었다.

팔라레온은 다벨로부터 공격받을 만한 일을 한 적이 없다. 다벨이 스베이를 요구한 적도 없거니와 그들의 외교 관계에 특별한 흠집이 있었던 것도 아니다. 국경을 맞댄 나라는 모두 가상 적국 1호인 것이 당연하지만 이곳은 오 왕자의 땅이다. 데자크 공작은 자신의 능력에 대해 환상을 품지 않는 것이 유일한 장점이랄 수 있는 인물이었지만, 그럼에도 불구하고 자신이 다벨의 그 사내보다는 낫다고 생각해 왔다. 적어도 그는 대륙을 정복하겠다는 정신나간 야심 때문에 잠을 설쳐본 기억은 없었다.

그랬기에 데자크 공작은 메르데린 공작을 다섯 번째의 검으로 여겨본 적이 없었고, 그가 그렇게도 목놓아 외쳐왔음에도 불구하고 자신의 생전에 그의 공격을 받게 되리라곤 상상도 해본 적이 없었다. 데자크 공작의 평소 생각을 요약하면 이러하다. '그 친구, 사람 웃기려고 그러는 거지?' 그리고 그것은 그 외에 다른 모든 이들도 마찬가지였다.

그러나 스베이의 함락은 로드 데자크에겐 전혀 웃기는 일이 아니었다. 거기다가 데자크 공작을 더욱 어처구니없게 만드는 것이 있었다. 투란궁의 회의실에 앉아 있던 로드 데자크는 씩씩거리며 조금 전 던졌던 질문을 반복했다.

"동명이인이 아니라고?"

"예, 로드 데자크."

로드 데자크는 차분해지자고 마음 먹었다. 그리고 그것이 불가능함을 깨달았다.

"나더러 가수가 스베이 요새를 함락시켰단 말을 믿으란 말인가!"

"그렇습니다. 로드 데자크."

"음—무어어억!"

로드 데자크는 터프한 사내였다. 데자크 가의 가신들과 팔라레온 기사들은 모두 그 사실을 잘 알고 있었고, 그래서 그가 기괴한 비명을 지르며 화병을 들어올렸을 때 재빨리 탁자 위로 엎드리거나 그 아래로 몸을 숨겼다. 가신들과 기사들의 머리 위로 날아간 화병은 벽난로에 부딪히며 물방울과 꽃잎과 도자기 조각들의 불꽃놀이를 연출했다. 와장창!

퍽이나 서글픈 표정으로 레우스 산 고급 화병의 가격을 떠올리던 투란 궁의 집사는 그의 주군이 또다시 레모 산 호박 문진을 들어올리는 것을 보며 아찔함을 느꼈다. 집사는 절망적인 심정으로 호박 문진의 값에 유리창 값을 더했고, 잠시 후 그 액수에다가 약간의 치료비를 보태었다. 하필이면 이럴 때 유리창 밖을 지나가던 저 빌어먹을 녀석은 누구야?

깨진 유리창 밖에서 애처로운 비명이 울리고 나서야 로드 데자크는 겨우 침착을 되찾을 수 있었다. 로드 데자크는 들어올리던 의자를 도로 내려놓고는 그 위에 털썩 주저앉았다.

"하팔 장군! 대책은?"

팔라레온의 방위를 담당하는 하팔 장군은 데자크 공작이 앉아 있는 의자의 각도를 주의 깊게 살피며—데자크 공작은 의자에 거꾸로 앉은 채 등받이에 두 팔을 올려놓은 자세였고, 그 자세는 퍽 많은 것을 시사하는 듯했다—천천히 일어났다.

"판도 기지와 반델 기지에 경계령을 보내었습니다. 그리고 전군 비상령을 내리고 예비대 소집을 준비하도록 명령했습니다. 현재로서는 제가 직접 수도 방어군을 통솔하여 판도 기지 쪽으로 갈까 합니다. 그곳에서 판도와 반델의 병력을 결집시켜 다벨군에 대응하겠습니다."

다행히도 로드 데자크는 의자를 집어들어 하팔 장군의 머리를 내려치지는 않았다.

"장군이 직접?"

"그렇습니다. 정황을 판단하기 어렵거니와 7,000의 병력이라면 얕볼 만한 숫자는 아닌 듯합니다. 하지만 무엇보다도 저 자신, 검을 익힌 무사로서 전쟁터에 노래꾼을 보낸 다벨의 오만불손한 처사를 용서할 수 없기 때문입니다. 그 애비 없는 작자에게 전쟁이 무엇인지를 진지하게 가르쳐주고 싶습니다. 허락해 주십시오."

데자크 공작은 벌떡 일어나며 외쳤다.

"이것이야말로 내가 듣고 싶었던 대답, 팔라레온 무사의 대답이군! 좋소, 하팔 장군. 스베이에서 엉뚱한 노래를 불러댄 그 멍청이 가수를 본인에게 끌고 오시오. 내가 직접 그 작자가 불러야 될 노래를 결정해 주지!"

고문실에서, 비명으로 점철된. 팔라레온의 기사들은 군주의 뜻을 이해하곤 사납게 웃었다.

대응 방향이 결정된 후 데자크 공작의 전쟁 전문가들은 재빨리 대응 방식을 결정했다. 정예 수도 방어군인 투란 군단의 5,000 병력은 하팔 장군의 지휘 하에 판도 기지로 출동하며 그곳을 거점으로 다벨군의 다음 움직임을 경계한다. 그리고 반델 기지의 부대가 합류되는 대로 공세적 움직임을 취한다. 즉각 공격에 나서지 않는 것은 봄이라는 시간적인 이유와 조금이라도 더 정보를 입수한 후 움직이는 것이 좋다는 판단 때문이었다. 다벨군, 혹은 메르데린 공작이 원하는 것이 전혀 밝혀지지 않은 상황에서는 합리적인 판단이라 하겠다. 팔라레온은 그렇게 황당한 상황 속에서도 나름대로 진지한 대응을 모색하고 있었다.

전쟁의 겁화는 아직 남해의 바닷물을 흐리게 하지는 않았다. 그래서 다림의 바다는 오늘도 사파이어빛으로 반짝이고 있었다. 수면 위로 잔물결의 윤무를 만들며 불어오던 미풍은 부두 창고의 건물을 타고 올랐다.

데스필드는 창고 지붕의 박공에 앉아 있었다. 경사면을 따라 두 다리를 마음껏 뻗은 채 부둣가의 선원들을 내려다보던 데스필드는 고개를 돌려 오스발을 쳐다보았다.

"그렇다면 노스윈드 당신은 당장은 교수대에 목이 걸린 난처한 꼴이 되어 있을 필요는 없겠군."

"어째서 그런가요?"

오스발은 조금 떨어진 위치에서 데스필드와 같은 방향을 보며 앉아 있었다. 하지만 데스필드와는 달리 즐거운 기분으로 주위의 풍광을 감상하고 있지는 못했다. 떨어질까 봐 염려하는 것은 아니었지만 지붕 경사면에 앉아 있는 것이 즐겁지는 못했다. 게다가 오스발은 이곳까지 불려 올라온 이유를 아직 모르고 있었다. 그는 데스필드에게 설명을 구하는 눈길을 보내었지만 데스필드는 파아란 하늘에 초점을 맞춰보며 셔츠 주머니에 손을 집어넣었다.

데스필드는 파이프를 물고는 손을 비틀었다. 치익―. 오스발은 데스필드의 반쯤 오므린 손바닥 안에서 불꽃이 일어나는 모습을 보며 깜짝 놀랐지만, 데스필드는 파이프에 불을 붙인 다음 손을 툭툭 털었다.

"그건 뭡니까?"

데스필드는 미풍 속으로 연기를 날려보내며 말했다.

"담배. 혼 족의 기호품이야. 연기를 마시는 거지."

"혼 족?"

"오늘 부둣가에서 웬 상냥한 선원 당신에게서 선물받았지."

"밀수품인가 보군요."

"아아. 여기로 올라오라고 한 이유 중엔 이놈도 있지. 이건 제국에선 금지품이야."

"키 선장님을 매달 수 없는 이유는 뭔가요?"

"현재 노스윈드 당신의 목에는 밧줄이 감겨 있고 그건 양쪽으로 당겨져 각자 카밀카르와 다림이 쥐고 있지. 하지만 카밀카르와 다림 모두 상대방 당신들이 당기지 못할 것을 알고 있고, 그렇다고 해서 당신들이 당겨버릴 생각은 더더욱 없지."

"짧게 비유해 주신 것에 대해서는 감사드리겠습니다. 하지만 좀 길어도 좋으니 상세하게 설명해 주시면 더 좋겠습니다."

"그럴까. 그러지 뭐. 노스윈드 당신이 체포된 곳은 다림 수도원. 하지만 알다시피 그 체포 과정에서 다림 수도원의 누구도 나선 바 없음. 그리고 노스윈드 당신을 체포한 주체는 카밀카르 대사관. 하지만 폴라 대사 당신은 노스윈드 당신을 다림 총독부에 넘겼지. 대사관엔 감옥이 없다는 건 좋은 핑계거리지. 그래서 현재 노스윈드 당신을 구금하고 있는 것은 다림 총독부. 하지만 총독부는 그저 키 드레이번을 맡았을 뿐이지. 제국의 공적 제1호석이나 되는 당신이 붙잡히긴 했는데 도대체 어떻게 잡혔는지 정확하게 말할 수가 없게 된 거야."

"그건 압니다."

"여기서 각자의 입장을 살펴볼까. 먼저 폴라 대사 당신은 그 암살건 때문에 노스윈드 당신을 살려둬야 해. 노스윈드의 이름을 판 그 암살자 당신들의 진짜 정체가 명확해지지 않는 이상, 카밀카르 쪽에서는 섣불리 노스윈드 당신을 처형할 수 없어. 더군다나 그 카밀카르의 법무대신과 레보스호의 선원들의 문제도 있고. 공주님과 함께 붙잡혔다던 당신들 말이야."

"아, 예."

다림 총독부에서 관계자들을 소환하여 회의를 열었을 때, 폴라 대사는 먹살잡이가 일어날 거라고 생각하며 긴장을 단단히 한 채 회의에 참가했었다. 이 사태에 관계된 모든 자들이 자신이 키 드레이번을 잡았다고 외쳐댈 거라는 것이 그녀의 예견이었고, 만일 그랬다면 '다림의 큰누님'은 물어뜯을 듯한 기세로, 키 드레이번은 카밀카르의 것이라고 주장해 댈 충분한 용의가 있었다.

그러나 글라두스 총독 주관으로 열린 회의는 정반대로 진행되었다.

먼저, 교회를 대표하여 참석한 핸솔 추기경이 침묵으로 일관했다. 모두들 어떤 신부가 교회의 보물을 이용하여 키 드레이번을 공격, 무력화시킨 것을 알고 있었기에 교회의 침묵은 이해할 수 없는 것이었다. 그러자 '키 드레이번을 쏜 것은 신부일지 몰라도 그를 체포하여 총독부에 넘긴 것은 카밀카르'라고 주장할 각오였던 폴라 대사 역시 재빨리 입을 다물었다. 그러자 '그의 체포가 이뤄진 곳은 다림이고, 다림은 엄연한 레갈루스 식민지'라고 주장할 계획이었던 글라두스 총독 또한 머리만 긁어대야 했다. 사태가 그 지경이 되자 교수형 대신 그를 꽁꽁 묶어서 란셀로 보내야 되지 않을까 하는 의견까지 나왔던 모양이다. 물론 그것은 말이 안 된다.

"명심해. 제국의 적이 아니고 제국의 공적이야. 공적이라는 건, 제국의 대표자인 황제 폐하 당신뿐만 아니라 제국인 당신에게라면 누구나 키 드레이번 당신을 쳐죽일 의무가 있다는 의미지. 간단히 말하면 제국과 노스윈드 당신 사이엔 중립이 없다는 거지. 예를 들어 본인의 적은 오스발 당신과 무관한 당신일 수도 있지. 그 경우 오스발 당신은 중립을 선언한 후 품위 있게 발뺄 수 있어. 하지만 본인의 공적일 경우엔 그게 안 돼. 오스발 당신이 본인과 더불어 그 공적과 싸우지 않는다면, 오스발 당신 역시 본인의 적이야. 그게 공적이라는 놈이지. 이 상황에선 황제 폐하 당신께서 처리하시옵소서 어쩌고가 안 통해. 빨리 노스윈드 당신을 매달아야 하지."

"그렇군요."

"그럼 다시 폴라 대사님 당신의 경우로 돌아가볼까. 이미 말했듯이 이 사태에 관련된 당신들 중 노스윈드 당신을 가장 원하는 당신은 당연히 폴라 대사 당신이야. 하지만 바로 그렇기에 폴라 대사 당신은 노스윈드 당신을 가질 수 없어. 카밀카르가 노스윈드 당신을 가지게 되면 카밀카르는 당장 노스윈드 당신을 처형해야 돼. 말했듯이 '공적'이니까. 그래서 폴라 대사는 입을 다문 거지."

"아—이젠 이해가 됩니다."

"그래. 사태가 진짜 죽여주는군. 하하하! 카밀카르는 레보스호의 인질 당신들 때문에 노스윈드 당신을 매달 수 없어서 재빨리 다림 총독부에 넘겨버렸지. 글라두스 총독님 당신이 대해적 당신을 매다는 것을 꺼릴 게 뻔하다는 것을 알기 때문에. 그렇다고 해서 다림 총독부로서는 도로 돌려줄 수도 없는 노릇이지. 카밀카르가 받지 않을 것은 둘째 치고서라도 그런 망신은 없으니까. 껄껄!"

"마지막은 잘 이해가 안 되는군요. 돌려주는 대신 그냥 처형할 수도 있잖습니까? 데스필드 씨의 말대로라면 키 선장님은 제국의 공적이니까 다림 총독부는 마음대로 선장님을 처형할 수 있어야 하는 것 같은데요."

"키 드레이번 당신의 칼 이름이 뭐지?"

"예? 아…… 그렇군요."

오스발은 고개를 끄덕였다.

"그럼 밧줄 두 개가 당겨지지 못하는 이유는 알겠습니다. 하지만 밧줄의 나머지 한쪽은 어떻게 되는 겁니까? 제 생각으론 그 밧줄의 끝은 세 개인 것 같습니다만."

데스필드는 대답 대신 수평선 위에 떠 있는 조그만 구름을 바라보았다. 오스발은 이제 고개를 돌려 데스필드의 옆얼굴을 똑바로 바라보았다.

"교회의 침묵 때문에 이 모든 사태가 일어난 거죠?"

"백 점 주겠어."

"감사합니다. 그럼 교회는 왜 자신의 밧줄을 당기는 대신 침묵하는 겁니까?"

"짐작하는 바를 말해 봐."

"교회가 적극적으로 상황에 개입했다면 이야기가 달라졌을 겁니다. 키 선장님은 사법권이 닿기 힘든 교회 내에서 체포되었습니다. 더군다나 키 선장님을 체포한 것이 카밀카르라지만 실제로 키 선장님을 무력화시킨 것은 파킨슨 신부님이십니다. 따라서 교회는 그 사실을 지적하며 키 선장님의 인도를 요구할 수 있을 겁니다. 그럼 다림으로선 안도의 한숨을 내쉴 수 있을 겁니다."

"계속해."

"카밀카르 역시 교회가 나서서 키 선장님을 맡아준다면 훨씬 즐거워할 겁니다. 교회는 제국을 상대로 키 선장님을 보호하는 일에 대해선 다림보다는 훨씬 나을 테니까요. 그럼 카밀카르는 교회에 키 선장님의 보호를 부탁하고는 교회의 보호 하에 있는 키 선장님과 라스 법무대신님이나 레보스호의 선원들에 대해 협상해 볼 수 있겠지요."

"계속해."

"더 없습니다. 저는 교회가 다림과 카밀카르, 심지어 키 선장님까지 괴롭히는 침묵을 지키고 있다는 사실을 지적했을 뿐입니다. 이유를 모르겠습니다."

"이유를 알걸. 당신이 이유를 모른다면 지붕 아래에서 쭈그리고 앉아 있는 당신들이 너무 불쌍하잖아."

오스발은 천천히 고개를 돌려 데스필드를 쳐다보았다. 하지만 데스필드는 파이프에 남은 담배를 마저 태울 때까지는 일어날 생각이 없었다. 그래서 그는 한가롭게 파이프 부리를 깨물고 있었다.

"저는 정확히 모릅니다. 하지만 대사님께선 뭔가 짐작하시는 것이 있으신 듯하더군요."

"그랬나."

"그래서 이런 높은 곳으로 올라오라고 하신 겁니까?"

"응. 풍경도 좋고, 담배를 피울 수 있다는 이유도 있지만. 그런데 신호는 뭐야?"

"뭐…… 특별한 신호는 없습니다. 그냥 제가 고함을 지르면 됩니다. 그런데 왜 이런 곳입니까? 저를 인질로 하시려고요?"

"본인에겐 그럴 생각은 별로 없네. 그냥 떨거지 당신들 없는 자리에서 이야기하고 싶어서일세."

"그럼 이야기해 주시길 부탁드립니다."

"폴라 대사 당신께서 어떻게 짐작하는진 모르지만 아마도 대사님 당신의 짐작이 맞을걸세. 파킨슨 신부님 당신의 잠적은 그 자신의 의지고 교회는 신부님 당신의 잠적 때문에 입을 다물고 있어."

"키 선장님을 쏘았다는 것 말고도 파킨슨 신부님은 교회를 침묵시킬 만한 것을 가지고 있다는 말씀이군요."

"그래."

"그럼 저도 뭔가를 짐작해 볼 수 있을 것 같군요."

"들어볼까."

"제 짐작은 이렇습니다. 그 암살은 교회의 계획일 수 있습니다. 카밀카르—필마온의 연대를 방해하기 위해. 그리고 그 암살을 막기 위해 파킨슨 신부님이 키 선장님을 끌어들인 것일 수 있습니다. 생명의 존엄성

214

에 대한 꺾일 수 없는 믿음을 위해. 그리고 파킨슨 신부님은 최후의 순간에 키 선장님을 배신한 것일 수 있습니다. 새로운 위험의 출현을 미연에 방지하기 위해. 그리고 파킨슨 신부님은 교회의 편에도, 카밀카르의 편에도 설 수 없게 되셔서 잠적하신 것일 수도 있습니다. 교회의 암살을 방해했지만, 그렇다고 해서 편을 바꿔 카밀카르에 서기엔 그분의 완고함이 용납하지 않으실 테니까."

"그럴 수 있다고 말해 줄 수 있겠군."

"말씀하실 것은 그것뿐입니까? 데스필드 씨는 신부님의 전인이잖습니까?"

"본인이 신부님 당신을 대신해서 이 자리에 나온 건 맞아. 그런데 오스발 당신은 누구의 전인이지?"

"예?"

"오스발 당신은 폴라 대사 당신의 전인인가, 아니면 율리아나 공주님 당신의 전인인가?"

"저는, 율리아나 공주님의 노예입니다. 하지만 율리아나 공주님과 폴라 대사님을 서로 분리해서 생각해야 되는진 모르겠군요."

"그럼 지금 분리해. 그리고 본인의 말을 경청해."

"……듣겠습니다."

"이 말은 폴라 대사 당신의 귀에는 들어가면 안 돼. 그래서 본인은 당신이 율리아나 공주님 당신의 전인으로 있기를 바라는 거야. 일단 오스발 당신의 추측은 몇 가지 점에서 틀렸지만 그런 대로 맞아. 교회는 신부님 당신을 처리하기 전엔 입을 열 수 없어. 그리고 신부님 당신은 교회의 손에 처리되는 것을 원하지 않지만 그렇다고 해서 교회를 비방하고 나설 생각도 없으셔. 이 상황은 고귀한 이상의 결말은 십중팔구 자승자박이라는 보편론의 좋은 증거가 되겠지. 그래서 신부님 당신은 최고의 패스파인더를 고용하여 사태가 진정될 때까지 어디로든 떠나버릴 생각이시지."

"데스필드 씨 말씀입니까?"

"당연하지." 오스발은 웃고 말았다. 하지만 데스필드는 진지한 어조로 말을 이었다. "그리고 이제 신부님 당신의 전언을 전달하겠네. 빨리 카밀카르로 돌아가. 이 항구에서 카밀카르의 배를 기다리고 있는 건 위험해. 그리고 카밀카르로 돌아가거든 아무 남자하고나 눈이 맞아버리라고 해."

"……예?"

"필마온과의 혼약이 깨질 수 있는 일은 뭐든 하란 말이야. 필마온으로 시집가 봤자 인질 꼴밖에 안 돼. 그리고 그 경우 무수한 세력들이 다가오지 않은 위협을 두려워하게 될 테고 그 중엔 카밀카르—필마온 연합이 본격 가동되기 전에 필마온이나 카밀카르를 치는 게 낫다고 생각할 정신나간 당신들도 있을 수 있어. 고국 아니면 남편이 위험해지는 거야. 미친 짓이지. 공주님 당신이 엄두가 안 난다고 하면 오스발 당신이라도 도와줘. 북을 치고 나팔을 불며 공주님 당신의 침실로 쳐들어가든지 해."

"데스필드 씨, 제발."

"농담이야. 무슨 뜻인진 알겠지."

"예."

"그럼 본인의 용무는 끝났어. 잠깐만—." 그리고 데스필드는 파이프를 턴 다음 다시 셔츠 주머니에 집어넣었다. 벌떡 일어난 데스필드는 허리를 몇 번 돌려보고 나서 말했다. "고함을 지르게."

"지금이오?"

"응. 본인은 준비 끝났어."

오스발은 머쓱한 기분을 느끼며 고함을 질렀다.

"잡아라!"

다음 순간 지붕의 덧문이 열리며 카밀카르인들이 쏟아져……라기보단 헉헉거리고 끙끙거리며 한 명씩 힘겹게 올라왔다. 오스발은 쓸쓸한 기분을 느꼈고, 데스필드는 히죽 웃으며 그 꼴을 감상했다. 카밀카르인들 역시 우아하지 못한 자신들의 모습에 화내며 어떻게든 지붕 위로 올라왔고 저 아래쪽의 문으로 달려나오는 자들도 몇 명 보였다.

데스필드는 빙긋 웃고는 박공을 따라 달리기 시작했다. 카밀카르인들은 손에 든 무기를 휘두르며 '(설 거라고 생각되진 않지만) 서라!' 내지는 '(멈출 거라 믿어지진 않지만) 멈춰라!' 등의 고함을 지르며 데스필드의 뒤를 따랐다. 오스발은 데스필드가 어떻게 도망칠 작정인지 의아해했지만 달려가던 데스필드가 우아하게 허리를 숙여 지붕 위에 놓아둔 것을 들어올리는 것을 보곤 밝게 미소 지었다.

길다란 장대를 집어든 데스필드는 봉고도 기술을 이용하여 옆 창고의 지붕 위로 날아갔다. 카밀카르인들이 지붕 아래로 내려갈 생각도 못 하고 바라보는 가운데 데스필드는 순식간에 몇 개의 창고를 건너 갈매기처럼 저 멀리 사라져버렸다.

폴라 대사는 화를 내진 않았다. 다만 빈손으로 돌아온 대사관 경비
병들에게 씁쓸한 얼굴로 '내려가서 펌프질이나 하라'고 명령했을 뿐이
었다. 물론 이것은 배에서 사용되는 의미, 즉 선창에 스며든 물을 퍼내
는 것을 의미하지는 않았다. 하지만 폴라 대사는 자신이 '카밀카르 대사
관호'의 선장이라고 여기길 좋아했고 그래서 선원 역을 맡아야 했던 카
밀카르 대사관 경비병들은 시체 같은 얼굴을 한 채 지하 분뇨 저장고를
향해 걸어갔다.

폴라 대사에게 다림 총독인 글라두스의 초청장이 도착한 것은 그녀
가 경비병들을 그런 처참한 지경에 빠뜨린 것에 대해 약간 후회하기 시
작할 무렵이었다. 그래서 안타깝게도 대사관 경비병들은 폴라 대사의
관심 밖으로 밀려나게 되었다.

글라두스 총독의 초청장은 '물 좋은 다랑어를 구했으니 오셔서 저녁
식사나 하시길'이라는 내용이었다. 폴라 대사는 잠깐 미간을 찡그린 다
음 '저는 와인을 들고 가죠'라는 내용의 답신을 보내었다. 황혼이 잔물
결을 황금빛으로 물들이고 사람들의 얼굴엔 더 짙은 음영이 떠오를 무
렵, 카밀카르의 대사는 수수한 치마에 보닛으로 얼굴을 가린 다음 오른
팔에 바구니를 낀 모습으로 대사관을 나섰다.

카밀카르 대사관에서 총독 관저까지는 대로를 따라 10분 정도만 걸

어가면 되는 거리였다. 폴라 대사가 짧은 산책 끝에 총독 관저에 도착하자 총독 관저의 하인은 당황한 기색도 없이 조용히 대사를 맞이했다. 폴라 대사는 와인이 든 바구니를 하인에게 건넨 다음 귀빈실로 걸어갔다.

귀빈실에 들어간 폴라 대사는 약간 놀랐다. 황혼 속에서 오렌짓빛으로 물든 귀빈실에는 글라두스 총독 이외에 두 명의 낯선 남자가 더 있었다. 한 남자는 창가에 서서 바깥의 경치를 바라보고 있었고 다른 남자는 탁자 위의 양초에 불을 붙이고 있었다. 불을 붙이던 남자는 폴라 대사를 흘끔 바라보았지만 곧 그녀를 외면했고, 창가에 서 있는 남자는 아예 고개를 돌리지도 않았다. 폴라 대사가 잠시 문가에 서서 귀빈실 안을 바라보고 있을 때 벽난로 가의 의자에 앉아 있던 글라두스 총독이 반가운 얼굴을 하며 일어났다.

"어서 오시오, 폴라 대사."

"초대해 주셔서 감사합니다, 총독님."

그리고 폴라 대사는 조금 더 놀랐다. 글라두스는 마치 두 명의 남자가 존재하지 않는 것처럼 행동했던 것이다. 글라두스 총독은 두 남자를 소개하는 대신 손수 폴라 대사를 소파로 이끌었다. 저녁 식사보단 더 중요한 뭔가가 있을 거라 생각하고 혼자서 찾아온 폴라 대사였지만 이 상황은 도통 이해할 수 없었다. 폴라 대사는 소파에 앉은 다음 잠시 글라두스 총독을 바라보았다. 글라두스 총독은 폴라 대사의 시선을 느끼곤 활짝 웃었다. 그러나 곧 다림 총독은 몸을 돌려 벽난로 옆에 세워둔 부지깽이를 들어올렸다. 웃기는 노릇이었다. 봄이라 벽난로 안엔 불이 없었으니까. 다림 총독은 그제서야 그 사실을 깨닫곤 머쓱한 표정으로 부지깽이를 도로 내려놓았다. 그리고 다림 총독은 두 손을 깍지 끼곤 그것을 내려다보았다. 갑자기 총독의 입이 열렸다.

"다랑어요."

"예?"

"아, 정말 괜찮은 다랑어를 구했소. 오늘 아침 시장에 나갔다가 손수 샀지. 대사 생각이 나더라고. 그래서 초청했소이다. 에—그렇지."

"감사합니다."

그리고 다림 총독은 다시 입을 다물었다. 폴라 대사가 더 참을 수 없다고 생각하며 몸을 돌렸을 때 테이블 가에 있던 남자가 슬쩍 다가왔다.

남자의 동작은 부드러웠다. 미풍에 흔들리는 커튼처럼 스르륵 움직인 남자는 총독의 의자 뒤에 서서는 천천히 등받이를 짚었다. 그 순간 폴라 대사는 글라두스 총독을 깨끗이 무시하기로 결심했다. 오늘밤 그녀와 대화할 사람은 저 낯선 남자들인 것이다. 남자가 말했다.

"폴라 대사님이십니까."

"그렇습니다만."

"다림의 큰누님?"

"그렇게 부르는 사람들도 있지요. 댁은?"

"하리아 헌처크입니다."

폴라 대사의 머릿속에 있는 인명록이 파라락 움직였다. 하지만 폴라 대사는 각국 귀족이나 중요 인사들의 이름들 속에서 그 이름을 발견하진 못했다. 외교관으로서 좀 창피스러운 노릇이라 생각하며 빙긋 웃으려던 폴라 대사는, 그러나 그 웃음을 중간쯤에서 멈추곤 기겁했다.

"하리야 선장? 페가서스호의?"

"그렇습니다."

폴라 대사는 가까스로 벌떡 일어나려는 동작을 멈출 수 있었다. 그녀는 다리를 붙이며 고개를 슬쩍 돌렸다. 또 한 놈은? 오, 제기랄. 폴라 대사의 짐작대로 창가에 서 있던 남자는 어느새 문가에 서 있었다. 그리고 폴라 대사는 그제서야 그 남자의 얼굴을 볼 수 있었다.

"……라이온?"

문가에 서 있던 남자가 환하게 웃었다.

"안녕하슈! 폴라 대사님. 오래간만이군요."

"그렇군. 오래간만이야. 아직 안 죽었다니 놀라운데."

폴라 대사와 라이온의 이야기를 들으며 놀란 건 글라두스 총독뿐만이 아니었다. 하리야 선장 역시 당황한 표정으로 라이온을 쳐다보았다.

"라이온? 자네 어떻게 폴라 대사님을 아나?"

"아, 대사님은 제 첫사랑이셨거든요."

폴라 대사는 너털웃음을 터뜨렸다.

"퍽 조숙했군. 내가 자넬 처음 봤을 때 자넨 일곱 살이었던 걸로 기억하는데."

"겨우 그것 때문에 절 받아들이지 않으셨던 것이군요!"

"관두지. 라이온. 항상 그렇지만 자네와 이야기하면 머리가 아파." 폴라 대사는 하리야를 쳐다보았다. "그리고 당신은 저 젊은이의 감시자 자격으로 따라왔을 가능성이 높다고 보여지는군요?"

자유호의 갑판장과 카밀카르의 대사의 허물없는 대화를 이채롭다는 듯이 바라보던 하리야 선장은 싱긋 웃으며 라이온을 좌절시켰다.

"정확합니다. 대사님. 도저히 혼자 보낼 수 없어서 따라왔지요."

"그럼, 당신들이 뭣 때문에 이 회견 자리를 만들어내었는지 들어볼까요."

다림 총독을 인질로 삼으면서까지 말이야. 폴라 대사는 글라두스 총독을 흘끔 바라보았지만, 총독은 자신이 무시된 것이 확실해지자 그제서야 편안한 얼굴을 하고 있었다. 물론 글라두스는 다림의 총독이기 때문에 인질로서도 좋은 인물이었다. 그는 울부짖지도 않았고 자신이 언제 풀려날 수 있는지 계속 물어대지도 않았다. 대신 이 자리의 조용한 호스트 역할을 연기하는 듯했다. 그것은 다림의 총독이 늘상 하는 일이다. 분명히 주인이며, 손님들의 동정을 바라보고 있지만, 절대로 헛기침은 하지 않는 것.

하리야 선장 역시 그 처신을 존중했다. 즉 글라두스 총독을 계속 무시한 채로 말했다.

"짐작하시겠지만, 나와 라이온은 우리들의 동료인 키 드레이번 선장의 일로 찾아왔습니다."

"흐음. 듣던 대로 두목이라고 부르지는 않는군요. 그 자라면 조만간 목이 메달릴 텐데요."

하리야 선장의 얼굴이 조금 굳었다. 하지만 그가 다시 입을 열었을 때 폴라 대사는 당황할 수밖에 없었다.

"대사님. 나는 풋내기로 취급되어도 상관없지만 대사님께서도 그러신지는 모르겠습니다."

폴라 대사는 해적에게 이렇게 세련된 대답을 들으리라고는 상상도 못했다. 키 드레이번이라는 친구, 이런 작자들을 부하로 데리고 있단 말이지? 그것도 다스리지도 않으면서 스스로 다스림받게 만들며?

"무슨 뜻인지 말씀해 보시죠."

"나와 다른 동료들은 대사님께서 왜 키 선장을 총독님께 맡기신 것일까를 생각해 봤습니다. 결국 우리들은 대사님께서 우리들과 같은 생각으로 그렇게 행동하셨다고 추측했습니다. 키 선장을 일단 살리기 위해서죠."

"하하. 그런가요? 내가 왜 키 선장을 살려야 된다는 거죠?"

"우리들을 방문중인 카밀카르의 손님들 때문이죠."

"……로드 라스는 잘 계시나요?"

"예, 잘 계십니다. 이미 율리아나 공주님께 들으셨을 거라 생각되지만서 슈마허의 경우엔 우리들과 동행하여 다림 가까운 곳까지 와 있습니다."

이로써 하리야 선장은 슈마허의 안부를 들려줌과 동시에 노스윈드 해적들이 다림을 포위중이라는 암시를 전달하는 데도 성공했다. 글라두스 총독의 손끝이 조금 떨렸지만 그는 여전히 침묵을 지켰다.

"내게 키 드레이번을 살려야 할 필요가 있다면." 폴라 대사는 짐짓 목소리를 딱딱하게 굳혔다. 하지만 속으론 재미를 느끼고 있었다. "왜 치외법권 지대인 대사관에 그를 감금하지 않고 총독부에 인도했다는 거죠?"

"그 경우 다림으로부터 키 선장님을 지킬 수는 있어도 제국으로부터 키 선장님을 지킬 수는 없으니까요. 카밀카르가 제국의 공적을 오랫동안 감금해 둘 수는 없고, 따라서 즉각 그를 처형하셔야 할 겁니다."

"그런가요?"

"예. 그래서 대사님께서는 글라두스 총독님을 괴로움에 빠뜨리기로 결심하신 겁니다. 총독님 또한 대사님처럼 키 선장을 처형할 수 없다는 것을 알기에 그분께 짐을 떠넘기신 거죠."

글라두스 총독은 진심으로 동의한다는 듯이 고개를 끄덕였다. 하지만 폴라 대사는 아직 게임을 끝내고 싶진 않았다.

"여자들이 흔히 남자에게 그러듯이? 흐흐흐. 좋아요. 내 경우엔 인질이 있어서 키 드레이번을 죽일 수 없다고 치죠. 그럼 다림은 왜 키 드레이번을 처형할 수 없다는 거죠?"

"곤란함과 위험의 두 가지 이유가 있습니다."

"껄껄. 곤란함부터 말해 보시죠."

"다림은 뱀과 오소리의 동면굴입니다. 뱀과 오소리가 같은 굴 안에서 겨울을 잘 보내려면 서로 물어뜯지 말아야 됩니다. 마찬가지로 다림은 법의 테두리 밖에 있는 자들에게 존중받기 위해 그들을 존중해야 합니다. 그러나 '키 드레이번 처형'은 그곳을 이용하는 밀수선이나 암거래상, 해적선 등을 당황하게 만들 겁니다. 음성 무역이 경색되며 다림의 부(富)는 파도 거품처럼 사라지겠죠. 심할 경우, 무법자들은 다림을 존중해 줄 이유가 없다고 생각해 버릴 수도 있습니다. 그럴 경우 다림은 매력적인 곳입니다. 보화는 넘치지만 지키는 이는 별로 없습니다."

"무서운 말씀을 하시는군. 그럼 위험은?"

"키 드레이번이 잡혔기 때문입니다."

"으흠?"

"부연할까요. 키 드레이번이 잡힌 것이지 노스윈드 함대가 잡힌 것은 아닙니다. 키 드레이번이 처형될 경우, 노스윈드 함대는 그의 몸이 식기 전에 다림을 바다 밑바닥으로 가라앉힐 겁니다."

글라두스 총독은 의자 팔걸이를 꽉 움켜쥐었다. 하리야 선장의 어조는 침착했고, 폴라 대사는 상대방이 진짜 그럴 작정임을 실감나게 알 수 있었다.

"심장에 동상 걸릴 지경이군요. 하리야 선장. 하지만 묻겠는데, 고작 여덟 척의 배와 몇천 명의 해적으로 다림을 파괴하겠다는 건가요? 다림을 파괴할 경우 이곳에 대사관이나 실무 관계를 두고 있는 수많은 나라 전부를 적으로 돌리게 될 텐데?"

"지금은 적이 아닙니까?"

하리야 선장은 짧게 대답했다. 폴라 대사는 한숨을 쉬곤 라이온을 돌아보았다.

"이 분은 진짜 그럴 작정인 것 같군. 농담하는 눈이 아냐. 자네가 물들인 거지?"

"도대체 나를 어떻게 보시는 겁니까, 마이 달링?"

"이 노인네 심장마비 걸리겠다, 적당히 해라. 좋아요, 하리야 선장. 당신이 좆는 별은 뭐죠?"

"키 드레이번의 석방을 원합니다."

"흐음…… 이거 한번 지적해 볼까요. 조금 전 끔찍한 말을 하긴 했지만 당신들은 현재 배를 가지고 있지 않아요."

하리야 선장은 대답하지 않았다. 폴라 대사는 자신에게 넘어온 주도 권을 즐기기로 결심했다.

"이 항로를 오가는 카밀카르의 배들이 노스윈드 선단을 발견했다면 그건 당장 내 귀에 들어왔을 테지요. 댁이 말했듯이, 다림의 큰누님인 내 귀에. 따라서 당신들의 배는 상당히 먼 곳에 있어요. 배 없는 해적의 협박은 무서울 것이 별로 없을 듯한데? 당신들이 배로 돌아가기 전에 잡아버리면 그만이잖아요."

"바로 그것 때문에 당신을 초청한 것입니다. 대사님. 키 선장의 석방 은 총독님께 부탁드리면 되는 거죠. 나는 당신에게 다른 것, 하지만 관 련된 것을 원합니다."

"쳇. 그 이야기가 나올 줄 알았어, 젠장. 라스 법무대신과 레보스호의 선원들?"

"그렇습니다."

폴라 대사는 팔짱을 단단히 끼며 하리야 선장을 노려보았다.

"내가 왜 그런 멍청한 거래에 응해서 당신들을 놔줘야 된다는 거지 요?"

"무슨 말씀이신지?"

"동포를 잃는 것이 슬픈 일이긴 하지만, 키 드레이번을 다시 놓아줄 경우 그 자가 우리에게 입힐 피해는 주님께 맹세코 훨씬 더 클 거예요. 맙소사, 노스윈드를 다시 열린 바다로 내보내 준다고? 내 동포들은 내 가 그런 거래에 응한 것을 알게 되면 동포를 구했다고 좋아하기에 앞서 키 드레이번을 풀어준 것에 대해 더 화를 낼 것이 확실해요. 아시겠어요? 우리 카밀카르인들이 동포의 목숨에 무관심하다는 말은 절대 아니에요. 그 선원들의 가족이나 미망인들에겐 국왕 전하께서 모두 보상할 거예요. 그리고 그들의 이름은 우리들 가슴에 영원히 남아 있을 테지요. 하지만 바다에 나온 카밀카르인들은 이미 카밀카르를 위해 죽을 각오가 되어 있지요. 그들도 조국을 위해 죽게 된다는 사실에 만족해할 거예요! 자, 이제 내가 그들과 그들의 가족 모두가 바라지 않는 일을 해야 할 이유를 말해 보시지?"

하리야 선장은 빙긋 웃으며 말했다.

"하지만 당신과 공주님은 바랄 텐데요."

"젠장! 당신들 몇 명이나 되는데요?"

"아시잖습니까. 공주님이 말하셨을 테니. 카밀카르 대사관의 방해쯤은 신경 쓰지 않을 정도의 인원은 됩니다."

폴라 대사는 혀를 찼다. 도대체 시간을 아끼자느니 어쩌니 했던 본국의 얼간이는 누구였을까. 공주를 빨리 카밀카르로 보냈어야 했는데. 잠깐, 지금이라도 아무 배에나 태워보낸다면…… 그러나 하리야 선장은 폴라 대사의 속마음을 짐작한 것처럼 말했다.

"공주님을 이곳에서 탈출시키실 생각이라면 포기하라고 말씀드리고 싶군요. 바다 위에서 자유호나 질풍호를 따돌릴 수 있는 배는 없습니다. 다림의 큰누님이시라면 그 정도는 아시겠지요. 시간이 약간 걸릴진 몰라도 공주님을 태운 배가 카밀카르에 도착하기 전까지는 충분히 침몰시킬 수 있습니다."

"자랑스럽겠군요."

폴라 대사는 퉁명스럽게 대답하고선 생각에 잠겼다.

다림은 키 드레이번을 데리고 있을 수도 없고 처형할 수도 없다. 따라서 글라두스 총독은 선선히 키 드레이번을 해적들에게 내줄 것이다. 하리야 선장이 폴라 대사에게 요구하는 것은 침묵이었다. 하리야 선장은 현재 노스윈드 선단의 선장들이 다림 근교에, 즉 육지에 올라와 있다는 사실을 누설하여 그들의 일을 방해하지는 말아달라고 요청하고 있는 것이다. 그 요청이 받아들여지지 않을 경우 레보스호의 포로들 전원을 살해함과 동시에 다림에 난입하여 율리아나 공주까지 살해하겠다는 협박을 덧붙여서. 폴라 대사는 선택의 여지가 거의 없음을 깨달았다.

"좋아요. 난 당신네들이 이 근처에서 얼쩡거리고 있다는 사실을 누구에게도 말하지 않겠어요."

"고맙습니다. 그럼, 글라두스 총독님?"

글라두스 총독은 자신의 이름이 불리워지자 당황하기 시작했다.

"뭐, 뭐요?"

"키 선장이 수감된 장소를 가르쳐주십시오. 저희들이 언제쯤 습격하면 좋을지도."

"습격? 아, 그렇지. 습격하셔야지. 음음. 우리가 내이줄 수는 없으니까 말이야. 그렇게 되어야 하지. 암."

하리야 선장은 난처하다는 표정을 지었다. 글라두스 총독은 좋은 의미로든 나쁜 의미로든 조용한 호스트 체질이었다.

"저것 좀 봐. 저게 키 드레이번이야."

"쉿! 조용히 해. 듣겠어."

"들으면 어쩔 거야."

하지만 책상에 걸터앉아 있던 간수는 목소리를 낮췄다. 그는 불안한 듯 칼자루를 만지작거리며 창살 너머를 바라보았다.

간수들이 앉아 있던 책상과 의자를 중심으로 사방의 벽에 창살 감방이 배치되어 있었다. 죄수에게 사생활이란 없는 것이다. 다른 감방들은 모두 비어 있었고, 키 노스윈드 드레이번은 출입문 반대편의 가장 큰 감방에 앉아 있었다. 간수들은 그를 감옥에 가두는 것으로도 모자라 그의 팔다리에 강철 수갑과 강철 족쇄를 채워놓았다. 키는 수갑이 채워진 두 손목을 무릎에 얹은 채 돌바닥만을 바라보고 있었다. 책상에 걸터앉아 있던 간수는 그 모습을 보곤 조금 안심한 투로 의자에 앉은 동료 간수에게 말했다.

"저것 봐. 꼼짝도 못한다고. 넌 도대체 뭘 겁내는 거야?"

"무서워한다고? 흐응. 그래. 무서워해. 이 몸은 너와는 달리 상상력이라는 것이 있거든."

"무슨 말이야?"

"멍청한 자식. 키 드레이번이라는 이름이 너무 유명하다 보니까 모든 사람들이 키 드레이번이 곧 노스윈드 선단이라고 생각하지만, 사실 그렇지 않아. 우리가 잡아두고 있는 건 노스윈드 선단의 한 선장일 뿐이라고. 노스윈드 선단엔 키 드레이번만큼은 못 되더라도 무시무시한 놈들이 시글시글해. 사트로니아의 오닉스 나이트나 질풍의 트로포스 몰라? 자마쉬의 돌탄은 어때. 그놈은 해골을 바닥짐으로 쓴다지?"

"아…… 젠장!"

상상력 풍부한 간수는 바닥에 침을 뱉었다.

"제길. 왜 빨리 처형해 버리지 않는 거지? 난 저놈이 여기 있는 것이 싫어. 언제 다른 해적놈들이 쳐들어올지 모른단 말이야."

"어, 그런데 자마쉬의 돌탄은 진짜 해골을 바닥짐으로 쓴대?"

"두말하면 잔소리지! 그놈은 완전히 미친놈이라니까. 언젠가 레갈루스의 선장 한 명이 그랜드파더호에 잡혔어. 레갈루스의 선장들이 어떤 작자들인지 알지? 그렇지. 그 선장도 대가 센 사내였고, 그래서 목숨을 걸고 돌탄을 모욕했거든. 돌탄의 발치에 대고 침을 뱉었단 말이야. 해적들이 그 자를 쳐죽이려고 든 건 짐작하겠지? 그런데 돌탄은 그를 살려두라고 명령했어. 대신 배 밑바닥에 가두라는 거였지. 배 밑바닥으로 끌려간 선장이 본 건 바닥 가득히 쌓여 있는 해골이었어. 그 선장은 그때부터 해골과 함께 생활해야 되었지. 기분 죽여줬을 거야. 파도가 치면 해골들이 춤을 추고 눈만 붙이면 귀신들이 나오는 상황이었으니까. 결국 한 달 뒤에 그 선장은 몸값을 지불하고 돌아왔는데, 정신이 완전히 나가버렸지. 자기 가족들도 알아보지 못할 만큼 미쳐 있었단 말이야."

돌탄 선장이 이 이야기를 들었으면 해골을 어떻게 바닥짐으로 쓴다는 것인지 이해하질 못해서 고개를 갸웃거렸을 것이다. 그리고 바다의 사내들이라면 누구라도 이 이야기엔 헛웃음을 지을 것이다. 해골은 부피에 비해 무겁다고 보긴 어려운 물건이다. (일단 속이 비어 있다.) 하지만 간수들은 모두 바다의 사내들과는 거리가 멀었고, 그래서 돌탄 선장의 죄많은 영혼과 그 악덕에 대해 진심으로 개탄스러워했다. 그리고 나서 간수들은 노스윈드 선단의 다른 선장들이 섭섭해할까 봐 두렵다는 듯이 그 선장들의 전설적인 악업을 차례로 도마에 올려놓고 썰어대기 시작했다. 그들은 참 즐거워보였다.

그러나 이야기는 곧 시들해졌다. 키 드레이번은 무섭도록 침묵을 지키고 있었고 간수들은 그 침묵이 바닥 없는 늪처럼 자신들의 이야기를 빨아들이고 있음을 깨달았다. 책상에 앉아 있던 간수는 몇 번인가 이야기를 다시 이어보려다가 실패한 다음 키를 훔쳐보았다. 그는 문득 재미있는 생각을 떠올렸다는 듯이 의자에 앉아 있는 동료를 쳐다보았다.

"이봐, 그런데 그 칼은 아직도 교회 바닥에 있다고?"

"그거? 진짜 처치 곤란이야. 저 친구가 아니면……!"

고개를 돌리던 간수는 숨이 막히는 기분을 느꼈다. 키는 그를 똑바로 쳐다보고 있었다. 흐트러진 머릿결 사이로 매섭게 번득이는 눈은 불길 같았다.

"이 제기랄 자식! 어딜 그 따위 눈으로 쳐다보는 거야!"

의자를 박차고 일어난 간수는 책상 옆에 놓아둔 물통을 들어올렸다. 간수는 한달음에 창살 앞으로 달려가서는 창살 안쪽을 향해 물통을 휘둘렀고 키는 눈을 질끈 감았다. 촤아아악! 키의 상체가 순식간에 물에 젖었다. 간수는 빈 물통을 팽개치고는 으스대듯 창살 안쪽을 노려보았다.

철그럭. 키의 손이 움직이며 강철 쇠사슬들이 둔한 신음을 흘렸다. 키는 두 손을 들어 얼굴의 물을 훔쳐내고는 젖은 머리카락을 뒤로 쓸어 넘겼다. 그리고 키의 눈꺼풀이 다시 열렸다.

그 눈길은 더 맹렬하게 불타고 있었다.

간수는 잔뜩 분노한 신음을 흘리며 허리춤으로 손을 가져갔다. 그러나 그의 손은 열쇠 꾸러미를 움켜쥐기는 했지만 그것을 풀어내지는 않았다. 간수는 갑자기 자신이 저 문을 열고 저 안으로 들어갈 수 있을지 의심스러웠다. 노스윈드가 저 안에 있다. 간수는 불신감이 가득한 눈으로 강철 수갑과 강철 족쇄를 바라보았다.

다행히도 그의 동료가 그를 제지했다.

"이봐, 멈춰! 무슨 짓이야. 그 안으로 들어가면 안 돼!"

"내가 왜 못 들어간단 말이야!"

"가, 간수장님 허락 없이 감방문을 열면 안 된다고!"

"제기랄!"

간수는 과장된 동작으로 열쇠 꾸러미를 놓고는 다시 물통을 집어들고 책상으로 돌아왔다. 그리고 두 명의 간수들은 간수장의 허락이 있었다면 저 안으로 들어갈 수 있을까 따위에 대해서는 서로 묻지 않기로 결심했다. 물통을 내려놓은 간수는 한숨을 쉬며 이마의 땀을 닦았다.

바로 그때 문이 열렸다. 간수들은 기겁하며 각자의 무기를 움켜쥐었다. 그러나 문을 열고 들어온 사람은 후드를 깊이 눌러쓴 신부였다. 어리둥절해하던 간수들은 신부의 등뒤로 간수장의 모습이 나타나는 것을 보고서야 안심할 수 있었다. 간수장은 신부를 안내하며 들어와서는 키 드레이번의 감방을 가리켰다.

"저기입니다, 원장님."

간수들은 원장님이라는 말에 당황했다. 신부는 후드를 뒤로 넘겼고 그러자 다림 수도원의 도리언 수도원장의 모습이 나타났다. 간수들은 급히 인사를 올렸지만 도리언 원장은 간수장을 쳐다보았다.

"자리를 비켜주시오."

"알겠습니다."

그리고 간수장은 두 간수들에게 손짓했다. 간수들은 의아한 얼굴이 되었고 그 중 상상력이 풍부한 간수가 이의를 제기했다.

"하지만 간수장님……?"

"어서 나와! 고해성사란 말이다."

"고해성사요?"

"저 해적놈이라도 죽기 전에 고해는 해야 할 것 아니냐."

키 드레이번의 눈빛이 조금 흔들렸다.

글라두스 총독은 울상이 된 얼굴로 핸솔 추기경을 바라보았다. 도대체 오늘 낮부터 무슨 이따위 손님들만 찾아오냐는 것이 총독의 심정이었지만 그걸 입 밖에 내어놓을 수는 없었다. 조금 전 글라두스 총독은 차라리 다행이라고 생각했다. 만일 핸솔 추기경이 좀 일찍 내방하여 그 해적들과 맞닥뜨리기라도 했다면 어쩔 것인가. 총독은 그런 일은 상상도 하기 싫었다.

하지만 이제 글라두스 총독은 그런 행운도 까맣게 잊은 채 두 손을 떨며 핸솔 추기경을 바라보았다.

"예. 추기경 예하. 무슨 말씀이신지 알겠습니다만……"

"글라두스 총독. 난 교회를 대신하여 당신에게 권고하러 온 거요. 총독은 레갈루스의 신료이자 제국의 신민이오. 그런 당신이 왜 제국의 공적 제1호의 처형을 지금껏 늦추고 있는지 나로선 이해가 되질 않소. 지금이 며칠째요, 도대체!"

"당연한 말씀이십니다. 제가 워낙에 게으르고 우둔한 자인지라 일처리가 말끔하지 못하여 추기경 예하께 심려를 끼쳐드린 점, 백번이고 천번이고 사죄드립니다."

"당신의 사과는 필요없소. 도리언 수도원장은 관례대로 그와 하룻밤을 보낼 거요. 주님이 그에게 임하시길. 그러니 내일 아침 그를 당장 처형하시오. 그리하여 제국의 기강의 엄정함을 만방에 떨치는 것이오."

"내일 아침이라니, 저, 아무리 그렇더라도 재판도 없이 어떻게……"

쾅! 핸솔 추기경은 책상을 내리쳐 총독의 말을 가로막았다.

"도대체 지금 무슨 소리를 하는 거요!"

기겁한 글라두스 총독의 머릿속으로 간신히 자신의 실수가 떠올랐다. 키 드레이번에겐 재판이 필요없었다. 왜냐하면 이미 재판을 거쳤으니까. 키 드레이번은 무수한 나라에서 열린 무수한 궐석 재판에서 이미 다양다종한 판결을 받았던 참이었다. 그 판결들을 다 실시하려면 사람을 수백년 동안 살릴 재주와 죽었던 자를 몇 번이고 되살리는 마법이 필요해질 판이다. 각국의 재판부로부터 받은 형량이 총 990년, 무기징역이 두 건, 사형이 네 건. 키 드레이번의 몸에 걸려 있는 처벌의 총합이다. 그리고 그에 덧붙여, 제국의 공적 제1호다.

"죄송합니다, 죄송합니다. 이 노마(老馬)가 지극히 우둔하여 터무니없는 실언을 하였습니다."

"그에겐 재판이 필요없소. 당장 교수대 설치를 명하고 포고문을 작성하시오. 내일 아침까지 교수대 설치가 끝나야 하니 시간이 없소! 당장 실행하시오!"

글라두스 총독은 기절하고 싶어졌다. 그의 머릿속으로 하리야 선장의 경고가 뚜렷이 떠올랐다. '키 드레이번이 처형되면 다림은 그의 시신이 식기도 전에 바다 밑바닥으로 가라앉을 것이다.' 하지만 상반된 두 개의 사상이 하나의 머릿속에 있기는 항상 어렵고, 그래서 글라두스 총독은 눈앞에 직면한 현실, 즉 키 드레이번을 처형해야 된다는 사실에 대해서만 생각하게 되었다.

도리언 원장은 헛기침을 한 다음 간수들의 의자를 들어올렸다. 키 드레이번의 감방 앞에 의자를 가져다놓고 앉은 원장은 다시 마른 기침을 하고서 말했다.

"다림 수도원의 원장 도리언이오."

"내 입을 막을 셈인가."

도리언 원장은 이렇게 빠른 대화를 예상하진 못했다. 그는 눈을 찡그렸다.

"무슨 말이시오?"

"내 입을 막아도 파킨슨의 입은 남아 있을 텐데. 그건 어떻게 막을 셈이지?"

도리언 원장은 뭐라고 말할 듯이 키를 노려보았다. 하지만 도리언 원장은 입을 다문 채 후드를 내려쓰고는 소매 속에 손을 집어넣었다. 소매 속에서 성전을 꺼낸 도리언 원장은 미리 준비해 두었던 책끈을 당겼다. 표시해 둔 페이지를 펼친 도리언 원장은 차분한 목소리로 그것을 읽기 시작했다. 오랜 세월 성전을 봉독해 왔던 도리언 원장의 목소리는 꽤 듣기 좋았다. 하지만 키 드레이번은 그 내용을 알고 있었고 그래서 눈살을 조금 찡그렸다. 종부성사에 사용되는 구절이 아니었다.

"뭘 읽고 있는 건가. 날더러 침묵을 서원하라는 건가?"

"……내 입술이 흠정진리를 좇지 못하고 내 혀가 주님 영광을 노래하지 못한다면, 그 입술과 그 혀가 맺는 것들이 아무리 아름다울지언정 까막까치의 새된 울부짖음에 다를 바 없으리니……"

"닥쳐!"

도리언 원장의 손이 움찔했다. 도리인 원장은 고개를 들기 전에 심호흡을 짧게 해야 했다. 키 드레이번은 두 눈을 불태우며 그를 노려보고 있었고, 도리언 원장은 애써 미소 지으며 말했다.

"키 드레이번. 나의 형제여. 당신의 불안을 이해하오. 하지만 누구나 겪는 일이라오."

"무슨 말이지?"

도리언 신부는 더 쉽게 말해야겠다고 판단했다.

"키 선장. 누구나 죽는 법이오."

"그렇더군. 그런데?"

잠시 어리둥절해하던 도리언 신부는 이 짧은 대답에 담긴 무서운 의미를 깨닫곤 소름 끼치는 기분을 느꼈다. '당신 말대로, 죽여보니까 누구나 죽더군.' 그리고 그가 키에 대해 뭔가를 착각하고 있었다는 사실도 깨달았다. 키는 죽음을 두려워하고 있지는 않았다.

"지독한 독신이로군. 하긴, 그렇잖았다면 단신으로 다림에 뛰어드는 만용을 부리진 못했겠지."

"까막까치의 비명을 질러대는 건 그쪽인 것 같군. 무슨 말을 하고 싶은 거냐?"

"키 드레이번. 당신은 내일 아침에 처형될 것이오."

"그래서?"

도리언 원장은 기가 막혔지만 가까스로 대답했다.

"……나는 당신의 마지막 밤을 지켜주기 위해 찾아온 거요. 내일 아침 당신이 편안한 마음으로 감방을 나설 수 있도록."

"사형수에게 그렇게 해준다는 말은 들었지. 진짜 그렇군."

도리언 원장은 고개를 끄덕였다. 그러나 키의 말은 끝난 것이 아니었다.

"거기에 덧붙여 무슨 짓을 하든 살아날 수는 없으니 교수대에 올라가서 헛소리하지 말고 얌전히 죽는 편이 낫잖느냐는 말도 하겠지. 그래서 침묵의 미덕을 주절거리는 구절을 인용했을 테고."

이놈, 영리하군. "어쩌시겠소?"

"그렇게 하겠다면 조용히 꺼져줄 텐가? 침묵 대 침묵이야. 공평하다고 보는데. 침묵 대 침묵이니까, 다른 놈도 들어오면 안 돼."

도리언 원장은 키가 내세운 조건에 당황했다. 그의 말대로 그건 공평한 요구였고 소박하게까지 느껴지는 요청이었다. 하지만 바로 그랬기에 도리언 원장은 믿기가 어려웠다.

"교회의 비밀을 가슴에 품고 죽는 대신 원하는 것이 죽기 전 몇 시간의 고독이란 말이오?"

"그렇다."

키는 체념하는 것도, 비아냥거리는 것도 아닌 당당한 태도로 대답했다. 심지어 도리언 원장은 자신이 뭔가 손해를 보는 것이 아닌가 하는 의심이 들 지경이었다.

"좋소. 그럼 한 가지 더, 당신의 검을 어떻게 하면 되는지 말해 주시오."

"그건 어디 있나?"

"예배당 바닥에 그대로 있소. 어느 수사의 목에 꽂힌 채로." 키는 피식 웃었다. "그래요. 어떤 수사가 그 검을 집어들었소. 그리고 우리가 어떻게 손써볼 새도 없이 자신의 목을 찔렀지."

"어떻게 하면 되는지 짐작할 텐데?"

"전혀 짐작하지 못하오만."

"그 검을 가질 생각을 하니 짐작하지 못하지. 돼지 같은 놈. 제국 기사단에 연락해."

"아—! 서 브라도……"

도리언 원장은 짧은 신음을 내며 얼굴을 붉혔다. 키의 지적은 정확했다. 도리언 원장은 어떻게 하면 그 명검을 '가질 수 있는지'에 대해서만 생각했지 그 검의 원주인이 생존해 있다는 사실은 떠올리지 못했다. 그렇지만 복수의 저번 주인이었던 브라도 경이 그 검을 다룰 수 있는 것은 너무도 당연하다. 교회는 원래부터 그것을 가질 수 없었다.

그리고 무사가 아니었던 도리언 신부는 또다른 사실을 놓치고는 여전히 멍청한 질문을 했다.

"그럼 물러나겠소. 약속을 지킬 거지요?"

도리언 원장이 검을 약간이라도 쥐어봤다면 이렇게 무례한 질문은 하지 않았을 것이다. 자신의 검을 가져갈 사람을 지적한다는 것은 무사로서 남길 미련이 없다는 의미인 것이 당연한데도. 얼굴을 일그러뜨린 채 도리언 원장을 쏘아보던 키는 얼음장 같은 목소리로 무뚝뚝하게 그 사실을 설명해 주었다. 다시 한번 수모를 겪은 도리언 원장은 더 이상 말할 여력도 잃은 채 황망히 감방을 빠져나왔다.

감방 문이 닫히자 키는 잠시 텅 빈 감방을 둘러보았다.

지금껏 계속 떠들며 그를 훔쳐보던 얼간이 간수들의 모습이 보이지 않자 키는 더없이 즐거운 기분이 들었다. 키는 만족한 표정으로 다시 무릎 위에 두 팔을 얹고는 감방 바닥을 내려다보기 시작했다. 높은 창문을 통해 스며들어오는 별빛이 고독한 사내의 등에도 떨어져내렸다.

다림 교외에 있던 노스윈드 해적들에게 키 드레이번의 처형 소식이 전해진 것은 새벽 무렵이었다. 정찰을 위해 다림 시내에 보낸 해적이 포고문을 발견하고는 목숨을 걸고 성벽을 넘어 그들에게 달려왔던 것이다. 해적은 성문 경비병이 쏜 화살에 다리를 다쳤지만 쉼없이 밤길을 달려와서는 선장들에게 포고문을 전달하고서야 졸도했다. 포고문을 읽은 하리야 선장은 정신을 잃을 것 같은 아찔함을 느꼈다.

"제기랄! 내일 제4시라고?"

라이온은 입에 거품을 물고 다림으로 쳐들어가자고 외쳐대었다. '지금 당장 다림으로 쳐들어가서 총독관저에 불을 지르고 키 선장님을 구출해 온다. 그리고 약속을 저버린 글라두스 총독은 자신이 알아서 하겠다'는 것이 라이온의 기나긴 외침 속에서 선장들이 파악해 낼 수 있는 짧은 의미였다. 밧줄에 묶인 채 그 회담을 듣던 슈마허는 저 완벽하게 미친 놈의 목표가 된 글라두스 총독에게 연민을 느꼈다.

킬리 선장이 고개를 가로저었다.

"말도 안 되는 소리 그만해, 라이온."

"왜 말이 안 된다는 키야!"

라이온이 외치기도 전에 돌탄 선장이 먼저 말했다. 하지만 킬리는 울 것 같은 얼굴로 대답했다.

"이 망할 친구야. 지금은 성문이 닫혔단 말이다. 그리고 내일 아침에도 성문은 열리지 않을 거야! 그런 처형이 있을 땐 항상 성문은 봉쇄되고 주요 도로는 경계된단 말이야. 강제 돌파? 이런 인원이 성벽 가까이 다가가면 당장 들킬 테고 그 경우 우린 총독 관저는커녕 성문도 돌파하기 힘들 거야."

"퇴튼 안 퇴튼 밀어붙쳐 포는 커야! 토리카 없잖아!"

"그러다 다 죽자고! 전부 다 죽잔 말이냐!"

"……이 캐 같은 타림 총톡 차식. 판트시 폭수할 컷이타!"

돌탄 선장은 오열하며 외쳤다. 킬리 또한 앞머리를 쥐어뜯으며 고개를 떨구었다. 하리야는 계속 바라보면 글자가 바뀔지도 모른다고 믿는다는 듯이 포고문을 노려보고 있었다. 두캉가 선장은 망연한 얼굴로 밤하늘을 올려다보고 있었고 오늘만은 그 거대한 체구가 왠지 왜소하게 보였다. 다른 해적들도 어이가 없다는 듯이 서로를 쳐다보거나 고개를 떨군 채 흐느꼈다. 그때였다.

콰앙! 선장들이 기겁하며 돌아본 곳에서는 오닉스가 나무를 후려친 자세 그대로 서 있었다. 오닉스가 주먹을 들어올렸을 때 해적들 모두는 나무 껍질에 새겨진 선연한 주먹 자국을 볼 수 있었다. 분노로 온몸을 떨던 오닉스는 짤막한 손짓을 매우 힘들게 보내었다.

'키 드레이번을 구해야 한다.'

자신도 모르게 손짓을 보내려던 하리야 선장은 곧 정신을 차리곤 말을 했다.

"어떻게 말인가?"

'모른다. 하지만 구해야 한다.'

"지금 억지 부릴 땐가, 오닉스 선장?"

'억지가 아니다! 키 드레이번이 이렇게 죽을 수는 없다. 대사를 생각하라!'

대사? 선장들의 얼굴에 의심의 빛이 스치고 지나갔다. 오닉스는 다시 재빠르게 손을 놀렸다.

'대사는 말했다. 자신이 더 이상 철탑의 주인이 아니라고. 키 드레이번이 철탑의 주인이라고 했다. 그리고 돌아올 주인을 위해 철탑을 지키고 있겠다고 말했다. 키는 비웃었지만, 대사는 분명히 그렇게 말했다!'

철탑의 무시무시한 공명 속에서 해적들은 아무 행동도 취하지 못했다. 율리아나 공주와 그 일행들이 도망치는 것을 보면서도 해적들은 그 뒤를 쫓기는커녕 자신들의 몸도 제대로 가누지 못했다. 그러니 키와 대사의 싸움에 뛰어드는 것은 더더욱 불가능했다. 그래서 무수한 해적들이 있었음에도 불구하고 키와 철탑의 인슬레이버는 온세상에 그들 둘뿐인 것처럼 싸웠다.

더 정확하게 말하자면, 그들 중 하나만이 남아야 되는 것처럼 싸웠다.

키가 부러진 오른팔 때문에 고통스러워했다면 인슬레이버는 철탑의 진동 속에서 고통스러워하고 있었다. 키는 몇 번이나 대사의 하얀 몸에 붉은 검흔을 그었지만 치명상은 입히지 못했다. 그리고 대사는 그 거대한 몸으로 키 드레이번을 옥죄려 들었지만 번번히 키를 놓쳤다. 고통 때문이기도 했지만, 복수 때문에 섣불리 다가서지 못했기 때문이기도

하다.

그러나 싸움은 의외의 이유 때문에 조속히 끝났다. 무수한 군대가 바로 그 이유 때문에 패배하기도 하지만, 그래도 여전히 들으면 당혹감을 느끼게 하는 이유 때문에. 훗날 슈마허는 그 사태에 대하여 '우수한 무장은 병참으로 싸우는 법' 어쩌고 하는 논평을 덧붙였지만 그때마다 라이온은 한심스러워하는 표정을 지어보였다.

대사는 허기를 더 참을 수가 없었다.

대사의 움직임이 이상스레 느려진다고 여긴 키는 한 차례 검을 맹렬히 휘두른 다음 몸을 뒤로 빼내었다. 대사는 쫓아오기는 했지만 동작은 완연히 느려져 있었고, 그래서 곳곳에 빈틈이 보였다. 키는 세차게 몸을 날려 대사의 턱 아래로 뛰어들었다. 그러고는 복수를 크게 쳐올렸다.

"크가아아갓!"

대사가 사납게 몸부림치는 바람에 키는 깔려 죽을 뻔했다. 간신히 몸을 빼낸 키는 복수를 높이 들어올렸지만, 그러나 내려치지는 않았다. 키는 그 자세 그대로 온몸을 꼬아대며 요동치는 대사의 모습을 바라보았다. 대사의 목엔 시뻘건 자상이 생겨 있었고 거기서 계속 피가 흐르고 있었다. 그리고 그 모습을 보던 키의 눈엔 이해할 수 없다는 감정이 가득했다.

갑자기, 대사의 모습이 변했다.

땅을 뒹굴던 대사의 모습이 문득문득 여인의 모습으로 바뀌었다. 마치 두 개의 그림이 빠르게 겹쳐지는 것처럼. 키는 재빨리 복수를 앞으로 내밀었지만 복수는 불타지 않았다. 적대적인 마법을 쓰려는 것이 아니라고 판단한 키는 잠자코 그 모습을 바라보았다. 이윽고 대사는 오스발이 이미 보았던 모습으로, 그러나 해적들은 처음 보는 모습으로 변했다.

해적들은 목에서 피를 흘리는 모습으로 쓰러져 있는 하얀 여인을 보며 커다란 충격을 받았다.

"대사의 그 말이, 키 선장님이 반드시 돌아올 거라는 의미였나? 돌아올 때까지 지키겠다고 했을 뿐이잖아?"

'대사다! 젠장. 우리가 그녀에 대해 무엇을 알겠는가. 과거에서 현재까지 이어진 그 기나긴 뱀이 무엇을 쉽게 말했겠는가?'

해적들은 오닉스가 던진 의문에 버거워했고 몇 명은 숨가빠하기까지 했다. 이야기가 지나치게 추상적으로 흘러가자 가련한 해적들은 모두 하리야 선장을 바라보았다. 신부님? 그러나 하리야 선장 역시 성전을 꼭 움켜쥐고 있을 뿐 아무 말도 하지 않았다. 갈팡질팡하던 해적들의 시선이 갑자기 한 곳으로 몰렸다. 그들 모두가 거의 동시에 그들의 불가사의한 동행을 떠올렸던 것이다. 킬리 선장이 벌떡 일어나며 외쳤다.

"마녀님! 우릴…… 으악!"

"마법사다! 이 망할 자식아, 마법사란 말이다!"

킬리는 부주의의 대가로 커다란 혹을 가지게 되었다. 하지만 그는 당장은 더 급한 용건이 있기에 잠시 혹에 대해서는 잊어두기로 했다. 킬리 선장은 애걸하는 어조로 외쳤다.

"마법사님! 우릴 도와줄 수 없습니까? 그러니까 우리 모두를 다림 시내로 날려보내 주신다거나 다림의 성벽을 무너뜨려주신다거나……"

"이런. 넌 내가 하이낙스인 걸로 착각하는 거냐?"

"젠장, 그때는 때아닌 눈발도 부르고 폭풍도 불게 하지 않았습니까!"

"그게 그렇게 쉽게 느껴지냐? 그건 엄청난 일이었다, 이 멍청아. 트로포스라는 저 맛간 녀석이 있어서 내가 별로 빛나 보이지는 않았지만, 나 정도의 마법사가 돌멩이처럼 굴러다니는 줄 아나? 그랬다간 너희놈들은 예전에 박살났을 것이다. 제국이 나 정도의 마법사 한 명만 배에 태워보냈어도 폭풍으로 너희들 전부를 침몰시킬 수도 있었을걸."

하리야 선장이 침중하게 말했다. "실제로 그런 적이 있었습니다."

"뭐?"

"그랬던 적이 있었단 말입니다. 마법사 세실. 말씀하신 대로 한 명은 아니었습니다만, 어쨌든 데샨 카라돔의 마법사들이 우릴 공격했던 적은 있습니다. 트로포스 선장이 막았죠. 그 때문에 우리가 마법이라는 것에 대해 너무 쉽게 생각했었나 보군요."

세실은 어안이 벙벙해진 얼굴로 고개를 돌렸다.

"맙소사, 저 애꾸눈 녀석이……?"

세실은 멍한 표정으로 트로포스를 바라보았다. 트로포스는 창백한 얼굴을 한 채 누워 있었고, 세실은 그 얼굴에서 데샨 카라돔의 마법사들을 대적했던 위대한 마법사의 풍모를 찾지 못해 심히 당황해야 했다. 킬리가 조바심을 참지 못하고 외쳤다.

"어쨌든, 도저히 방법이 없단 말입니까?"

"응? 없어. 내 지팡이가 있었다면 뭔가 수를 내어볼 수도 있을지 모르지만."

"지팡이? 트로포스의 지팡이를 쓰시면 되잖습니까!"

"허어—이 바보야. 다른 마법사의 지팡이는 쓸 수 없어."

킬리 선장은 대답하는 대신 어처구니가 없다는 표정으로 세실을 바라보았다. 그리고 다른 선장들도 기막혀하는 표정이 되어 있었다. 의아한 얼굴로 해적들을 바라보던 세실은 문득 조금 전 킬리의 머리에 혹을 만들 때 자신이 무엇을 썼던가를 떠올렸다.

세실은 헛기침을 하며 트로포스의 지팡이를 내려놓았다. 그러곤 그것을 못 본 체하며 말했다.

"흠. 크흠! 어, 그러니까 이런 용도로는 쓸 수 있다 하더라도, 에, 그러니까 이런 용도로도 써서는 안 되는 거지만, 그러니까 마법사의 지팡이는 그 수족 같은 것이라, 음음. ……그런 눈으로 사람 쳐다볼 거야, 정말!?"

"마법사 세실. 다른 마법사의 지팡이를 쓸 수는 없다고 하셨는데, 그건 불가능을 말하는 겁니까, 아니면 무례함을 말하는 겁니까?"

"너희들은 자기 칼을 다른 사람이 만지게 하나?"

"그건 무례함이지요. 타인의 검을 써야만 되는 상황이라는 건 있습니다. 그럼 당신도 트로포스 선장의 지팡이를 쓰실 수 있겠군요? 트로포스 선장도 분명히 찬성할 겁니다."

"젠장, 불가능할 거야. 내가 조금 전에 수족이라고 그랬지? 팔이 없다고 해서 다른 사람의 팔을 잘라다 붙이면 그 팔을 쓸 수 있겠나?"

세실리아는 협박이나 으름장을 기대했기 때문에 하리야 선장의 간절한 부탁은 그녀에게 약간의 감동을 주었다.

"한번 시도나 해주십시오, 제발. 저희들은 반드시 키 선장님을 구해야 합니다."

"……도대체 왜지? 그는 너희들은 안중에도 없다는 것처럼 자기 멋대로 다림으로 들어간 거야. 그런 주제에 그 자에게 자길 구해 달라고 말할 자격이 있을까?"

"아마 그도 원하지 않을 겁니다. 아니, 틀림없이 원하지 않을 겁니다. 그는 우리가 그를 위해 위험을 무릅쓰면 오히려 화를 낼 겁니다. 그런 사내죠. 하지만 우리는 해야 합니다."

"왜 그렇게까지 그에게 집착하는 거지?"

"마법사 세실. 당신은 저보다 나이가 월등히 많은 것으로 알고 있습니다."

"그런데?"

"그럼 아실 텐데요."

뭘 안단 말이야? 라고 되묻지는 못했다. 세실은 모닥불빛 속으로 떠오른 하리야의 붉은 얼굴을 보며 침묵했다. 모닥불 속의 잔가지들에서 탁탁거리는 소리가 두드러졌다. 불길의 일렁거림에 따라 하리야의 얼굴이 계속 바뀌어갔다.

"인생의 어느 국면들에서, 갑자기 모든 것을 뛰어넘어 단숨에 영혼의 끝까지 도달해 버리는 순간이 있습니다. 그리고 그곳의 낯선 고요함에 놀라고 있을 때 어디선가 가느다란 소리, 평소 때는 무수한 잡념들의 파도 소리 때문에 듣지 못했던 소리가 들려옵니다. 제게는 그런 때가 세 번 있었습니다. 그리고 세 번째로 그 소리를 들은 것은 키 드레이번을 만났을 때였습니다. 당신에게도 분명히 그런 때가 있었을 거라 믿습니다."

세실은 가슴을 에는 충격 속에서 하리야를 마주보았다. 세실은 인식하지 못하고 있었지만, 하리야 선장은 세실의 눈에 고이는 눈물을 볼 수 있었다. 모닥불빛 속에 한없이 반짝이는 눈물을 보며 하리야 선장은 낮게 속삭였다.

"있었군요."

"그래. 있……었지."

하리야는 고개를 끄덕였다. 하지만 세실은 처연한 표정으로 고개를 가로저었다.

"하지만 그러지…… 못했지."

"마법사 세실?"

"그러지 못했어…… 못 들은 척했어. 뒤로 한 발자국 물러났어. 난…… 그럴 수가…… 무서웠어…… 그럴 수가 없었어. 미안해…… 너무 무서워서……"

세실리아는 두 눈에서 눈물이 흐르도록 내버려둔 채 하리야 선장을 바라보았다. 그러나 그녀가 보고 있었던 것은 하리야 선장의 엄숙한 얼굴이 아니었다. 그녀는 제국의 공적 제1호를 바라보고 있었다. 제국의 공적 제1호는 두 명. 공교롭게도 그녀는 두 명 다 알았고, 바로 그 순간에도 세실은 두 명의 사내들을 동시에 보고 있었다.

다음 순간, 세실은 트로포스의 지팡이를 움켜쥐고 있었다.

키는 여덟 시간째 같은 자세로 돌바닥을 내려다보고 있었고, 그 사실에 대해 별로 신경 쓰고 있진 않았다. 대해적은 철탑에서 대사와 나누었던 대화를 생각하고 있었다.

키는 상처 입은 대사의 요구에 응했다. 그래서 키는 다른 해적들을 모두 바깥에 남겨두고 단신으로 철탑에 들어가기로 결정했다. 해적들은 모두 우려를 표시했지만 키는 두 팔로 가볍게 바라미를 들어올린 다음 철탑을 향해 걸어갔다.

철탑의 금속벽을 통과할 때는 키도 약간 걱정이 되었다. 하지만 그는 이 벽을 통과한 오스발의 모습을 떠올렸다. 키는 거침없이 나아갔고, 잠시 후 그는 바라미를 껴안은 채 사방이 흰 건물 안에 서 있었다.

바라미는 한손을 힘겹게 들어올렸고, 키는 그녀가 가리킨 곳에 바라미를 앉혔다. 바라미는 눈을 감은 채 호흡을 조절하는 듯했고 키는 잠시 그 모습을 내려다보았다. 사방이 온통 하얀 이 건물 안에서는 바라미의 하얀 옷이 피로 물들어가는 모습이 더욱 끔찍하게 보였다. 키는 바닥에 떨어진 핏방울들과 자신의 손에 묻은 피를 보며 눈살을 조금 찌푸렸다. 피에 대한 혐오감이나 공포는 아니다. 하얀 세상 속에서 어울리지 않는 색깔들이었다.

"앉으시지요."

키는 고개를 들었다. 바라미는 두 눈을 뜬 채 그를 올려다보고 있었다. 키는 주위를 획획 둘러보곤 코트 자락을 치우며 무엇인지 모를 조형

물 위에 털썩 앉았다.

키는 바라미를 바라보았고, 재미있는 사실을 깨달았다.

바라미의 목에 나 있던 상처가 줄어들어 있었다. 그녀의 옷을 섬뜩한 색깔로 물들이던 피도 많이 사라져 있었다. 키가 바라보는 동안 상처와 피들은 모두 사라졌다. 키는 자신의 두 손을 바라보았고, 거기에 여전히 피가 묻은 것을 보곤 눈살을 찌푸렸다. 바라미는 여전히 파리한 안색이었지만 그 모습을 보며 미소 지었다.

"복수 때문일 겁니다."

키는 말라붙은 피를 털어내듯 두 손을 탁탁 친 다음 손을 내렸다.

"데려다줬으니 이젠 가보고 싶군. 용건은 더 없나?"

"……질문하지 않습니까?"

"무슨 질문을?"

"무수한 질문이 가능할 텐데요. 왜 덤볐는가, 너는 누구인가, 이곳에서 무엇을 하고 있는가."

"관심없어."

"그럼 이렇게 급히 떠나시려는 이유는 무엇입니까, 당신의 관심은 어디를 향하는 거죠?"

"오스발을 쫓아야 한다."

끼이익. 문이 열리는 소리와 함께 키는 다시 다림의 감옥으로 돌아왔다.

거무튀튀한 돌바닥 위로 길게 그어진 흰 선이 나타났다. 그 선은 열린 문에서 새어들어오는 빛이었고, 순식간에 직사각형으로 바뀌었다.

저 멀리서 목소리가 들려왔다.

"얼래? 밤새 한숨도 안 잔 건가?"

키는 고개를 들어 피로한 눈으로 앞을 보았다.

새벽도 지나 아침이 밝아오는 시간이었다. 공기의 냄새는 청명했고 사위에서 따스한 기운이 스물거리며 기어나오는 봄의 아침이었다. 감옥의 돌벽도 봄은 막지 못했다. 키에겐 처형일 아침이었지만, 키는 거기에도 별로 신경 쓰진 않았다. 직사각형 빛의 저편에 검은 그림자들이 떠올랐다. 검은 그림자는 천천히 그에게 다가왔다.

네 명의 간수들이 파이크를 쥔 채 감방을 경계하는 동안 두 명의 간수가 감방 문을 열고 안으로 들어왔다. 그들은 스스로의 악운에 대해 슬퍼하는 얼굴이었다. 키는 두 손을 들어올렸고, 그러자 두 명의 간수들은 맹렬히 뒤로 물러났다.

"수갑을 풀 것 아닌가?"

간수들은 창백해진 얼굴로 키를 보다가 아무 말 없이 다가왔다. 그들은 키의 수갑을 풀고 다리의 족쇄도 풀었다. 키는 천천히 일어났다. 간수 중 하나가 말했다.

"팔을 뒤로 돌려주십시오…… 선장님."

키는 간수를 내려다보았다. 밧줄을 들고 있던 간수는 고개를 약간 숙였지만 시선을 돌리지 않은 채 그를 올려다보고 있었다. 키는 빙긋 웃고는 몸을 돌렸다. 간수는 키의 손을 뒤로 묶었다. 키는 감방 밖으로 나왔고, 두 명의 간수들은 양쪽에서 키의 팔을 붙잡았다.

탕탕탕! 이른 아침부터 문을 두드려대는 소리에 놀란 오스발은 침대에서 벌떡 일어났다. 하지만 조금 후 노크 소리를 배경으로 더 엄청난 소리가 들려오기 시작했다.

"오스발! 오스발, 어서 일어나요! 공주가 노예를 깨운다면 그거 얼마나 웃기는 일이 될 건지 상상 못해요! 어머? 이거 무슨 소리죠?"

"치, 침대에서 굴러떨어지는 소리였습니다. 공주님. 아이고, 머리야. 도대체 왜 직접 오신 겁니까? 보통 이럴 땐 하인을 불러 '오스발을 오라고 해라' 하시는 거라 생각됩니다만?"

오스발은 한손으론 뒤통수를 주무르며 다른 손으로 힘겹게 바지를 꿰어입었다. 그 동안에도 율리아나 공주의 다급한 목소리는 계속되고 있었다.

"다른 하인들? 다 나갔어요. 그리고 우리도 빨리 나가야 해요!"

"예? 다 나가다니오?"

"키 드레이번이 처형된대요!"

오스발은 기겁하며 되묻는 대신 재빨리 옷을 입기로 했다. 부리나케 옷을 챙겨 입은 오스발은 문을 열었다. 문 밖에는 율리아나 공주가 치마폭에 주먹을 파묻은 채 얼굴이 시뻘게져 있었다.

"손 괜찮으십니까? 그런데 키 선장님이 처형된다고요?"

"그래요! 조금 후, 어, 네 시간 뒤에!"

그리고 율리아나 공주는 방 안으로 들어왔다. 오스발은 황급히 물러났고 방 안으로 들어온 율리아나 공주는 사방을 향해 외치기 시작했다.

"핸솔 추기경이 어젯밤 총독부를 기습 방문했어요. 무슨 공갈 협박을 했는지 모르지만 어쨌든 날치기로 처형이 결정된 모양이에요. 우리들도 오늘 아침에서야 겨우 확인했어요. 이미 성문 봉쇄령이 내려져 있었고 오늘은 강아지 한 마리도 다림을 들락날락하지 못해요. 다림의 치안 헌병들은 모두 패검한 채로 요소요소에 배치되었고요. 이렇게 급하게 처형하는 건 아마도 해적들이 다림에 잠입하기 전에 키 드레이번을 처형하기 위해서인가 보지요. 하지만 사실 해적들의 전언은 이미 도착했어요!"

"전언이 도착했다고요?"

"예! 어젯밤에 폴라 대사님이 총독부 방문하신 것 아시죠? 바로 그때 해적들의 전언을 받게 되신 모양이에요. 해적들은 키를 처형할 경우 다림을 지도에서 지워버리겠다는 내용의 협박을 보냈었어요. 그리고 폴라 대사님껜 자기들의 체포를 감행할 경우 대사관을 습격해서 나를 죽이겠다는 협박을 보내었고요. 그래서 대사님은 지금 그 처형을 연기시킬 방법과 나를 도피시킬 방법을 찾느라 미쳐가고 있어요. 그리고 나는 지금 속이 메슥거리고요. 으윽. 갑자기 왜 이런 거지?"

"그야…… 한 자리에 가만히 안 계시고 계속 빙글빙글 돌면서 말씀하셔서 그러신 겁니다. 여기 좀 앉으시지요."

오스발은 의자를 끌고 와 공주를 앉혔다. 율리아나는 호흡을 가누며 힘겹게 말했다.

"대사님이 대사 관저의 관료들과 하인들뿐만 아니라 상관 사람들까지 모조리 끌어와 대책 논의중이라 저쪽은 난리도 아닌 모양이에요. 난 거기 끼지도 못하고, 불안해서 누구랑 이야기는 해야겠는데 전부 다 앞을 가로막으면 찔러버리겠다는 얼굴을 한 채 사방으로 뛰어다니고."

"그래서 제게 오신 겁니까?"

"그래요. 어쩌죠? 우린 어쩌면 좋을까요?"

우리? 오스발은 그 말에 묘한 느낌을 받았지만 별 말은 하지 않았다.

"대사님과 대사관의 관리님들께서 좋은 대책을 마련하실 겁니다. 제게 물어보신다면…… 마실 거라도 좀 가져올까요? 아니, 그것보단 공주님 방으로 가시는 편이 좋지 않겠습니까?"

"좀 다른 건 없어요?"

"글쎄요. 키 선장님이 네 시간 뒤에 처형된다고 하셨습니까? 그럼 처형을 연기시킬 수 있는 가능성은 대단히 희박하겠군요. 총독님께 직접 부탁해도 안 됩니까?"

"사라졌대요. 어디에 숨어 있는지 모르겠지만 지금 글라두스 총독님은 연락망을 다 끊어놓고 있어요. 아마 처형장에 나타날 때까진 숨어다닐 생각인가 봐요. 그리고 다른 총독부의 관리들은 우리 쪽 사람들이 찾아갈 때마다 술래잡기를 시키고 있고요. 그건 저기 가서 물어보쇼. 담당자가 지금 자리에 없는데요. 미리 약속하셨나요? 그거요? 금시초문이군요. 내 소관 아니니 요기 가서 물어보시죠. 어라? 아까 만났던 분이네. 무슨 일이죠?"

"아아…… 그럼 반드시 키 선장님을 처형할 결심인가 보군요. 그럼 다른 해적들의 공격을 피해 공주님이 도피하실 길을 찾을 수밖에 없겠군요."

"그래. 오스발." 대답하는 목소리에 율리아나 공주와 오스발은 고개를 돌렸다. 폴라 대사가 문가에 서 있었다. 깔끔한 복장을 하고 있긴 했지만 그 얼굴엔 피로가 가득했다. 폴라 대사는 목례하는 오스발을 무시하면서 율리아나 공주에게 말했다.

"여기 계셨군요, 공주님. 가시죠. 준비하셔야지요."

"준비? 무슨 준비요?"

"오스발의 말대로 처형 연기는 힘들 것 같아요. 도피로 확보를 명령해 뒀어요. 당장은 할일이 없으니, 근사한 구경거리는 놓치지 않도록 해야겠지요. 제국의 공적 제1호가 처형되는 장면을 봤다는 건 분명 오랫동안 자랑거리가 되겠죠."

처형장으로 향하는 대로는 사람들로 가득했다.

고작 어젯밤에 포고령이 나왔다는 것만 놓고 본다면 대로를 가득 메운 구경꾼의 인파는 놀랄 만한 것이었다. 물론 그들 모두는 폴라 대사가 말한 것과 같은 이유로 대로에 나왔을 것이다. 키 '노스윈드' 드레이번. 제국의 공적 제1호가 처형되는 것이다. 대중의 절대수는 언제나 모레보다 더 먼 미래를 볼 수 없는 자들이 차지하고 있고, 약삭빠른 다림 시민들이라 해도 그 진리에서 자유로울 수는 없었다. 그래서 그들은 기뻐하고 환호하며 처형장을 향했다. 그리고 드물게 섞여 있는 자들, 즉 모레보다 더 먼 미래를 볼 수 있는 눈을 가진 자들은 아직까진 이 상황에 대해 근심해야 할지 기뻐해야 할지 알 수 없었다. 그들은 밝은 눈을 가졌기에 키 드레이번이 전무후무한 함대전의 결과로 붙잡힌 것이 아니라는 사실을 똑바로 볼 수 있었고, 그래서 노스윈드 선단의 절대수는 아직 그대로라는 사실도 잘 인식할 수 있었다. 그들은 서로를 향해 의심스러운 눈빛과 속삭임을 던졌다. '키 드레이번의 칼 이름이 뭐였지?'

그렇지만 그들은 밝은 눈을 가졌기에 제국의 공적 1호의 처형을 반대할 수 없다는 것 또한 잘 알고 있었다. 잔존 해적들의 복수가 꺼림칙하긴 하지만, 노스윈드 해적들도 그 구심점인 키 드레이번이 없다면 분해되어 버릴지도 모른다고 자위하며 그들은 애써 기쁜 표정을 지었다. 그래서 대로를 메운 얼굴들은 전부 기뻐하는 얼굴이었다.

마차 뒤편의 전망 좋은 자리에 앉아 있었기에 오스발은 사람들의 그런 모습을 잘 볼 수 있었다. 마차가 다림 총독부에 면한 중앙 광장으로 향하면서 사람들의 소란스러움은 더욱 커졌다. 광장으로 통하는 네 개의 대로 중 하나만이 개방되어 있었는데 그 입구에서는 일종의 병목 현상이 생기고 있었다. 치안 헌병들이 입구를 막고는 엄한 얼굴을 한 채로 소지품 검사를 하고 있었다. 무장은 절대 반입 금지였고 그 사실을 잘 알고 있는 시민들은 무기를 가져오지는 않았지만, 그래도 검사의 손길은 엄했다. 그러나 카밀카르 대사관의 마차와 그 호위병들은 광장의 다른 입구—봉쇄된 세 개의 입구 중 하나—로 들어섰다. 그곳을 막고 있던 치안 헌병들은 카밀카르 대사관의 마차를 통과시켰고 그러자 마차는 곧 총독부 계단 앞에 설치된 임시 귀빈석 근처에 서게 되었다.

폴라 대사와 율리아나 공주가 마차에서 내렸다. 오스발은 재빨리 공주를 부축했다. 대사관의 호위병들은 마차와 함께 총독부 뒤편의 마당으로 물러났고 그들은 두어 명의 호위병과 함께 치안 헌병의 안내를 받아 귀빈석으로 안내되었다. 오스발은 율리아나 공주의 뒤편에 섰다.

폴라 대사는 자리에 앉기도 전부터 바쁘게 인사말을 주고받았다. 안녕하세요. 모모 영사님. 반갑네요. 모모 사무관님. 나오셨군요. 모모 지배인님. 키 드레이번이 처형되다니 마침내 제국으로선 큰 시름을 더는 일이군요. 졸도해 버릴 정도로 복된 일이라 하지 않을 수 없겠군요. 아무렴요. 그렇다마다요. 아, 이 분은 라힘턴 전하의 삼공주님이신 딜비움 그랜다이 레보라 아크 리 바레린 길리데아 율리아나 카밀카르 공주님이십니다. 오! 이 분이 바로 세기의 신부님이시군요. 운운.

오스발은 그런 인사를 나눌 필요가 없었기에 조용히 주위를 관찰할 수 있었다. 광장 중앙에는 커다란 단이 설치되어 있었고 그 위엔 삼엄해 보이는 교수대가 높이 서 있었다. 치안 헌병들은 일정한 선을 긋고는 구경꾼들이 그 안으로 들어오지 못하게 하느라 여념이 없어 보였다. 그들은 퍽이나 힘들어했는데, 다림 시민들의 질서 의식이 부족해서가 아니라 구경꾼들의 수가 너무 많았기 때문이다. 그리고 광장 주변의 높은 건물들에선 사람들이 창문 밖으로 미어터질 듯이 고개들을 내민 채 광장을 구경하고 있었고 심지어 옥상이나 지붕에도 많은 사람들이 있었다. 주위를 둘러보던 오스발의 눈에 이상한 것이 들어왔다.

귀빈석의 한 모퉁이였다. 오스발처럼 한가롭게 주위를 바라보는 한 남자의 모습이 보였다. 그 주위의 사람들이 친근한 태도로 말을 걸려는 것으로 보아 저명한 사람인 듯했다. 하지만 남자는 한두 마디로 가볍게 대답할 뿐 어느 한 곳에 주의를 기울이지는 않았다. 그럼에도 불구하고 남자에게 애써 말을 붙여보려 드는 사람들은 끊이지 않았다. 그때 남자의 눈이 오스발과 마주쳤다.

남자의 눈에 이채가 떠올랐다. 남자는 스르륵 일어나더니 오스발을 향해 곧바로 걸어왔다. 오스발은 혹시 똑바로 바라보았다고 화내는 건 아닌가 생각하며 머리를 조아렸다.

"안녕."

안녕? 오스발은 고개를 들었다. 남자는 부드러운 미소를 지은 채 그의 앞에 서 있었다. 조금 전 어떻게든 그와 대화하려 들던 많은 이들의 눈에 의아함과 약간의 분노가 스치는 것을 보며 오스발은 어깨를 움츠렸다.

"안녕하십니까. ……서."

"아, 바탈리언 남작일세. 자넨 이 레이디의 하인인가?"

"이 분의 노예인 오스발이라고 합니다."

그때 간신히 대화의 고리에서 벗어난 율리아나 공주가 동그래진 눈으로 오스발과 바탈리언 남작을 올려다보았다. 바탈리언 남작은 미소를 짓고는 허리를 숙였다. 무슨 뜻인가 의아해하던 율리아나 공주는 조금 늦게 손을 올렸고 남작은 그 손등에 키스했다.

"바탈리언 남작이라 합니다."

"율리아나입니다."

"아! 세기의 신부님이시군요. 만나뵙게 되어 영광입니다."

그리고 바탈리언 남작은 다시 오스발을 바라보았다. 그는 뭔가 말할 듯이 오스발을 쳐다보았지만 아무래도 장소도 그렇고 여건도 좋지 않다고 생각한 듯 가볍게 어깨를 으쓱이고는 오스발의 어깨를 가볍게 두드렸다. 오스발이 이 행동의 의미를 몰라 고개를 갸웃거릴 때 남작은 이미 율리아나에게 인사한 다음 자신의 자리로 돌아가고 있었다.

율리아나 공주는 오스발에게 손짓했다. 오스발은 허리를 숙였고 율리아나 공주는 그의 귀에 대고 속삭였다.

"저 분이 다림에 있을 줄은 몰랐군요, 오스발. 바탈리언 남작과 무슨 이야기를 한 거죠?"

"아무 말도 하지 않았습니다. 전 오늘 처음 저 분을 뵙는 건데요."

"그래요? 바탈리언 남작을 모르나요?"

"처음 듣는 이름입니다."

"그래요? 그럴 수도 있겠다. 그런데 태도를 보아하니 나보다 당신에게 더 관심이 있는 것 같은 표정이던데. 흐음. 나 속상해하는 것이 아니라 이상해하는 거라고요. 우리 시대 최고의 문객이 왜 세기의 신부를 앞에 놓고 그 하인에게 관심을 가지는 것일까요? 저 남작은 당신이 날 구해 낸 건 모를 테니 그게 궁금한 것도 아닐 텐데."

오스발은 대답할 말이 없었기에 그저 미소 지었다. 율리아나 공주는 그러려니 하는 표정을 짓더니 갑자기 눈을 빛내며 말했다.

"그런데요, 혹시 노스윈드 해적들이 보여요?"

"공주님. 사람들이 너무 많아서 저는 정신이 없을 지경입니다. 눈에 들어오는 사람은 없군요."

"으흠—그런데."

정숙을 요하는 나팔 소리가 길게 울렸다.

사람들의 머리가 전부 총독부 건물로 향했다. 그 정문으로부터 몇 명의 관리들과 함께 글라두스 총독이 걸어나왔다. 폴라 대사는 관복을 차려입은 글라두스 총독의 모습을 보며 쓴웃음을 참기 어려웠고 그건 다른 고위 인사들도 마찬가지였다. 글라두스 총독 역시 자신의 모습에 비웃음을 보내고 싶지만 참는다는 얼굴을 하고 있었다. 군중들 사이에서 함성이 터져나왔다.

"다림 총독 만세!"

"글라두스 총독 만세!"

도대체 글라두스 총독이 환호받을 일을 한 것이 뭐가 있는지는 아무도 알 수 없었지만 어쨌든 흥분한 군중들은 환호를 보내었다. 글라두스 총독은 황당했지만 대충 손을 흔들어주곤 율리아나 공주가 있는 귀빈석 쪽으로 걸어왔다. 귀빈들은 자리에서 일어났고 총독은 그들에게 눈인사를 던지며 자신의 자리로 걸어갔다. 폴라 대사는 글라두스 총독이 그녀의 앞을 지날 때 총독을 사납게 노려보려고 결심하고 있었지만, 총독은 그녀를 외면한 채 재빨리 지나쳤다.

글라두스 총독이 제자리에 앉자 나팔 소리가 다시 울렸다. 마침내 총독부 건물에서 무장병들이 걸어나왔다. 나팔 소리도 소용없이, 그 모습을 본 군중들은 열광에 못 이겨 미친 듯한 소음을 질러대었다. 이윽고 무장병들의 뒤편으로 다른 사람들보다 훨씬 키 큰 사내가 팔을 뒤로 돌린 채 두 명의 병사들에게 둘러싸여 걸어나왔다.

광장은 갑자기 고요해졌다.

나팔수들은 그들의 자부심에 굉장한 타격을 입었을 것이다. 하지만 당장은 나팔수들 자신도 그 사실을 깨닫지 못한 채 다른 사람들과 마찬가지로 숨소리마저 죽이며 키 드레이번을 쳐다보았다. 너무 기괴한 고요함. 키를 둘러싸고 걸어오던 무장병들도 이 침묵에 당황하여 흠칫거리거나 주위를 둘러보곤 했다.

그러나 키는 멈추지 않았다.

키는 무표정한 얼굴로 계단을 내려왔다. 광장엔 사람이 아무도 없는 것 같았다. 하다못해 애 울음 소리 하나라도 들릴 법한데—어린애를 사형장에 데려온 생각 부족한 아낙네들도 꽤 많았다—숨소리 하나 들려오지 않았다. 하지만 키 드레이번만은 그런 고요함이 당연하다는 듯이 아무렇지도 않은 걸음걸이로 걸어내려왔다. 뒤로 돌린 두 손은 묶여 있다기보단 뒷짐을 지고 있는 것 같았다.

탁, 탁, 탁. 경쾌한 발자국 소리가 유달리 잘 들리는 건 광장이 그토록 조용하다는 증거일 것이다.

당황에서 풀려난 병사들이 허둥지둥 키의 뒤를 따르려 했을 때, 키는 이미 교수대가 놓인 단상 앞에 서 있었다. 교수대를 흘끔 올려다본 키는 가볍게 뛰어 단상 위에 훌쩍 올라섰다. 사람들은 교수대를 돛대로 착각할 지경이었다. 키의 동작은 갑판 위를 달리는 가장 유쾌한 선원의 발놀림처럼 경쾌하고 가벼웠다. 일련의 춤 같던 키의 동작이 멎었다.

그리고 키는 오만한 시선으로 광장을 내려다보았다.

군중들은 당혹했고 두려움까지도 느꼈다. 냉철한 사고를 할 수 있었던 사람은 몇 명 되지 않았고, 그 중 한 명이었던 바탈리언 남작은 크게 감명받았다.

"내 생애에 일자와 다수의 전통적 역학 관계가 산산이 부서지는 모습을 보게 될 줄은 몰랐군. 더군다나 자신이 처형될 교수대에 서 있는 남자에게서 볼 수 있을 줄은……"

조금 후 뒤처졌던 병사들이 단상 위에 올라오고 그리하여 사람들은 겨우 당황에서 헤어나게 되었다. 그러나 다림 시민들은 키 드레이번이 홀로 교수대 위에 서 있었던 얼마 안 되는 시간을 그들 남은 생애 동안 결코 잊을 수 없을 것만 같았다.

잠시 후 다림 총독부의 관리 하나가 헛기침을 해대며 교수대 위로 올라왔다. 두루마리를 펼쳐든 처형 관리는 몇 호흡을 고른 다음 그것을 읽어내렸다.

먼저 처형 관리는 키 드레이번의 죄상들을 나열하기 시작했다. 그리고 그 죄상들에 대해 제국 각국의 재판소에서 내려진 판결들을 나열하면서 그 사이에 레갈루스 재판부가 내린 판결을 슬쩍 끼워넣었다. 율리아나 공주는 작게 실소할 수밖에 없었다. 레갈루스 재판부가 키 드레이번에게 내린 판결은 금고 3년형뿐이었기 때문이다. 아마도 키 드레이번이 레갈루스의 사략 함대로 활약하던 시절 그의 죄목을 대부분 삭제했기 때문일 것이다.

키 드레이번은 시종일관 상대방을 무시하는 듯한 무표정으로 처형 관리의 발표를 청취했다. 죄상과 처벌의 목록을 다 읽어내린 처형 관리가 키 드레이번을 교수형에 처하고 그 시체는 여덟 토막 내어 제국 변방 곳곳에 보낸다고 말했을 때도 키의 얼굴엔 아무 변화가 없었다.

262

처형 관리는 사방이 고요해서 목소리를 높일 필요가 없다는 것이 다행이라는 엉뚱한 생각을 하며 고개를 돌렸다. 키의 무표정한 얼굴을 향해, 처형 관리는 짐짓 엄하게 말했다.

"그럼, 죄인은 남길 말이 있는가?"

키의 얼굴에 표정이 떠올랐다. 그는 씨익 웃었다.

"그대들의 장수를 기원한다."

처형 관리의 얼굴이 밝아졌다. 이 극악무도한 죄인이 마침내 참회하고 감동적인 고별사를 남길 생각인 것이군.

"그리고 너희들의 나날이 질병과 상처와 배신과 증오와 사고와 재난으로 점철되기를. 남자들이 일군 모든 밭엔 독초와 덤불만이 가득할 것이다. 여자들이 가진 모든 신생아는 일그러진 형상의 기형아일 것이다. 살아서 맛볼 수 있는 모든 저주를 받은 끝에 아비는 자식의 손에 맞아 죽고, 자식은 아비의 발에 밟혀 죽으리라. 아내는 남편의 검에, 남편은 아내의 독에 죽으리라. 내 모든 저주가 끝날 때까지 죽음은 허락되지 않는다. 저주를 피하고 싶은 놈들은 지금 자기 목을 찌르라고 권하고 싶군."

처형 관리는 하얗게 된 얼굴로 주춤 물러났다. 군중들 대다수도 신음이나 약한 비명을 질렀고 그들 가운데 섞여 있던 담대한 선원들도 그들이 가장 두려워하는 존재의 저주를 들으며 모골이 송연해지는 기분을 느꼈다. 귀빈석에 앉아 있던 율리아나 공주는 울음을 터뜨릴 정도로 무섭다고 생각하며 몸을 떨었다. 키는 목청껏 웃었다.

"으핫하하하!"

처형 관리는 생침을 삼킨 다음 옆으로 눈짓을 보내었다.

단상 옆에서 기다리던 도리언 원장이 단상 위로 올라와서는 성전을 펼쳐들었다. 키는 도리언 원장이 왜 종부성사를 자청했는지 짐작했지만 아무 말도 하지 않고 대신 날카로운 비웃음만을 보내주었다. 찔끔한 표정이 되었던 도리언 원장은 호흡을 몇 번 고르고서야 성전을 읽었다.

성전의 봉독이 시작되자 사람들은 모두 몸가짐을 바로했다. 그들로서는 성전의 구절을 들으며 키의 저주를 잊고 싶었던 것일 수도 있다. 하지만 오스발은 성전 구절엔 별 관심이 없었고 그래서 무심히 광장을 둘러보았다.

'혹시 데스필드나 파킨슨 신부가 이 자리에 오지는 않았을까?'

오스발은 사람들의 얼굴들을 하나씩 둘러보았다. 하지만 오스발은 곧 눈의 피로를 느끼고는 고개를 조금 들어올렸다.

고개를 숙인 사람들 중에서 유일하게 하늘을 본 오스발은 이상한 것을 발견했다.

건너편 건물의 지붕 위에서 웬 사내가 서 있었다. 그의 주위로 뭔가가 자꾸 움직였다. 햇빛 때문에 잘 보이지 않았던 오스발은 손을 들어 이마 위에 펼쳤다. 그제서야 오스발은 사내가 양손에 작은 깃발을 들고 그것을 이리저리 흔들고 있음을 깨달았다.

그때 따분하다는 표정으로 도리언 원장의 봉독을 듣고 있던 키의 눈이 매섭게 움직였다.

휘리리리—.

어디선가 가느다란 휘파람 소리—광장이 고요했기에 간신히 들리는―가 들려왔다. 사람들이 의아한 표정으로 고개를 들어올렸을 때, 오스발은 갑자기 사내가 흔드는 깃발의 의미를 깨달았다.

율리아나는 뒤에서 누군가가 갑자기 자신을 덮치자 비명을 질렀다. 하지만 그 비명은 누구의 귀에도 들리지 않았다.

"쿠콰아아앙!"

사람들은 고막이 터지는 기분을 느끼며 귀를 틀어막았다. 다림 총독부의 3층이 굉음과 함께 폭발했다. 유리창이 박살나고 벽이 붕괴되며 파편들이 거대한 폭포수처럼 광장을 향해 쏟아져내렸다. 그때 거의 숨 돌릴 틈도 없이 폭음이 다시 들려왔다.

"쿠콰아아앙!"

사람들은 비명을 지르며 총독부 옆건물의 지붕 부분이 파괴되는 것을 바라보았다. 굵은 서까래와 기왓장들, 그리고 벽돌과 흙먼지가 분수처럼 튀어올랐다. 솟아오른 파편들은 군중들의 머리 위로 떨어졌고 여기저기서 숨넘어가는 비명이 울렸다. 파편들 사이를 뚫고 바탈리언 남작의 고함이 길게 울려퍼졌다.

"바다! 바다에서 포격을 하고 있다―!"

누가 뭐래도 노스윈드 함대 최고의 관측사는 그랜드파더호의 포수장 그레고리였고, 생애 최고의 관측을 성공시킨 지금 그레고리는 희열에 들떠 깃발을 휘두르고 있었다.

"크하하하! 좋아―! 아주 정확한 조준이다!"

다림의 내항에서 망원경을 들여다보던 식스 일항사가 엄한 목소리로 지시를 내렸다.

"좋다! 조준 유지! 2탄 발사!"

"2탄 발사!"

복창과 함께 자유호에서 그랜드파더호와 그랜드머더호로 지령이 전달되었다. 조마조마한 심정으로 초탄을 발사했던 포수들은 승리의 환호를 내질렀다. 순식간에 장약이 투입되고 포환이 장전된 다음, 강철의 레이디의 포구에서 다시 길다란 불꽃이 토해졌다. 콰광쾅! 그리고 그것을 신호로 숨죽인 채 대기하고 있던 롱 갤리어스들의 노가 일시에 움직였다. 흑기사, 자유, 페가서스, 질풍의 네 척의 롱 갤리어스가 건현 위까지 물보라를 튀어올리며 다림의 항구를 향해 돌격했다.

거의 동시라 할 만한 시점에 네 명의 포수장들의 신호가 떨어졌다. 그리고 다림항은 그 이름이 붙여진 이후 한번도 받아본 적이 없었던 무자비한 포격을 받게 되었다.

휘리리―릭! 휘파람 소리 같은 탄도음이 울려퍼진 직후 다시 광장의 건물 두 채가 반파되었다. 콰광쾅! 목이 찢어져라 내지르는 비명 속에서 사람들은 혼란에 빠져들었다. 율리아나 공주를 덮쳤던 오스발은 일단 안전하다고 생각되자 재빨리 공주를 일으켜세웠다. 그때 폴라 대사가

266

자지러지는 비명을 질렀다.

"저기! 저기!"

폴라 대사가 가리키는 방향은 광장으로 통하는 입구 중 조금 전 그들이 들어왔던 입구 쪽이었다. 오스발은 그곳에서 쏟아져들어오는 사람들을 보며 전율을 느꼈다. 포격에 의해 수라장이 된 입구엔 치안 헌병들이 도망치고 없었고, 그래서 웃통을 벗은 해적들은 무인지경을 달리듯 귀빈석 쪽을 향해 달려오고 있었다. 심해에서 기어올라온 악마들처럼 보이는 해적들의 선두에는 라이온이 온몸에서 물을 뚝뚝 흘리며 달려오고 있었다.

"모두 비켜라—앗!"

교수대 위에 있던 키는 재빨리 움직였다. 쿠콰아아앙! 항구 쪽에서 또다시 끔찍한 폭음이 울려퍼졌을 때 키는 넋이 나간 도리언 원장을 걷어찼고 원장은 허둥거리다가 단상 아래로 떨어졌다. 그리고 키는 단상에서 뛰어내려 계단을 타고 올라갔다. 그곳이 가장 사람이 적은 쪽이었지만, 동시에 강철의 레이디의 조준점이기도 했다. 반대편 건물의 지붕 위에 서 있던 그레고리는 기겁하며 깃발을 휘둘렀다.

발사 준비를 끝내고 방화 방패 뒤에 몸을 숨겼던 포수들은 비명을 질렀다.

"조준 변경이라니? 제기랄!"

그랜드파더호와 그랜드머더호의 포수들은 모두 똑같은 선택을 했다. 그들은 방화 방패 뒤에서 뛰쳐나와 온몸으로 대포에 부딪혔다. 갈비뼈가 부러질 정도의 충돌을 감행한 포수들 덕택에 강철의 레이디는 발사 직전에 가까스로 궤도가 바뀌었다. 강철의 레이디는 총독부에서 조금 떨어진 곳을 명중시켰다. 그리고 그 중 한 발은 공교롭게도 치안 헌병대의 폭약 창고를 강타했다. 콰와아앙! 천지가 뒤집히는 굉음이 울려퍼졌다. 터릿 갤리어스의 해적들은 다림 시에서 솟아오르는 거대한 화염을 보며 미친 듯한 함성을 질렀다.

그 동안에도 네 척의 롱 갤리어스들은 다림 항구에 집중 포화를 가하며 부두에 접근했다. 항구의 건물들과 창고에서는 걷잡을 수 없는 불꽃과 포연이 피어올랐다. 파편이 춤을 추고 바다에선 물기둥들이 치솟아올랐다. 보트를 내릴 시간이 없었던 전함들은 아예 동체 충돌을 하듯 부두에 접안해 들어갔다. 네 명의 조타수들은 무서운 집중력으로 타륜을 거머쥐었다. 자유호의 칸나가 내지른 기성이 꼬리를 길게 끌며 솟아올랐다.

"끼요오오옷!"

전함들이 부두에 닿자 해적들은 각자의 무기를 꼬나든 채 부두를 향해 뛰어내렸다.

글라두스 총독은 자신의 호위병들을 순식간에 쓰러뜨리고는 싱긋 웃으며 검을 들어올리는 사내를 보며 입술을 떨었다.

"어, 어떻게 들어왔나, 라이……온 군?"

라이온은 조소하듯이 말했다.

"아아, 알고 보니 다림은 항구더라고요, 총독님. 성벽을 못 넘으면 바다로 들어오면 되지, 뭐. 만 저편에서 여기까지 헤엄치느라고 죽는 줄 알았습니다."

"저, 저 배들은 뭐지? 어떻게 들키지 않고 여기까지 온 건가?"

"미안하지만 대답할 새가 없어. 어이! 너, 너! 총독님을 모셔라!"

부하들에게 총독을 맡긴 라이온은 호위병의 검 하나를 집어든 다음 총독부 계단을 향해 뛰어올랐다. 계단 위에서는 키 드레이번이 잔해와 파편 속에서 아래를 내려다보고 있었다. 라이온은 환호했다. "키 선장니—임!" 단숨에 계단을 뛰어올라간 라이온은 키를 부축했다. 키는 짤막하게 감상을 말했다.

"미친놈."

"맙소사, 이건 꿈이야! 선장님이 나를 이렇게까지 인정해 주시다니!"

키는 신음을 흘렸고 라이온은 껄껄 웃으며 존경하는 선장의 결박을 끊어내었다. 손목을 주무르는 키를 향해 라이온은 조금 전 주워든 롱소드를 그에게 건네준 다음 다시 계단 아래를 향해 날카롭게 휘파람을 불었다. "휘—익!"

해적들은 도륙을 즉각 중지하고 각자 귀빈석에서 아무나 거머쥔 다음 질질 끌다시피 하며 계단 위로 뛰어올랐다. 인질들을 앞세우며 일사불란하게 움직인 해적들은 잠시 후 총독부 건물을 장악했다. 그레고리는 총독부에 대한 포격을 완전 중지시킨 다음 그 주위에 대한 포화 사격을 지시했다. 결과적으로 총독부 주변은 불바다가 되었다.

페가서스호의 갑판에서 부하들의 하선을 독려하던 하리야 선장은 고개를 돌렸다. 갑판에 주저앉은 세실리아는 흐트러진 머릿결을 쓸어올리고 있었다. 하리야 선장은 그녀에게 다가갔다.

"감사합니다, 마법사 세실."

"아까도 말했지만 감사는 알버트 선장에게 해."

"그 친구…… 정말 살아 있는 것입니까?"

"자네만큼이나 그렇더군."

하리야는 떨떠름한 표정으로 물수리호를 돌아보았다. 헤비 갤리어스인 물수리호는 바다사자호와 함께 조금 뒤처진 수면에 떠 있었다. 물수리호의 갑판에서 알버트 선장의 모습을 본 하리야는 자신도 모르게 몸을 부르르 떨었다.

"그래도 마법사님이 불러일으킨 바람이 아니었다면 제 시간에 도달하지 못했을 겁니다. 감사합니다. 그럼 저는 키 선장님께 가보겠습니다."

"이봐!"

뱃전을 향해 달려가던 하리야는 고개를 돌렸다. 세실은 갑판에서 일어나며 말했다.

"첫 번째는 뭐였어?"

"예?"

"세 번째는 키를 만났을 때라고 했잖아. 첫 번째는 뭐였지?"

하리야는 잠시 의아한 눈으로 세실을 보다가 곧 그녀가 무슨 말을 하는지를 깨달았다.

"처음으로 성전을 완독했을 때였습니다. 그 이후로 전 제 인생의 키를 주님께 맡기기로 결심했죠."

"그럼 두 번째는?"

하리야는 갑자기 빙긋 웃고는 몸을 돌렸다. 그리고 몸을 돌린 채로 말했다.

"처음으로 여자와 잤을 때죠."

유쾌한 웃음 소리를 들으며 하리야 선장은 뱃전을 뛰어넘었다.

4,000여 명의 해적들의 공격 앞에 다림항은 지리멸렬하게 무너졌다. 치안 헌병을 위시한 다림의 병력 대부분은 성벽 봉쇄를 위해 도시 외곽으로 돌려져 있었기 때문에 다림 시내는 공백에 가까웠다. 별다른 저항이 없음에도 불구하고 해적들은 다림 시내를 철저하게 파괴하며 진격했다.

포로의 입장으로나마 그 모습을 관전하게 된 슈마허는 감탄을 금할 수 없었다. 제국의 전술학에서 포격과 돌격은 동시에 이루어지지 않는 것이 상식이었지만, 해적들은 그 상식을 쓰레기통에 던져넣었다. 포화 사격으로 전면을 압박하고, 해적들이 전진하면, 대포는 조금 전 해적들이 있던 자리를 강타한다. 어떻게든 고약한 해석을 해보려던, 즉 칼로 등을 찔러대는 짓이라고 생각해 보려던 슈마허는 조금 후 그 생각을 깨끝이 포기했다. 전진과 병행해서 이루어지는 함포 사격은 빠르게 전진하는 해적들의 후방이 취약해지는 것을 미연에 방지하는 것이었다. 그것은 적의 방어 밀도를 낮추며 기동 방어를 저지함과 동시에 아군의 공세력을 배가시키는, 그야말로 꿈에나 볼 수 있을 법한 완벽한 지원 사격이었다. 슈마허는 자신의 감상에 솔직한 성격이었고 그래서 노스윈드 함대의 사격을 혼자서 관제하고 있는 킬리 선장을 보며 아낌없는 환호를—속으로만—보내었다.

제4시에 시작된 해적들의 공격은 정오가 조금 지난 제8시 무렵, 다림 총독부까지 진격하는 데 성공한 상륙조와 총독부를 장악하고 있던 침입조가 합류하는 것으로 거의 마무리되었다. 몇몇 해적들은 재미 삼아 다림 총독부의 레갈루스 국기를 내리고 해적 깃발을 게양하려 했지만 선장들은 그것을 엄하게 금지시켰다. 다림에 있는 무수한 국가의 대표부들을 놓고 볼 때 현 시점에서 다림 총독부를 와해시켜 버리는 것은 별로 바람직하지 않다는 판단 하에서였다. 선장들은 다림 총독부 자체는 존속시키되 그것을 완벽하게 장악하여 대표부들과의 대화 창구로 삼기로 결정했다.

하지만 실제적인 처리가 거의 완료된 것은 일몰이 가까워오는 제11시 무렵이었다. 선장들은 손수 검을 들고 대표부들을 찾아가 치외법권을 인정받은 채 얌전히 있을 것인지 그 주춧돌까지 파괴될 것인지를 놓고 선택할 것을 종용했고, 대부분의 대표부들은 전자에 찬성했다. 산발적인 전투도 마무리되었을 무렵, 해적들은 총독부 주위의 잔해들 사이에 캠프를 설치했다. 미노 만에서 선장들을 따라 상륙했던 해적들의 경우에는 참으로 오래간만에 음식다운 음식을 먹게 되었다며 즐거워했다.

다림 점거가 끝난 시점에서 하선을 명령받은 식스 일항사는 인질들의 처리를 맡게 되었고, 곧 각국의 고위 인사들로 구성된 인질들 사이에서 폭발적인 인기를 얻게 된 자신에 대해 난감해했다. 그리고 킬리 선장은 함대 지휘를 위해 앞바다에 남았고 돌탄 선장과 오닉스 선장은 다림 치안 헌병들의 무장 해제를 감독하기 위해 자리를 비웠다. 그래서 적황색으로 물든 다림의 대로를 걸어가는 키 주변에는 하리야 선장과 두캉가 선장이 몇 명의 해적과 함께 따르고 있었다. 키는 걸어가면서 무거운 눈을 들어 두캉가 선장을 바라보았다.

"설명을 들어봅시다."

"무슨 설명이 필요한가?"

"수단과 목적. 먼저 수단부터 들어봅시다. 도대체 어떻게 미노 만에 있어야 할 함대가 저기 있는 겁니까?"

키는 건물들 사이로 보이는 황금빛 저녁 바다를 가리켰다. 아직도 피어오르는 검은 연기들 사이로 노스윈드 함대의 전함들이 검은 실루엣으로 그곳에 떠 있었다. 두캉가는 어깨를 으쓱였다.

"하리야 선장 자네가 설명하게. 난 어떻게 말해야 할지 감도 잘 잡히지 않는구먼."

키는 반대편으로 고개를 돌렸다. 하리야는 차분하게 말했다.

"어젯밤, 저희들은 키 선장님의 처형 소식을 듣고 마법사 세실에게 조언을 부탁했습니다. 마법사 세실은 자신에게 지팡이가 없어 큰 힘을 사용할 수 없으니 기절한 트로포스의 지팡이를 사용해 보겠노라고 하셨습니다. 그때 갑자기 킬리 선장이 이상한 소리를 들었다고 말했습니다."

"이상한 소리?"

"킬리 선장은 싱잉 플로라의 노랫소리가 들린다고 주장했습니다. 그의 뛰어난 청력에 대해서는 저희들도 잘 알지만 다른 자들은 아무도 그 소리를 들을 수 없었습니다. 더군다나 다림 근처에 싱잉 플로라가 있을 까닭도 없기 때문에 우리들은 그의 말을 믿기 어려워했습니다. 그러나 킬리 선장은 한번도 볼 수 없었던 단호한 태도로 우리들이 바다 쪽으로 행군해야 된다고 주장했습니다. 키 선장님이 처형될 판인데 다림 쪽이 아닌 바다 쪽으로 가야 된다고 주장하니, 우리들이 그 말에 어떤 반응을 보였을진 짐작하시겠지요."

"흐음."

"그러나 킬리 선장은 자기만이라도 바다로 갈 것이며 자신을 따라오지 않는 자는 키 드레이번의 배신자라고 외치며…… 발광을 하더군요. 지금 생각해 보니 참 우스운 모습이었습니다. 킬리 선장이 그런 모습을 보이다니. 하지만 그때 저희들은 상심하고 당황하고 분노하고 있었고, 그런 우리들에게 킬리 선장의 그런 모습은 마치 선지자의 모습처럼 보였습니다. 결국 킬리 선장은 억지로 우리들을 바다로 행군시킬 수 있었습니다. 불안과 공포와 혼란뿐인…… 끔찍한 밤을 지나 해안선에 도착한 우리가 본 것은 수평선 저편에 떠 있는 불빛이었습니다."

"그게 우리 함대였다고 말하려는 거냐?"

"우리 함대였습니다. 불빛 신호를 보낼 때까지도 전 반신반의하고 있었습니다. 하지만 정확했습니다."

"도대체 어떻게?"

"보트를 타고 배에 오른 저희들도 그것을 제일 먼저 물었습니다. 놀랍
게도 식스 일항사는 닷새 전에 미노 만을 출발했다고 하더군요."

"닷새 전에? 왜 그런 결정을 내린 거지?"

"알버트 선장 덕분입니다."

"아아!"

하리야 선장의 대답에 키는 신음을 토하며 고개를 끄덕였다. 키는 멀
리 다림의 앞바다에 떠 있는 노스윈드 함대를 바라보았다. 일몰의 황금
빛 바다에 떠 있는 검은 배들 가운데서 물수리호를 발견한 키는 잠시
말없이 그 배를 바라보았다. 두캉가 선장은 감탄하며, 하지만 두려움도
섞인 목소리로 말했다.

"자네 말대로였어, 키 선장. 그는 역시 물수리호를 지배하고 있었어."

"예."

"닷새 전, 물수리호가 갑자기 미노 만을 떠났던 모양입니다. 물론 식
스 일항사는 어떻게 된 영문인지 물어볼 수는 없었죠. 그리고 식스 일항
사는 우리들에게는 정말 반가운 결정을 내렸습니다. 물수리호를 뒤따라
움직이기로 말입니다. 아시다시피 닷새 전은……"

"내가 잡힌 날이지."

"그 대답을 듣자니…… 정말이지 소름이 좍 돋더군요."

하리야 선장은 지금도 두렵다는 듯이 몸을 부르르 떨고 나서야 말을
이었다.

"그리고 나서 마법사 세실이 트로포스의 지팡이를 사용했습니다. 정

말이지 진짜 마법사가 어떤 것인지를 보여주시더군요. 마법사 세실은 바람을 불러내었지만 그건 트로포스가 불러내곤 했던 미친 듯한 강풍은 아니었습니다. 대신 함대 전체를 무서운 속도로 진격시키는 강력한 순풍이었습니다. 함대의 속도를 계산한 항법사들은 전부 미쳐버리는 줄 알았다더군요."

"얼마였는데?"

"30노트였습니다."

키의 걸음이 멈칫했다. 키는 하리야를 돌아보았지만 지금 농담하냐고 묻지는 않았다. 대신 키는 신음처럼 말했다. "30노트라고?"

"그렇습니다. 그래서 우린 시간 내에 다림 앞바다에 도착할 수 있었습니다. 이후의 상황은 아시는 대로입니다."

"아아."

그 사이에 세 선장과 해적들은 다림 수도원에 도착했다. 키는 대화를 중단하고는 예배당으로 걸어들어갔다.

예배당 안에는 몇 명의 해적들이 기다리고 있었다. 그들은 공손하게 인사하며 자리를 비켰다. 키는 예배당의 중앙 복도를 걸어갔다. 수반에 손을 씻던 하리야는 그런 키의 뒷모습을 보며 눈살을 조금 찌푸렸다.

도리언 원장의 말대로, 중앙 복도에는 한 수도사의 시체가 볼썽사나운 모습으로 쓰러져 있었다. 그리고 수사의 목에는 그 가련한 자의 묘비라도 되는 것처럼 복수가 꼿꼿이 서 있었다. 방치된 후 닷새가 지난지라 시체의 모습은 바라보기 힘들 정도였다. 조금 늦게 걸어온 하리야 선장은 그 모습을 내려다보며 다시 얼굴을 일그러뜨렸다.

"수도사가 아닌 일반인의 시체라도 성별된 묘지에 안치하는 것은 교회로서 당연한 도리이거늘…… 복수가 두려워 이렇게 개돼지나 되는 것처럼 팽개쳐두다니. 참으로 교회의 수치군요."

"헤. 팽개친 것이 아니라 그냥 건드리지 않고 놔둔 것 같은데."

"그게 그거잖습니까, 두캉가 선장. 키 선장님의 말대로라면 그들은 브라도 경이 도착할 때까지 이렇게 놔둘 생각이었다는 것 아닙니까. 사자에 대한 지독한 모욕입니다."

교회에 대해 개탄하던 하리야는 품에서 성전을 꺼내면서 키에게 말했다.

"복수를 뽑아주시겠습니까, 키 선장님?"

키는 아무 말 없이 수사의 시체로 걸어갔다. 천천히 복수의 칼자루를 거머쥔 키는 잠시 그것을 쥔 채 심호흡을 한 다음 단숨에 뽑아들었다. 시체는 사후 경직이 아니라 부패 단계에 있었기 때문에 복수는 간단히 뽑혀나왔다. 키는 복수를 한 손에 쥔 채 묵묵히 그것을 바라보았다. 하리야는 조금 주춤하다가 곧 기도문을 읊조리기 시작했다.

"이제 목적을 들어볼까요, 두캉가 선장."

기도를 드리고 있던 하리야는 움찔하며 고개를 돌렸다. 키는 여전히 복수의 검신만을 내려다보고 있었고, 하리야는 복수가 다시 검집으로 돌아가지 않은 채 키의 손에 쥐어져 있다는 사실에 신경이 쓰였다. 두캉가는 그 거대한 몸을 긴 의자에 앉히며 땀을 닦았다.

"목적……, 목적이라고 했나, 키 선장?"

"그렇습니다."

"솔직히 말해야겠지. 자넨 우리 공동 재산이야."

조금 떨어진 곳에 있던 해적들 사이에서 킥! 하는 웃음 소리가 들렸지만 곧 사그라들었다. 키는 엄지손가락으로 복수의 검신을 쓰다듬고 있었다. 물론 키의 손가락은 베이지 않았다. 그리고 온 대륙을 통틀어 키가 한 행동을 따라했을 경우 베이지 않는 사람은 키 자신을 제외한다면 한 사람밖에 없다. 두캉가 선장은 큼직한 손가락들을 서로 깍지껴 그 위에 두툼한 턱을 올려놓고는 미소를 지었다.

"우리 모두가 자네 것인 것과 마찬가지로."

"늙은 선장 냄새에는 악마도 고개를 내저으며 도망친다던가요."

"저런! 그럼 그때 그 친구가 악마였나 보군. 왠지 달아나는 꼬락서니를 보니 엉덩이 쪽에 뭐가 덜렁거리더라고."

키는 싱긋 웃었다. 키의 손이 한 바퀴 회전하며 검광이 번득인 순간 복수는 다시 칼집 속으로 돌아갔다. 하리야는 들리지 않도록 한숨을 내쉬었다. 키는 정문을 향해 몸을 돌리며 말했다.

"하리야 선장. 기도가 끝나거든 이 수도원의 수도사들을 전부 불러내어 그들의 형제를 정중히 장사 지내게 하라."

"예, 키 선장님."

"그리고 도리언 원장은 돌아오지 않을 테니 알아서들 차기 원장을 선출하든지 원장 대리를 뽑든지 하라고 해."

하리야는 대답 대신 입술을 깨물었다. 하지만 키는 이미 어떤 대답도 듣지 않겠다는 투로 문을 나서고 있었다. 그 뒷모습을 멍하니 바라보던 하리야의 귀에 두캉가 선장의 목소리가 들려왔다.

"이 늙은이는 무슨 꼴을 당할꼬."

"예?"

두캉가는 깍지낀 손가락에 낀 커다란 반지로 턱을 긁적거렸다.

"그 불쌍한 원장 나리는 언감생심 키의 목숨을 노렸으니 자기 목숨을 내놓게 되었지. 그럼 나는 키에게 뭘 내놓아야 될지 걱정된단 말이야."

"당신이…… 왜 키 선장님께 뭔가를 내놓아야 된다는 겁니까?"

두캉가는 빙긋 웃었다. 서쪽으로 난 창문으로 저무는 햇살이 마지막으로 번득였다.

"때가 되면 자네도 알게 될걸세. 자네 운명도 내 운명과 그다지 다르지 않을 터이니."

해가 졌다. 예배당은 급히 찾아든 어둠 속으로 잠겨들었다.

아직 혼란이 가시지 않은 다림에서는 많은 것들이 엉망이 되어 있었고 그것은 특히 외부 성문들에서 두드러졌다. 치안 헌병대는 모두 해적들과 싸우다가 전사하거나 무장 해제를 당한 상태였고 성문지기들은 자리를 이탈했기 때문에 대부분의 성문들은 폐문 시간임에도 불구하고 열려 있었다. 다림의 북문 또한 마찬가지였다. 그리고 해가 저무는 지금, 이곳마저 장악될 경우 다림에서 빠져나갈 길이 요원하다고 생각한 사람들이 필사적으로 북문을 통과하고 있었다.

마차를 가져올 수 있었던 이들은 북문을 통과하자마자 맹렬한 속도로 달렸다. 그들은 대개 가까운 팔라레온 쪽으로 방향을 잡고 밤새도록 달려갈 참이었다. 그러나 마차를 가지지 못한 이들은 다가오는 밤을 두려워하며 힘든 발걸음을 옮기고 있었다. 그들은 마차가 지나갈 때마다 마부를 흘끔 올려다보았지만 마부들은 성가시게 굴 경우 치어버리겠다는 투로 으르렁거리며 달려갈 뿐이었다. 그러나 좌절하는 이들은 별로 없었다. 피난길에 나선 이들은 대개 근교의 농가나 작은 마을에 친척이 있다거나 가까운 곳에 별장이나 산장이 있는 이들이 대부분이었기 때문이다. 달아날 곳이 없었던 이들은 피난길에 나설 엄두도 내지 못한 채 지금 이 시간에도 다림의 집에서 떨고 있을 것이다.

한 대의 마차가 또다시 행인들의 곁을 지나쳤다. 별 기대 없이 마차를 바라보았던 피난민들은 어둠 속에서도 두드러지는 그 마차의 거대함에 잠깐 놀랐다. 마차는 그 거대함에 어울리는 빠른 속도로 멀어져 갔고 그 흙먼지에 콜록거리던 피난민들은 어느 고관의 마차겠거니 생각했다.

한참을 달리던 마차는 다림 시에서 꽤 멀어진 곳에서 멈춰 섰다. 주위가 본격적으로 어두워지고 있었기 때문에 속력을 내는 것은 불가능했다. 마부는 투덜거리며 등불을 켰다. 그때 마차 안에서 힘없는 목소리가 들려왔다.

"왜 멈춰 선 건가요, 바탈리언 남작님?"

등불이 밝아지며 바탈리언 남작의 얼굴이 드러났다. 남작은 마차 안쪽을 향해 말했다.

"달이 떠오를 때까지는 더 속력을 내기 어렵습니다. 말들도 쉬어야 하니 천천히 달려갈까 합니다, 공주님."

"네. 그런데 우린 어디로 가고 있는 건가요?"

"팔라레온입니다. 공주님." 잠시 말을 멈췄던 바탈리언 남작은 이 기박한 운명의 여인에게 뭔가 위로될 말을 해야겠다고 생각했다. "달이 떠오른 후 힘껏 달리면 내일 아침 무렵까지는 국경을 넘어 팔라레온의 나소에 들어설 수 있을 것입니다. 이게 누구 마차인지는 모르겠지만 성능이 꽤 좋군요. 그러니 안심하시고 푹 주무십시오."

어두운 마차 안에서 율리아나 공주는 힘없이 웃었다. 잠이 올까? 글쎄. 율리아나 공주는 지금껏 기대어 있던 어깨에서 몸을 일으켰다. 상대방의 얼굴을 보려 했지만 캄캄한 암흑 외엔 아무것도 보이지 않았고, 그래서 율리아나 공주는 어둠을 향해 무턱대고 말했다.

"우리 참 끔찍하게 도망다니는 운명이군요. 다림에 들어선 다음엔 안심하고 있었는데."

어둠 속에서 오스발의 조용한 목소리가 들려왔다. "그렇군요, 공주님."

"폴라 대사님은 괜찮으실까요?"

"제가 기억하기로는 아까 공주님과 저를 마차에 태울 때의 대사님의 얼굴은 그렇게 불안해 보이지는 않았습니다."

"음. 그럴 거예요. 키 드레이번이라도 '다림의 큰누님'을 치면 카밀카르 선원들의 원수가 된다는 것쯤은 잘 알고 있을 테니까요."

오스발은 '키 선장님은 카밀카르의 공주를 납치한 적도 있습니다'라고 말하지는 않았다. 대신 그는 낮에 보아두었던 의자 밑을 더듬었다.

율리아나 공주는 탁탁거리는 소리가 들리자 기대감에 찬 얼굴로 어둠을 바라보았다. 잠시 후 오스발이 켠 랜턴에서 환한 불빛이 흘러나왔다.

"아, 남작님. 이 안에 불을 켜도 되겠습니까?"

"좋도록 하게. 어차피 밖에도 불을 켰네."

오스발은 랜턴을 들어 마차 지붕의 고리에 걸었다. 황홀해하는 눈으로 마차 지붕을 바라보던 율리아나 공주는 갑자기 코를 킁킁거렸다. 오스발은 의자 아래에서 꺼내든 와인 병을 보며 안타까운 미소를 지었다.

"이 마차의 주인은 애주가이신 듯하군요. 음식이 있었으면 좋았으련만."

율리아나 공주는 갑자기 허기가 지는 것을 느끼며 배를 움켜쥐었다. 나무잔 몇 개를 찾아낸 오스발은 먼저 공주에게 술을 건넨 다음 마부석 쪽의 창문을 열고 바탈리언 남작에게도 한 잔을 건네었다. 바탈리언 남작은 반색을 하며 술잔을 받아들었다.

"아아! 정말 마음에 드는 마차로군. 목이 칼칼하던 참인데. 어라? 맙소사. 이 마차의 주인과 본격적으로 사귀어보고 싶은 생각이 다 드는군. 술에 대한 안목도 정말 좋은데!"

오스발은 미소를 지어준 다음 율리아나 공주를 돌아보았다. 그러곤 더 큰 미소를 지었다. 공주는 이미 잔을 비우곤 손수 자기 잔에 와인을 따르고 있었다. 오스발의 미소를 본 율리아나는 혀를 살짝 내밀었다.

"볼 거 안 볼 거 서로 다 보여준 사이니 야유하기 없기."

"와인으로 배를 채우는 것은 별로 좋지 않을 것 같습니다."

"배가 고픈데 어떻게 해요. 자! 당신도 마셔요."

오스발에게 술병을 건넨 율리아나는 자신의 잔을 홀짝거렸다. 오스발은 자신의 잔을 채우는 대신 그 모습을 보며 부드럽게 웃었다.

"볼드윈 저택에서도 그렇고, 공주님께서도 퍽 애주가셨던 모양이군요."

"나도 내가 이렇게 술 잘 마실 줄은 몰랐어요. 히히."

달이 떠오를 무렵, '키 드레이번 짜아―식. 약오르지? 난 지금 술까지 마시며 룰루루 달아나고 있단다. 잡아봐! 잡아봐!' 어쩌고 하며 중얼거리던 율리아나 공주는 의자에 쓰러져 잠이 들었다. 오스발은 자신의 겉옷을 벗어 율리아나를 덮고 랜턴을 갈무리한 다음 마부석 쪽으로 나왔다. 바탈리언 남작은 입맛을 다시며 물었다.

"그 술 더 없나?"

오스발은 반쯤 남은 병을 남작에게 건네며 미안한 듯이 말했다.

"이것밖에 남지 않았군요."

"하하. 이런. 내일 아침엔 퍽 고생하시겠군. 잠드시기 어려웠을 텐데 잘됐다고 해야겠군."

대화는 중단되고 마차 바퀴 굴러가는 소리만이 정적 속으로 흩어져 갔다. 오스발은 문득 아직까지 감사를 표시하지 않았다는 사실을 떠올렸다.

"감사드립니다, 남작님. 경황중이라 말씀하시진 못하셨지만 공주님께서도 틀림없이 남작님께 고마워하실 겁니다."

남작은 술 한 모금을 마신 다음 피식 웃었다.

"별말을. 나 역시 전쟁을 피해 달아나는 처지 아닌가. 같은 처지지 뭐. 그런데 자네와 자네 공주님 말인데, 퍽 이상하게 대화를 나누더군?"

"예?"

"공주님께서는 자넬 마치 친우이거나 한 것처럼 대하더군. 자넨 공주님의 노예였다고 하지 않았나? 그렇다면 카밀카르 왕궁의 노예일 텐데, 시녀라면 혹 가까울 수도 있다지만 남자인 자네가 어떻게 공주님과 친한 사이인지는 짐작되지 않는군, 그래."

"전 카밀카르 왕궁의 노예가 아니었습니다. 공주님의 노예가 된 건 최근의 일이죠."

"웅? 설마 그래서 어려워한다고 말하는 건 아니겠지? 정반대던데. 공주님 주무시니 말하는 거지만 그녀는 자네를 오라비나 되는 것처럼 따르던걸. 자네는 전혀 그렇게 행동하진 않았지만 말이야."

"글쎄요. 제가 공주님을 모시게 된 사연에 대해 남작님께 말씀드리는 것을 공주님이 원하실지 모르겠군요."

"하하! 알았어. 공주님께 직접 여쭤보지. 됐나?"

"그러시지요. 괜찮으시다면 제가 질문 하나 드려도 되겠습니까?"

"아, 좋도록 하게."

"왜 제게 관심이 많으신 겁니까?"

"관심이라."

말은 더 이어지지 않았고 바탈리언 남작은 잠시 아무 말 없이 어두운 길만 바라보았다. 재촉하는 법이라곤 없는 오스발은 역시 물끄러미 전방만 바라보았다. 그래서 바탈리언 남작은 자신이 끊었던 말을 스스로 이어야 했다.

284

"고삐 좀 잡아주겠나?"

"말씀드렸다시피 전 마차를 다룰 줄 모릅니다만."

"괜찮아. 길은 곧고 힘껏 달릴 일은 없으니 그냥 쥐고만 있으면 되네. 말들이 길을 벗어나려 들면 길 쪽으로 조금씩 당겨주면 되네."

오스발은 고삐를 받아들었다. 바탈리언 남작은 기지개를 켜듯 등받이에 몸을 기대곤 코트 주머니를 뒤적거렸다. 남작은 코트 바깥 주머니에서 종이 뭉치를, 그리고 코트 안주머니에서는 우필과 잉크병을 꺼내었다. 오스발은 재미있어하는 눈으로 그 모습을 바라보았다.

바탈리언 남작은 종이를 접어 단단하게 한 다음 생각에 잠긴 표정으로 우필을 몇 번 까불거렸다.

"오늘의 일을 적어둘 생각이네. 원래는 키 드레이번의 처형을 주된 테마로 정할 생각이었지. 키 드레이번이 처형될 때 그 장소에 있었으니 난 정말 행운이라고 생각했거든. 하지만 내 행운, 혹은 불운은 그 정도가 아니었던 모양이야. 뱃사람도 아닌 내가 노스윈드의 공격이 어떤 것인지 직접 목격하게 되다니. 다림 시민들에겐 참으로 미안하고 송구스러운 일이지만 내가 좀 흥분해 있다는 사실을 고백해야 될 것 같군."

"예. 문객이시라고 들었습니다."

"연대기 작가라고 자칭할 때가 더 많지. 연대기 작가가 뭔지 아나?"

"모르겠습니다."

"역사와 현실 중 현실 쪽에 더 관심이 많다는 점에선 야심가와 같지만, 관찰하고 해석할 뿐 참여할 수는 없다는 점에선 역사가와 같은 사람을 말하네."

"왜 참여하시지는 않습니까?"

바탈리언 남작은 잉크병을 열었다.

"관찰자로 우수한 이가 있고 행동가로 우수한 이가 있네. 난 전자야. 내겐 재능과 행운이 있거든. 내 행운이야 오늘 일어난 일로도 충분히 설명이 되겠지. 이 굉장한 사건 속에 휩쓸리지는 않지만, 관찰하고 있네. 그리고 이렇게 기록도 남길 수 있잖나."

오스발은 무심코 말했다. "모두가 당신……"

"응?"

"아니, 별 말 아닙니다. 쓰시는 데 방해되겠군요. 조용하겠습니다."

"아, 고맙네. 불빛이 영 시원찮군."

전방을 밝히기 위해 매달아둔 작은 등불을 조명 삼아, 바탈리언 남작은 대해적 키 드레이번의 다림 급습에 대해 쓰기 시작했다. 손가락에 닿아오는 우필의 감각은 언제나 그를 황홀케 했고 종이가 사각거리는 소리는 그에게 더없는 안온함을 주었다. 다시 술 한 모금을 마신 다음, 남작은 시원스레 첫 줄을 썼다.

'그 노예는 무심한 시선으로 군중을 바라보고 있었다. 책임질 것 없는 자의 거만함과 무리지을수록 우매해지는 인간의 약점을 이해하는 자의 서글픔으로……'

우필이 멈췄다.

바탈리언 남작은 당혹한 심정으로 자신이 쓴 글을 바라보았다. 오스발은 이상한 기척을 느끼곤 종이를 흘끔 바라보았지만 그가 기대하던 일, 즉 종이에 잉크 방울이 떨어졌다거나 하는 일은 발견하지 못했다.

그래서 오스발은 다시 마차 전방을 바라보았다.

"자네 페이노 읽을 줄 모르나?"

"그렇습니다. 남작님."

바탈리언 남작은 오스발의 옆얼굴을 조금 바라보았지만 그가 거짓말을 하고 있다는 결론은 내리지 못했다. 오스발은 그저 자신의 주의력 전부를 마차 모는 데에만 집중시키고 있었다. 바탈리언 남작은 다시 자신이 쓰던 글을 바라보았다.

이걸 지워야 하나? 하지만 남작은 연대기를 씀에 있어 가장 경계해야 할 일은 우러나오는 대로의 감상을 작위의 관 속에 쑤셔넣는 일이라고 생각해 오고 있었다. 잠시 갈피를 잃고 방황하던 우필은 곧 다음 문장을 쓰기 시작했고, 남작은 만족하기로 했다.

핸솔 추기경은 암담한 얼굴로 앞쪽의 숲을 바라보았다. 숲이라는 건 그가 그렇게 생각한다는 말일 뿐, 추기경이 보고 있는 것은 어둠 뿐이었다.

핸솔 추기경은 농부 차림이었다. 다림 탈출 당시 추기경은 경황 중에도 재빨리 법복을 벗어 수행원에게 입히는 기지를 부렸다. 해적은 그 화려한 법복을 보고는 수행원을 끌고 갔고, 덕분에 핸솔 추기경은 간신히 도망칠 수 있었다. 다림 바깥까지 나와서야 간신히 숨을 돌린 핸솔 추기경이 가장 먼저 한 행동은 근교의 농가에 침입하는 일이었다. 법복은 벗어버렸지만 고급 셔츠와 바지는 표적이 되기에 충분했거니와 도망치기에 적합한 복장도 아니었다. 물론 빨랫줄에서 옷가지를 들어올릴 때 핸솔 추기경은 기도문을 중얼거렸다. 입고 있던 셔츠와 바지는 농가에 벗어두고 왔기 때문에 도둑맞은 쪽에서도 크게 화내지는 않을 것이다.

그러나 농부의 옷 안에 들어 있는 것은 여전히 핸솔 추기경이었다. 그래서 핸솔 추기경은 길을 잃은 채 끝이 없는 숲을 보며 당혹해하고 있었다.

굶주린 어둠이 미처 요동치는 숲은 추기경의 정신을 어지럽히고 발목을 쥐어흔들었다. 별빛도 스며들지 않는 밤의 숲속에서, 핸솔 추기경은 마치 장님처럼 앞을 더듬어가며 걸어야 했다. 눈이 보이지 않으면 다른 감각이 예민해져 시야를 대신한다는 것은 호사가의 헛소리다. 물론 예민해지기는 한다. 하지만 소리들을 구별할 줄 모르는 상황에서 갑자기 증폭되어 들려오는 소리들은 사람을 혼란시킬 뿐이다. 익숙지 않은 도보에 그런 혼란까지 더해지자 핸솔 추기경은 빠르게 지쳐갔다. 정신은 혼미해지고 판단력은 고갈되어 갔다. 그래서 핸솔 추기경은 누군가 부르는 소리를 들었을 때도 그것이 자신을 부른다는 것을 깨닫지 못했다.

"다시 묻겠다. 그쪽의 당신은 뭐야?"

핸솔 추기경은 가까스로 그것이 바람 소리나 우석거리는 덤불 소리가 아니라는 사실을 깨달았다.

"여, 여보시오! 거기 누구 있소? 나 좀 도와주시오."

"어라? 신이여. 내 귀가 잘못되지 않았다면, 저건 핸솔 추기경의 목소리 같은데?"

또다른 목소리가 들려왔다. 그리고 추기경은 그 목소리를 알 수 있었다.

"파킨슨 신부요?"

갑자기 굳센 손아귀가 추기경의 손목을 움켜쥐었다. 핸솔 추기경은 뭐라 말할 새도 없이 끌려갔고 조금 후 마법처럼 드러나는 불빛을 보게 되었다. 이렇게 가까운 곳에서 어떻게 불빛을 숨길 수 있었던 것인지 생각해 볼 겨를도 없이, 핸솔 추기경은 바닥에 주저앉으며 힘겹게 외쳤다.

"파킨슨 신부! 오, 신이여. 감사합니다. 형제가 나를 구원하셨소!"

조그마한 모닥불 저편에 앉아 있던 파킨슨 신부는 추기경의 반가워하는 태도에 놀랐다. 물론 자신의 생존조차 미심쩍게 만드는 캄캄한 암흑 속에서 몇 시간을 방황한 핸솔 추기경에게 파킨슨 신부에 대한 적의를 떠올릴 여유가 남아 있을 리가 없었다. 뭐라 말해야 할지 알 수 없었던 파킨슨 신부는 멀뚱히 추기경을 바라보았고, 추기경의 이상한 복장에 다시 한번 놀라야 했다.

"추기경 예하. 도대체 그런 복장을 하고 이런 숲속에서 뭘 하고 계셨던 겁니까?"

"모르고 있었소? 그렇군. 당신 언제 다림을 떠났소?"

"어제입니다."

"그랬군. 기절하지 않도록 주의하시오. 오늘 오전, 노스윈드 함대가 다림을 쳤소!"

"예?"

그때 추기경을 끌고 온 사내, 데스필드가 갑자기 끼여들었다.

"그럼 그 소리가 역시?"

파킨슨 신부는 데스필드를 흘끔 돌아보곤 말했다.

"우린 멀리서 들려오는 이상한 소리를 듣고 다림으로 돌아가던 중이었습니다. 그럼 그게 진짜 대포 소리였습니까?"

"그렇소. 노스윈드의 해적들이 몰려와 다림을 공격하고 키 드레이번을 구했소. 그래서 난 수행원들과도 헤어진 채 이렇게 도망쳐야 했고."

"상당히 고생하셨겠군요. 수행원들도 없이 이렇게 도피중이시라니."

이해가 가지 않았지만 파킨슨 신부는 일단 고개를 끄덕였다. 핸솔 추기경은 헐떡이며 데스필드를 돌아보았다.

"그런데—."

"본인은 데스필드입니다."

"아, 데스필드. 혹시 물 좀 마실 수 없겠소?"

데스필드의 물통을 다 비우고 농축 식량 이틀치까지 게걸스럽게 먹어치우고서야 핸솔 추기경은 간신히 음식 섭취보다 조금 고차원적인 활동을 할 정도의 기력을 회복했다. 땔감을 더 구하기 위해 데스필드가 자리를 비우자, 핸솔 추기경은 약간 원망스러워하는 눈으로 파킨슨 신부를 바라보았다.

"왜 달아나셨던 기요, 신부."

계속 대답을 생각하고 있었던 파킨슨 신부는 쉽게 대답할 수 있었다.

"할말 없습니다."

"파킨슨 신부!"

핸솔 추기경은 버럭 고함을 질렀지만 파킨슨 신부는 그저 씁쓸한 얼굴로 모닥불만 바라보았다. 갑자기 내지른 외침 때문에 추기경은 몇 번 쿨럭거리고서 말했다.

"신부. 난 당신에게 돌아가라고 했소. 그런데 당신은 되돌아와 나를 방해했소. 그것도 키 드레이번을 이끌고 돌아왔지. 그러곤 그 사실에 대해 아무런 설명도 하지 않고 다시 사라졌소. 지금이라도 뭔가 자기 변명을 해볼 생각은 없는 거요?"

"어느 것에 대한 변명 말입니까. 테리얼레이드로 돌아가라는 명령을 무시한 것? 키 드레이번을 데리고서 암살 현장에 나타나서 그의 이름을 빌린 암살을 방해한 것?"

"……무슨 생각으로 그런 거요? 배교할 작정이요?"

"배교라고!"

파킨슨 신부는 버럭 고함을 지르며 추기경을 쏘아보았다. 핸솔 추기경은 흠칫하며 신부의 허리 쪽을 바라보았지만, 파킨슨 신부의 손은 바짓자락을 움켜쥐고 있었다. 한숨 돌린 핸솔 추기경은 학자다운 태도로 말했다.

"당신이 무슨 판단에서 그런 행동을 취했는지는 대충 짐작하오만, 법황을 배신하는 자는 종단 전체를 배신하는 거요. 그걸 모르지는 않을 텐데?"

"잘 알고 있습니다. 하지만 주님의 뜻은 배신하지 않았습니다. 나는 배교자가 아닙니다."

"독신자의 말투처럼 들리오. 파킨슨 신부. 당신은 법황청을 배신했지만 주님의 뜻은 배신하지 않았다고 말했지만, 모든 이단자는 자신이 주님에 직접 닿았기에 법황청을 무시할 수 있다고 주장하지. 당신은 자신만은 그렇지 않다고 하겠지만, 그것 역시 모든 이단자들이 하는 말이지."

파킨슨 신부는 이를 악물었다. 핸솔 추기경은 쐐기를 박듯 말했다.

"그래 가지고선 어떻게 이단이 아님을 증명할 것이오? 당신이 이단이고 배교자임을 인정할 수밖에 없지 않소?"

"법황청은 어떻습니까."

"무슨 말이오?"

"추기경 예하의 말씀대로라면 법황청 역시 이단과 다를 바 없습니다. 법황청 역시 자신이 주님에 닿아 있다고 말할 테니까요. 그래 가지고서 법황청이 어떻게 이단이 아님을 증명할 수 있습니까?"

핸솔 추기경은 놀라지 않았다. 그는 학자였다.

"파킨슨 신부. 그것은 신학교 초년생의 연구 주제도 되지 못하오. 당신은 모든 이단을 펠라론과 같은 수준에 놓고 있소. 그것으로도 이미 크나큰 죄이지만, 좋소. 일단 넘어갑시다. 당신 말은 그러니까 이단과 법황은 모두 자신이 주님에 닿아 있다고 주장하므로 그것만 가지고는 서로 상대방을 이단으로 규정지을 수는 없다는 말이겠지. 그렇소?"

파킨슨 신부는 아무 말 없이 핸솔 추기경을 바라보았다. 핸솔 추기경은 한숨처럼 말했다.

"당신 역시 그런 질문의 대답은 알 것 아니오."

"압니다."

"아니, 난 당신이 말하길 원하오. 그 대답은 무엇이지?"

파킨슨 신부는 다시 바짓자락을 움켜쥐었다. 핸솔 추기경은 아무 말 없이 신부의 대답을 기다렸다.

"법황은 우리 주님의 이름을 가지며…… 기적으로써 그 이름을 증거합니다. 다른 이단자들은 그렇게 할 수 없습니다."

"그렇소. 따라서 우리 주님의 현재 이름은 퓨아리스요. 그리고 주 퓨아리스의 이름을 가졌기에 법황은 다른 이단자들을 이단자로 규정지을 수 있는 거요. 그리고 당신이 배신한 이는 주님의 이름을 가진 자, 법황이오. 그래도 당신이 주님의 배신자가 아니라고 할 거요?"

파킨슨 신부는 흔들리는 자신을 느꼈다. 키 드레이번을 쏘고 다림 교회를 빠져나올 때만 해도, 아니 조금 전까지만 해도 그는 자신에게 믿음을 가지고 있었다. '교회는 내 안에 있다.'

하지만 기적은 어떻게 할 것인가. 부활의 법황 퓨아리스 4세는 부활의 기적을 보였고 그것으로써 신의 이름을 정했다. 신의 이름은 퓨아리스다. 따라서 파킨슨 신부는 퓨아리스를 배신함으로써 퓨아리스를 배신했다. 핸솔 추기경의 논리에 대하여 파킨슨 신부는 아무 대답도 할 수 없었다.

"하지만, 나에겐 신념이 있습니다."

모든 이단자들 또한 그들의 신념을 가지고 있소. 핸솔 추기경의 눈이 그렇게 말하는 듯했다. 하지만 핸솔 추기경은 짧게 말했다.

"기도하시오, 파킨슨 신부."

키는 총독 관저로 돌아가는 대신 부둣가에 정박해 있는 자유호를 향했다. 자유호의 해적들은 환호를 보내었지만 키는 짤막하게 보트를 내리도록 명령했다. 보트에 오른 키는 조금 떨어진 앞바다에 떠 있는 물수리호를 가리켰다.

억센 노잡이들은 순식간에 밤바다를 가로질러 물수리호의 건현에 보트를 가져다대었다. 보트가 다가오는 것을 보고 있었건만, 물수리호의 갑판원들은 아무 말 없이 키를 내려다보았다. 노스윈드 선단의 가장 이질적인 해적들을 올려다보던 키가 말했다.

"자유호의 선장 키 드레이번이다. 승선을 허락하라."

키 드레이번을 내려다보던 해적들 중 하나가 사라졌다. 잠시 후 물수리호의 갑판장이 고개를 끄덕였다. 키는 사다리를 붙잡고 가볍게 뱃전을 올라갔다.

물수리호의 선원들은 밤 안의 밤 같은 얼굴로 그를 바라보고 있었다. 키는 차분하게 말했다.

"알버트 선장을 만나고 싶다. 그리고 갑판을 비워주게."

아무런 명령도 없었고 아무런 소리도 없었다. 고급 선원들은 고물 쪽으로 사라져 갔고 다른 갑판원들은 고요히 갑판 아래로 내려갔다. 텅 빈 갑판에 떨어지는 달빛을 밟으며 키는 메인 마스트로 걸어갔다.

알버트 선장이 그곳에 있었다.

강한 비바람이 몰아치고 파도가 솟아오를 때마다 물수리호의 갑판원들이 몸으로 그를 가렸지만, 그래도 험난한 바다의 날씨를 온몸으로 받아 왔던 알버트 선장의 옷은 너덜너덜했다. 제멋대로인 머리카락들은 굵게 엉켜 그의 얼굴 태반을 가리고 있었다. 그 머리카락이 아니더라도 알버트 선장의 얼굴은 보기 힘들었다. 목깃에서 튀어나온 혈관들이 그의 양볼과 이마를 휘감아 돈 다음 머리카락들 사이로 기어들어가 마스트에 감기고 있었다. 소맷자락에서 튀어나온 혈관과 근육들은 댕댕이덩쿨처럼 그의 몸을 감싸고 마스트에 휘감겨 있었고 갑판에 파묻히다시피 한 다리는 식물의 뿌리처럼 보인다. 키 드레이번은 그 근육과 혈관들 사이로 간신히 보이는 못대가리를 바라보았다. 심장 부근에 박혀 있는 커다란 못대가리는 시뻘겋게 녹슬어 있었다.

그렇게 알버트 선장은 물수리호를 지배하고 있었다.

노스윈드의 선단 전체에서 그 사실을 모르는 사람은 없지만, 그 중에서도 물수리호의 조타수가 그 사실을 가장 확실히 증언할 수 있었다. 물수리호는 때때로 조타수의 조작을 무시하며 제멋대로 움직인다. 그럴 때 조타수는 재빨리 물수리호의 일항사를 부르고, 일항사는 재빨리 메인 마스트로 달려간다. 그러고는 메인 마스트에 반쯤 묻혀 있는 그들의 선장 알버트에게 사과하는 것이다. '당신의 지배를 따릅니다.'

그것은 야비한 반란과 바다의 사내가 내뱉을 수 있는 가장 끔찍한 맹세가 뒤얽힌 이야기다. 반란을 일으킨 선원들에 의해 메인 마스트에 못박히게 된 알버트 선장은 모든 바다의 악마들의 이름을 빌려 물수리호가 침몰하는 그 순간까지 그 배와 그 선원들을 지배할 것임을 선언했다. 그 순간 느닷없는 폭풍이 배를 습격했다. 그리고 그 번개와 그 파도

와 그 천둥 소리 속에서 죽어가던 알버트 선장의 몸이 끔찍한 변화를 일으켰다.

그의 몸에서 근육과 혈관들이 튕겨나왔다. 채찍처럼 휘둘러진 혈관들은 물수리호의 메인 마스트에 뒤얽혔다. 그리고 그의 다리에서 뻗어 나온 신경줄은 갑판에 뿌리내렸다. 그 기괴한 모습을 본 순간 반란을 일으켰던 해적들은 무기를 집어던지고 엎드려 울부짖거나 그렇지 않으면 미쳐버렸다.

그 날 이후로 알버트 선장은 살아 있지도, 죽어 있지도 않은 상태로 물수리호를 지배해 왔다. 메인 마스트에 고정된 그의 창백한 얼굴에 표정이 떠오르는 경우는 한번도 없었지만, 물수리호의 해적들은 그들의 뜻대로 움직이지 않는 물수리호의 모습을 볼 때마다 두려움에 떨며 알버트 선장이 살아 있음을, 그리고 아직도 물수리호를 지배하고 있음을 확신했다.

그리고 그 때문에 물수리호의 해적들은 그들의 배를 신뢰했다. 놀라운 일은, 그 일이 있은 이후로 단 한 명의 해적도, 심지어 단 한 명의 노잡이 노예조차도 물수리호를 떠나지 않은 것이었다. 기실 그것은 놀라운 일이 아닐지도 모른다. 물수리호의 해적들은 그들이 알버트 선장의 것이 되었음을, 죽은 뒤까지도 그의 지배에서 벗어날 수 없음을 말없이 받아들였다. 그들은 물수리호를 떠나는 것을 더 두려워하고 있었다.

키는 알버트 선장의 얼굴을 바라보았다. 머리카락이 태반을 가리고 있긴 했지만 고개 숙이지 않는 그 얼굴엔 위엄이 있었고 분노가 있었다.

그리고 공허했다.

"알버트. 고맙군."

물론 아무 대답도 없었다. 시체를 향해 말하는 것이나 다름없다. 물수리호의 선원들이라면 절대 찬성하지 않겠지만.

"때로 생전의 자넬 만나봤었다면 즐거웠을 거라 생각한다. 알버트 렉슬러."

휘우웅─. 곳에서 불어오는 바람이 물수리호의 갑판을 쓰다듬었다. 바람은 키의 코트 자락을 잠시 펄럭거리게 한 다음 다시 멀어져 갔다. 짧은 순간 알버트 선장의 머릿결이 움직이며 그 눈이 드러났다. 그러나 키가 그 눈을 자세히 보기도 전에 머리카락이 다시 그의 얼굴을 덮었다.

"어쩌면 우린 서로의 눈 속에서 각자가 잃은 것들을 찾아낼 수도 있었겠지. 혹은 서로의 숨통을 끊어놨을지도 모르지만. 난 자네가 그런 사내였을 거라 상상한다. 그런……"

키는 말을 멈췄다. 그는 오른손을 들어올려 자신의 턱을 움켜쥐었다.

잠시 후 키는 뒤로 한 발자국 물러났다.

"좋은 꿈 꾸게, 친구여."

그 순간이었다. 키는 자유호를 바라보았다.

어젯밤 바다를 가로질러 킬리 선장을 불렀던 소리가 들려오고 있었다.

음음…… 음…… 음.

키는 얼어붙은 듯 갑판에 우뚝 서서 자유호를 바라보았다. 다른 배에서는 약간의 소란이 일고 있었지만 이곳 물수리호에서는 아무런 소리도 없었다. 다시 바람이 불었고, 순간 그 바람을 타고 싱잉 플로라의 노랫소리가 더 크게 들려왔다.

음…… 음음…… 음음.

키는 바람을 향해 가슴을 내밀며 두 팔을 좌우로 던졌다.

쏴아아아—.

바닷바람은 물수리호의 동체 전체를 어루만지고 그 위에 서 있는 키를 얼싸안았다. 그리고 그 순간 키는 느꼈다. 삐이이—걱. 물수리호의 선수가 서서히 움직였다. 거대하지만 부드러운 바람에 이끌리듯 움직인 선수는 다시 닻줄에 의해 도로 당겨졌다. 배에서라면 항상 있게 마련인 작은 흔들림이었지만 키는 세상이 움직이는 것 같은 현기증을 느꼈다. 키는 고개를 돌렸다.

알버트 선장을 내려다보던 키는 몸을 돌려 보트를 향해 걸어갔다. 뱃전을 넘을 때까지 키는 뒤를 돌아보지 않았다.

그리고 자신의 눈에 고인 눈물을 닦아내지도 않았다.

제8장
불은 바람을 부른다

데스필드는 바위 위에 꼿꼿이 선 채 산 아래를 내려다보았다. 두 명의 성직자가 그의 등뒤에서 심히 괴이하다는 눈으로 그를 바라보고 있었지만 데스필드는 아랑곳하지 않았다. 그는 그저 팔짱을 낀 채 산 아래를 내려다보기만 했다.

결국 파킨슨 신부가 약간 짜증 섞인 말투로 질문했다.

"인마, 뭐 하는 거냐? 바로 저기에 있는 도시가 보이지 않는 것은 아닐 텐데. 갑자기 눈이라도 멀었냐?"

데스필드는 앞만 바라보며 실실 웃었다.

"신부님 당신. 옆에 추기경 당신께서도 계신데 부디 성스러운 단어 좀 사용해 보실 생각 없으쇼?"

파킨슨 신부는 데스필드의 충고를 따르기로 결심했다. "지랄하네."

데스필드는 웃음을 터뜨렸고, 핸솔 추기경은 자신의 하위 성직자를 꾸짖어야 될지 말아야 될지를 놓고 잠시 고민했다. 데스필드는 몸을 돌리곤 10분 동안 서 있었던 바위 위에서 훌쩍 뛰어내렸다.

"돌아갑시다."

"뭐야?"

"우회하자고 말해 드릴까?"

"저 도시를 돌아가자는 거냐? 너 제정신이야?"

"저 도시 이름은 판도요. 어쨌든 돌아갑시다."

"왜 돌아간다는 거야? 저기, 판도? 판도에서 누구라도 죽였냐?"

데스필드는 어깨를 으쓱일 뿐 아무 대답도 하지 않았다. 하지만 파킨슨 신부는 그냥 물러날 생각은 없었다. 어쨌든 다림 탈출 이래로 엿새만에 만난 도시였다. 파킨슨 신부의 말을 따른다면 '살아 있다는 것이 신기할 지경이고 패스파인더라는 놈들이 어떤 종자인지 깨달을 수 있었던 엿새'였다. 성직자가 두 명이니 신의 도움이야 넘치도록 기대할 수 있겠지만 동시에 신의 도움 이외엔 아무 도움도 기대할 수 없는 상황에서, 데스필드는 두 성직자가 굶어 죽지는 않은 상태를 유지하게 해놓았다. 죽을 정도로 배가 고프긴 했지만.

"패스파인더는 본인이오. 펠라론까지의 패스는 본인이 긋는다는 말이지. 펠라론까지 가고 싶다면 본인 발을 따라요."

"설명해 봐, 인마. 펠라론까지 가려면 저기서 뭐라도 보급을 해야 되지 않겠냐?"

"파킨슨 신부님의 말이 옳소. 데스필드 군. 판도의 교회에 부탁한다면 우리에게 승용 수단을 제공해 줄 거요. 그런데 왜 판도를 우회해야 된다는 거요?"

데스필드는 아무 말 없이 배낭을 들어올렸다. 그 배낭이라는 것이 걸
작인데 새와 도마뱀, 혹은 무엇인지 모를 고깃덩이가 대롱대롱 매달려
있어 새매의 공작(Duke of sparrowhawk)의 무구 정도로 착각될 물건
이었다. 두 성직자는 지난 엿새 동안 먹어왔던 것임에도 불구하고 그 모
습을 보며 뱃속이 뒤틀리는 기분을 느껴야 했다. 배낭을 둘러맨 데스필
드는 두 성직자를 돌아보았다.

"패스파인더는 패스를 그을 뿐이지 패스를 설명하진 않습니다. 추기
경 당신. 본인은 이렇게만 말해 드릴 수 있소. 본인의 패스를 따르고 싶
지 않다면, 얼마든지 저기로 내려가쇼. 하지만 패스파인더가 긋는 패스
는 패신저의 패스요. 간단히 말하자면, 본인은 당신을 위해서만 패스를
그을 뿐이지 본인을 위해서 패스를 설정하지는 않는다는 말이오."

데스필드는 파킨슨 신부를 바라보았다.

"본인이 저기서 누굴 살해했냐고 물었소? 흐응. 만일 그랬더라도 저
기를 들르는 것이 패신저를 위한 올바른 패스라고 판단되었다면 본인은
저기로 갔을 거요. 제길, 누구한테 따지는 거요? 본인도 저기로 들어가
서 좀 쉬고 싶단 말이오. 하지만 그럴 수 없어. 모든 엄마 당신들이 아들
당신들에게 하는 말 비슷하지만, 다 당신들을 위해서란 말이오. 본인이
긋는 패스는 당신들 때문에 생기는 거다, 이 말이지."

파킨슨 신부는 잠깐 동안 데스필드의 말을 정리해 보았다.

"펠라론까지 가려는 우리의 목적 때문에 저기를 우회할 수밖에 없
다, 이 말인 거냐?"

"그렇소."

"그럼, 네 판단에 따른다면 우리가 저길 지날 경우 펠라론에 갈 수 없다 이 말이지?"

"아하."

파킨슨 신부는 한숨을 내쉬고는 지팡이를 들어올렸다.

"젠장. 별수없군."

핸솔 추기경은 당황한 얼굴로 뭐라 말하려 했다. 하지만 파킨슨 신부는 이미 지팡이를 앞으로 내밀며 걸어가고 있었고, 데스필드 역시 몸을 돌려 걸어가고 있었다. 산등성이에 난 오솔길을 따라 도시를 우회하는 방향이었다. 핸솔 추기경은 고개를 가로 저으며 그 뒤를 따랐다.

파킨슨 신부와 데스필드를 따라가던 핸솔 추기경은 잠시 고개를 돌려 산 아래 판도를 바라보았다. 그의 시선엔 좀 넘칠 정도의 갈망이 담겨 있었다. 하지만 핸솔 추기경은 아무리 극한 상황이라도 지난 엿새 동안 그를 살려놓았던 인물의 말을 무시해 버릴 정도로 무절제한 사람은 아니었다. 핸솔 추기경은 억지로 고개를 돌려 힘겹게 걸어갔다.

바탈리언 남작은 우필을 들어 코끝을 간지럽히며 말했다.

"그러니까 요약하자면, 자넨 단신으로 제국의 공적 제1호에 대항하여 제국 최고의 미녀를 구출해 내었다, 이 말인가?"

"지나치게 극적으로 요약되는 것 같군요. 정말 그렇게 쓰실 생각이라면 전 난처해하게 될 것 같습니다."

오스발의 곤혹스러워하는 얼굴을 보던 바탈리언 남작은 씩 웃었다.

"자네의 난처함과 별개로, 카밀카르에서 용서하지 않을 테니 그렇게 쓰긴 어려울 거야. 주인공을 공주님으로 바꾸면 되겠지. 이렇게 말이야. 공주님께서는 단신으로 제국의 공적 제1호에 대항하여 자신의 자유를 되찾았고, 그의 억압 속에 고생하던 노예도 구출해 내었다고." 바탈리언 남작은 짧게 한숨을 쉬었다. 남작의 입에선 술 냄새가 진하게 풍겼다. "글이라는 것이 얼마나 우스운 것인가를 보게."

"무슨 말씀이신지."

"글은 죽어 있어."

"글이 죽어 있다고요?"

"아, 언어라고 해도 되겠지. 언어는 죽어 있어. 언어는 사실에 종속된다고 생각되겠지만 절대 그렇지 않아. 언어는 사실의 근사치를 가질 뿐이지. 우리는 절대로 세계를 표현할 수가 없네. 우리가 세계를 표현할 수 있는 도구인 언어는 죽어 있어. 죽어 있는 것으로 살아 있는 것을 표현한다는 것은 말이 안 되지."

"예에―."

약간 긴 오스발의 대답을 들으며 바탈리언 남작은 붉어진 눈가를 문질렀다.

"아, 좋아. 예를 들어보지. 자네가 그림을 그린다고 생각해 봐. 저 뒤에서 주무시고 계시는 아리따운 공주의 초상화를 그린다고 치지. 자네가 정녕 악마의 재주를 빌려서 완벽한 그림을 그렸다고 치지. 하지만 그 그림을 완성한 순간, 그 그림은 이미 공주님과는 무관한 그림이 되네. 왜냐하면 공주님은 변화할 테니까. 하다못해 늙어가기라도 할 테니까. 그렇다면 자넨 절대로 공주님을 표현할 수가 없는 것이 되지. 내 말 맞나?"

"예."

"그렇다면 고정된 것으로 움직이는 것을 설명할 수는 없는 거지. 이해되나?"

"예."

"말이나 글은 그림과 마찬가지로 고정된 것이야. 그것으론 절대로 세상을 설명할 수 없어. 왜냐하면 세상은 움직이는 거니까. 우리가 사용할 수 있는 어떤 표현 방식으로도 세상을 표현할 수 없으니, 우린 세상을 모르는 거야. 절대로 알 수 없지. 하지만 우린 멋대로 언어를 사용해대며 세상을 표현하는 척하지. 열정적인 청년은 무수한 조바심과 애달픔을 거친 끝에 처녀에게 말하지. '나는 당신을 사랑합니다.' 헛소리! 그 청년은 절대로 자기 감정을 처녀에게 표현하지 못해. 그 청년이 표현한 건 고작해야 자기 감정의 근사치뿐이야. 그 청년이 보낸 번민의 세월들에 묵념하자고. 쓸데없는 고민을 하며 시간을 낭비했단 말이야."

오스발은 묵묵히 앞을 바라보았다. 깊은 숲속을 흐르는 안개가 말들의 발치를 휘감아돌고 수레바퀴에 휘말려 흩어지고 있었다. 바탈리언 남작은 계속 술 냄새를 풍기며 말했다.

"레우스에 살았던 어떤 궤변론자가 생각나는군. 그 작자는 세상을 인식하기 위한 사고의 출발점을 찾기 위해 고민하다가 이런 말을 했지.

'나는 생각한다. 고로 나는 존재한다.'"

"그럴 듯한 말이군요."

"그럴 듯한 궤변이지. 사실 말도 안 되는 모순문이야. '생각한다'는 것은 움직임이야. '존재한다'는 것은 고정이고. 이 궤변론자 역시 '생각'이라는 과정으로 '존재'라는 순간을 설명하고 있어. 그 궤변론자가 어떤 종류의 생각을 했든지 간에 생각을 시작했을 때의 그 작자와 생각을 끝내었을 때의 그 작자는 서로 다른 존재야. 하다못해 생각이 바뀐 존재일 수도 있으니까. 그렇다면 그 궤변론자는 자신의 생각으로 자신의 존재를 증명해 보일 수는 없어. 병신!"

오스발은 여전히 앞만 바라보며 조용히 말했다.

"죄송합니다만, 다음은 누구입니까."

"응?"

오스발은 무심히 고삐를 쓰다듬었다.

"열정적인 청년, 레우스의 궤변론자, 그 다음은 누구입니까?"

바탈리언 남작은 우필을 잔뜩 움켜쥐었다. 가느다란 우필은 소리 없이 부러졌고 남작은 그것을 마차 옆으로 팽개쳤다. 남작은 오스발을 돌아보았지만 그가 볼 수 있는 것은 오스발의 옆얼굴뿐이었다.

"자네 너무 똑똑해."

"별말씀을."

"아니. 지나치게 똑똑해. 아무도 내 문제를 이렇게 빨리 파악해 내진 못했어."

"남작님께서 다 말씀해 주신 겁니다."

"난 취했어."

남작은 시무룩한 동작으로 잉크병과 종이 뭉치를 코트 속에 쑤셔넣고는 다리를 길게 뻗었다. 마차 벽에 기대어 누운 남작은 회청빛 아침 하늘을 올려다보았다. 길게 끄는 새들의 지저귐이 숲의 나뭇가지를 차고 날아오른다. 남작은 입 속에 남은 말 찌꺼기를 뱉어내듯 반복해서 말했다.

"난 취했다고."

"남작님."

남작은 마차 벽에 초라한 모습으로 기대어 다리를 덮었던 코트 자락을 이불처럼 끌어올렸다.

"왜 그러나?"

"전 글을 읽을 줄 모릅니다. 그래서 남작님의 훌륭한 저작도 읽지를 못했군요. 하지만 남작님은 훌륭한 작가이실 겁니다."

"병 주고 약 주는군, 노예여. 방금 난 내 문제를 자네에게 다 간파당했네. 자기 칼을 믿지 못하는 무사가 과연 훌륭한 무사이겠는가?"

"그러면 어떻습니까."

바탈리언 남작은 대답이 없었다. 자욱한 안개 속에 곤충들의 노랫소리는 맑고 검은 나무들의 표면에 매달린 이슬은 아스라한 반짝임으로 멀어지고 있었다. 남작은 오스발의 목소리가 풀벌레의 노랫소리를 닮았다고 생각했다.

"남작님께서 죽은 과거보다 살아 있는 현실을 더 사랑하시는 것은 짐작합니다. 역사가가 아니라 연대기 작가가 되시기로 결심하셨으니까요. 그리고 남작님께서 자신이 그토록 사랑하시는 바로 '지금'이라는 것을 표현할 수 있는 수단을 가지지 못하신 것도 압니다. 에. 언어는 말해진 순간부터 고정되겠지요. 어떻게든 이 아름다운 지금을 표현해 보려 해도, 그것은 표현된 순간부터 죽은 과거가 되겠지요."

남작은 졸음에 취하여 희미하게 고개를 끄덕였다. 남작은 어쩌면 자신이 울고 있는지도 모른다고 생각했지만 거기에 크게 신경 쓰진 않았다. 오스발의 목소리는 이제 산들바람처럼 들려왔다.

"하지만 그래도 남작님은 훌륭한 연대기 작가이십니다."

"어째서?"

"지금을 사랑하시니까요."

남작은 다시 입을 닫았다. 아침은 어쩌면 영원히 찾아오지 않을 것 같았다. 시린 새벽이 한없이 숲속으로 이어질 것만 같았다. 하늘을 덮은 숲의 정수리는 어두운 그림자로 안개 속에서 꿈틀거렸다. 오스발은 그에게로 몸을 돌렸다. 그리고 손을 내밀었다.

내밀어진 오스발의 손엔 우필이 쥐어져 있었다.

남작은 그것을 바라보다가 오스발의 얼굴을 바라보았다. 눈물 때문인지 아침 안개 때문인지 그의 얼굴이 잘 보이지 않았다. 하지만 남작은 오스발이 조용히 미소 짓고 있다고 생각했다.

"받으십시오."

바탈리언 남작은 우필을 받아쥐었다. 오스발은 우필을 쥔 남작의 손을 그의 가슴에 얹어주고는 코트 자락으로 덮어주었다. 오스발의 나직한 속삭임을 들으며 남작은 잠이 들었다.

"당신은 연대기 작가입니다."

파란 하늘과 파란 수면 사이로 흰 점이 날아다닌다.

키는 자유호의 선교 난간에 걸터앉아 있었다. 그리고 그의 오른편에
는 싱잉 플로라의 화분이 난간 위에 놓여 있었다.

자유호의 선장과 노래하는 꽃은 나란히 앉아서 다림의 하늘을 바라
보고 있었다.

투명한 하늘 속을 까불거리고 춤추며 날고 있는 것은 갈매기가 아니
다. 갈매기보다는 더 가벼운 것. 더 경쾌해서 더 우아한 것이다.

키는 연을 바라보고 있었다.

조연사(操鳶士) 하나가 곶의 머리에 서서 다림의 앞바다를 향해 연을
날리고 있었다. 자유호에서는 충분히 먼 곳이었지만 특별히 숨기고 싶어
하는 것은 아니다. 밤하늘에 검은 연이 아닌 바에야 연이라는 것은 원
래 숨길 수도 없는 물건이다. 저곳에서 연을 날리고 있는 카이트플라이
어(Kiteflier) 역시 그 사실은 잘 알고 있을 것이다. 키는 엷은 미소를 지
었다. 그는 오른손을 뻗어 싱잉 플로라의 꽃잎을 살짝 쓰다듬었다.

난간 아래쪽 갑판에서는 노스윈드 해적의 선장들이 위엄 있는 대화
를 나누고 있었다.

"팔라레온과 다벨이 전쟁중이었답니다. 그래서 아무런 반응이 없었
던 것입니다."

"전쟁이라고? 누가 누굴 친 건데?"

"다벨입니다."

라이온의 말을 듣던 선장들의 얼굴에 비웃음과 조롱기가 떠올랐다.

노스윈드 함대는 다림 총독부를 흉내내기로 결심했다. 그들이 창의력이 없었다는 것은 아니다. 그들은 단지 자신이 창의력이 있음을 보여주기 위해 다림의 모든 질서를 바꿀 필요를 느끼지는 못했다. 따라서, 공격 이틀 후 다림 시민들은 자신이 정복당했는지 의아스러워해야 했다. 다림 시내에서는 해적의 모습이라곤 찾아볼 수가 없었다. 정정. 최소한 정복자의 후광을 견장처럼 달고 다니는 해적들은 존재하지 않았다. 다만 상회를 찾아가서 물건을 구입하고는 정중한 태도로 '계산은 자유호의 장부 앞으로 달아두십시오'라고 말해서 상회 주인을 질리게 만드는 '선원'들만이 있었다.

그러나 상인들의 얼굴이 푸르죽죽하게 바뀌는 빈도는 급속히 낮아졌고, 점차 다림 시민들은 앞바다에 떠 있는 노스윈드 선단을 다른 배들과 마찬가지로 여기게 되었다. 물론 노스윈드 함대의 대포들은 모두 다림시의 요소요소를 조준하고 있었지만 그것은 그 날 이후로 한번도 불을 뿜지는 않았다. 재건과 복구의 현장에서 '그들의 선장을 구하기 위해서였지, 뭐. 의리 문제 아니겠어?' 하며 군자연한 태도를 보이는 시민들이 늘어가는 가운데 다림의 지식층들은 이 현상에 대해 비웃으며 '사랑 때문이었다고 주장하면 강간도 애정 표현이 되는 법인가'라고 빈정거렸다.

그러나 다림 시민들의 보편적인 반응이 부드러웠다는 것과는 별개로 다림의 수녀부들과 노스윈드 선장들, 즉 실제로 '화약통 위에서 카드 게임을 해야 했던' 이들에게 그 이틀 동안은 하루가 한 달 같은 나날들이었다. 그들은 동원할 수 있는 모든 알력을 포탄 삼아 상대방에게 포화 사격을 해대었고 그들에게 있어 '1024년 다림—노스윈드 전쟁'은 아직 끝나지 않고 있었다. 노스윈드 함대의 선장들이 부하들에게 엄한 금족령을 내린 것 역시 다림 시민들을 자극하지 않기 위한 것이기도 했지만 동시에 인질 발생이나 정보 누설을 방지하기 위한 것이기도 했다.

피도 없고 비명도 없고 연기도 없는 전쟁을 수행하느라 지친 선장들은 지금 자유호의 갑판에 모여 앉아서 라이온의 보고를 듣고 있었다. 그리고 라이온은 그들에게 레보스호의 화물과 배를 팔아치우러 나갔다가 한 상인에게 들은 이야기를 전하고 있었다. 삭구에 기대어 앉아 있던 하리야 선장은 미간을 문지르며 말했다.

"그 로드 메르데린이 칼을 뽑았단 말이지. 구체적인 건 없나, 라이온 갑판장?"

레보스호를 매각하기로 결정했기에 다시 자유호의 갑판장으로 돌아온 라이온이 대답했다.

"없습니다. 그냥 다벨군이 팔라레온에 침입했고, 팔라레온은 응전 준비중이라는 말뿐이더군요. 그래서 그 친구는 화물선 출입이 통제된 것인가를 알고 싶어하고 있었습니다."

"천챙 물차 창사하케?"

"아니오, 돌탄 선장님. 눈치를 보아하니 팔라레온의 밀값이 폭등하기 전에 사두려는 것 같더군요. 전쟁이 장기화되면 팔라레온의 밀값이 오를 것은 당연하잖습니까?"

"그래, 뭐라 대답했나?"

"예. 킬리 선장님. 다림항에서 선박의 출입을 통제하는 건 다림 총독부라고 대답해 줬습니다. 만족하는 것 같더군요."

선장들은 대개 고개를 끄덕였다. 갑판에 주저앉은 채 뱃전을 기대고 앉아 있던 두캉가 선장은 허리까지 앞뒤로 흔들며 말했다.

"잘했어. 음. 상대가 다벨이라면 로드 데자크는 해군을 필요로 하진 않겠군."

"용병? 어림없는 소리입니다. 팔라레온은 레갈루스의 원성을 들어가면서까지 우릴 고용하지는 않을 겁니다."

하리야 선장이 질색하며 고개를 가로 저었다. 두캉가 선장은 뒤꼭지를 긁적거렸다.

"하지만 근래 보기 드문 전쟁이잖나."

"그러니까 잘된 겁니다. 팔라레온이든 다벨이든, 아니 다른 어떤 나라들이든 간에 전쟁 때문에 당장은 우리들에게 신경 쓰진 못할 겁니다."

"응? 숨어 지내자고? 자넨 지금 4,000명이나 되는 인원을 한 곳에 숨겨두자고 말하는 건가? 젠장. 밥 한 끼 먹을 때마다 대가리가 터지겠다."

"숨어 지내자는 말이 아닙니다. 다림을 타고 앉는 것이 어떻겠습니까?"

두캉가 선장은 고개를 갸웃했다.

"다림을?"

"예. 어차피 레갈루스인들은 이 땅을 목숨 바쳐 지킬 조국으로 생각하지는 않을 겁니다. 다른 나라의 대표부들도 마찬가지고요. 그들, 그러니까 남해 항로에 자신들의 이권이 걸린 나라들 대부분은 다림이 남해 항로의 거점 역할만 충실히 해준다면 만족할 겁니다. 그러니까 차제에 다림 총독부를 해체시키고 이 도시를⋯⋯" 하리야는 잠깐 숨을 돌렸다가 단숨에 말했다. "우리 나라로 만드는 겁니다."

선장들은 모두 놀란 눈으로 하리야 선장을 바라보았다. 그들은 그 내용에 놀라고 그 내용을 말한 사람에 놀라고 있었다. 하지만 하리야는 야심이나 열정으로 말하는 것은 아니었다. 그는 순수한 논리를 말하는 사람 특유의 무관심한 어조로 말했다.

"이건 기회라고 할 수 있다는 점을 상기시키고 싶습니다. 솔직히 우리들에겐 거점 항구가 필요합니다. 지금까지처럼 어촌 하나를 정복해 겨울을 나고 봄이면 떠나는 방식은 문제가 많았습니다. 아니, 거기에 앞서 언제까지 해적질을 하겠습니까? 그런데 지금, 뜻하지 않은 일이긴 하지만 우리는 이 도시를 지배하게 되었습니다. 다행히도 이 땅은 그 주인조차 탐내지 않는 땅입니다. 여기서는 탐낸다는 의미가 좀 다르게 사용됩니다만. 어쨌든 좀더 나가봐도 되지 않겠습니까? 팔라레온과 다벨이 전쟁중이라면 당장은 육로를 통해 이 땅을 수복하려 들 세력은 없는 것입니다. 해로라면, 글쎄요. 난 여러분들이 두려워하는 해상 세력이 있는지 묻고 싶습니다."

선장들은 일단 사나운 미소로 하리야의 질문에 대답했다. 하리야는 조용히 결론을 이끌어내었다.

"따라서 우린 이 땅을 우리 나라로 선포한 다음 당분간은 걱정 없이 지킬 수 있습니다. 이곳을 타고 앉으면 해적질은 더 쉬워지거나 아예 하지 않아도 됩니다."

"그럼 하리야 신부님은 다림국의 추기경이 되는 거요? 아, 농담입니다."

어줍잖은 농담을 던졌던 킬리 선장은 곧 후회했다. 하지만 하리야는 분노하지는 않았다.

"그런 망령된 말은 하지 마시게, 킬리 선장. 그럴 수야 없지. 그리고 다림이라면…… 그 이름은 바뀌어도 좋지 않을까. 예를 들어, 드레이번은 어떤가?"

선장들은 이제 더 이상 하리야의 말을 농담으로 생각할 수 없게 되었다. 그들은 당혹과 경악, 그리고 약간의 기대감도 담은 채 지금껏 조용히 있었던 키―혹은 키 1세, 신생 왕국 드레이번의 초대 국왕?―을 올려다보았다.

키는 여전히 연을 바라보고 있었다. 선장들의 시선을 눈치 챈 것인지 아닌지 알 수 없었다. 메인 마스트에 기대어 서 있던 오닉스가 더 못 참겠다는 듯이 발을 들어올렸다.

꽝! 갑판을 울리는 요란한 소리가 났지만 키는 하늘만 바라보며 말했다.

"시끄럽다."

그리고 키는 입을 다물었고, 선장들은 불쌍하게도 더 당혹해 버렸다. 그들은 키의 저 말이 오닉스를 향한 것인지 하리야를 향한 것인지 판단할 수가 없었다. 그때 킬리 선장이 좋은 생각을 떠올렸다. 킬리 선장은 갑자기 라이온을 노려보기 시작했고 그러자 돌탄, 하리야, 두캉가, 오닉

스 선장 역시 라이온을 매섭게 노려보았다. 라이온은 황당하다는 표정
으로 선장들을 둘러보았다.

'나보고 어쩌라고요?'

'깐죽거려 봐. 자네 특기잖아.'

'킬리 선장님—! 난 복수에 맞아 죽고 싶지는 않다고요!'

'명복은 빌어주지. 빨리 해!'

라이온은 또다시 선장들을 죽 둘러보았다. 하지만 노스윈드 선단의
선장들이다. 도대체 이가 들어갈 상대가 아니다. 선장 회의라 그 도끼를
가져오지 않은 오닉스조차 그 마스크만으로도 살벌함을 넘치도록 조장
하고 있었다. 결국 라이온은 눈을 질끈 감았다가 뜨곤 키를 올려다보
았다.

"선장님이 국왕이 되신다면 전 하렘에서 상임 근무하고 싶습니다만."

노스윈드의 선장들이 정신적으로 졸도하는 사이에, 키가 고개를 돌
렸다. 키의 얼굴엔 아무런 표정이 없었지만 라이온은 그 무표정이 두려
웠다. 하지만 키는 하리야 선장을 내려다보았다.

"가능성이 얼마 정도라고 보나."

선장들 대부분의 얼굴이 밝아졌지만 하리야는 반색하지 않았다.

"야심가는 열에 열, 회의주의자는 열에 두셋 정도라 말할 것 같습니
다. 방해가 될 수 있는 건 필마온 기사단과 카밀카르 정도인데……"

"내부 방해는?"

"다림 시민 대부분의 동향은 온건한 편입니다. 다림 시민들이라고 해
봐야 은퇴 선원이나 상인들이 대부분이고 여기 토박이는 별로 많지 않

318

습니다. 그들은 누구의 지배도 원하지 않기 때문에 거꾸로 누구의 지배
도 마다하진 않을 겁니다. 지배자가 충분히 온화하다면. 그리고 우린 온
화해질 수 있을 겁니다."

"다시, 외부는?"

"카밀카르는 일단 레보스호의 포로를 돌려줌으로써 조용히 있게 할
수 있습니다. 필마온 기사단은 공주의 생존, 또한 그 생환이 확실시되는
이상 교회 기사단의 자격으로 페리나스를 벗어나진 못할 테니 역시 상
관없습니다. 육지에서의 이점에 대해선 조금 전에 말씀드렸습니다."

"명분은?"

"다림 내에서 끌어낼 수 있습니다. 현재로선 두 가지 정도가 떠오르
는군요. 첫 번째는 정복자의 당연한 권리 주장입니다. 이것은 이해하기
쉽다는 점이 장점이군요. 두 번째는 다림이 얼마나 취약한가에 대한 지
적입니다. 그건 직접 보여줬으니 받아들이는 쪽도 납득하기 쉬울 겁니
다. '노스윈드의 무력과 다림의 부를 결합시켜 멋진 나라 만들어보세'
정도를 표어로 할까 합니다."

"지지 기반은?"

"외부적 지지 기반은 다벨, 혹은 팔라레온에 협력하는 것입니다. 전
쟁에 협력하는 대가로 국가 수립에 대한 동의를 얻어내면 될 것입니다.
또한 전쟁의 흐름을 잘만 이용하면 다벨이나 팔라레온의 권력 재편성에
서 떨어져 나온 축들을 포섭할 수 있을지도 모릅니다. 내부적 지지 기
반은 없어야 합니다. 당분간은 군림하지 않으며 통치하던 다림의 전대
지배자들의 전철을 밟아야 할 테니까요."

키는 질문을 멈추고 물끄러미 하리야를 바라보았다. 그리고 하리야는 그런 키의 시선을 조용히 받아내었다. 다른 선장들은 조금 전 들었던 것을 이해해 보려다가 정신적 소화불량에 걸려 신음하기 시작했다.

하리야를 보던 키의 눈이 두캉가 쪽으로 돌아갔다. 키의 입매가 조금 올라갔다. 키는 미소 짓고 있었고, 그 미소를 보며 두캉가는 생침을 삼켰다. 다음 순간 키는 벌떡 일어났다. 오른손으론 싱잉 플로라의 화분을 잡고, 왼손으론 뱃전을 짚었다.

파라락. 코트 자락이 춤을 추었다.

키는 선교에서 부두까지의 상당한 높이를 뛰어내렸다. 불과 얼마 전에 팔이 부러지고 핸드건에 피격된 사람이 취할 행동은 아니었다. 하지만 키는 신음 하나 내지 않았다. 키 드레이번의 갑작스러운 퇴장으로 회의는 시들해졌고, 선장들은 서로를 훔쳐보거나 어깨를 으쓱이다가 하리야를 쳐다보았다. 하지만 하리야는 아무 말 없이 항구 저편으로 사라지는 키의 등을 바라보았다.

질풍호의 선장실에 앉아 있던 세실리아는 고개를 갸웃거리며 트로포스의 손을 들어올렸다.

"이상하군. 이 녀석 손등의 점이 원래 열 개였나? 아홉 개였던 것 같은데. 야, 인마."

"제 이름은 야, 인마가 아니고 스우입니다, 마녀…… 으윽!"

"그리고 나는 마법사다, 마법사! 도대체 마법사라는 말이 그렇게 입에 안 붙냐?"

'그거야 지팡이 휘둘러대는 당신 모습을 보고 있으면 그 생각밖에 안 나니까 그렇잖아. 이 마녀야'라고 말하는 대신 젊은 해적 스우는 입술을 비죽거렸다. 세실은 다시 트로포스의 손을 들어올렸다.

"알았다, 꼬마야. 그러니까……"

"스우입니다."

"그래, 수. 너희 선장 손등에 점이 아홉 개 아니었냐?"

잇몸이 튀어나올 정도로 입술을 비죽거리던 스우는 지팡이가 올라가는 모습을 보고선 황급히 트로포스의 손을 내려다보았다. 하지만 스우는 그 점이 몇 개였는지 정확히 기억하지 못했다. 스우는 잘 모르겠다고 대답했고 세실은 고개를 갸웃거렸다.

"에이, 모르겠다. 내가 잘못 기억했겠지. 신경 썼더니 배가 고프군. 그거 이 친구 줄 거야?"

스우는 들고 있던 죽그릇을 황급히 뒤로 숨겼다. 하지만 곧 스우는 죽그릇을 탈취당하고는 정수리를 쥔 채 통곡해야 했다. 숟가락질 몇 번에 죽그릇을 비운 세실은 스우에게 그릇을 넘겨주며 말했다. "다시 해와." 그리고 세실은 선장실을 나섰다. 그녀의 등을 향해 '환자 먹일 음식을 훔쳐먹음으로써 피도 눈물도 없음을 증명한 그대 이름은 마녀!' 등의 악담을 소리 없이 외치던 스우는 투덜거리며 그 뒤를 따랐다.

질풍호의 갑판으로 올라온 세실은 날렵한 동작으로 뱃전 위에 뛰어올랐다. 질풍호의 뱃전에는 부두를 향해 널판이 놓여 있었고, 세실은 그 위를 걸어내려갔다. 항구 저편에서 복구 작업중이던 노동자들은 해적선에서 내려오는 여인을 보며 놀라워하거나 눈살을 찌푸렸다. 세실은 그들이 자신을 '부두의 꽃' 정도로, 즉 정박중인 배의 고급 선원들이 노리갯감 삼아 배로 끌어들이는 여자 정도로 생각할 것을 잘 알고 있었지만 아무 상관 하지 않았다. 원할 때마다 마실 수 있는 공기가 소중하게 여겨지지 않듯이, 원할 때마다 평판을 바꿀 능력이 있는 자는 평판에 신경 쓰지 않는 법이다.

태평하게 걸어가던 세실은 자유호 앞에서 걸음을 멈췄다.

자유호의 갑판과 부두를 연결하는 널판 위로 바다사자호의 두캉가 선장과 페가서스호의 하리야 선장이 뭔가 이야기를 나누며 걸어내려오고 있었다. 자유호에 올라가기 위해 그들이 널판을 내려올 때까지 기다리던 세실은 본의 아니게 그들의 대화 일부를 듣게 되었다.

"제독이라고요?"

"그랬네. 그런데 자넨 아예 그를 왕으로 만들겠다고까지 말했단 말이야."

"그래서 그가 당신을 그렇게 본…… 마법사 세실?"

세실을 발견한 하리야 선장은 빠른 걸음으로 널판을 내려왔다. 세실은 팔짱을 끼며 하리야를 쳐다보았다.

"뭔 이야기들 나눴기에 그렇게 화들짝 놀라는 거지? 왕이 어쨌다고?"

"별말 아니었습니다. 그런데 올라갈 생각이셨습니까?"

"응."

"자유호엔 무슨 일로?"

"별일 아냐. 키 드레이번에게 황제가 되라고 권해 볼까 해서."

두 선장은 잠시 아무 말도 못한 채 세실을 바라보았고, 세실은 그런 선장들을 흘겨 봐준 다음 널판을 걸어올라갔다. 그녀의 뒷모습을 바라보던 두캉가 선장과 하리야 선장은 한숨을 내쉬곤 각자의 배로 돌아갔다.

자유호의 갑판 위에 올라간 세실은 제일사장 위에 걸터앉아 생각에 잠긴 표정으로 다림 시내를 바라보는 라이온을 발견했다. 세실은 라이온에게 걸어갔다.

"여어, 라이온. 뭐하고 있나?"

라이온은 그윽한 시선으로 다림 시내를 보며 말했다.

"내게 가장 소중한 것을 훔쳐간 도둑, 하지만 용서할 수밖에 없는 도둑을 생각하고 있습니다. 아아, 내 마음을 강탈해 간 아름다운 도둑 율리아나…… 보고 싶어라."

"대뇌에 치질 걸린 소리 그만하고 이야기나 해봐."

"무슨 이야기?"

"어쩔 생각이야? 계속 다림에 죽치고 앉아 있는데, 분위기를 보아하니 여기에 노스윈드국을 세우자는 말까지 오가는 모양이군. 정말 그럴 생각인가?"

라이온은 어리둥절한 얼굴로 세실을 돌아보았다. 발밑이 바로 바다인 제일사장 위였지만 라이온은 아랑곳하지 않는다는 듯이 몸을 돌렸고, 그래서 세실은 잠깐 조마조마해야 했다.

"어라. 그건 방금 나왔던 말인데 어떻게 알았습니까? 마법?"

"내가 마법 써서 뭘 훔쳐들었다면 네게 묻고 있겠냐."

"나라라는 것이 기분 내킨다고 해서 세우고 말고 할 것은 아니잖습니까."

"음? 너 라이온 아니지?"

"하하. 나는 보잘것없는 갑판장일 뿐입니다. 그런 거창 무쌍한 일은 선장들에게 물어보세요. 그런데 그거 물어보러 여기 온 겁니까?"

"쳇, 말 돌리기는. 좋아. 그건 다른 작자에게 물어보지. 내 용건이나 말하지. 『제국백과사전』이 있다고 들었는데."

라이온은 고개를 끄덕였다.

"먹지도 못할 책 비싸기는 엄청나게 비싸더군요. 예. 저기 레보스호에 있습니다. 레보스호에 실린 것 중 팔 만한 건 다 팔았는데 그건 아직 처치 곤란이군요."

"그거 좀 보자."

라이온은 잠시 세실을 바라보았다. 『제국백과사전』의 열람이 키 선장이나 식스 일항사의 허락을 받아야 되는 일인지 고민해 보던 라이온은, 잠시 후 자신이 그런 허락에 크게 신경 쓰지 않는 타입이라는 사실을 떠올렸다. 그다운 방식으로 고민을 끝낸 라이온은 경쾌한 동작으로 일어났다.

라이온의 안내를 받아 세실은 레보스호의 특별 화물실로 향했다. 배에 대해 그다지 익숙하다고는 할 수 없는 세실도 레보스호의 특별 화물실에 실려 있는 백과사전을 보곤 잘도 실었다고 생각하며 감탄하지 않을 수 없었다.

"허! 이거 실을 때 균형 맞춰 싣느라 고생했겠군."

"그런 것 같습니다. 뭐 조사하실 생각입니까?"

"응."

"도움이 필요하시다면 몇 놈 붙여드릴 수 있습니다만?"

"필요없어. 바쁠 테니 가봐."

라이온은 세실에게 인사한 다음 갑판 위로 올라갔다. 세실은 잠시 팔짱을 낀 채 특별 화물실 내의 상자들을 바라보았다. 암담해지는 기분이 들었다. 습기를 피하기 위해 율리아나 공주의 장서들은 상자에 들어 있었는데 한 상자에 대개 20권 남짓 들어 있는 것 같았다. 그런 상자가 60여 개 가까이 실려 있는 것이다. 황당한 심정을 애써 가눈 세실은 라이온에게 건네받은 화물 목록을 뒤적이며 자신이 원하는 책을 찾기 시작했다.

늦봄의 어지러운 낙화 속에 언덕길은 게으른 졸음에 빠져 있었다.

해원으로부터 바람이 불 때마다 꽃잎이 떨어지고 있었다. 언덕을 올라오기 시작한 지 얼마 되지도 않았지만 키 드레이번의 넓은 어깨엔 꽃잎이 꽤나 쌓여 있었다. 철쭉, 벚꽃. 무르익을 대로 무르익은 봄은 자신이 피워낸 생명들의 열기 속에 오히려 사그라들고 있었고 조만간 협죽도의 붉은빛 속에 여름이 찾아들 것 같다. 키는 코트를 벗어 어깨에 걸치고 오른손에 든 화분을 흔들거리며 언덕길의 나머지를 천천히 답파했다.

언덕 정상에서 약간 아래쪽, 바닷바람을 잘 받는 곳에 한 사람이 서 있었다.

카이트플라이어는 큼직한 얼레를 가슴 높이에 들고 있었다. 하늘을 향해 뻗은 실은 순식간에 사라지고 있었지만 그 아득한 저편에서는 하얀 연이 나풀거리고 있었다. 키는 멈춰 서서 옷에 붙은 꽃잎을 털어내었다. 탁, 탁. 늙은 카이트플라이어는 고개를 돌렸다. 그의 눈과 키의 눈이 잠깐 부딪혔다. 조연사는 키의 오른손에 들린 화분을 재미있다는 듯이 바라보았다. 하지만 조연사는 곧 하늘 쪽으로 시선을 돌렸다.

키는 잠시 그의 구부정한 등을 바라보다가 말했다.

"바람이 어떻습니까."

카이트플라이어는 고개를 돌리지 않았다.

"글쎄. 뱃사람이신가?"

"그렇습니다."

"지금은 그저 그렇지만, 썰물 때쯤엔 출항하기에 괜찮은 바람이 불 것도 같구려."

"누군가 당신께 청탁을 했습니까?"

"아니, 그런 건 없소. 그냥 심심해서 나와본 거라오. 이 늙은이도 염치가 있는데 모두들 복구 때문에 바쁜 시내에서 빈둥거릴 수가 있어야지."

키는 정상 부근의 바위 위에 코트를 던지고 화분은 바위 옆에 놓았다. 따스한 바람이 시원하게 불었다. 키는 바위에 앉은 다음 흐트러진 머릿결을 가다듬었다.

"노인장께선 얼마 동안 연을 날리셨습니까?"

"그럭저럭 50년쯤 된 것 같소."

"계속 이곳에서?"

"물론이오. 진짜 조연사는 항구에 매이는 법이라오."

"군대의 카이트플라이어는 그렇지 않습니다만."

"그건 조연사가 아니오. 연재주꾼이지. 진짜 조연사는 자기가 처음 연을 날린 항구에서 죽을 때까지 연을 날리는 법이오. 등대지기처럼. 등대지기는 보이지 않는 어둠 속에서 빛을 다루고, 조연사는 보이지 않는 하늘에서 바람을 잡아내지. 같은 거요. 나는 다림 항의 바람들은 전부 내 자식처럼 잘 안다오."

"그러십니까."

조연사는 왼팔을 들어 허공을 찔렀다.

"그래요. 저쪽, 마치 돛대 같은 나무가 서 있는 곳 보이시오? 저쪽에 있는 녀석이 제일 착한 녀석이오. 심지가 굳고 절대로 성질을 부리는 일이 없어요. 태풍이 불 때도 저 녀석만 도와주면 입항이 가능하지. 반대로 저쪽 부두 창고 쪽에서 오른쪽으로 휘는 놈, 저놈은 성격이 너무 괄괄하지. 오늘은 잠잠하지만 저 녀석이 만일 기세가 오르면 헤비 갤리어스라도 바다 밑에 처박아버리지. 게다가 저놈은 음흉해서 아무 이야기도 하지 않고 불어닥치곤 해서 골치 아픈 놈이오."

"이야기?"

"이 실에 대고 이야기하지. 난 지금 댁하고만 이야기하고 있는 건 아니오."

"지금 바람이 무슨 이야기를 하고 있습니까?"

조연사는 대답하지 않았다. 키는 수평선 가까운 곳에서 반짝거리는 빛의 파편들에 시선을 맞춰보았다. 바래어진 하늘빛 속에 연은 제멋대로 까불거리고 있었다. 시답잖은 세상의 시답잖은 소음은 언덕 중턱에서 더 이상 올라오지 못하고 있었고, 바닷바람 속에 곳은 고요했다.

요란한 바람 소리 같은 것은 없었다. 하지만 하늘 저 높은 곳을 떠다니던 붉은 연이 갑자기 미친 듯이 춤추는 모습은 마치 바람 소리를 듣는 것 같은 착각을 주기에 충분했다. 카이트플라이어의 보고는 아직 도착하지 않았지만 하늘을 바라보고 있던 하팔 장군은 회심의 미소를 지었다. 전장에서 뼈가 굳은 그다. 조연사의 보고를 들을 것도 없이 곧 바람이 불 것임을 알 수 있었다.

잠시 후 언덕 아래에서 전령이 달려 올라왔다.

"보고합니다. 카이트플라이어는 곧 안개를 치워버릴 강력한 바람이 불 것이라 말했습니다."

하팔 장군은 고개를 끄덕였다. 옆에 있던 부관이 희열을 완전히 억누르지는 못한 목소리로 말했다.

"좋군요. 안개가 사라지면 강 건너편에서 놈들이 어떤 얼굴이 될지 궁금합니다."

말은 하지 않았지만 하팔 장군은 동의의 뜻으로 고개를 조금 끄덕였다. 하팔 장군의 전략을 처음 들을 때는 불안해하는 얼굴로 고개를 가로젓던 부관이었다. 5,000명의 투란 군단에 판도의 2,000명의 중장보병과 반델에서 달려온 1,000명이 더해져 팔라레온은 8,000명이라는 대군이었고 만약 이 대군이 포진하는 틈을 노려 다벨군이 강을 건너왔다면 하팔 장군은 싸워보기도 전에 패배하고 말았을 것이다.

팔라레온군의 진형을 한 마디로 표현한다면 부채꼴이 될 것이다. 하팔 장군의 부관이 처음에 난색을 표명한 이유도 바로 여기에 있다. 전장을 가로지르는 강이 다벨군과 팔라레온군 가운데로 흐르고 있었고, 하팔 장군은 강 이쪽 편에 길다란 초승달 모양의 진형을 펼쳤다. 당연히 포격과 궁병 위주의 장거리 공격 진형이며, 십자포화가 가장 효율적으로 수행될 수 있는 진형이다. 실제로 하팔 장군은 초승달의 양쪽 끝부분, 그러니까 진형의 최우익과 최좌익에 20문씩의 대포를 배치했다. 하지만 이 진형은 유기적으로 연결되기가 어렵기 때문에 초승달의 한쪽 끝을 공격당하면 다른 쪽 끝에서 도와줄 수가 없는, 방어적 측면에서 취약한 진형이기도 하다. 그래서 포진하는 순간이 극히 위험한 진형이다.

하지만 하팔 장군은 자신의 모국에서 전략적 요충지가 되는 지역들의 특성을 상세히 알고 있었고, 그래서 판도 지방의 안개에 대해서도 잘 알고 있었다. 전장을 뒤덮은 안개 속에서 팔라레온군은 여유 있게 참호를 파고 포진을 마칠 수 있었다. 안개 때문에 팔라레온군의 모습을 볼 수 없었던 다벨군은 속수무책으로 기다릴 수밖에 없었다.

물론 하팔 장군은 안개만 믿고 있었던 것은 아니다. 이 진형의 약점을 보완하고 강점을 극한까지 끌어올리기 위해선 전장의 확산을 막는 일이 무엇보다 절실하다. 그렇기에 하팔 장군은 강을 건널 수 있는 여울목을 진형의 중심점으로 삼았다. 여울목 때문에 다벨군은 공세밀도를 한 점에 집중시킬 수밖에 없고 팔라레온은 바로 그 한 점을 모든 방향에서 공격할 수 있다. 하팔 장군은 자신이 펼쳐낸 이 장대한 전략을 소박하게 표현했다.

"토끼굴에서 튀어나오는 토끼를 한 마리씩 때려잡는 식이지. 애들 코 묻은 돈 뺏는 기분이지만, 이 싸움은 내가 잡았어."

부관은 아직 적당한 동의와 졸렬한 아부의 중간점에 자신의 자존심을 합일시키는 재주는 터득하지 못한 젊은 나이였고, 그래서 늙은 상관의 기분을 맞추어주진 못했다.

"너무 낙관하시는 것은 아닐까요?"

일순간 화를 낼 뻔했지만 하팔 장군은 곧 화를 억눌렀다. 그 역시 젊은 시절엔 그저 반대하기 위해 상관에게 대들어본 경험이 있었다. 그래서 하팔 장군은 부드럽게 말했다.

"다른 계획이 있다면 말해 보게. 안개가 곧 걷힐 테니 빨리 말해 주면 좋겠군."

부관은 당혹하여 고개를 숙였다. 물론 싸움을 앞두고 부관을 의기소침한 상태로 만들어둘 필요는 없다.

"당장 그런 것이 떠오르지 않는다면 일단은 내 계획을 도와주게. 나에겐 자네의 그 침착함과 냉정함이 필요할 거야."

부관의 얼굴이 밝아졌다. 하팔 장군의 노련한 장수다운 모습이 한껏 빛난 순간, 전장에 바람이 불기 시작했다.

안개가 엷어지고 있었다.

늙은 조연사는 뜬금없이 말했다.

"다벨과 팔라레온이 전쟁을 벌였다더군. 혹시 그 이야기 아시오?"

"들어봤습니다."

"그 사람들은 왜들 싸우는 거지?"

"잘 모르겠습니다. 다벨의 프란체스코 메르데린은 황제병에 걸린 사내입니다만."

"어, 황제가 되고 싶어한다고? 나도 그 말 들어봤소. 그럼 왜 제국을 안 치고 팔라레온을 친 거요?"

키는 늙은 조연사의 소박한 질문에 대해 비웃지는 않았다. 대신 어린애도─아마도 귀족가의 어린애여야겠지만─대답할 수 있는 말을 꺼냈다.

"제국을 칠 정도의 힘이 없으니까 그렇겠지요. 팔라레온의 밀밭을 가지면 그는 더 강해지지 않겠습니까."

"아아, 그런 건가. 맞군."

잠시 침묵이 흘렀다. 조연사는 한가롭게 실을 풀었다 감았다 하다가 말했다.

"그럼 그 다음엔 제국을 치겠군?"

"곧장 그러기는 어려울 겁니다. 록소나의 말이나 다케온의 다이아몬드까지 얻는 편이 좋을 겁니다. 팔라레온을 가지면 록소나나 다케온은 치기 쉽겠지요."

"오호라, 그렇군, 그래. 이크! 이놈아. 줄 좀 놓거라."

뒤의 말은 바람에게 건넨 말일 것이다. 낚시꾼을 연상시키는 모습으로 실을 감았다 풀었다 하던 조연사는 잠시 후 안도의 한숨을 쉬고 말했다.

"원, 그놈 성깔하곤. 그래, 그 다음엔 제국을 치겠네?"

"어쩌면 그렇겠지요."

"그럼 그 공작님은 황제님이 되는 것이고."

"예."

조연사는 갑자기 얼레를 들어올렸다. 얼레가 빠르게 회전하며 실이 주르륵 풀려나갔다. 연은 하늘 높이 올라갔다. 조연사는 얼레를 천천히 잡아당겼다.

"그럼 공작님은 행복해지겠군."

"어쩌면."

"그럼…… 공작님, 아니 황제님은 그 다음엔 뭘 할까."

"그 다음?"

"그 다음 말이오."

"심심할 테니, 바람 좋은 언덕을 찾아 연을 날릴지도 모르지요."

늙은 조연사는 어깨를 들썩이며 킬킬거렸다.

하팔 장군은 목이 터져라 외치고 있었지만 정작 자신이 무엇을 지시하고 있는지 잘 알지 못하고 있었다. 전장의 치열함은 이성의 한 조각마저 질식시켜 사그라들게 하고 있었다. 창검의 희디흰 번득임 위로 선홍빛 얼룩이 번지고 육신의 일부였던 것들이 생기 잃은 고깃덩이의 모습으로 춤을 추고 있었다. 하팔 장군은 검을 휘두르며 외쳤다.

"휘리 노이에—스!"

하팔 장군의 장대한 전략, 즉 안개를 이용한 진지 배치, 그 배치를 통해 얻어낸 좁은 전장, 그리고 그 좁은 전장인 여울목으로 집중시킨 공세각도, 집중된 공세각도를 통해 이루어낸 십자포화…… 등의 모든 전략을 휘리는 단 하나의 계책을 사용하여 깨어버렸다. 시간의 지배.

다벨군은 시간을 선점해 버렸고 그러자 모든 것을 선점하게 되었다. 안개가 완전히 걷히기 직전의 극히 미묘한 시점에 다벨군은 400기의 중장기병을 갑자기 도하시켰다. 안개가 걷히길 기다리고 있던 하팔 장군에게, 갑자기 들려온 철벅거리는 물 소리는 불길한 조종 소리처럼 느껴졌다.

다벨군 중장기병의 도하 시점에서 여울목은 아직 안개에 휩싸여 있었고, 그래서 팔라레온 포병들은 목표를 보지 못한 채 황급히 발사해야 했다. 명중은 기대조차 할 수 없다. 그리고 도하를 끝낸 중장기병이 좌우로 갈라져 돌격을 시작한 순간 거짓말처럼 안개는 걷혀버렸다.

10초 늦었다.

그리고 하팔 장군은 그 10초의 차이를 되찾을 수 없었다. 포병과 궁병이 높이를 얻었을 때, 보병이 거리를 얻었을 때(밀착했을 때), 그리고 기병이 속도를 얻었을 때 그들은 최고의 위력을 나타낸다. 안개 걷힌 평원을 돌진한 중장기병들은 팔라레온 궁병대와 포병대를 단숨에 치고 들어간 다음 포병대를 압박했다. 강과 적군 사이에 끼여버린 대포들은 제대로 발사도 못한 채 제압당했고 그러자 중장기병들은 그대로 팔라레온군 뒤쪽으로 뛰쳐나갔다. 그리고 강 저편에선 다벨군의 경장보병들이 달려오고 있었다.

중장기병의 뒤를 이어 도하해 온 다벨 경장보병들은, 그러나 전방의 적은 보이지도 않는다는 듯이 조금 전의 중장기병들처럼 좌우로 갈라졌다. 하팔 장군은 어이가 없었다. 이미 제압한 곳에 왜 보병을 돌격시키는가? 이해할 수 없는 모습이라 생각하던 하팔 장군은 다음 순간 비명을 질러야 했다.

그들은 경장보병이 아니었다. 그들이 팔라레온 포병대 자리에 뛰어든 순간, 팔라레온의 포병대는 급반전하여 팔라레온의 본진을 사격하기 시작했다.

포성과 함께 본진에서 비명이 터져나왔다.

그들은 다벨군의 포병이었다. 다만 포를 가지지 않았을 뿐. 포병의 느린 속도를 상쇄하기 위해 포병에게서 포를 제외시켜 버린 휘리 노이에스의 전술은 상식을 몇 단계나 뛰어넘는 부대 운용이었다. 초승달 모양이었던 팔라레온군은 그 양쪽의 포가 적군의 수중에 떨어짐으로 인해 포위진 속에 스스로 갇힌 형국이 되었다. 뒤로 돌아간 다벨군의 중장기병들은 퇴로를 차단한 채 뒤쪽에서 압박해 오고 있었고 전방은 강에 의해 가로막혀 있었다. 하팔 장군은 결심을 해야 했다.

"돌격! 앞으로 돌격!"

하팔 장군은 본진 좌우에 있던 판도 기지군과 반델 기지군을 전방으로 돌격시켰다. 다벨군의 중장기병들이 후방을 공격하기 전에 강을 넘어가 적의 본진을 치려는 의도였다. 포병들을 향해 돌격하려던 판도 기지군과 반델 기지군은 총사령관의 명령에 따라 강을 향해 돌격했다.

"와아아아아!"

하지만 하팔 장군이 잃었던 10초는 아직까지도 휘리의 것이었다. 전방으로 돌격하는 팔라레온 중장보병들은 측면으로부터 가해지는 포격에 그대로 노출되어야 했다. 자연 팔라레온 중장보병의 속도는 더딜 수밖에 없었고, 여울목에서는 이미 다벨 중장보병들이 검을 빼어든 채 침착하게 도하해 오고 있었다.

도하를 끝낸 다벨 중장보병들과 팔라레온 중장보병들이 맞닥뜨렸다. 검과 검이 부딪히고 분노의 외침과 고통의 비명이 요란하게 울려퍼졌다. 하지만 팔라레온 중장보병들은 측면 사격을 받으며 돌격했던 여파를 그대로 간직하고 있었다. 격돌 직후부터 팔라레온 중장보병들은 뒤로 밀리기 시작했다. 다벨 중장보병들이 팔라레온 중장보병들을 압박하기 시작했을 때, 강 저편에서 드디어 다벨 경장기병들이 마지막으로 뛰쳐나왔다. 다벨 경장기병들은 오로지 그들만이 가능한 신속함으로 다벨 중장보병의 뒤를 돌아 팔라레온의 본진과 포병 사이에 뛰어들었다. 그리고 그 순간 10초의 차이는 다시 뒤집을 수 없는 것이 되었다.

포위진이 완성된 것이다.

곳곳에서 팔라레온군의 지휘관들이 쓰러져 갔다. 사방에서 포위된 팔라레온군은 꼼짝할 수 없었고 그런 팔라레온군을 향해 다벨군의 포병들은 여유 있게 사격을 해대었다. 명중률은 기막힐 정도였다. 사면 포위된 상황에서 하팔 장군 역시 검을 뽑아들고 사병처럼 싸워야 했다. 하팔 장군의 참모들 역시 작전 지휘가 아니라 장군의 보호를 위해 싸워야 했다.

이미 승부는 난 것이고 혈로도 보이지 않았다. 검을 휘둘러 달려드는 보병을 베어낸 부관이 외쳤다.

"달아나셔야 합니다!"

하팔 장군은 무서운 눈으로 부관을 바라보았다. 하지만 부관의 말이 어떤 의미인지 알기에 그는 입술을 깨물었다.

"내…… 부하들이 저곳에 있다."

"장군님, 달아나셔야 합니다! 이 마당에 적군에게 총사령관을 잡았다는 명예까지 줄 수는 없습니다. 그것만은 피해야 합니다! 팔라레온을 생각하십시오!"

하팔 장군이 조금 전까지 생각하고 있던 것이 부관의 입에서 튀어나왔다. 장수들의 생사가 승전과 패전의 경계선이라면 총사령관의 탈출 여부는 전투와 전쟁의 경계선이 될 수도 있다. 이 패배한 전투를 패배한 전쟁으로까지 확대되게 하지 않기 위해서라도 하팔 장군은 달아나야 했다. 장군 역시 그것을 잘 알고 있었다. 하지만 부하를 배신하는 짓이다. 하팔 장군은 무서운 고뇌로 눈동자를 불태우며 전방을 응시했다. 하지만 장군의 참모진들은 이미 장군의 말고삐를 끌어당기고 있었다.

"사령관님!"

하팔 장군은 마침내 고개를 떨구었다. 짧은 명령이 오고간 후 팔라레온군의 수뇌부는 전선을 이탈하기 시작했다.

"전원 후퇴하라! 후퇴하라! 집결지는 반델 기지다. 후퇴하라!"

이 경우 후퇴 명령은 당연히 항복 명령이다. 포위진 속에 갇혀 있던 팔라레온군 대부분은 무기를 버리고 땅에 엎드렸다. 달아나던 하팔 장군과 참모진들도 그 모습을 보며 분노할 수 없었다. 하팔 장군은 다시금 피를 토하는 심정으로 외쳤다.

"휘리 노이에—스!"

"저길 보십시오!"

부관이 증오 어린 목소리로 외쳤다. 전장 저편의 언덕 위를 본 하팔 장군 역시 머리로 피가 솟아오르는 기분을 느꼈다. 다벨의 사령관기가 펄럭이고 있었다. 그리고 그 아래에는 중장보병 약간 명의 호위를 받으며 몇 기의 기사들이 초연히 서 있었다. 그 가운데로 진초록빛 갑옷을 걸친 기사가 전장을 내려다보는 모습이 잘 보였다.

"다벨 사령관…… 휘리 노이에스인 듯합니다. 음유시인인 척하는 모양이군요, 망할 자식!"

혼란스러워하던 하팔 장군은 처음엔 부관의 말을 이해할 수 없었다. 그러나 조금 후 하팔 장군은 부관이 휘리 노이에스의 갑옷을 이야기하는 것을 깨달았다.

휘리 노이에스는 음유시인들의 케케묵은 전통 중 하나를 따르고 있었다.

전장, 혹은 분쟁 지역을 지나가게 될 때 음유시인은 한시적으로 초록빛 옷이나 초록빛 스카프 등을 걸친다. 그 의상은 음유시인이 적의나 분노가 아닌 스스로의 맹세를 위해서 전쟁에 참여하는 것임을 나타내는 것이다. 사람의 즐거움과 기쁨을 노래하는 것과 똑같이 슬픔과 분노도 노래하겠다는 음유시인의 맹세. 그들은 초록빛 옷을 입고서 전장을 돌아다니며 공격하지도, 공격받지도 않은 채 모든 것을 관찰한 다음 승자의 영광을 노래하고 패자의 슬픔을 위로한다. 어떤 의미에서, 음유시인의 초록빛 옷은 전쟁에서 죽은 이들을 위한 상복이다. 이 경우에는 의미가 다르겠지만, 어쨌든 휘리 노이에스는 자신이 무장의 자격이 아니라 음유시인의 자격으로 전쟁에 참여하고 있음을 선언하는 것이리라.

그 순간 하팔 장군은 깨달았다. 자신이 왜 도망가기를 주저했는지.

그는 가수에게서 등을 돌릴 수는 없었다.

"휘리 노이에스! 간다!"

부관은 기겁했지만, 이미 하팔 장군은 언덕을 치달아 오르고 있었다. 언덕 위에 서 있던 다벨 기사들은 꼼짝도 하지 않았다. 팔라레온의 참모진들은 총사령관의 이름을 목놓아 외치며 그 뒤를 따랐다. 하지만 그들 중 아무도 하팔 장군을 따라잡지는 못했다. 아니, 거리는 점점 멀어지고 있었다. 하팔 장군은 무서운 속도로 언덕을 치달아 올랐다.

"오라! 와서 내 검을 꺾어보라, 휘리 노이에스!"

하팔 장군의 검이 마상에서 언덕 위를 향해 곧게 뻗었다. 일순, 진초록빛 갑옷을 걸친 이의 오른손이 하늘로 올라갔다. 휘리 주위에 있던 보병들이 각자 창을 내려놓았다.

그리고 그들은 석궁을 꺼내어 하팔 장군을 겨냥했다.

"하팔 장군님—!"

하팔 장군의 부관은 목이 터져라 비명을 지르며 그의 상관이 쓰러지는 모습을 똑똑히 보았다. 쿼렐들은 장군의 늙은 육체를 사정없이 유린하며 그를 말 위에서 내팽개쳤다. 하팔 장군은 땅에 떨어지고 나서 한참 동안 굴러 내려왔고 언덕에는 붉은 길이 만들어졌다. 마침내 회전을 멈춘 장군의 모습은 참혹하기 그지없었다. 흙먼지와 피, 그리고 꺾어진 채 꽂혀 있는 쿼렐들 속에서 장군의 몸은 사람의 육신이 아닌 부패한 고깃덩이처럼 보였다.

그리고 그것이 부관이 본 마지막 모습이었다. 휘리의 손짓에 따라 다시 날아온 쿼렐 중 하나가 악마의 인도를 받은 것처럼 그의 눈 속으로 날아들었기 때문이다.

다벨 기사들은 언덕 아래에 쌓여 있는 인마의 시체들을 보며 모두 말이 없었다. 쓰러진 말 중에는 아직까지 힝힝거리는 놈도 있었지만 팔라레온의 총사령관과 그의 참모진들 중 살아 있는 이는 아무도 없었다. 화살의 덤불 속에 뒹굴고 있는 시체들을 보던 기사 하나가 어렵게 입을 열었다.

"팔라레온의 하팔, 그 정도 인물의 최후 치곤 너무 비참하군요."

휘리는 아무 대답도 없었다. 기사는 다시 말했다.

"명령하셨다면 제가 나가서 그를 쓰러뜨려 장군님 앞에 무릎 꿇릴 수도 있었습니다만."

퍽이나 공손한 어투였지만 그 속에는 뒤틀린 의미가 담겨 있었다. 휘리는 조용히 그것을 낚아 올렸다.

"내가 나가지 않고?"

"어찌 장군님께서. 전 단지 그에게 무인다운 최후를 선택할 권리는 있지 않았나 생각하는 겁니다. 사병들이 이상한 생각을 할지도 모르고."

"서 소팔라. 자네의 말은 사병들이 '우리 총사령관님은 혼자서 달려드는 노인의 검이 무서워 부하들에게 활을 쏘게 하고선 그 뒤에 숨어 있었다'고 말할 거란 뜻인가?"

기사 소팔라는 아무 대답 없이 휘리를 바라보았다. 휘리는 차갑게 말했다.

"나는 이미 너희들의 눈앞에서 팔라레온 최정예 부대인 투란 군단을 깨보였다. 내가 수준 높은 살인 기술도 가졌음을 꼭 증명해야 하나?"

"예."

휘리는 소팔라를 바라보았다. 소팔라는 씩 웃고 있었다.

"해야 됩니다. 뭐라도."

흠칫하는 표정으로 기사를 바라보던 휘리는 곧 공모자의 미소를 지었다. 그의 주위에 서 있는 기사들은 보통 기사들이 아니다. 그들은 모두 메르데린 스쿨의 기사들이다.

"자네 말이 맞아. 어떻게 할까?"

기사 소팔라 옆에 있던 기사가 싱긋 웃으며 말했다.

"허락하신다면 제가 하겠습니다."

"그러게. 서 소사라."

서 소팔라의 동생 서 소사라는 씩 웃고는 고삐를 잡아챘다. 언덕을 달려 내려간 서 소사라는 팔라레온 참모진들의 시체 앞에 서서는 무덤덤한 얼굴로 고래고래 고함을 지르기 시작했다.

"이것이야말로 배신자의 최후다! 그대가 모국을 배신하고 부하 장병들을 배신한 대가로 우리 사령관께서 내리실 것은 깨끗한 죽음뿐! 오오, 슬퍼하지 마라, 팔라레온의 하팔이여! 우리 사령관께서 그대에게 내린 것은 그대가 바라던 누런 금덩어리들보다 훨씬 더 고결한 보상이니라! 그대는 이제 그대의 오욕으로 다른 선량한 이들까지 더럽힐 필요가 없음이니!"

하팔 장군의 비통하기 짝이 없는 두 번째 죽음을 보며, 휘리는 입술 사이로 새는 웃음을 억누르기 위해 모진 고생을 해야 했다.

"이제 됐군."

조연사는 고개를 돌려 키를 바라보았다.

"잠시만 조용해 주겠소? 그쪽이 떠드는 타입은 아닌 것 같지만 지금은 좀 조용해질 필요가 있거든."

"알겠습니다."

"고맙소."

조연사는 다시 연을 바라보았다. 그의 허리가 묵직하게 가라앉았다. 키는 그가 무엇을 하려는지 대충 짐작할 수 있었다. 조연사는 지금 연줄을 통해 고공의 기류를 느끼고 있을 것이다. 어느 순간 꼼짝도 하지 않던 조연사의 몸에서 그 팔만이 살아 있는 생명처럼 스르르 올라갔다.

그리고 그 상태로 잠시 멎었다.

무엇을 봐야 할지 알고 있었던 키도 자칫하면 그 모습을 놓칠 뻔했다. 미묘한 움직임, 아주 짧은. 그리고 조연사는 지금까지의 긴장된 모습과는 정반대로 힘없이 팔을 내리더니 얼레를 빠르게 감았다. 서두르는 그 동작은 우스꽝스럽게까지 느껴졌다. 이젠 말을 해도 된다는 것을 알기에 키는 조용히 말했다.

"좋은 솜씨이십니다."

조연사는 헐떡이며 되물었다.

"왜?"

"얼레를 한참 동안 감는 모습을 보고 그렇게 짐작했습니다. 꽤 연 가까운 곳에서 끊으신 거겠죠."

"그랬던 모양이오. 아이쿠, 이런 젠장. 이거 너무 짧게 끊어서, 어, 아무래도 바다에, 실을 빠뜨리겠는데? 이이이익!"

조연사는 정말 죽을힘을 다해 얼레를 감으며 투덜거렸다. 키는 부드럽게 미소 지으며 하늘을 바라보았다. 실의 구속에서 풀려난 연은 끝없이 작아지고 있었다. 계속 바라보고 있지 않았다면 놓치기 쉬운 모습이었다.

연줄은 다행히도 충분히 짧아진 상태에서 땅에 떨어졌다. 한숨을 돌린 조연사는 한 손으로 얼레를 감으며 두 팔을 번갈아 휘둘렀다.

"어깨 빠질 뻔했네. 휴우."

잠시 후 조연사는 얼레를 조심스럽게 내려놓고는 땅에 주저앉았다. 그러곤 키에게 연이 어디쯤 있냐고 물어본 다음 그와 함께 연을 바라보았다.

연은 마침내 보이지 않게 되었다. 키는 자리에서 일어난 다음 코트와 화분을 들어올렸다.

"좋은 구경 감사드립니다."

"뭘."

조연사는 하늘만 바라보며 대답했다.

"그런데 저건 누구를 위한 것이었습니까?"

"아, 저거? 다림 수도원의 원장인 도리언 신부님을 위해서였소."

키는 잠시 조연사의 뒤통수를 바라보았다. 그의 오른손은 화분을 들고 있었고 왼손은 복수의 칼자루 위에 얹혀 있었다. 키는 낮은 목소리로 말했다.

"친척 되십니까?"

"아니. 하지만 내 연에 축복을 해주곤 했고 일주일마다 한번씩 좋은 말씀도 해주셨던 분이라서. 수도원의 수도사님들은 해적이 무서워서 장례도 대충 치러버렸잖소. 그래서 나라도…… 아니, 그냥 내 식대로 작별 인사나 해볼까 싶어서."

키는 한참 동안 말없이 조연사를 바라보다가 말했다.

"그럼, 가보겠습니다."

"잘 가시오, 키 선장. 좋은 하루 되시게."

키는 조연사가 자신의 이름을 부른 것에 별 반응을 보이진 않았다. "예, 노인장도." 그리고 키는 몸을 돌려 걸어갔다.

언덕을 내려가는 키의 발걸음은 빨랐다. 그에겐 할일이 있었다.

퓨아리스 4세는 약간 초조해하는 얼굴로 비서관에게 말했다.

"그레이엄. 이건 내 견해지만, 내 집무실에 질베르트의 가구는 어울리지 않는 것 같아."

"성하. 이건 제 견해입니다만, 가구가 어울리지 않는다고 해서 그것을 때려부수는 이는 얼마 없을 듯합니다."

"아니. 내 말은 그게 아니고. 그러니까 좀 저렴한 가구로 바꾸란 말이야."

그레이엄은 근엄한 얼굴로 고려해 보겠다고 말한 다음, 부서진 의자의 잔해를 치워들고는 근엄한 동작으로 문을 나섰다. 풀죽은 표정으로 비서관 그레이엄의 뒷모습을 바라보던 퓨아리스 4세는 문이 닫히자마자 눈을 희번덕거리며 사방을 둘러보기 시작했다. 보다못한 플로라가 손을 들어올렸다.

"뭔가, 플로라?"

"성하. 이건 제 견해입니다만, 때려부술 가구를 찾으시는 것으로 보이는군요."

"설마. 방금 그레이엄에게 그렇게 혼났는데."

"……그렇게 이를 부득부득 갈면서 말씀하시면 호소력이 적지 않을
까요."

퓨아리스 4세는 한숨을 내쉬곤 사방을 둘러보았다. 하지만 그가 찾
고 있던 것, 즉 질베르트의 걸작 의자는 방금 전 그 자신의 손에 의해
살해당했음을 깨달은 법황은 늘 그랬듯이 책상 귀퉁이에 걸터앉았다.
법황은 창 밖을 보며 한숨을 내쉬었다.

"그 미친 자식이 왜 그랬을까."

"로드 메르데린 말씀이십니까."

"프란체스코 메르데린! 텅 빈 머릿속에 전투마의 말똥만 그득해서
마구간 같은 악취를 풍겨대는 그 남부 촌놈 말이다!"

플로라는 조금 창백해진 얼굴로 주위를 둘러보았다. 물론 듣는 이는
아무도 없었으므로 그것은 본능적인 행동일 것이다. 플로라는 다시 법
황을 돌아보았다.

"말씀하시고자 하는 의도는 알겠사오니, 어휘 선택에 약간 신경을 쓰
셔도 좋지 않을까요."

"신경 쓴 거야!"

"……네. 그러시군요."

"내 판단이 틀렸단 말인가? 문제는 남해 쪽이었어. 카밀카르─필마
온의 연결 고리가 최대의 문제 지점이었다고. 다른 쪽엔 신경도 쓰지 않
았어. 그런데 엉뚱하게 왜 그놈이란 말인가, 왜! 이 시점에서 더더욱 나

346

를 미치게 만드는 건, 그놈은 계속해서 자기가 사고를 칠 거라고 공언하고 다녔었다는 점이야. 플로라. 난 지금 옷소매를 질겅질겅 씹으며 바지는 벗어버린 채 펠라론을 한 바퀴 돌고 싶은 심정이야. '가르쳐줘도 모르는 바보'라는 팻말을 등에 붙이고!"

물끄러미 법황을 바라보던 플로라는 물통의 물을 조금 찰박거리며 혼자말처럼 말했다.

"그럼 전 그레이엄에게 법황 성하께서 앞으로 추기경들이 착용해야 할 공식 법복의 모습을 몸소 보여주고 계신다고 말하지요."

퓨아리스 4세는 흥분을 멈출 수밖에 없었다. 웃음을 참을 수 없었기 때문이다.

"후우, 좋아. 흥분해 봤자 해결되는 건 아무것도 없지."

퓨아리스 4세는 벌떡 일어나 벽으로 걸어갔다. 집무실의 긴 벽에는 대륙 전도가 걸려 있었다. 다벨 공국 쪽을 잡아먹을 듯이 노려보던 법황은 다시 으르릉거리기 시작했다.

"포 없는 포병이라니, 기발해. 말 없는 기병, 검 없는 보병, 활 없는 궁병은 전부 어불성설이지. 따라서 포 없는 포병도 말이 안 된다고 생각하는 건 자연스러운 일이지. 하지만 휘리 노이에스는 대포가 다르다는 당연한 사실을 잊지 않았어. 정말 똑똑하지 않은가?"

"그러하옵니다. 성하."

플로라는 차분히 대답하면서도 속으론 한숨을 쉬었다. 또 한 명 늘었구나. 하이낙스, 키 드레이번에 이어, 이젠 휘리 노이에스인가. 왜 세상엔 자기 잘난 맛에 우리 법황님을 괴롭히는 몹쓸 남자들이 이렇게 많은 걸까. 그때 그녀에게 약간 짜증 섞인 법황의 목소리가 들려왔다.

"어디야?"

갑작스러운 질문이었지만 플로라는 되묻지는 않았다.

"록소나뿐이군요. 하지만……"

"하지만?"

"가장 움직이기 힘든 것 또한 록소나입니다."

퓨아리스 4세는 신음으로써 동의의 의사를 표시했다.

오 왕자의 땅에서 다벨에 대한 견제 세력이 될 수 있는 것은 록소나다. 대륙에서 가장 처치 곤란한 기사들을 배출해 온 나라인 록소나는 마왕(馬王) 빌레스가 통치하는 중부의 강국이다. 하지만 동시에 록소나는 대륙에서 가장 많은 나라와 국경을 접하고 있는 나라이기도 하다. 이 나라와 국경을 마주 대하고 있는 나라는 다벨, 팔라레온, 디케온, 라트랑, 레모, 바이스라, 페인 제국의 일곱. 다벨과 팔라레온을 제외하더라도 다섯이 남는다. 빌레스 국왕이 이웃의 불을 꺼주러 가고 싶다 하더라도 자기 집 뒤가 불구덩이라면 그럴 수 없는 것이다.

"그래도 믿어볼 건 마왕뿐이군."

"하지만 팔라레온은 어디에도 구조 요청을 하지 않고 있습니다. 황제 폐하께서도 그 때문에 침묵하고 계시잖습니까. 그들은 자신의 힘으로 충분히 다벨을 막을 수 있다고 판단하는 것 같습니다만."

"다섯 번째의 검이 나타나지 않았다면야 얼마든지 그렇겠지."

법황의 무거운 음색을 들으며 플로라는 살짝 몸을 떨었다.

"휘리가 정말 다섯 번째의 검일까요. 그 아름다운 노래를 만들곤 하던 이가 그런 존재이리라고는……"

"바로 그 점 때문에 모든 자들이 주춤하고 있다는 것은 참 재미있는 노릇이지 않은가, 플로라? 모든 자들은 메르데린 공작을 비웃어 왔고 가수를 보낸 그 처사에 대해선 포복절도하고 있어. 그 때문에 침략을 당한 팔라레온까지도 창피스러워할 뿐 정말 진지한 대응은 하지 않고 있어. 하지만 다 틀렸어. 지금은 다섯 번째의 검을 막기 위해 모두가 움직여야 할 시점이야. 하나씩, 하나씩. 좋아. 내가 앞장서겠어. 법황이 나섰는데도 그들이 지금처럼 가가대소하고 있을 수 있는지 기대해 보지."

"그럼, 다벨에 성무 금지 처분을 내리실 건가요?"

"그래. 그걸로 마왕을 충동시켜 보지."

성무 금지 처분을 당한 국가는 법황청의 적이다. 따라서 다른 모든 나라와 마찬가지로 록소나의 빌레스 국왕 역시 다벨을 적국으로 간주해야 할 것이다. 책상을 향해 걸어온 법황은 다시 한번 의자를 박살내었다는 사실에 대해 슬퍼해야 했다. 종이와 펜과 책상이 있어도 의자가 없으면 글을 쓸 수 없다는 말인가. 법황이 새로이 발견한 이 사실에 곤혹스러워하고 있을 때 여전히 지도를 바라보고 있던 플로라가 말했다.

"성하. 말씀드리고 싶은 것이 있습니다."

의자 대용으로 쓸 게 없나 주위를 둘러보던 법황은 건성으로 대답했다.

"뭔가, 플로라?"

"조금 전 록소나뿐이라고 말씀드렸던 것, 취소하고 싶습니다만."

"음? 취소라니. 다른 자가 있단 말인가?"

"예. 성하. 팔라레온의 서쪽에."

퓨아리스 4세는 다시 지도를 바라보았다. 팔라레온 서쪽을 바라보던 퓨아리스 4세는 곧 한 지명 위에서 시선을 멈췄다. 그의 눈이 번득였다.

"다림?"

"예. 성하."

"그 친구는 성직자를 살해했어. 다루기가 정말 곤란한데."

"하지만 록소나의 빌레스 국왕과는 달리 그는 자유로운 상태입니다. 그를 위해서라면 무슨 짓이든 하는 4,000명의 부하들과 함께. 그리고 성하께선 다벨에 성무 금지 처분을 내리신다 하셨습니다."

퓨아리스 4세는 미간을 찡그린 채 지도를 노려보았다.

"죄 있는 자로 하여금 죄 있는 자를 치게 하여 죄는 모두 죽이고 사람은 모두 구하라……. 나쁘진 않아. 하지만 어떻게 접촉하지? 핸솔이 그곳에 있었지만 현재로선 생사도 알 수 없고."

플로라는 천천히 손을 모아 가슴에 얹고는 법황을 바라보았다. 그녀의 신비스러운 미소를 보던 퓨아리스 4세는 갑자기 어떤 사실을 떠올렸다. 카밀카르의 배에 실려 있던 어떤 보물. 플로라는 웃으며 말했다.

"성하. 그에겐 도스의 아이가 있습니다. 그리고 그 아이는 이제 곧 눈을 뜰 것 같습니다."

세실은 눈밑을 비비며 갑판으로 올라왔다. 초저녁 마지막 햇살들이 배 위로 떨어지고 있었다. 다른 배들에서는 진홍빛 하늘을 배경으로 선원들의 실루엣이 분주히 오가고 있었지만 레보스호에는 선원들이 별로 없었다. 세실은 그 조용한 갑판이 마음에 들었고, 그래서 잠시 그곳에 앉아 자신이 발견한 사실들에 대해 생각해 보기로 했다.

그리고 그 조용한 갑판을 마음에 들어했던 것이 그녀만은 아니라는 사실도 알게 되었다. 세실은 마스트 저편에서 뻗어나온 다리를 보며 미소 지었다.

"그 다리는 제국에서 가장 인기 없는 사내의 다리 같군."

키는 고개를 조금 내밀어 세실을 돌아보고선 다시 마스트에 기대었다. 세실은 그의 앞으로 걸어갔다. 키는 마스트에 기대어 앉은 채 눈을 감고 햇살을 쬐고 있었다. 세실 때문에 석양이 가리자 키는 눈을 찡그렸다.

"내 햇살을 막고 있다. 마법사."

"당신 선장이잖아. 왜 엉뚱한 배에 앉아 있는 거지?"

"자유호에서 이렇게 앉아 있으라고?"

세실은 고개를 끄덕였다. 선장이 앞갑판에 앉아 있다면 선원들이 얼마나 당황하고 난처해하겠는가. 세실은 치마를 펼치며 키의 옆에 앉았다.

"옜다, 햇살 가져가라."

"고맙군. 당신은 여기서 뭐하고 있었나?"

"책 좀 볼 일이 있어서. 라이온에게 허락받고 들어온 거니 안심해. 당신은 여기서 뭐하고 있지?"

'햇살 쬐고 있다'고 대답할 성질의 질문은 아닌 것 같았다. 키는 실눈을 뜨고 세실을 바라보았다. 석양 속에 그녀의 얼굴은 불그스름했다.

"당신이 말하는 '여기'는 다림인 것 같군."

"다림은 계속 다림으로 있는 거야? 아니면 노스윈드국이 되나?"

"나라 하나 세우는 것이 과부 개가시키는 것과 비슷한 거라고 착각하는 작자들이 왜 이렇게 많은 건지."

"그런 말이 있긴 있었군. 당신 의향은 어때, 키 드레이번? 기회 아냐? 당신도 죽을 때까지 해적질만 하고 살 수는 없을 텐데."

키는 다시 눈을 감았다. 침묵이 세실을 괴롭히기 시작했을 때 키는 대답했다.

"새장의 문을 열어본 적이 있나, 마법사?"

세실은 간단히 대답했다.

"열면, 다시는 닫을 수 없지."

키는 눈을 떴다. 세실은 차분한 얼굴로 키를 보고 있었다. 키의 메마른 입술이 부지불식간에 움직였다.

"끊어진 연줄은 다시 이을 수 없지."

세실은 어리둥절한 표정을 지었다. 키는 고개를 가로저었다.

"신경 쓰지 마시오. 마법사."

"우헷? 너 나 공경할 마음 생긴 거니?"

"……사라졌다."

세실은 심술궂게 웃어대었고 키는 다시 미간을 찡그렸다.

"듣기 싫으니, 웃으려면 다른 곳에 가서 웃어. 방해된다."

"방해? 무슨?"

"해가 진다."

키는 이상한 대답을 했다. 무슨 말인지 몰라 눈을 껌뻑거리던 세실은 곧 키의 말을 이해했다. 세실 역시 해가 지면 노스윈드 선단의 해적들의 얼굴을 황홀한 표정으로 바꾸는 노랫소리에 대해 알고 있었다. 그녀는 잠시 침묵한 채 일몰의 시간을 지켰다.

빠르게 어두워진 물빛 위로 별들이 가라앉았다. 바람은 밤의 향기를 나르고 항구 저편에서는 불빛들이 봄꽃처럼 피어올랐다. 하지만 세실은 아무 소리도 들을 수 없었다. 사실, 한번도 들어본 적이 없고 앞으로도 들을 수 없을 것이다. 어둠 속에서 세실은 안타까워하는 어조로 말했다.

"방해해서 미안한데, 난 그거 들을 수 없어. 여자라서. 들리는 대로 설명 좀 해주겠어? 자유호 쪽이야?"

"아니."

어둠 속에서 돌아온 키의 대답은 약하게 떨리고 있었다. 세실은 키의 목소리에서 그런 것을 들을 수 있다는 사실에 놀랐다.

"물수리호 쪽……. 굉장한 노랫소리군. 휘리 노이에스라도 이런 노래를 부를 수 있을까."

"물수리호 쪽? 왜 그곳이지? 당신 방에 있는 줄 알았는데?"

오늘 낮에 옮겨두었다고 대답해야 했을 것이다. 하지만 키는 대답하는 대신 벌떡 일어났다. 세실이 당황해서 따라 일어나는 사이에 키는 뱃전으로 휘적휘적 걸어가서는 검푸른 저녁 하늘을 배경으로 선 키 큰 그림자가 되었다. 세실은 그의 곁으로 걸어가 섰고 그때서야 선단 전체가 발칵 뒤집힌 것처럼 소란스럽다는 사실을 깨달았다.

조용한 곳이라고는 물수리호와 레보스호뿐, 노스윈드 선단 전체가 떠들썩했다. 그리고 항구에 떠 있는 다른 배들도 마찬가지였다. 불빛이 이리저리 흔들리고 있었고 돛에는 선원들의 그림자가 어지러이 교차했다. 세실은 기막힌 심정으로 항구를 돌아보았다. 항구에서도 소란이 일고 있었다. 횃불들이 일렁거렸고 그 중 몇 개는 용감하게도 해적선들을 향해 다가오고 있기도 했다.

"이런, 젠장. 도대체 무슨 노래를 부르고 있는지 궁금해 미치겠군. 왜들 저러는 거야?"

"새장의 문을 열었지."

키의 대답은 이상했다. 잠시 후 세실은 그가 자신이 아닌 다른 누군가에게 말하는 것임을 깨달았다. 키는 물수리호 쪽을 향해 속삭이듯 말했다.

"그러니, 이제 네가 겪을 일은 전부 너의 책임이다. 싱잉 플로라."

세실은 더 참지 못하고 키의 팔을 건드렸다.

"무슨 말이야, 키 드레이번!"

한참 후에야 키 드레이번의 대답이 돌아왔다. 그의 목소리는 이제 분명히 떨리고 있었다.

"몰라. 나는 자세히 모른다. 하지만…… 뭔가가 일어나고 있어. 설명은 오히려 당신에게…… 듣고 싶은네. 싱잉 플로라의 노랫소리가 뭔가…… 이상해. 어제까지와 아주 달라. 난 오늘 낮 그것을…… 알버트 선장에게 가져다주었다. 그리고 그것은…… 지금 저런 노랫소리를 내고 있어. 도대체 저 노랫소리를…… 어떻게 설명해야 할까."

세실은 가슴이 덜컥했다. 그녀는 다른 시간의 다른 장소에서 이와 유사한 이야기를 들었었다. 떨리는 목소리마저 비슷했다. 그런 일이 또 일어난단 말인가?

"이런 맙소사, 리포밍이군!"

"뭐?"

고개를 돌리는 키를 향해 세실은 황급하게 질문했다.

"당신은 왜 그녀를 알버트 선장에게 보내었지?"

"그녀? 그녀는…… 싱잉 플로라를 말하는 건가? 나는 알버트 선장이…… 그것을 원한다고 생각했다. 알버트가 어떻게 그런 의사를 표시했냐고 물어본다면…… 역시 할말이 없지만, 난 그렇게 느꼈고…… 그래서 오늘 낮에 싱잉 플로라의 화분을…… 물수리호에 가져다놓았다."

세실은 이마를 짚으며 푸념처럼 말했다.

"쳇. 고맙다고 해야 되나? 이번엔 내 남자가 아니군."

"뭐라……고?"

"그런 게 있어! 어떻게 난 두 번이나 그 꼴을 보는 거지?"

평소의 키였다면 이미 세실에게서 충분한 대답을—그녀가 반길 리는 없는 수단을 꺼리낌없이 동원해 가며—끌어내었을 것이다. 하지만 키는 지금 세실은 듣지 못하는 노랫소리를 듣고 있었고 그 노래는 그를 극도로 혼란시키고 있었다. 그에겐 세실과 대화를 나누는 것마저 벅찬 일이었다. 세실은 키의 그런 상태를 짐작하고 있었기에 침울하게 말했다.

"조금 뒤로 물러나. 자칫하면 바다에 빠질 거야. 농담이 아냐. 당신 같은 뱃사람이라도 위험해."

세실은 말로만 그치지 않고 키의 팔을 뒤로 잡아당겼다. 키는 엉거주춤하게 물러나서는 이해할 수 없다는 얼굴로 세실을 바라보았다. 하지만 세실은 물수리호를 쏘아보며 말했다.

"굉장한 일이 일어날 거야."

소란은 밤새도록 계속되었다. 결국 제14시 무렵 돌탄 선장과 오닉스 선장이 부두로 내려서야 했다. 배에서 내린 두 선장은 부둣가에 조그맣게 모닥불을 피워놓곤 누구든 의문 사항이 있으면 설명해 주겠다는 태도로 항구 저편을 바라보았고, 그러자 아무도 노스윈드 선단 근처로 다가오지 않게 되었다. 제16시 무렵 다가온 다림시의 관리들 역시 돌탄 선장과 오닉스 선장의 모습을 흘끔 바라보고는 그대로 항구 근처의 주점으로 직행해 버렸다. "연봉 깎으라고 그래! 난 저 귀신 같은 놈들하곤 5분도 이야기하고 싶은 생각 없어. 우우웃! 저 소리, 정말 사람을 미치게 만드는군."

그리고 선단 내에서는 하리야 선장이 절정에 달한 인기를 감당하지 못해 당황해해야 했다. 마음을 가다듬기 위해 조용히 성전을 읽고 있던 하리야 선장은 페가서스호로 꾸역꾸역 승선하는 다른 배의 해적들을 보곤 어이가 없는 얼굴이 되었다. "제군들, 각자의 배로 돌아가도록……. 이보라구, 라이온 갑판장! 자네 이 배에서 뭐하고 있는 건가?" 그리고 그랜드파더호의 길리 선장은 넥체어에 앉아서 밤새도록 류드를 뜯어서 휘하 선원들을 진정시켰다. 하지만 정작 본인은 미쳐버릴 지경이었다. 그는 난생 처음으로 자신의 탁월한 음감과 청음 능력을 원망해야 했다.

제20시. 그때까지도 물수리호는 다른 배에서 보낸 어떤 신호에도 응답이 없었다. 일몰인 제13시부터 친다면 7시간 동안의 완전 침묵이었다.

결국 누군가가 그곳에 올라가야 한다는 판단이 내려졌고, 키와 세실이 물수리호를 향해 보트를 저었다.

보트를 뱃전에 가져다댄 두 사람은 갑판 위쪽을 향해 고함을 질렀지만 물수리호에서는 아무런 응답이 오지 않았다. 키는 세실의 부축을 받으며 간신히 사다리를 올랐다. 물수리호의 갑판에 오른 키가 본 것은 시체 같은 얼굴을 한 채 모여앉은 물수리호의 선원들의 모습이었다. 뒤따라 올라온 세실은 흠칫하며 키의 옷자락을 움켜쥐었다.

물수리호의 선원들 전원이 메인 마스트를 중심으로 둥글게 앉아 있었다.

불빛이라곤 하나도 찾아볼 수 없었지만 달빛이 그들의 얼굴을 잘 비춰주고 있었다. 푸르스름하고 음영 짙은 얼굴들. 그들은 아무 소리도 내지 않고 미동도 하지 않은 채 메인 마스트만을 바라보고 있었다. 노스윈드 선단의 이 이질적인 선원들의 모습에 익숙했던 키마저도 불쾌할 정도의 위화감을 느껴야 했다. 키는 메인 마스트를 바라보았다.

알버트 선장의 찢어지고 헝클어진 모습은 언제나와 같았다. 그 앞에는 오늘 낮에 키가 직접 가져다놓은 싱잉 플로라의 화분이 놓여 있었다. 가까이서 듣는 노랫소리는 참을 수 없을 정도로 슬프고 색정적이었다. 키는 아득해지는 현실 감각을 되찾기 위해 복수의 칼자루를 힘껏 움켜쥐었다. 그때 그의 어깨 한쪽이 가벼워졌다.

세실이 그를 부축하고 있었다. 어쩌면 알버트 선장과 물수리호의 선원들을 보고 질려버린 세실이 키에게 부축받길 원했던 것일 수도 있지만, 어쨌든 세실은 키의 겨드랑이에 파고들어 그의 상체를 붙잡았다. 키는 싱잉 플로라의 노랫소리 속에서 가까스로 세실의 목소리를 구분해 내었다.

"알버트 '네일드' 렉슬러, 다시 봐도 섬뜩하군."

"알버트 선장의 모습이나 당신의 모습이나 똑같잖은가?"

"뭐라고?"

"당신의 그 젊고 건강한 얼굴이 얼마나 끔찍한 것인가를 모르는 건 바보들이지. 마법사 세실리아. 오히려 당신의 모습이 더 끔찍한 것일 수도 있잖은가."

세실은 아랫입술을 깨물며 키를 놓았다. 세실에게서 풀려난 키는 화물 선적용 윈치로 걸어가서는 그 위에 앉았다. 상처 입은 표정으로 키를 보던 세실은 별 도리 없다는 몸짓을 해보이곤 그의 곁에 나란히 앉았다. 물수리호의 선원들은 그들에게 아무런 시선도 보내지 않았다. 키는 쉰 목소리로 말했다.

"이상은 없는 것 같군."

세실은 황당한 표정으로 키를 바라보았다. 그녀의 얼굴은 이 꼴이 아무 이상이 없는 꼴이냐고 묻고 있었지만 키는 아무 대답을 하지 않았다. 세실은 다른 질문을 꺼내었다.

"노래, 지금도 들리나?"

"들린다. 도대체 언제까지 계속되는 거지?"

"몰라. 지루한 밤이겠군."

"어떻게 지루하다는…… 아, 당신은 들리지 않지."

퓨아리스 4세는 굳은 얼굴로 질문했다.

"키 드레이번인가?"

"예?"

"리포밍이 다시 일어난다는 말이잖아. 너는 하이낙스에 의해 리포밍되었지. 그렇다면 다림의 그 꽃은 키 드레이번에 의해 리포밍되는 건가?"

"제가 어떻게 알겠습니까. 그 아이가 태어나기 전까진 그 아이에게 아무것도 물어볼 수 없습니다, 성하."

플로라는 법황을 물끄러미 바라보았다. 법황은 혼란스러워하는 눈으로 사방을 둘러보다가 다시 벽에 걸린 지도를 쳐다보았다. 법황은 지도의 다림 방향을 바라보며 혼자말처럼 질문했다.

"이건 중요한 거야, 플로라. 하이낙스는 제국을 뒤엎었어. 키 드레이번에게 제국의 공적 제1호라는 호칭 이외에 하이낙스와의 또다른 공통점이 있다면, 난 그를 예의 주시할 수밖에 없어. 그걸 알아야 해. 키 드레이번이 싱잉 플로라를 리포밍시킨 건지를 말이야. 이해하겠나?"

"그녀가 깨어나는 대로 물어보도록 하겠습니다."

"그래. 고마워. 하지만…… 그일 가능성이 가장 높지 않나, 응?"

"전 그를 보지 못했습니다, 성하. 사람들이 하는 이야기만 들었을 뿐입니다."

"나도 보진 못했어. 네 말이 맞군."

법황은 의미가 불분명한 한숨을 내쉬었다.

"그녀가 깨어나면 확실히 이야기할 수 있는 거지?"

"그럴 수 있습니다, 성하."

"언제쯤 깨어나겠나?"

세실은 잠에서 깼다. 자신이 키의 어깨에 기대어 깜빡 졸았던 것을 깨달은 세실은 키를 돌아보았다. 하지만 캄캄한 어둠 속에서 키의 얼굴을 분간하기는 어려웠다. 어둠 속에서 키가 말했다.

"일어났나?"

세실은 커다란 하품으로 대답을 대신했다. 그리고 조금 후 세실은 놀란 눈으로 키를 바라보았다. 키의 목소리는 떨리지 않았다.

"나 때문에 일어난 모양이군."

"당신 때문에?"

"조금 전 노래가 멎었다. 그래서 내가 움찔했지."

세실은 재빨리 메인 마스트를 바라보았다. 하지만 가까이 있는 키의 얼굴도 보이지 않았는데 메인 마스트가 보일 까닭은 없다. 왜 이렇게 어두운가 생각하던 세실은 달이 졌음을 깨달았다.

"지금이 몇 시쯤 됐지?"

"조금 있으면 해가 뜨겠지."

"노래가 멎었다고?"

"그래."

세실이 해가 뜨기 직전의 가장 어두운 시간이라 여겼을 때, 주위는 느닷없이 밝아졌다.

세실은 뻣뻣한 몸을 일으켰다. 물수리호의 갑판 위에 선원들의 모습이 검푸른 그림자로 떠올랐다. 이제 떠올랐나 싶을 때 이미 동쪽 하늘의 푸르름은 서쪽까지 치달아 해가 지나갈 길을 미리 표시했다. 고집스런 새벽별들이 아직껏 반짝이고 있었지만 이미 봄의 아침은 거침없이 다가오고 있었다.

그러나 물수리호의 메인 마스트 쪽만은 아직 어두웠다. 삭구들이 조금씩 제 색깔을 주장하고 있었고 바다에는 잔물결이 넘실거리고 있었지만 메인 마스트 쪽은 어두웠다. 세실은 싱잉 플로라의 모습은커녕 알버트 선장의 모습조차 보기 어려웠다.

첫 햇빛이 비춰질 때일 거야. 아무런 이유 없이 세실은 그렇게 생각했다. 그때 그녀의 등뒤에서 키가 그 목소리로 새 날을 이끌어내듯이 말했다.

"해가 뜬다."

광선은 세실을 쓰러뜨릴 듯이 뿜어져나왔다.

맙소사! 이게 아침 햇살인가? 말도 안 돼! 세실은 두 팔로 눈을 가리며 비틀거렸다. 수만 번의 아침을 겪었던 세실이었지만 이런 아침햇살은 한번도 경험하지 못했다. 아침 수십 개를 합쳐놓은 것 같은 아침이었다. 빛은 밝다기보다는 날카로웠고 느껴진 순간 이미 모든 사물 속에서 어둠을 증발시켜 버렸다. 그때 키의 커다란 손이 비틀거리는 세실의 어깨를 부축했다. 비아냥거림이 전혀 없다고는 할 수 없는 목소리가 들려왔다.

"조심하시지, 할머니."

"고맙구나, 꼬마야. 젠장, 뭐가 이래?"

"저게 리포밍이라는 건가."

세실은 눈을 잔뜩 찡그린 채 위를 올려다보았다. 키의 턱은 밤새 돋아난 수염들의 그림자까지도 보일 정도로 밝았다. 하지만 키는 눈을 뜨고 있었다.

"보고 있냐?"

"그렇다."

"어떻게 놀라지도 않냐!"

키의 눈썹에서도 빛멍울이 아롱지고 있었다. 키는 메인 마스트를 바라보며 말했다.

"난 이미 의지만으로 자기 모습을 바꿔버린 사내를 알고 있지. 그가 또다른 것의 모습을 바꿨다고 해서 크게 놀랄 일은 없을 것 같군."

맞는 말이군. 세실은 힘들게 눈을 떠 앞을 바라보았다. 그 순간 그 아침은 평화로운 봄날의 아침으로 바뀌어 있었다.

핸솔 추기경은 기막힌 표정으로 주위를 둘러보았다. 파킨슨 신부는 지금껏 치료하던 병사에게 다시 질문했다.

"그럼, 그 다벨군은 어디로 갔을 것 같소?"

병사는 잘린 왼팔을 신부에게 내맡기고 있었다. 다행히도 잘리자마자 누군가가 불로 지져준 모양이다. 파킨슨 신부는 운이 퍽이나 좋았다고 생각했지만 병사 자신은 그렇게 생각하기 어려울 것이다. 병사는 시무룩하게 말했다.

"글쎄요, 신부님. 반델 아니면 판도겠지요."

파킨슨 신부는 고개를 돌렸다. 스베이 요새의 폐허를 보고 있던 핸솔 추기경 역시 고개를 돌렸고 잠시 그들의 시선이 서로 부딪혔다. 파킨슨 신부는 무의식중에 말했다.

"판도일 거요."

병사는 무뚝뚝하게 고개를 끄덕였다.

"그럴 가능성이 높겠지요. 판도가 열리면 투란까진 탄탄대로라 할 수 있으니까. 신부님께선 의외로 전략에 관심이 많으신가 보군요."

그게 아니야. 파킨슨 신부는 고개를 다시 돌려 저편에 서 있는 데스필드를 바라보았다. 데스필드는 한가로운 태도로 스베이 기지의 폐허를 오락가락하고 있었다. 아무리 봐도 뭐 건질 게 없나 찾는 도둑의 모습이었지만 무너진 성벽에 기대어 앉아 있던 스베이 기지의 부상병들은 제지하기도 귀찮다는 듯이 바라보고만 있었다. 어쩌면 그들을 치료하는 신부의 동행이라서 건드리지 않는 것일지도 모르지만.

파킨슨 신부는 병사의 붕대를 단단히 고쳐 매주었다.

"그럼 당신들은 어쩔 생각이오?"

"우리요? 곧 떠야지요. 움직일 수 있는 녀석들은 다 떠났고 이 친구들은 아직 움직이기 어렵기 때문에 남아 있었던 겁니다."

"당신은?"

"저야 두 다리가 성하긴 하지만…… 친구들 때문에 남았죠."

"부상병들을 왜 후송하지 않은 거죠?"

"후송이고 뭐고 할 겨를 없이 철저하게 박살났기 때문이지요. 그리고 적군을 막기 위해 움직일 수 있는 병력만 재빨리 이동시킨 것이고. 따라서 이 망가진 놈들이 스베이 주둔군인 셈이죠."

병사는 자조의 웃음을 띠우며 몸을 일으켰다.

"감사합니다, 신부님. 의외로 솜씨가 좋으시네요. 어디의 신부님이시기에 이렇게 능숙하신지 궁금하군요."

파킨슨 신부는 손을 닦으며 대답했다. "테리얼레이드." 탄성을 지르거나 고개를 끄덕이는 부상병들을 뒤로하고 파킨슨 신부는 핸솔 추기경에게 다가갔다.

핸솔 추기경은 두 손을 허리 앞에 모은 채 파킨슨 신부에게 살짝 목례했다.

"저 병사의 말이 옳아요. 정말 훌륭한 솜씨요."

"테리얼레이드의 형제 자매들이 연습을 많이 시켜줬으니까요. 그곳에선 '약간의 언쟁'은 대여섯 명쯤의 칼잡이가 칼침을 맞아 죽는다는 뜻이고 '원만한 조절'이라는 건 암살이나 상대편 소굴에 대한 방화를 의미합니다."

파킨슨 신부는 시큰둥한 어조로 대답하고는 데스필드를 돌아보았다. 데스필드는 아직까지도 스베이 기지의 잔해를 뒤적거리고 있었고 그 모습을 보자 파킨슨 신부는 남아 있던 마지막 존경심마저 사라지는 것을 느껴야 했다. 결국 신부는 낮게 외쳤다.

"이 새매 같은 놈. 흉한 짓 그만두고 이리 와!"

데스필드는 못마땅한 기색이 역력한 얼굴로 걸어왔다. 데스필드가 입을 열기 전 파킨슨 신부가 먼저 삼엄한 목소리로 말했다.

"도대체 저 병사들이 보고 있는 마당에 뭘 하고 있는 거냐?"

"그럼 보지 않을 때 할까요, 신부님 당신?"

"닥쳐라, 이놈아. 네녀석의 신기한 재주로 전장을 피하게 해준 건 고맙다만 이런 짓은 보아줄 수가 없어."

"이런 짓이라니, 무슨 짓 말이오, 신부님 당신?"

"구울 같은 짓 말이다!"

데스필드는 한숨을 쉬었다.

"헛소리 작작하쇼, 신부님 당신. 쓸 만한 건 이미 다 쓸어갔소. 당신이 말씀하시는 그 구울 같은 당신들이 말이오. 그 당신들은 행동이 빠르거든. 아, 그래. 병사 당신들이 가만히 있는 것 못 보셨소?"

파킨슨 신부는 이맛살을 찌푸렸다.

"그럼 넌 도대체 뭐한 거냐?"

"구울 같은 짓."

파킨슨 신부는 노기가 충천한 얼굴로 데스필드를 쏘아보았다. 데스필드는 낄낄 웃으며 손을 가로 저었다.

"시체벌레 같은 짓을 하려고 한 건 아니니 신경 쓰지 마쇼. 본인은 다벨 당신들의 소지품이 좀 보고 싶었거든. 확인할 것이 좀 있어서 말이오."

그때 성벽에 기대어 앉아 있던 동료에게로 돌아가려던 왼팔이 잘린 병사가 데스필드를 바라보았다.

"다벨의 물건이 보고 싶다고 하셨소?"

"그래요. 뭐 있소?"

병사는 자신의 검집을 풀었다. 한 손만 사용하는 힘든 동작으로 검집을 풀어낸 병사는 그것을 데스필드에게 던졌다.

"내 검은 내 왼손하고 같이 떠나갔소. 왼손잡이였거든. 그래서 전쟁터에서 그걸 주워 가졌소. 당신이 말하는 다벨의 물건이지."

데스필드는 동정의 의미를 담아 병사에게 고개를 숙여보인 후 검집을 살폈다. 파킨슨 신부와 핸솔 추기경 역시 호기심을 느끼곤 그에게 다가왔다. 대장장이와 같은 눈으로 검집과 검을 면밀히 살피던 데스필드는 검집을 다시 던져주려다가 멈칫했다. 데스필드는 병사에게 걸어가 직접 검집을 채워주고는 씩 웃었다. 병사는 역시 웃으며 말했다.

"록소나?"

"동감이오. 감탄했는데."

"별말을. 그럼."

병사는 오른팔만 흔드는 불안정한 모습으로 걸어갔다. 성벽에 기댄 채 햇살을 쬐고 있던 그의 동료들은 옆으로 조금씩 움직여 병사의 자리를 내주었다. 물끄러미 그 모습을 보던 데스필드는 기다리고 있던 성직자들에게로 돌아왔다.

"불쌍한 당신들."

데스필드는 푸념처럼 말했다. 신부와 추기경은 그런 패스파인더를 가만히 바라보았다.

"한줌 햇볕만으로 행복할 수 있는 소박한 당신들이 왜 저런 비참한 꼴을 당해야 하는지. 제길."

"……록소나는 무슨 말이냐, 데스필드?"

데스필드는 배낭을 추어올리며 말했다.

"다벨 산 강철이 맞는데 형식은 록소나 식이오. 전에도 그런 걸 봐서 확인하고 싶었는데 똑같더군. 롱레인저 당신들 기억나시오?"

기억을 떠올린 파킨슨 신부가 고개를 끄덕였다. 핸솔 추기경의 얼굴이 약간 굳었다.

"데스필드 군. 그렇다면 당신은 다벨과 록소나 사이에 어떤 교류가 있을지도 모른다고 생각하는 거요?"

"더러운 협잡의 냄새가 난다는 것은 확실히 알겠소. 퉤!"

땅바닥에 침을 뱉은 데스필드는 북쪽 하늘을 쏘아보았다.

"똑똑하고 잘난 당신들이 원대하고 무시무시한 계획을 세우지요. 그런 거창한 계획들이 부딪힐 때 햇볕 쬐기를 좋아하는 당신들이 피를 흘리고. 하지만 그 소박한 당신들이 정말 아무것도 모를까? 흥. 다 알 겁니다, 다. 그런 당신들도 다 노련하고 긍지 있는 사내들이니까요."

"맞는 말이오. 데스필드 군."

핸솔 추기경은 고개를 끄덕였다. 하지만 데스필드는 아직 말을 끝낸 것이 아니었다.

"저 당신을 보시오. 왼팔이 잘렸지. 죽을 때까지 저렇게 살아야 할 거요. 그리고 당신은 어쩌다가 그렇게 됐냐는 질문을 받을 때마다 나라를 지키기 위해 싸우다가 그렇게 되었다는 것을 자랑거리 삼아 말하며 살겠지. 멍청해 보이고 초라해 보이겠지요? 하지만 당신의 속을 볼까요. 당신은 당신의 팔을 가져간 것이 록소나 형식으로 칼 끝 처리가 된 다벨 산 강철검이라는 것을 분명히 알고 있소. 따라서 당신은 다벨이 동쪽의 안전을 보장함과 동시에 팔라레온과의 세력비를 증가시키기 위해 록소나와 손잡았고, 그런 야합에 의해 당신의 팔이 잘렸다는 것도 알고 있소. 하지만 차마 창피스러워서 그렇게 말하진 않을 거요."

핸솔 추기경은 잠시 감탄하며 말했다.

"창피스럽다고?"

"사람들에게 존경받는 지도자들의 야합 때문에 이렇게 되었노라고 말하는 건 너무 창피스럽지요."

"적국의 지도자들이잖소."

"헷! 적국이니 뭐니 하는 건 그런 지도자들의 머릿속에나 있는 거요. 저 당신에겐 다벨의 당신이든 록소나의 당신이든 똑같은 사람이요. 친척이나 친구일 수도 있소. 예하 당신께선 친구의 부모를 욕하실 수 있으실까요? 친구의 가슴을 아프게 할 텐데?"

핸솔 추기경은 입을 다물었다. 데스필드는 성벽을 바라보며 말했다.

"그래서, 저 당신은 모두 다 알지만 그저 묵묵히 말할 거요. 나라를 위해 싸우다 이렇게 되었노라고. 그것으로 만족해하고, 남는 시간엔 햇볕이나 실컷 쬘 거요. 그것이 긍지 있는 당신이지."

데스필드는 걸어갈 듯이 발걸음을 뗐다. 하지만 두어 발자국 걸어간 데스필드는 걸음을 멈추고 말했다.

"하지만 세상엔 그런 긍지 있는 당신들이 드물지요. 지도자들 중에는 하나도 없고, 갑시다!"

데스필드는 무너진 스베이 요새의 외성벽의 잔해를 피하며 걸어갔다. 파킨슨 신부와 핸솔 추기경은 각자 부상병들에게 축복과 무사 귀환을 바란다고 말해 주었고 병사들은 희미한 미소를 떠웠다. 그리고 신부와 추기경은 걸음을 재게 놀려 데스필드를 따라갔다. 핸솔 추기경은 데스필드의 옆얼굴을 향해 질문했다.

"다음엔 어디로 갈 거요, 데스필드 군? 아, 이제 난 당신 뒤를 절대 벗어나지 않을 테지만, 궁금해서 말이오."

"록소나를 최대한 빨리 가로질러서, 안팔로 계곡입니다. 예하 당신."

파킨슨 신부는 신음처럼 말했다. "강행군이 되겠군."

"원한다면 도스 계곡으로 패스를 설정할 수도 있수다, 신부님 당신. 그게 더 빠르지."

"농담 마라, 자식아."

데스필드는 낄낄거리며 걸어갔다. 추기경은 뒤로 조금 뒤쳐져서는 신부에게 속삭였다.

"파킨슨 신부. 저 친구는 지혜의 보물상자 같은 친구군요."

"예하?"

"한마디씩 툭툭 던지는 말들이 예사롭지 않소. 조금 전 지나가는 말처럼 다벨과 록소나의 밀약을 짚어낸 것 신부님도 봤지요? 억지로 시작된 도피행이지만, 난 이 여행을 즐기게 될 것 같은데. 아, 어차피 저 패스 파인더 친구가 패스를 그은 이상 따라가는 것이 현명한 일이겠지만, 난 원래는 적당한 교회에서 발을 뺄까 생각하고 있었소. 하지만 난 이제

저 친구를 더 관찰하기 위해서라도 펠라론까지 저 친구의 패스를 따라 가야겠소."

파킨슨 신부는 조용히 웃었다. "역시 학자이십니다."

5월 17일. 휘리 노이에스가 이끄는 다벨군은 투란에 입성했다. 투란 방어전은 치열하기로는 다른 어떤 전쟁에도 뒤지지 않는 전투였지만 전체 전개는 전사학자들의 흥미를 끌 수 없는 단순한 모습으로 전개되었다. 공방의 수위는 거의 유사했으나, 한쪽에서는 이길 생각이 있었고 반대쪽에서는 이겨야 될지 져야 될지를 몰랐다. 그리고 그 작은 차이가 결국 전투의 승패를 결정했다.

하팔 장군의 죽음은 투란 쪽 사람들을 극히 혼란시켰다. 팔라레온의 이상주의자와 애국자들은 하팔 장군이 배신했다는(!) 사실에 좌절했다. 그리고 하팔 장군의 배신이 죽음으로 보답받았다는 사실은 내부 반동 세력이 될 수 있었던 자들을 엉거주춤하게 만들었다. 휘리 노이에스의 포고문과 마찬가지로, 하팔 장군의 처형은 팔라레온으로 하여금 상대방의 의중을 종잡을 수 없게 만드는 효과를 충분히 발휘했다.

그들은 휘리 노이에스가 어떤 성향의 인물인지 짐작할 수가 없었다. 하팔 장군 같은 이마저도 배신시킬 수 있는 음험한 책략가인가? 아니면 배신을 용서하지 않는 순수주의자인가? 전자였다면 투란 궁에서는 대규모의 배신이 발생했을 것이고 후자였다면 애국자들이 대량 발생했을 것이다. 하지만 휘리 노이에스는 전자로도, 후자로도 판단될 수 없었다. 그래서 전투는 김빠지는 형태로 진행되었다. 로드 데자크는 달아나다가 체포되었고 이후 생사가 불명해졌다.

투란 낙성 후 나흘 뒤인 5월 21일. 신성 펠라론은 공식적으로 다벨에 대한 성무 금지 처분을 발표했다. 제국 전역의 수도와 수도원, 교회에 배포된 포고문은 그 내용이나 숫자를 통해 퓨아리스 4세가 다벨의 팔라레온 침략에 대해 어떻게 생각하는지를 극명하게 보여주는 듯했다. 포고문 전체를 통틀어 '야비한', '몰지각한', '규탄받아 마땅할'이라는 단어가 들어가 있지 않은 문장이 없을 정도였다. '악마적'이라는 말이 들어가 있지 않은 것은 거의 기적처럼 보였다.—만일 그 단어가 사용되었다면 그것은 파문, 혹은 이단 선포가 되었을 것이다—그러한 준엄한 내용의 포고문이 5,000매라는 막대한 숫자로 인쇄되어 제국 전역에 배포된 것이다. 팔라레온이 반 달 만에 함락된 것에 놀라고 있던 제국은 법황청의 이런 맹렬한 반응에 더욱 놀랐다. 일부에선 '법황이 왜 저렇게 핏대를 올리는 거지? 그의 정부가 팔라레온의 미녀였나?'라는 관측이 나올 정도였지만 법황에겐 정부가 없다는 것은 누구나 알고 있는 사실이었으므로 그건 농담일 뿐이었다.

그러나 다케온에 이르러서는 그런 농담도 할 수 없는 상황이었다. 그들에게 그것은 이웃에서 일어난 재난이었다. 메르데린 공작의 의중을 몰라서 당황해하던 그들은 법황의 맹렬한 반응에 더욱 어리둥절해졌다. 다케온의 정보부원들이 다양한 심인성 질환에 신음하고 있는 가운데 다케온인들은 한결같은 질문을 서로에게 던져대었다.

'도대체 무슨 일이 일어나고 있는 것인가?'

표면적으론 단순하기 그지없는 일이었다. 한 나라가 이웃나라를 정복한 사건은 슬프다거나 불행한 일이라고 말할 수는 있어도 신선하다고는 말할 수 없는 일이다. 하지만 정황은 누구의 눈에도 이상해 보였고 '알지 못하는 무엇'이 관련되어 있다는 것 또한 누구의 눈에도 자명했다. 하지만 '알지 못하는 무엇'이 과연 무엇인지는 아무도 몰랐다. 심지어 그들은 메르데린 공작에게 정복을 축하한다고 해야 할지 그 행위를 규탄해야 할지도 알 수 없었다. 다케온 백작 네그리파 다케온은 고심 끝에 일단 규탄하기로 결정했다. 그것이 보편적인 도덕관에도 일치하고 법황의 의도와도 일치하는 일이었기 때문이다. 네그리파 다케온 백작은 자신이 내린 결정에 만족하기로 했다.

그리고 휘리 노이에스도 다케온 백작의 결정에 만족했다.

5월 32일. 다케온 백작은 휘리 노이에스의 서명이 든 선전포고문을 받아들고 아연해해야 했다. 그는 그것이 선전포고문인지조차 잘 알 수 없었다. 휘리 노이에스가 보낸 서신에는 '전쟁'이나 '항복', 혹은 '죽음'

등의 단어는 하나도 들어 있지 않았다. 실상 그런 단어가 들어갈 수도 없는 내용이었다.

'귀국의 다이아몬드 광산에 항상 행운이 있기를. 그런데 근래에 들어 나는 귀국의 광산에서 퍽이나 불미스러운 일이 있음을 전해 듣고 매우 놀라고 불쾌해하고 있소. 귀국의 광산에서는 채굴전 동남동녀들로 하여금 제사를 올리게 한다는데, 이는 성스러운 교회가 용서하지 않는 이교 행위임이 분명하오. 나는 귀국의 이런 행위에 대해 크게 슬퍼하오.'

휘리는 짐짓 놀랐다는 듯이 표현했지만 이것은 절대로 뉴스가 아니다. 다이아몬드 광산이 아니라 다른 어떤 광산에서도 행하여지는 속신으로 광맥을 추적하기 전 어린 소년, 소녀들로 하여금 광맥으로 추정되는 위치에 과자를 던지게 하는 작은 미신을 말한다. 이것은 심지어 다벨의 철광산에서도 행하여진다. 교회도 크게 신경 쓰지 않는 광부들만의 작은 풍습에 대해 개탄스럽다는 듯이 적어보낸 휘리의 서신이 무엇을 말하고자 하는지 알 수 있는 자는 아무도 없었다. 어느샌가 제국 곳곳에서는 '무슨 내용인지 모를 정도로 악필이다'라는 말을 '휘리의 서신 같다'고 표현하는 일이 발생하기 시작했다.

그리고 5월 34일. 다림 앞바다에선 식스 일항사가 머리를 긁적거리고 있었다.

"갑판장. 난 그 의견에 찬성할 수 없네."

"어째서 그러십니까, 식스?"

"부디 부탁인데 직함으로 불러! 어쨌든 선장님께 그 의견을 전달하는 건 너무도 우스꽝스러운 일이야. 그녀를 세례시키자고?"

"우리 주님의 이름으로."

"퓨아리스의 이름으로 말이지. 안 돼. 난 도저히 상상조차 할 수 없어. 잠깐! 요설을 늘어놓을 준비 철저히 하고 왔다는 거 짐작하니까, 자넬 실망시키기 위해서라도 난 명령하겠네. 설명 붙이지 마."

"저, 저에 대해 너, 너무 많은 것을 알고 계십니다. 일항사님."

"그래. 바로 그래서 자네에게 화를 안 내고 있는 걸세. 갑판장."

"무슨 말입니까?"

식스는 싱긋 웃으며 다시 해도를 들여다보았다. 그가 들여다보고 있는 것은 카밀카르 대사관의 폴라 대사로부터 선물받은 최신품 해도다. 물론 폴라 대사는 레보스호의 선원들을 돌려받은 것에 대한 몸값으로 생각하고 있겠지만. 그리고 식스와 그녀는 현재 라스 법무대신과 슈마허의 몸값을 놓고 협상중이며, 서로를 좋은 협상 상대로 생각하고 있다.

"선단 전체가 그녀 때문에 이상한 분위기에 젖어 있어. 그리고 우린, 이를테면 점령지 주둔군이라 할 수 있네. 누군가는 정신을 바짝 차려야 하고, 대개 그런 건 고급 선원이어야 하지. 그리고 자넨 고급 선원 중에서도 갑판장이야. 자네의 의무가 떠오르지 않는가?"

"경건한 신도로서 그녀를 세례시켜야 하죠."

식스는 가까스로 라이온의 목을 비틀진 않았다.

"으—흠. 나는 자네가 갑판장으로서 그런 동향을 철저히 감시하고,

갑판원들이 딴생각을 못할 정도로 바쁘게 만들어줬어야 했다고 말하고 싶었네. 필요하다면 없는 일을 만들어서라도. 하지만 자네는 그러지 않았을 뿐만 아니라 오히려 앞장서서 흥분해 가지고서는 이런 맹랑한 요청을 해왔단 말이야. 이 시점에서 내가 화를 내는 건 당연한 일이지. 하지만 난 자네라는 인간을 아니까 화를 내지는 않았다, 이 말이지. 알겠나?"

라이온은 잘 알겠다는 듯이 큼직하게 웃었다.

"아, 예. 일항사님께서도 세례에 참석하실 거죠?"

식스의 검이 라이온의 목을 날려버리기 직전 라이온은 가까스로 자유호에서 하선할 수 있었다.—뱃전을 넘어 바다에 뛰어드는 것도 하선이라면—등뒤로 들려오는 패악스러운 고함을 응원 삼아 힘차게 헤엄쳐간 라이온은 곧 페가서스호의 뱃전에 가닿았다. 페가서스호의 갑판원들은 껄껄거리며 줄사다리를 내려주었다.

페가서스호에 올라간 라이온은 셔츠를 벗어 물기를 짜내면서 페가서스호의 일항사를 찾았다.

"도일 일항사님!"

식스 일항사의 시선이 화살처럼 날아오고 있었기에 도일 일항사는 애써 엄격한 표정을 지었다.

"라이온 군. 이건 밀항인가? 그럴 자격이 있는 자들 중 아무도 자네의 승선을 허가한 적이 없는 것 같은데."

"부대에 넣어 집어던지기 전에 하리야 선장님이나 좀 뵙게 해주십시오."

"선장님은 왜?"

"영적인 문제로 상담 좀 하려고."

"성급한 판단인지도 모르지만, 자네에게 그런 문제가 있다는 건 열 번째 불가사의인 것 같군."

"제 영혼이 아니고 다른 자의 영혼입니다. 제 영혼은 율리아나 공주가 가져갔지요."

도일 일항사는 그쯤에서 식스 일항사에 대한 의리는 지켰다고 판단했다. 그래서 도일 일항사는 껄껄 웃으며 라이온에게 씻을 물을 가져다주라고 명령하고는 선장실로 향했다. 잠시 후 하리야 선장이 갑판에 올라왔다. 하리야 선장은 몸에 물을 끼얹고 있는 라이온을 보고는 점잖게 물통 위에 앉아 기다렸다.

"아, 하리야 선장님. 죄송합니다. 꼴이 말이 아니군요."

"말 들었네. 다음부턴 보트를 이용하게."

"제 질문도 이미 아시겠지요? 그녀에 대한 세례가 교리상으로 문제가 있습니까?"

하리야 선장은 잠시 고개를 돌려 물수리호 쪽을 바라보고는 한숨을 쉬었다.

"자넨 지극히 곤란한 질문을 참 쉽게도 말하는군. 첫 번째로 난 그런 질문에 대답할 자격이 없다는 것부터 말하지. 난 성직자가 아냐. 두 번째로 난 그런 질문에 대답할 지혜도 없군. 적어도 내가 아는 한에서 성전에서든 다른 어떤 교리서에서든 인간만이 세례를 받을 수 있다고 규정되어 있는 부분은 없어. 하지만 인간 아닌 다른 것도 세례를 받을 수 있다고 말하는 부분 또한 없지. 개인적인 견해로는 세례가 가능할 것도 같군. 만물 중 인간만이 신의 창조물인 것은 아니니까. 모든 창조물들에게는 그 창조자들을 찬미할 자격이 있겠지. 새들은 아름다운 노랫소리로, 꽃들은 아름다운 자태로 주님의 섭리를 찬미하지. 그리고 인간은 세례를 통해 교회의 일원이 되어 주님을 찬미하지. 그렇다면 그녀 역시 주님을 찬미할 수 있을 테고. 그러기 위해서 교회의 일원이 될 수도 있겠지. 난 그것이 아름다운 일일 수 있다고 보네."

셔츠를 물에 헹구며 하리야 선장의 말을 듣고 있던 라이온은 환호를 질렀다.

"됐군요!"

"내 말을 잘 안 들었군. 라이온. 그건 내 견해야. 자네가 굳이 답을 알고 싶다면 말해 주겠는데, 그건 법황께서 결정할 문제야."

"윽. 퓨아리스 4세 말입니까?"

"그래. 성하께서 말이야."

라이온은 곤란하다는 표정으로 셔츠를 탁탁 털었다. 하리야 선장은 턱을 만지작거리며 말했다.

"이제 내가 묻겠는데, 그녀에게 왜 세례를 시키고 싶어하는 건가?"

"그녀와 결혼하기 위한 장기 계획이죠."

"재미있군."

라이온은 셔츠를 힘껏 짜서 대충 물기를 빼내었다. 주르륵.

"두 가지 이유가 있습니다. 일단 그녀의 이름을 좀 불러보고 싶단 말입니다."

"흐음. 하지만 그녀에게 이름을 붙일 수 있는 게 누구지? 알버트 선장뿐이라고 생각되는데."

"그러니까 세례를 시키는 거죠. 그럼 어떻게든 이름을 붙여야 되니까. 그리고 두 번째는 첫 번째와 연관되는 건데, 그녀를 물수리호에서 하선시키기 위한 계책입니다."

"아아."

"생각해 보십쇼. 저는 세상에서 가장 인성 교육이 험악하게 이뤄질 장소를 알고 있습니다. 그런데 그녀는 바로 그곳에 있어요. 알버트 렉슬러 선장의 그 무서운 모습은 둘째 치죠. 물수리호의 우리 조용한 형제들은 아무리 좋게 말해 주려 해도 걸어다니는 시체들입니다."

"나쁘게도 한번 말해 보라고 권하고 싶진 않군."

셔츠를 꿰어입으며 라이온은 자신이 처음 보는 이 신기한 생명체에 다분히 관심이 있으며, 그것이 어떻게든 훌륭한 모습으로 성장하기를 바라지만, 해적놈들, 그 중에서도 물수리호의 해적놈들 사이에서 자라면 그 꼴이 어떻게 될지 상상도 하기 싫다, 따라서 그녀에게 세례를 받게 하고는 인망 있는 노부인—예를 들면 폴라 대사 같은—에게 대모가 되어달라고 부탁하면 그것이 참으로 유익하고 보람 있는 일이지 않겠느냐는 설명을 늘어놓았다. 결과적으로 하리야 선장은 식스 일항사가 받아야 했을 요설들을 대신 받은 꼴이 되었지만 화를 내지는 않았다. 하리야 선장이 잠시 대답을 생각하고 있을 때였다.

물수리호 쪽에서 노랫소리가 들려왔다.

하리야 선장과 라이온뿐만 아니라 페가서스호의 모든 선원들, 아니 노스윈드의 모든 해적들의 시선이 동시에 물수리호 쪽으로 돌아갔다.

아니다. 부두 노동자와 다른 배의 선원들, 그러니까 소리가 들리는 범위 안에 있던 모든 남자들의 시선이 물수리호 쪽을 향했다. 하리야 선장은 약간 쉰 목소리로 말했다.

"그녀가 낮에 부르는 노래는 정말 마음에 드는군. 훨씬 좋아."

라이온은 다른 쪽을 바라보며 대답했다.

"한 사람은 그렇게 생각하지 않는 것 같군요."

하리야 선장은 라이온이 가리키는 방향을 보곤 작게 실소했다. 그랜드머더호의 선교에서는 킬리 선장이 류트를 부여잡고 통곡하고 있었다. 저 아름다운 노래에 반주를 넣고 싶다는 엄청난 욕망과, 자신이 저 노래에 어울리는 실력을 가지지는 못했다는 겸손한 판단이 서로 부딪히며 킬리 선장을 저런 곤경 속에 빠뜨리고 있는 것이다. 하리야 선장은 성전이 들어 있는 가슴팍을 살짝 어루만졌다.

"라이온 군. 자네는 그녀가 비뚤어지지 않을까 우려했지만, 난 저 노래를 듣고 있으면 그런 문제에 대해 고민할 필요가 없을 것 같다는 생각이 드는군."

"낙수는 바위를 뚫습니다."

라이온은 우울하게 말했지만 하리야 선장은 고개를 가로저었다.

"아닐세. 바위가 낙수를 받아들이는 거지."

라이온은 어깨를 으쓱였다. 그때 하리야 선장은 물수리호를 향하는 보트를 발견했다.

"저건 누구지?"

"예? 아, 세실이군요."

라이온의 표현에 의한다면 걸어다니는 시체들인 물수리호의 해적들은 마스트 아래서, 캡스턴 옆에서, 윈치 뒤에서 그들의 일을 계속하고 있었다. 타륜 옆의 난간에 기대어 앉아 있던 키는 물수리호의 항법사를 잠시 바라보았다. 키는 그의 이름을 떠올리기 어려웠다. 물수리호의 선원들은 서로의 이름을 부르거나 하는 일이 별로 없다. 기억을 더듬던 키는 간신히 항법사의 이름을 떠올렸다.

"오널드 항법사. 무엇을 하고 있지?"

오널드는 조용히 고개를 들어 키를 잠깐 바라보았다가 다시 해도를 바라보았다. 아마도 표현할 수 있는 최대의 예의일 것이기에 키는 화를 내지 않았다. 키는 단념하고는 다시 메인 마스트를 바라보았다. 하지만 그의 마음속에서는 물수리호의 선원들 전체를 향한 질문이 크게 반복되고 있었다. '너희들은 어떻게 침착할 수 있느냐.'

메인 마스트 앞에서는 검은 소녀가 알버트 선장을 향해 노래를 부르고 있었다.

열두어 살쯤 되어보이는 외모. 검은 머리칼은 아무렇게나 묶여 있었고 검은 살갗의 호리호리한 몸 위에는 검은색 셔츠와 바지가 입혀져 있었다. 그녀가 벌거벗고 있든 굶어 죽든 아무 상관 하지 않는다는 태도였던 물수리호의 선원들이 저런 배려를 한 것은 물론 아니다. 세실리아가 다림시에서 사온 옷가지들 중에서 소녀는 저 옷만을 입었다. 세실은 소녀가 의상에 대한 감각이 있어서 그랬다고 주장했지만 키는 소녀가 그저 자기와 닮은 색깔에 불안을 덜 느꼈기 때문이라고 말했다. 세실은 코방귀를 뀌었지만, 소녀가 검은색 코트를 걸친 키에게 적개심을 덜 나타내는 모습을 본 후부터는 유보적인 입장을 취하고 있었다.

그때 세실이 물수리호 위로 올라왔다. 뱃전을 넘어 갑판 위에 올라선 세실은 소녀의 모습을 보자마자 자신도 모르게 푸념처럼 말했다.

"흑기사호에 보내면 찾지도 못하겠군."

세실의 목소리가 들린 순간 소녀는 노래를 멈췄다. 소녀의 노래가 멈춤과 동시에 물수리호의 해적들의 손길도 뚝 멈췄다. 소녀는 세실을 흘끔 바라보았고 다른 해적들 역시 물끄러미 세실을 바라보았다. 세실은 속으로 투덜거렸지만 경험대로 눈을 내리깔았다.

잠시 후 소녀는 다시 알버트 선장을 바라보며 조그만 입술을 열어 노래하기 시작했다. 해적들은 각자 자신의 일을 다시 시작했고 키는 자신에게 걸어오는 세실의 일그러진 얼굴을 보며 차갑게 웃었다. 세실은 키의 근처에 와서야 조그마한 목소리로 말했다.

"그렇게 심술궂게 웃지 말라구. 쳇. 저 꼬마의 태도를 이해할 수가 없군. 이 배의 선원들이야 저 꼬마에겐 신경도 쓰고 있지 않으니 괜찮다고 하더라도, 나는 왜 경계하는 거지? 저 꼬마는 당신을 경계하지는 않잖아."

"글쎄."

키는 신경을 쓰지 않는다는 건 부적절한 말일지도 모른다고 생각했다. 물수리호의 선원들은 서로에게 대하는 것과 똑같은 방식으로 소녀를 대하고 있었다. 소녀는 아무에게도 말을 걸지 않았고 아무도 소녀에게 말을 걸진 않았다. 그리고 아무도 소녀에게 뭔가를 주거나 잠자리를 챙겨주거나 하지 않았지만, 다른 모든 물수리호의 선원들이 그렇듯이 소녀는 내키는 대로 주워먹고 아무데서나 잠들었다. 관찰하기 쉽진 않았지만, 키가 보기엔 주로 알버트 선장이 있는 메인 마스트 앞에서 잠드는 것 같았다. 그리고 깨어 있을 때도 그곳에서 가장 많은 시간을 보내는 것 같았다. 세실은 체념하듯 키의 옆에 앉았다.

"나도 검은색 옷을 입어야 되겠군. 그건 그렇고 오래간만인데. 당신 사업은 어때?"

키는 검은 소녀를 바라보며 대답했다.

"내 사업이 아냐. 하리야와 식스의 사업이지."

"하, 히, 호. 어째서 그 둘을 지목하는 거지?"

"난 바보가 아냐. 아흔아홉 개의 눈이 없다 해도 각국 대표부들과 가장 많이 접촉하는 건 그 둘이라는 것쯤은 알 수 있어. 여기저기 이상한 말을 흘리고 다니는 것이 그놈들이라는 것은 뻔하지. 요즘 들어 내게 날아오는 기발한 편지들 중 하나를 보겠나?"

키는 코트 주머니에서 구겨진 편지 하나를 꺼내어 세실에게 건네었다.

"그건 자마쉬 대사관에서 온 편지야. 녀석들은 자마쉬 비단이든 레우스 자기이든 똑같은 사치품이니 관세를 매긴다면 같은 수준으로 매겨야 되지 않느냐고 열렬히 강변하고 있다. 이래 가지고선 기막히다는 말도 모자란다."

세실은 작게 웃음을 터뜨렸다. 키처럼 그녀 역시 직접 물어본 적은 없지만 하리야의 수법을 대충 짐작할 수 있었다. 키는 못마땅한 기색이 역력한 말투로 투덜거렸다.

"그 녀석들은 모두 바보인가? 이곳은 자유 무역항이야."

"하리야 선장 수완 참 좋은 모양이군."

"음흉한 놈이지."

"난…… 흐음. 자기가 똑똑하고 다른 작자들보다 잽싸다고 믿는 바보 녀석들을 이용하는 건 괜찮아 보이는데."

"그래도 음흉하다는 사실에는 변함이 없다."

편지를 읽던 세실은 그것을 다시 접어 키에게 돌려주며 말했다.

"그리고 이 작자들이 이권에 눈이 어두워 자기들이 노스윈드국의 건국을 기정 사실로 만들어주고 있다는 것도 모르는 바보라는 사실에도 변함이 없지."

"그런데, 이 배에는 왜 올라온 거지?"

"소식 하나 전하려고."

"무슨 소식?"

"트로포스가 깨어났어."

질풍호의 갑판 위는 광란스러운 축제 분위기였다. 한 달 동안 잠들었던 그들의 선장이 깨어났으니 당연한 일이다. 선장실로 통하는 입구에도 선원들이 가득 차 있었고 키와 함께가 아니었다면 세실은 그 틈을 헤치고 들어갈 엄두도 내지 못했을 것이다. 키는 해적들이 힘들게 만들어준 틈을 헤치고 선장실로 들어갔다.

트로포스는 멍한 얼굴을 한 채 침대 위에 앉아 있었다. 질풍호의 고급 선원들은 침대를 둘러싸고는 누구든 가까이 다가오면 베어버리겠다는 얼굴을 하고 서 있었지만 키를 보자 반가워하는 얼굴로 비켜섰다. 키는 누군가가 내어준 의자에 앉아 트로포스를 바라보았다.

"트로포스."

선장실과 바깥의 통로를 가득 메우고 있던 선원들의 소란이 사라졌다. 트로포스는 그 고요함에 놀란 듯이 흠칫했다. 천천히 고개를 돌린 트로포스는 키를 돌아보았다. 키는 한번 더 그의 이름을 불렀다.

"트로포스 선장."

트로포스의 눈이 몇 번 껌뻑였다. 그의 입매에 희미한 미소가 떠올랐다.

"키 선장님."

키의 등뒤에서 '말했어! 말했다고!' '진짜야, 나도 들었어!' 등의 속삭임이 재빨리 오갔고, 그래서 키는 트로포스가 깨어난 후 처음으로 입을 열었음을 깨달았다.

"어떤가."

"등이 아파 죽을 지경입니다. 젠장."

다시 키의 등뒤에서 숨죽인 비명이 울려퍼졌다. 키는 의아해했지만 세실은 재빨리 움직였고 덕분에 린치당하기 직전의 스우를 구해낼 수 있었다. '이 자식, 하루에 두 번씩 돌려눕혀 드려야 한다고 했잖아!' '으아아, 삼항사님! 시키신 대로 그렇게 했다고요!' '……세 번씩 했어야 될

384

거 아냐!'

"너무 오래 누워 있어서 그런 걸 거야."

"얼마나 오랫동안 누워 있었습니까? 여기는 배 같은데, 그럼 우린 미노 만으로 돌아온 겁니까?"

"아니야. 여긴 다림이지."

"예? 다림이라니, 팔라레온 서쪽의 그 다림 말입니까?"

"그래."

"이런. 뭔가 기나긴 설명에 대비해야 될 것 같군요."

트로포스는 힘들게 이마를 짚었다. 다음 순간 트로포스는 이마로 올라가던 왼손을 황급히 끌어당겼다. 자신의 왼손 손등을 바라보던 트로포스의 눈동자가 둥글게 움직였다. 키가 바라보는 가운데 그 눈동자는 몇 번이나 회전했고, 회전을 거듭할 때마다 점점 확대되었다. 그리고 조금 후엔 트로포스의 오른손이 왼손 손등 위로 올라갔다. 키는 오른손 집게손가락으로 왼손등을 더듬는 트로포스를 보곤 미간을 살짝 찌푸렸다.

"왜 그러나, 트로포스?"

트로포스 선장은 키의 말엔 대답하지 않았다. 좌우를 황급히 둘러보던 트로포스는 자신의 침대 옆에 놓여 있는 지팡이를 발견했고 그 순간 움켜쥘 듯이 손을 뻗었다. 하지만 트로포스는 그 지팡이 바로 앞에서 손을 멈췄다. 그리고 트로포스는 어떤 무서운 것이나 되는 것처럼 자신의 지팡이를 노려보았다.

물론 키는 두 번 말하는 취미는 없었다. 그의 오른손은 트로포스의 어깨를 거칠게 부여잡아 자신 쪽으로 돌려놓았다. 트로포스는 어깨의 통증에 얼굴을 일그러뜨렸고 키는 아무 말 없이 그런 트로포스를 노려보았다.

트로포스가 간신히 질문했다.

"누군가가 내 지팡이를 만졌습니까?"

"지팡이?"

"예, 제 지팡이 말입니다! 아니, 아닌데. 우리 선단엔 마법사가 없는데…… 저걸 누가 만졌습니까?"

키는 트로포스의 어깨를 놓아주고는 천천히 고개를 돌렸다. 선장실이 미어터져라 들어와 있던 해적들 역시 고개를 돌렸고 그들의 시선을 따라간 트로포스는 그제서야 해적들 틈에 서 있는 작은 여인을 발견했다. 트로포스의 손이 시트를 꽉 움켜쥐었다.

"교회의…… 그 마법사!"

별로 어울리는 대답을 생각할 수 없었기에, 세실은 씁쓸한 미소만 지었다.

"휘리 노이에스라고요?"

율리아나 공주는 다시 유리라는 이름을 사용하고 있었으므로 바탈리언 남작은 약간의 위화감을 느끼며 대답했다. "그렇다더군, 유리." 게다가 공주는 남작의 약간 먼 친척으로 위장하고 있기도 했다.

"참 희한한 일이라고 할 수밖에 없지만, 어쨌든 로드 메르데린은 그 가수에게 병력을 쥐어줘서 팔라레온을 점령하게 했고, 휘리는 그의 의도에 부응했던 모양이야."

오스발은 가수라는 말에 작게 감탄했지만 율리아나 공주는 좀더 크게 놀랐다.

"난 그 사람을 본 적이 있어요, 아저씨."

"그랬나?"

"예. 이상한 기분이 드네요. 내가 만났던 사람이 그런 일을 했다니. 그럴 사람으로 보이진 않았는데."

"그를 직접 봤던 사람이든 보지 못했던 사람이든 모두 놀라고 있지. 어쨌든 이대로 투란으로 들어가는 건 좀 생각해 봐야 될 것 같군."

그들은 현재 대륙을 주유중인 한가로운 여행객으로 처신하고 있었다. 바탈리언 남작은 원래 그런 방랑가로 알려져 있었기에 그가 먼 친척뻘 되는 질녀와 그녀를 뒷바라지할 하인 한 명과 함께 여행중이라는 설명은 누구에게든 쉽게 납득되었다. 그리고 그들이 현재 머물고 있는 장원의 여주인 또한 그 설명을 받아들였다.

장원의 주인은 원래 투란에 살고 있었지만 투란 낙성 후 투란에서 조금 떨어진 산자락의 자신의 장원으로 피난온 팔라레온 귀부인이었다. 전쟁 미망인인 그녀는 다른 귀족들처럼 좀더 멀리, 혹은 국외로 도망칠 생각은 별로 없었다. 어쨌든 과부와 어린이는 보호되는 법이니까. 바탈리언 남작은 그녀의 이름을 듣고서는—그녀는 그저 자신을 피나드 부인이라고만 소개했다—더 이상 아무것도 묻지 않았다.

산장 전면의 포치의 등나무 의자에 앉아서 바라보는 오후의 피나드 장원은 아름다웠다. 남작은 찻잔을 비웠고 그의 뒤에 서 있던 오스발은 약간 어색한 몸짓으로 남작의 잔에 찻주전자를 기울였다.

"어떻게 하면 좋을까, 유리? 카밀카르 대사를 만나려면 투란으로 가야겠지만 그곳의 정황은 지금 엉망일 것 같군. 어쩌면 그들은 이미 탈출했을 수도 있고, 그럼 우린 텅 빈 대사관을 보게 될지도 모르지."

휘리에 대한 생각에 잠겨 있던 율리아나는 조금 늦게서야 남작의 질문에 대답했다.

"나는 잘 모르겠군요. 아저씨. 나에겐 왜 이렇게 불운만 따라다니는지 모르겠어요. 내가 들르는 도시마다 누군가에게 공격당하고 있으니……"

물론 율리아나가 말하는 도시는 카밀카르 대사관이 있는 '큰 도시'를 말하는 것이지 그녀가 들른 모든 도시를 말하는 것은 아니었다. 바탈리언 남작은 고개를 끄덕이고는 오스발에게 말했다.

"자네도 좀 앉게. 그렇게 서 있으면 피곤할 텐데."

"피나드 부인이 오실지도 모르는데요."

"괜찮아. 신경 쓰지 말고 앉아."

오스발은 겸손한 동작으로 테이블 옆의 빈의자에 앉았다. 율리아나는 자신이 먼저 그런 생각을 떠올리지 못해서 미안하다는 듯이 오스발을 바라보고는 의자에 몸을 기댔다. 그리고 그녀는 휘리 노이에스에 대해 생각했다.

그녀는 휘리에게 그 자신의 선을 추구하라고 했었다. 그리고 그녀는 휘리가 지금 보여주고 있는 '선'에 대해 퍽이나 놀라워하고 어이없어하고 있었다. 심지어 그녀는…….

"배신감을 느껴요."

바탈리언 남작과 오스발은 이상한 눈으로 율리아나 공주를 바라보았다. 율리아나는 텅 빈 오후 속에 시선을 맞추며 말했다.

"내가 본 휘리 노이에스와 지금 그가 하고 있는 일은 어울리지가 않는 것 같아요. 내가 본 그는 자신의 출생에 대해 노여워하는 자였어요. 그는 아버지를 증오하고 있었어요. 그래서 난 그에게 아버지를 증오하는 건 오히려 아버지를 닮으려는 의식의 소산이라고 말해 줬지요. 대개들 그렇잖아요. 부자를 증오하는 자는 사실 부자가 되고 싶은 것이고 권력자를 증오하는 자는 사실은 권력을 갖고 싶어 몸살난 자일 가능성이 높죠. 그래서 난 그렇게 말해 주었죠. 그렇게 아버지를 닮으려 노력하지 말고 자신의 선을 추구하라고."

"그의 아버지가 누군데?"

"난 몰라요. 그리고 내가 안다고 해도 내가 그것을 말하는 것을 그가 원할지 원치 않을지 모르겠군요."

"아아, 쓸데없는 질문이었군."

"예. 어쨌든 내가 그에게 자신의 선을 추구하라고 말했을 때, 난 사실 그가 쓸데없는 자격지심이나 죄의식 같은 것에 시달리지 말고 자신의 재능을 갈고 닦기를 바라고 그렇게 말했어요. 음. 당시에 난 상태가 좀 안 좋았지만, 대충 그런 의미로 말했던 것 같아요. 예. 그가 더 멋진 가수가 되길 기대한 거죠. 그런데 지금 그가 벌이고 있는 일은 너무 엉뚱하군요. 예상을 완전히 배신하는데요. 이게 그가 원하는 자신의 선이었을까요?"

바탈리언 남작은 생각에 잠긴 채로 찻잔을 들어올리다가 하마터면 그것을 바지 위에 쏟아부을 뻔했다. 차 마실 생각이 싹 달아나버린 남작은 찻잔을 도로 내려놓았다.

"글쎄. 사람이 과연 뭘 원하는지를 아는 건 어려운 일이지. 부부도 서로의 바람을 몰라줄 때가 있으니까. 하지만 그는 반 달 만에 팔라레온의 수도를 점령했어. 정말 원하는 일이 아니었다면 그럴 수 있었을까?"

"그렇겠군요."

"네 추측은 재미있구나, 유리야. 맞아. 대부분의 아들은 아버지를 닮으려 들지. 태어나서 가장 먼저 본 남자니까. 그리고 자신이 그렇게 되기를 원하는 모습을 이미 달성한 그 아버지를 증오하게 마련이지. 의식적으로든, 무의식적으로든. 유리 너는 그 나이에 어떻게 그런 지혜를 얻었니?"

"어떤 남작의 연대기에서 읽었죠."

바탈리언 남작은 당혹하여 율리아나 공주를 바라보았고 율리아나는 부드럽게 미소 지었다. 잠시 후 그 둘은 동시에 웃음을 터뜨렸다.

"맞아. 어쩐지 마음에 드는 생각이더라니, 내 글이었군. 하하."

"재미있는 글이었어요."

포치에 떨어지는 봄 오후의 햇살은 관능적이었다. 팔라레온에서 태어난 사람은 모두 그 햇살 아래 죽고 싶어한다는 남부의 햇살이 율리아나의 머리에 떨어지고 있었다. 바탈리언 남작은 이번엔 정확하게 찻잔을 들어올렸다. 입안을 따스하게 하는 차의 감각을 음미하던 남작은 지나가는 말처럼 말했다.

"그럼 그의 아버지는 군인이었을까."

"예?"

"응? 아아, 그의 노래 실력은 어머니에게서 받은 것일 가능성이 높잖아. 그렇다면 지금 보여주는 군인으로서의 재능은 아버지에게 물려받은 것일 수 있지 않을까."

율리아나는 동그란 눈을 돌려 남작을 바라보았다. 남작은 약간 미안해하는 표정이었다.

"그 경우라면…… 네 말은 결국 그에게 큰 영향을 주지 못했던 것이겠지. 그는 끝까지 자신의 아버지에 대한 증오를 버리지 못했던 거야. 그래서 다시 한번 아버지를 닮아버린 거지."

"그렇군요."

율리아나는 시무룩한 얼굴로 고개를 끄덕였다. 그 모습을 보던 바탈리언 남작의 마음 한구석이 약간 부드러워졌고, 그래서 남작은 몇 마디 덧붙이기로 했다.

"뭐, 그렇잖으면 너무 큰 영향을 준 것일 수도 있지."

"예?"

"그는 너의 말을 듣고 자신의 증오의 원인을 깨달은 거지. 그래서 그는 증오를 버리고 순수하게 자기 재능을 사용해 보기로 결심한 것일 수도 있지. 증오하던 아버지에게서 물려받은 재능이라 지금껏 사용하지 않았던 재능을 말이야."

남작이 자신을 위로하려 든다는 것을 깨달은 율리아나는 살풋 웃었다. 뭔가 감사의 말을 하려던 율리아나는, 갑자기 떠오른 어떤 생각 때문에 말문이 막혀버렸다. 그녀는 자연스럽게 허리를 숙여 찻잔을 들어올렸고 그래서 남작과 오스발은 별 이상한 것을 느끼지 못했다. 하지만 율리아나는 찻잔을 떨어뜨릴 만큼 긴장하고 있었다.

그녀는 휘리의 아버지가 혼 족임을 알고 있었다. 그리고 조금 전 바탈리언 남작은 그의 아버지가 뛰어난 군인일지도 모른다고 말했다. 그 두 개의 사실을 더한 결과는 그녀를 경악하게 만들었다.

"타르타니어스의 아들답군요. 역시 사자 새끼인 걸까요."

보고서를 들여다보고 있던 길버트 하드루스 대통령의 표정은 시무룩했다. 바스톨 장군은 최근 들어 대통령의 얼굴이 밝았던 모습을 본 적이 있는지 의심스러웠다. 하드루스 대통령은 보고서를 책상 위에 내려놓고는 눈가를 거칠게 문질렀다.

"타르타니어스 공은 즐거운 마음으로 성명판에 휘리라는 이름을 새길 수 있겠습니다. 혼 족의 반란 때 그리치는 두 달을 버텼습니다. 그런데 그 아들은 반 달 만에 팔라레온을 무너뜨리는군요. 그리고 지금 서신만으로 다케온을 공황 상태에 빠뜨리고 있습니다. 서신을 또 보낸 모양입니다."

바스톨 장군은 움찔하며 책상 위의 보고서를 바라보았다. 하드루스 대통령은 고개를 끄덕였고 장군은 보고서를 들어 읽기 시작했다.

그것은 휘리 노이에스 장군이 다케온 백작에게 보낸 서신의 복사본이었다. 특별히 비밀스럽게 보낸 서신도 아니었기에 사트로니아의 첩자들은 손쉽게 그 복사본을 구할 수 있었다. 서신을 다 읽어내린 바스톨 장군은 그것을 조심스럽게 테이블 위에 내려놓고는 수심 가득한 얼굴로 팔짱을 꼈다. 하드루스 대통령은 노장군의 얼굴을 책처럼 바라보며 말했다.

"어떻게 생각하십니까?"

"이 노병 역시 다른 사람들처럼 헛수작이라고밖에 생각되지 않습니다. 대통령께서 좀 가르쳐주시겠습니까?"

"저도 모르겠습니다. 같은 내용을 더 비분강개한 어조로 보내었는데, 이거야말로 왜 하루 세 번 식사를 하느냐고 시비를 거는 행사와 다를 바가 하나도 없군요. 더군다나 그것을 시정하라느니 시정하지 않으면 어떻게 하겠다느니 하는 말도 붙어 있지 않고. 이렇게 쓸모없는 내용을 이렇게 정열적으로 쓸 수 있다는 것이 놀랍군요."

바스톨 엔도 장군은 그의 대통령을 바라보며 미소를 지었다. 노장군은 그가 떠나면 과연 누가 대통령의 푸념과 한숨을 받아줄 것인지 걱정스러웠다. 하지만 하드루스 대통령 역시 장군을 걱정하고 있었다.

"그런데, 괜찮으시겠습니까?"

"예?"

"관함식 한번 하지 않고 가셔도 정말 괜찮으시겠습니까? 출정이 비밀리에 이루어져야 된다고 주장했던 제가 이렇게 말한다면 어떻게 들릴지 모르겠습니다만."

"상관없습니다."

"전 슬프군요. 장군을 이런 식으로 파견한다는 것이."

바스톨 장군은 싱긋 웃었다.

"물론 이것이 내 마지막 전투일 가능성이 높다는 건 이 노병이 가장 잘 압니다. 주님께서 도와주신다면 몇 번은 더 검을 들 수 있을지 모르지만."

"장군……"

"그래서 더 관함식 같은 것은 하고 싶지 않습니다. 마지막이라는 기분을 느끼고는 그만 울어버릴까 겁나거든요."

하드루스 대통령은 그만 실소했다. 그는 죽었다 깨도 바스톨 장군이 우는 모습을 상상할 수 없었다.

"알겠습니다."

대통령은 자리에서 일어났고 장군 역시 몸을 일으켰다. 책상을 돌아 바스톨 장군 앞에 온 대통령은 어찌할까 고민하듯 주춤하다가 손을 내밀었다. 노장군은 그 손을 마주 쥐었다.

아직까지도 억센 노장군의 손아귀 힘에 감사하며 하드루스 대통령은 조금 전 노장군의 머릿속에 떠올랐던 것과 똑같은 의문을 떠올렸다. 이분이 떠나면 난 누구에게 화풀이를 하고, 우는 소리를 할 수 있을까. 하드루스 대통령은 목이 메어 말했다.

"꼭 돌아오십시오."

"그러겠습니다."

5월 35일. 사트로니아의 엔도항에서 10척의 롱 갤리어스와 4척의 헤비 갤리어스로 이루어진 함대가 새벽을 가르며 빠져나왔다. 사트로니아의 움직임은 언제나 그랬듯이 극도의 정숙성 속에서 이루어졌고 그 함대의 이름이 '팔라레온 해방군'이라는 것, 그리고 바스톨 엔도 장군에 의해 지휘된다는 사실이 알려진 것은 사흘 뒤에 이루어진 사트로니아 자신의 포고에 의해서였다.

'법황의 가장 초라한 종인 사트로니아는 주님의 이름과 로드 데자크와의 오랜 우호선린에 의지하여 팔라레온을 공격한 다벨의 참렬한 행위를 규탄하는바, 이에 바스톨 엔도 장군의 지휘 하에 함대를 파견하여 팔라레온을 해방하고 성전의 계율을 오롯이 하리라. 주님의 은총이 우리에게 있기를……'

펠라론의 이상할 정도의 격렬한 반응에 놀라고 있던 각국은 '바스톨 엔도'라는 이름에서 다시 한번 경악을 금치 못했다. 그것이 공화국 사트로니아가 뽑아들 수 있는 가장 강력한 카드라는 점에는 모든 이들이 동의했다. 하지만 사트로니아가 다벨의 팔라레온 침공에 대해 왜 그런 최강수를 들고 나오는지에 대해서는 아무도 또라지게 말할 수 없었다.

휘리 노이에스가 팔라레온에 놓은 불길은 분명히 바람을 타고 있었다. 하지만 아무도 그 바람의 이름을 알지는 못했다.

제9장
구름이 고요 속을 흐를 때

오스발은 잠에서 깨어났다.

그가 머물고 있는 오두막은 원래 산장의 다른 하인들이 쓰던 곳이다. 하지만 피나드 미망인은 가정 경제를 긴축시켜야 할 많은 필요성을 가지고 있었기에 하인을 대부분 해고시켰다. 올리브 수확철이 되거나 밀 수확철이 된다면 많은 인부들이 몰려와 이 별채를 땀 냄새로 채우고 피나드 부인의 하녀들을 설레게 할지도 모르지만 지금은 텅 비고 약간 을씨년스러운 건물일 뿐이다. 그래서 오스발은 일어났을 때 넓은 침상 가운데 외롭게 앉아 있는 자신을 발견하게 되었다.

머리를 긁적거리던 오스발은 자신이 왜 깨어났는지에 대해 곰곰이 생각해 보았다. 잠시 후 오스발은 바지와 셔츠를 꿰어입고는 손에는 숄을 집어든 다음 오두막의 문을 열고 나섰다.

끝없는 밀밭에 달빛이 떨어지고 있었다.

멀어지는 검은 산 아래 밀밭은 너울처럼 꿈틀거리고 있었다. 검은색 하늘 속에 빠진 별들도 침묵으로 서로를 바라보고 있고 바람은 고요한 계곡, 밀밭만이 신비스러울 정도로 빛나며 파도치고 있었다. 저 멀리 보이는 흰색의 꽃은, 계곡 위쪽의 풍차였다. 오늘 밤 풍차의 날개는 바람 대신 달빛으로 도는 것 같았다. 사월 정도로 희게 빛나는 날개들은 멈춰 있는 것이 아니라 너무 느리게 돌고 있는 듯했다.

오두막 앞에 서서 밀밭을 바라보던 오스발은 은빛 밀밭 가운데 서 있는 사람을 보았다.

넓은 밀밭 가운데서 주의를 기울이지 않으면 놓쳐버릴 작은 점으로 서 있는 여인은 밤하늘을 바라보고 있었다. 밀밭에 떨어지는 달빛들 중에서 그녀에 이르른 달빛이 더 희게 빛나고 있는 것 같았다.

여인이 고개를 돌렸다.

얼굴은 보이지 않았지만, 오스발은 눈이 마주쳤다고 생각했다. 오스발은 발걸음을 떼었다. 밀밭은 소리 없이 갈라졌고 오스발은 강물 위의 월광을 헤치는 낙엽처럼 밀밭을 가로질러 걸어갔다. 파르스름한 밀밭 속에 허리까지 잠겨 있는 여인은 다가오는 그를 보며 고요히 서 있었다.

오스발은 여인 앞에 섰다. 여인은 차가워진 자신의 팔을 끌어안은 모습으로 오스발을 바라보았다. 밀의 사스락거림은 조용한 파도 소리 같았다. 오스발은 여인의 오른쪽 눈 주위로 달빛이 모여드는 것을 보았다. 빠르게 모여든 달빛이 한 점에 집중되었을 때, 투명한 눈물이 여인의 차가운 뺨 위를 미끄러져 내렸다.

"집에 가고 싶어요."

그녀의 입술이 말했는지, 아니면 그녀의 입술 주위를 감돌던 바람이 말했는지 오스발은 잘 알 수 없었다. 율리아나는 조금 전과 똑같은 모습으로 오스발을 바라보고 있기만 했다. 오스발은 손을 뻗어 공주의 어깨를 살짝 붙잡았다.

오스발이 먼저 끌어당겼는지, 아니면 율리아나가 먼저 걸어왔는지는 확실치 않았다. 오스발은 자신의 가슴 앞에 서 있는 공주를 향해 미소 지으며 그녀의 어깨에 숄을 둘러주었다. 차가운 숄이 목 뒤의 맨살 위로 미끄러지는 느낌에 율리아나는 어깨를 살짝 움츠렸다. 그리고 율리아나와 오스발은 나란히 밀밭을 가로질러 걸어갔다. 사수좌 멜바골은 서쪽을 겨냥한 채 발사되지 않는 그 화살 끝을 바라보고 있었다. 밀밭 위에 부서지는 달빛들이 휘영청하다.

본관에 도달한 공주는 오스발을 돌아보았다. 오스발은 가만히 선 채 기다리고 있었다. 율리아나는 고개를 옆으로 약간 기울인 채 마치 이상하다는 듯이 그를 바라보았지만 오스발은 그저 미소 지었다.

잠시 후, 율리아나의 입매에 부드러운 미소가 떠올랐다.

율리아나는 문을 열고 들어섰다. 오스발은 그 문을 조용히 닫은 다음, 하품을 하며 오두막을 향해 걸었다.

질풍호의 선교에는 긴의자가 마련되어 있었다. 바람 몇 올이 갑판 위를 스쳤을 때 긴의자에 누워 햇살을 쬐고 있던 트로포스는 다리를 덮고 있던 모포를 위로 조금 끌어올렸다. 쇠약해진 몸은 봄햇살 속에서도 한기를 느끼고 있었다. 질풍호의 선원들은 안쓰럽다는 듯이 그들의 선장을 바라보며 되도록 소음을 내지 않으며 작업하려 애썼다. 그때 조용히 밧줄을 감고 있던 젊은 해적은 자신을 바라보는 선장의 눈길을 느꼈다.

"스우. 내 지팡이를 가져오너라."

"예? 마법 쓰시려고요?"

"그건 아냐."

젊은 해적 스우는 경쾌한 동작으로 일어서 달려갔다. 잠시 후 스우는 지팡이를 들고 와 공손히 내밀었다. 하지만 트로포스는 지팡이를 받아 드는 대신 약간 얼떨떨해하는 눈으로 스우를 바라보았다.

"왜 그러십니까, 선장님?"

"네녀석도 그렇고, 다른 놈들도 그 지팡이를 겁내지 않는군?"

스우는 피식 웃었다. 세실이 그 지팡이로 해적들의 머리를 두드려대기 시작한 이후 스우나 다른 해적들이 그 지팡이에 대해 가지고 있던 불안은 거의 사라졌다. 스우에게 설명을 들은 트로포스는 눈살을 조금 찌푸리며 지팡이를 받아들었다.

"이제 됐으니 가서 일 보거라."

스우가 달려가고 나서 트로포스는 지팡이를 자신의 배 위에 내려놓고는 그것을 가만히 내려다보았다.

곧고 묵직하며 특색 없는 지팡이를 보던 트로포스의 손이 자신의 왼손으로 옮겨졌다. 트로포스는 마치 햇살을 가리려는 것처럼 손을 들어

올려서는 그 손등을 바라보았다. 시계 문자판의 1에서 10까지의 위치에서 원을 그리고 있는 열 개의 점을 보며 트로포스는 턱을 조금 떨었다.

잠시 후 트로포스는 담백하게 미소 지었다.

결국은 키 선장님을 구했지. 그걸로 됐어. 쓸쓸함이 아주 없지는 않았기에 트로포스는 오른손으로 열 번째 점을 살짝 만지작거렸다. 하지만 트로포스는 자신이 정신을 잃은 사이에 발생한 열 번째 점에 대해 만족하기로 했다. 트로포스는 두 손으로 지팡이를 쥐고는 조용히 눈을 감았다. 그러고는 오후가 저녁이 되어가는 그 미묘한 순간 동안 잠시 졸았다.

그러나 오랫동안 쉴 형편은 아니었다. 졸음에서 깬 트로포스는 어리둥절한 눈으로 주위를 둘러보았다. 왜 잠에서 깼더라? 아무 소리도 없었는데. 그러나 선교를 올라오는 세실의 모습을 보며 트로포스는 얼굴을 일그러뜨렸다.

"그렇게 사람 혐오스럽다는 듯이 쳐다보지 마라, 트로포스. 약간 주의를 끌어봤는데 효과가 놀라울 정도군. 민감한데?"

트로포스는 대답 대신 조금 전 세실이 했던 행동을 그대로 돌려주었다. 세실은 주춤하며 뒤로 물러났고 그런 세실을 향해 트로포스는 사납게 말했다.

"마법장 뒤로 물려, 세실."

"너도 좀 물려주지 그래? 그 표정을 보아하니 맨몸으로 그 안쪽으로 들어가고 싶진 않군."

"가까이 오지 않으면 될 거 아냐. 거기서 말하라구."

"트로포스, 트로포스. 이러지 말라구. 네가 한심한 얼굴로 졸도하고 있는 동안 네 지배력을 북돋아주고 네 주위의 마법장을 유지시켜준 게 누군지 내 입으로 말하기는 싫어."

트로포스는 인상을 찌푸렸지만 자신 주위의 마법장에 대한 지배를 조심스럽게 약화시켰다. 세실은 씩 웃고는 역시 마법장을 약화시키며 트로포스에게 다가섰다.

세실은 약간의 흥분을 느꼈다. 마법사들의 세련된 예의—동시에 결투이며, 알력이며, 일종의 무용이다—를 구사하는 것은 퍽 오래간만의 일이었다. 두 마법사가 스스로의 마법장을 겸손하게 후퇴시키는, 하지만 상대방의 후퇴 정도를 측정하며 자신의 마법장을 최대한 축적시켜 결국은 양자간의 거리의 중간점에 마법장의 경계를 일치시키는 이 행위는 인간의 다른 행위에서는 유사점을 찾아볼 수 없는 마법사들만의 독특한 인사법이다. 무사들의 결투가 거리를 조절한다는 점에서는 이와 비슷할지 모르나 목적이 정반대이기 때문에 같다고는 볼 수 없다. 무사들은 결국 자신이 거리를 지배하기를 원한다. 하지만 마법사들의 이 인사는 서로가 상대방에게 지배역을 내어주며 결국 가까워지는 것……

"잘하는데."

세실이 툭 던진 한마디에 트로포스의 집중이 깨졌다. 마법장의 경계가 자신에게로 빠르게 밀려들어오는 것을 느끼며 트로포스는 분노에 찬 신음을 내뱉었다. 세실은 빙긋 웃으며 자신의 마법장을 조금 물렸다.

세실은 트로포스의 곁에 섰다.

마법사가 아닌 사람은 아무도 알 수 없었지만 평온하게 서 있는 두 마법사의 모습은 사실 각자를 중심으로 반경 1피트까지 억압된 마법장들이 거칠게 부딪히고 있는 전장이었다. 세실의 경우 자신의 마법장을 더 축소시키며 다가갈 자신이 있었지만, 쇠약해진 트로포스를 고려해서 모험은 하지 않기로 했다. 그녀는 조용히 말했다.

"기분 어때?"

트로포스는 한쪽 눈으로 세실을 노려보았지만 그 말엔 대답하지 않았다.

"용건이 뭐야?"

"그 지팡이."

"이게 왜?"

"부러뜨리자. 그거."

트로포스의 손이 지팡이를 꽉 움켜쥐었다. 세실은 차분한 얼굴로 그를 바라보며 서 있었고, 트로포스는 이를 부드득 갈며 말했다.

"그런 말 같잖은 소릴…… 날 마법사로 인정하지 않겠다는 의미인 거냐?"

"그 지팡이의 소유자가 네가 아닌 다른 마법사였더라도 같은 말을 했을 거야."

"닥치고 꺼져. 듣기 싫어."

"후회할 텐데."

"후회는 무슨! 빌어먹을—!"

"그거 어디서 얻었어?"

"뭐라고?"

"네 사부가 깎아주었나? 아니면 스스로 만들었나? 그게 아니라면 다른 마법사에게 뺏었나?"

"대답할 의무가 없어."

"좋을 대로 하라고. 하지만 내가 추측하는 건 막을 수 없겠지. 난 레보스호에 있던 백과사전을 뒤져 그 지팡이의 내력에 대해 조사해 봤어."

트로포스는 아차 하는 표정이었다. 세실은 그 표정을 보며 웃었다.

"학구열이 부족했던 모양이더군. 트로포스 선장. 조사 안해 봤지? 도서 공포증은 아마 어릴 때부터의 성향이었을 테고, 그러니 지금 해적질을 하고 있는 것이겠지. 하하하."

트로포스는 씩씩거리다가 대답했다.

"관심없어."

"어린애같이 굴지 마. 그 얼굴로 그러면 귀엽기는커녕 소름 돋는다."

"……뭘 알아냈지?"

"백과사전으론 한계가 있지. 전문 서적이 아니니까. 추측성 조사밖에 되지 않겠지만, 일단 내 조사가 정확하다면, 그건 세야의 아카나야."

트로포스의 얼굴을 본 세실은 그가 그 이름을 처음 들어보았음을 짐작했다. 트로포스는 입 속으로 그 이름을 한번 중얼거려보았다.

"또 뭘 찾았지?"

"없는데."

"뭐?"

"세야의 아카나. 그걸로 끝이야. 그 지팡이에 대해 알려진 건 그 이름뿐이야. 세야가 뭔지도 모르겠는걸. 누구의 이름인지, 아니면 어딘가의 지명인지, 다른 의미가 있는 건지. 그리고 아카나가 뭘 뜻하는 건지도 모르겠어."

트로포스는 비웃듯이 코를 실룩거렸다.

"무슨 조사가 그래?"

"아직 끝난 건 아냐. 백과사전으로 알아낸 건 거기까지고 나 스스로 추리한 것도 있으니까."

"뭐가 있는데?"

"처음부터 가지. 네녀석이 졸도하고 있는 동안 난 치료 목적으로 네 외부 마법장을 지우려 시도했지. 하지만 지울 수가 없었어. 기가 막힐 노릇이더군. 결국 키 드레이번이 가지고 있는 복수를 동원해서야 간신히 네 마법장을 지우고 내부 마법장을 이끌어낼 수 있었지. 일단 그렇게 처치는 해두었지만 그 이해할 수 없는 일에 대해선 계속 생각했었지. 졸도한 마법사의 마법장을 왜 지울 수 없었다는 말인가."

"내 장기 지배력이."

"관둬, 친구. 자기가 천재라고 주장하고 싶다면 그 날 그 교회 앞의 일부터 설명해 봐. 아니, 지금의 이 상황부터 설명해 보시지. 너와 나의 순간 지배력은 비슷해. 자신이 장기 지배력만 괴상하게 강하다고 주장할 건가?"

트로포스는 그렇게 주장하지 않았다. 대신 찡그린 한쪽 눈으로 세실을 바라보았다. 세실은 싱긋 웃고는 트로포스의 배 위에 놓인 지팡이를 바라보았다.

"그리고 알다시피, 나는 그걸 써봤어."

지팡이 위에 얹혀 있던 트로포스의 왼손이 마치 가상의 상대방의 턱을 올려칠 듯 꿈틀거렸다. 세실은 그 반응을 보지 못한 채 자신의 감상을 토로했다.

"솔직히, 속옷 적실 지경이더라. 내 마법장이 얼마나 광대해졌는지 아직도 계산이 잘 안 될 지경이야. 어쨌든 사방 수십 마일 이내의 바람이란 바람은 다 끌어올 수 있더라고. 그제서야 깨달았지. 통념을 뛰어넘고 대단한 발상 전환을 이루어내었다고 자평하고 싶지만…… 이런 주장을 해보겠어. 너를 치료하려 했던 날 방해한 건, 그 지팡이의 장기 지배력이었어."

"지팡이가?"

"지팡이가."

"당신 마법사 맞나? 지팡이가 마법장을 지배한다고? 지팡이가 핵(核)이 된다고?"

"내 말을 정리해 주고 싶다면 이렇게 말해. '세야의 아카나'는 마법장을 지배하며, 그 점에서 미루어볼 때 '세야의 아카나'는 핵이 될 수 있다고. 그리고 내가 한마디 덧붙이자면, 그 지팡이는 살아 있어."

트로포스는 모포 위에 놓여 있는 지팡이를 바라보았다. 이게 살아 있다고?

"역설에 역설을 계속 붙여서 그따위 허무맹랑한 결론을 이끌어내곤…… 같은 마법사끼리 지팡이를 부러뜨리라느니 어쩌니 하는 망발을 한단 말이지."

"그렇게 말했어."

"하나도 받아들일 수 없어."

"그럼 내 말이 아닌 백과사전에서 나온 말이라도 받아들여. 그건 세야의 아카나야."

"그렇다면? 이게 당신 말대로 세야의 아카나인지 뭔지라면?"

"너무 위험해."

"젠장, 그 이름밖에 모른다고 했잖아! 다른 건 알아내지도 못했다면서. 그런데 뭐가 위험하다는 거야?"

"이름밖에 모른다는 점이 위험해."

"나와 모순 어법 경쟁을 하고 싶었던 것이었다면 미리 말하지 그랬어?"

"그러니까, 이걸 어떻게 설명하면 좋을까. 흐음. 그 지팡이는 분명히 강력해. 그리고 그런 것은 키 드레이번의 복수가 그렇듯이 당연히 유명해야 돼. 그런데 전혀 유명하지 않아. 수상하다는 기분이 전혀 안 드나, 트로포스? 왜 백과사전엔 복수에 대해서는 그렇게 많이 나오는데 세야의 아카나에 대해서는 그 이름 하나만 간신히 나오는 거지?"

"가능한 대답은 엄청나게 많아. 당신의 사전 독해 능력이 엉망이었다거나 백과사전 편찬자들이 마법사에 대해서는 약간 소홀했다거나. 백과사전이라는 것은 어차피 보다 많은 사람들의 요구에 부응하는 책이지 특수한 몇몇 사람들의 요구에 부응하는 책은 아냐."

트로포스에게 침착함이 돌아오며 그는 점점 더 완고해지고 치밀해졌다. 세실은 자신이 했던 말을 몇 번씩이나 반복하며 지팡이를 버릴 것을 종용했지만 트로포스는 점점 더 귀찮아할 뿐이었다. 더군다나 세실은 자신이 가지고 있는 증거들은 너무 빈약한 것이고 그에 비해 마법사에게 그의 지팡이를 부러뜨리라고 요구하는 것은 너무 거대한 일이라는 점을 인정하지 않을 수 없었다. 세실은 오히려 트로포스에게 존경심을 느낄 정도였다. 트로포스는 만일 그녀 자신이라면 이런 경우, 빈약한 논거를 대며 그녀의 지팡이를 부러뜨리라고 말하는 작자를 만났을 경우 상대방에게 저질러버렸을 일의 50분의 1도 저지르지 않았다. 세실은 무슨 일이든 당할 각오를 하고 찾아왔었지만 침착을 되찾은 트로포스는 그저 귀찮아하고 화를 조금 내었을 뿐이었다. 결국 세실은 손을 들 수밖에 없었다.

"오늘은 이만. 다음에 다시 오지."

"오지 마. 제길."

"이 배엔 선장을 위시하여 그 아래까지 비뚤어진 애정 표현을 하는 친구가 너무 많군. 다시 방문해 주시면 영광이겠습니다, 라고 말하는 법을 배워봐. 아, 가기 전에 묻겠는데, 네 손등의 점 말이야, 그거 아홉 개 아니었나?"

"……열 개였어. 그리고 내 얼굴로 말할 것 같으면, 당신이 빨리 떠나지 않으면 더 엉망이 될 거야. 제발 떠나줘."

바탈리언 남작은 문을 열고 들어서며 말했다.

"라트랑으로 결정했다."

의자에 앉아서 오스발에게 책을 읽어주고 있던 유리는—그녀가 빌릴 수 있었던 피나드 부인의 소장 도서는 요리책과 장정이 화려한 로맨스 소설들이 대부분이었고 그래서 유리는 로맨스 소설의 끔찍한 대사들에 지겨워하고 곤혹스러워하던 참이었다. 그리고 내색은 하지 않았지만, 오스발 역시 끔찍해하고 있었다—바탈리언 남작을 돌아보았다.

"예? 라트랑이오?"

"그래. 우리의 다음 목적지 말이야. 마을 쪽에서 들었는데, 그쪽으로 여행가는 사람들이 있어. 동행해도 좋다는 동의를 받았지. 여기서는 좀 먼 길이긴 하지만 아무래도 그쪽의 항구엔 카밀카르 배도 많이 들어오고." 바탈리언 남작은 한쪽 눈을 찡긋 했다. "게다가 좋은 점이 하나 더 있지."

유리는 거의 비명처럼 외쳤다. "룸 언니!"

"룸? 아아, 바다의 공주님을 그렇게 부르나 보지?"

유리는 책을 들어 입을 가리며 환하게 웃었다.

"예! 그렇게 불러요. 우아아! 룸 언니를 보다니!"

바닥에 앉아 있던 오스발은 이해하지 못하겠다는 눈으로 바탈리언 남작과 율리아나 공주를 번갈아 쳐다보았다. 유리는 환한 얼굴로 오스발에게 설명했다.

"발, 발. 라트랑에는 우리 언니가 살고 있어요. 3년 전에 거기로 시집갔어요. 와앗! 그럼 나 3년 만에 룸 언니를 보게 되는 거예요!"

오스발은 고개를 끄덕이며 안도의 표정을 지었다. 유리의 언니라면 아마도 카밀카르의 일공주나 이공주일 것일 테고 그럼 당연히 유력자의

412

부인일 테니까. 유리는 즐거워 견딜 수 없다는 표정으로 바탈리언 남작을 바라보았다.

"난 찬성이에요. 언제 떠나죠?"

"내일이야. 오늘 저녁엔 피나드 부인께 인사드려야지. 그럼 준비를 하거라."

바탈리언 남작은 다시 문을 닫고 밖으로 나갔다. 그가 나가고 나자 유리는 발그레해진 볼을 만지작거렸고 오스발은 미소를 지었다.

"유리 님은 언니를 무척 따르셨던 모양이군요."

"예. 더군다나 드디어 만나게 되는 가족이 그렇게 보고 싶었던 사람이라니, 나 정말 흥분돼요. 룸 언니, 그러니까 이루미나 언니는 나한테 정말 잘해 줬어요. 아아! 룸 언니라니! 매일 납치당하고 싶어졌어요!"

오스발은 그건 좀 곤란하다는 표정으로 웃었다.

"그런데, 바탈리언 남작께서는 바다의 공주님이라고 하시던데……"

"예? 아아, 그건 둘째 언니의 별명이에요."

"이공주님이십니까?"

"아, 그렇지요. 하지만 사실 언니라고 할 수 있는 사람은 룸 언니뿐이에요. 큰언니는 거의 어머니 같았거든요."

"터울이 많았던 모양이군요."

"그렇기도 하지만, 어마마마가 일찍 돌아가셔서 그랬을 거예요. 그래서 큰언니는 어릴 때부터 폰스파 궁의 안주인처럼 행동했어야 했거든요. 큰언니도 사실 다정한 성격이지만 일부러 엄격해지려고 노력했거든요. 그래서 어린 유리는 큰언니를 보며 겁먹을 때도 있었지요. 하지만 룸 언니는……"

즐겁게 재잘거리던 유리의 눈동자는 마치 꿈꾸는 소녀 같은 빛을 띠었다. 그 모습을 보던 오스발은 당분간은 듣기 싫은 이야기를 듣지 않아도 되겠다고 생각하며 좋아했다. 그랬기에, 잠시 후 유리의 얼굴이 굳어지자 오스발은 다시 책을 읽는 줄 알고 찔끔했다. 하지만 유리는 책을 들어올리지는 않았다. 오스발은 그녀의 얼굴에 불안이 떠오르는 것을 보곤 약간 놀랐다.

"유리 님?"

"어, 예?"

"불안해 보이는 얼굴입니다만. 무슨 안 좋은 생각이라도 하셨습니까?"

유리는 오스발을 멍하니 바라보다가 곧 힘없이 웃었다.

"아, 말도 되지 않는 생각을 했어요."

"무슨 생각입니까?"

유리는 대답을 회피할 듯이 아무 말도 하지 않았지만 오스발은 차분히 기다렸다. 유리는 책을 손에 쥔 채 의자에서 일어났다. 창가 쪽으로 걸어간 유리는 멀리 보이는 피나드 장원의 풍차들을 바라보았다. 저 풍찻간에서 나오는 소득만으로도 피나드 부인은 그럭저럭 집안을 이끌어 나갈 수는 있을 것이다. 어쩌면 피나드 부인의 일생에서, 남편의 비극적인 죽음은 인상적이지만 스쳐지나가는 사건에 불과하게 될지도 모른다는, 결국 농장과 밀밭과 과수원과 풍차가 부인의 일생이 될지도 모른다는 생각을 하며 유리는 잠시 몸을 떨었다.

"몰라요. 말이 씨가 된다면 난 내 입을 저주할 거예요."

"예?"

"언젠가 내가 그랬잖아요. 나에겐 불운이 따라다닌다고. 내가 들르는 곳마다 누군가에게 공격당한다고. 내가 탔던 레보스호는 키 드레이번에게 공격당했어요. 내가 들렀던 다림 역시 노스윈드 해적에게 공격당했고, 그리고 여기 팔라레온은 다벨에게 공격당했어요. 혹시……"

바닥에 앉아 있던 오스발은 한쪽 무릎을 올리곤 그 위에 턱을 얹었다.

"공주님께서 라트랑에 가시면 이루미나 공주님께 무슨 일이 생길지도 모른다고 생각하시는 겁니까?"

"우스운 생각이지요? 하지만 내가 도착하자마자 룸 언니에게 무슨 일이 생긴다면……. 그래도 나, 스스로에게 그건 우연이라고 주장해 보긴 할 거예요. 하지만 그 주장을 거의 받아들이지 못할 것 같은데요."

잠시의 시간이 미풍처럼 흘러간 다음, 오스발이 차분하게 말했다.

"제가 무슨 말을 할지도 짐작하실 것 같습니다만."

유리는 겨우 웃을 수 있게 되었다.

"우울한 생각은 하지 마라. 일어나지 않은 일에 대해 걱정하지 마라. 쓸데없는 걱정이다. 그건 과잉된 불안 심리를 직관력이라고 믿는 소치일 뿐이다……"

"마지막 말은 아닙니다. 생각하지 못했어요."

유리는 생긋 웃으며 몸을 돌린 다음 창턱에 주저앉았다. 오스발은 잠시 푸근한 얼굴로 역광 속의 유리를 바라보았다. 유리의 얼굴은 부드러웠다.

"자, 그럼 나머지 계속 읽어줄게요. 준비도 해야 하니 부지런히 읽어야겠죠?"

오스발은 소리 없는 비명을 질렀다.

새벽부터 내린 비 때문에 해가 언제 떴는지조차 알 수 없는 캄캄한 아침이었다. 어쨌든 하늘은 검정색보다는 회색에 가까웠고 그것으로 미루어보아 해가 뜨긴 뜬 모양이다. 하지만 다케온의 리저드라이더(Lizardrider)들은 아직까지도 밤이 계속되는 것 같은 착각을 느꼈다. 그들이 보고 있는 악몽 때문이었다.

"쐐애애애―액!"

목도리도마뱀 하나가 두 다리로 일어서며 발작적으로 프릴(Frill)을 펼쳤다. 접혀 있을 때 그것은 리저드라이더들의 예술품과도 같은 갑옷에 잘 어울리는 화려한 장식이지만, 지금처럼 펼쳐졌을 땐 악마의 사교파티 입장이라도 가능할 것 같은 모습이 된다. 직경 4피트 가량의 프릴이 부르르 떨리고 그 속에서 붉은 입이 좍 벌어졌을 땐 가장 사나운 야수라도 기겁하지 않을 수 없다. 록소나의 말들이라고 해서 다르지는 않다. 목도리도마뱀 앞쪽에 있던 말들이 기겁하며 발길질을 해댔고 말 위의 기수들은 분노에 찬 비명을 질렀다. 그 틈을 노려 목도리도마뱀은 가장 가까이 있던 말의 머리를 거칠게 깨물었다. 뼈와 근육이 뒤틀리다가, 뚜두둑. 물안개 속으로 피보라가 튀었다. 두 다리로 일어선 목도리도마뱀의 머리 높이는 10피트를 쉽게 넘겼고 파라락 떨리는 프릴은 악마의 피리 소리 같은 소리를 내었다. 그리고 그 입에 물린 말머리의 일부분은 선혈을 흩뿌리고 있었다. 록소나의 너무 담대해서 골치 아픈 기사들도 공포에 찬 비명을 지르지 않을 수 없었다.

하지만 비 때문에 저런 영웅적인 모습을 보이는 목도리도마뱀은 얼마 되지 않았다. 리저드라이더들은 애원하고, 성내고, 노성을 지르며 자신들의 목도리도마뱀들을 달래보았지만 그 냉혈동물들은 차가운 빗속에서 활동이 극도로 둔화되어 있었다. 그리고 꿈지럭거리는 목도리도마뱀에 탄 리저드라이더들은 더 이상 록소나 기사들의 상대가 되지 못했다. 다케온의 리저드라이더들은 아직까지도 비를 멈추지 않는 하늘을 향해 저주를 퍼부어대었다.

하지만 록소나의 거친 말들 역시 진구렁이 된 전장에서 기수를 낙마시키는 헛발질을 하기 일쑤였다. 튀어오르는 진흙덩이들 속으로 검광이 나부끼고 물구덩이에 떨어진 시체는 전우들에게 물벼락과 피벼락을 뒤집어씌웠다. 땀에 젖은 말과 기병들은 안개 같은 수증기를 피워올리고 있었고 그 사이로 기진맥진한 목도리도마뱀들이 낮에 나온 유령처럼 흐느적거리고 있었다. 전장은 축축하고 시끄럽고 잔인했으며…… 모든 의미에서 엉망진창이었다. 이곳에서 인간의 존엄성 어쩌고 하는 말은 삼류 코미디가 되고 있었다. 상당히 거창한 규모로. 그리고 비가 오는 가운데에도 리저드라이더의 출동을 명령할 수밖에 없었던 다케온군의 지휘관은 다시 한번 불가항력의 명령을 내려야 했다.

"후퇴하라—! 전원, 후퇴!"

지휘관은 벌써 몇 번이나 기수가 바뀌었던 군기를 손수 휘두르며 목이 터져라 외쳤다. 리저드라이더들은 각자 고삐를 잡아당기며 자신의 목도리도마뱀을 돌렸다. 그러나 많은 리저드라이더들은 안장에서 뛰어내려 상처 입은, 혹은 추위 때문에 행동이 둔화된 자신의 목도리도마뱀을 끌어당기며 울부짖고 있었고 록소나의 기사들은 그런 리저드라이더들의 몸에 온갖 종류의 엣지와 블레이드와 그들 자신의 적개심을 박아 넣었다. 모든 사람들이 기이하게 여기는 일, 즉 저 냉혹한 파충류와 리저드라이더 사이의 이 이상한 애정도 록소나의 기사들에게는 고려할 필요성이 없는 사소한 일인 것 같았다.

파파파—밧.

물방울이 사방으로 튀어올랐다. 쏟아지는 비는 모든 점에서 리저드라이더들에게 가혹하게 작용하고 있었지만 한 가지 점에서만은 리저드라이더들에게 우세로 작용하고 있었고, 다케온의 지휘관은 그 사실에 우울한 만족감을 느꼈다. 목도리도마뱀의 독특한 보행 수법 때문에 물방울이 굉장히 높이 피어올랐다. 뒷다리만으로 서서 두 다리를 수레바퀴처럼 힘차게 돌리며 달리는 목도리도마뱀들의 주위로는 물방울의 구름 같은 것이 만들어졌다. 그래서 그 뒤를 추적하는 록소나의 기사들은 폭포 속으로 뛰어든 것 같은 기분을 느끼며 숨막혀 해야 했다. 맹포한 물보라를 일으키며 달려가는 목도리도마뱀들의 모습은 세상에서 그 짝을 찾아볼 수 없는 모습이며, 사무이다크의 들소떼가 일으키는 수마일 반경의 장대한 흙먼지가 겨우 이에 비교될 수 있을 것이다. 그리고 이 불행과 불운으로 점철된 전투의 끄트머리에서 다케온의 지휘관은 한번 더 자신들만의 장점을 살리기로 결심했다.

"호수로ㅡ! 호수로ㅡ!"

리저드라이더들의 선두에서 지휘관은 물에 젖은 군기를 펄럭거리게 하려 애쓰면서 방향을 바꿔나갔다. 전장 한편에 펼쳐진 넓은 호수가 그들의 시야에 들어온 것이다. 모험이라고 할 수 있을 것이다. 지휘관의 뒤를 따르는 리저드라이더들의 눈에도 불안한 눈빛이 흘러내릴 정도로 고였다. 그 뒤를 추적하는 록소나의 기사들은 사납게 으르렁거렸다.

"호수에 닿기 전에 잡아야 해ㅡ!"

"제기랄, 갈 수 있다면 가보시지!"

록소나의 말들 역시 빗속의 전투 때문에 온몸에서 수증기를 무럭무럭 피워올릴 정도로 지쳐 있었지만 사랑하는 기수들의 요청을 받아들여 다시 한번 저력을 발휘했다. 물방울의 아우성과 비명, 그리고 홍수 같은 철벅거림이 숨막힐 듯 지나가고, 마침내 다케온의 지휘관은 호숫가에 도달했다. 그의 눈 속에도 불안은 있었다. 호수는 결코 작은 것이 아니었다. 비에 젖어 체온이 떨어진 목도리도마뱀이 과연 할 수 있을 것인가? 점차 다가오는 호수를 보며 리저드라이더들도 이를 악물며 명령을 기다렸다. 반전하여 싸운다. 최후의 한 사람이 죽을 때까지 싸운다…… 차라리 그것이 낫지 않은가. 빗방울에 유린당하고 있는 저 회색의 호수 속에……

"다케온ㅡ만세! 앞으로!"

군기가 드디어 펼쳐졌다.

격렬한 도약 때문이다. 다케온의 지휘관은 호반을 향하여 그 어떤 목도리도마뱀도 해내지 못한 격렬한 도약을 해내었고 그 순간 리저드라이더들의 군기가 찢어질 듯 펼쳐졌다. 목도리도마뱀의 두 발이 수면에 닿는 그 순간 다케온과 록소나의 병사들 모두가 짧은 순간 침묵했다.

곧이어 환성이 터져나왔다.

다케온의 리저드라이더들은 호수를 향해 뛰어들었다. 그러고는 저 앞쪽을 달려가고 있는 그들의 지휘관을 향해 격렬한 속도로 달려갔다. 호수는 어이없다는 듯이 리저드라이더들에게 물벼락을 뒤집어씌우고 목도리도마뱀의 발을 잡아당겼지만 목도리도마뱀은 그 모든 것을 뿌리쳤다. 모든 분야의 마이스터가 펼치는 신묘한 재주 중에서도 최고에 속하는 절기는 유감없이 펼쳐진 것이다.

조금 전과는 비교도 할 수 없는 물보라를 일으키며, 리저드라이더들은 수면 위를 달려갔다.

그 모습에 매료된 몇몇 록소나 기사들은 말의 컨트롤을 잃어버렸고 그 말들은 자신의 기수를 호수에 메다꽂았다. 당황 속에 말을 멈춰 세운 나머지 기사들도 욕지거리를 뿜어대기에 앞서 경의 어린 침묵과 한숨을 보내었다. "이렇게 추운 날씨에…… 저렇게 넓은 호수를……?" 조금 전까지만 해도 목숨을 걸고 쫓고 쫓기는 입장들이었지만, 이제 록소나의 기사들은 차라리 빠지지 말라고 외쳐주고 싶었다. 따라서 다케온의 리저드라이더들이 넓은 호수를 가로질러 까마득히 떨어진 반대편 만에 도달했을 때 록소나의 기사들이 환성을 질렀다는 것도 이해해 줄 수는 있는 일이었다.

6월 1일. 괴상망측한 서한을 남발하고 있는 휘리 노이에스를 어떻게 다루어야 할지 몰랐기에 일단 팔라레온과의 접경 지역으로 병력을 이

동시켰던 다케온은 북쪽으로부터 록소나의 기습을 당하고는 비명을 질렀다. 전투가 벌어진 곳의 이름을 딴 시메리우스 평원의 전투는 시작되기도 전에 이미 결판난 것이나 다름없었다. 다케온의 막대한 부를 상징하는 리저드라이더 부대를 약화시키기 위해 공격은 비 오는 날을 기다려 실시되었다. 치명적인 계획이었다. 무시무시한 프릴과 파충류의 경이적인 속도, 그리고 날카로운 이빨로 무장되어 있는 목도리도마뱀들도 추위 속에선 어쩔 수 없는 냉혈동물이었다.

그러나 전투의 종결에서 다케온의 리저드라이더들은 이제껏 어떤 리저드라이더도 해내지 못한 일, 즉 90로드나 되는 수면을 달려가는 전무후무한 묘기를 성공시켰다. 그것도 악천후를 뚫고서. 그것으로서 리저드라이더들은 패배한 전투가 패배한 전쟁으로까지 이어지는 것을 아슬아슬하게 차단시켰다. 록소나로서는 만족스러울 수 있었던 초반 전투에 끼얹혀진 진흙 세례였고, 다케온은 이로써 간신히 숨 돌릴 틈을 얻었다.

그리고 그제서야 다케온의 네그리파 다케온 백작은 마왕 빌레스에 대해 분노하기 시작했다. '신의를 기반으로 이루어진 양국 관계를 나락으로 추락시킨 최악의 불상사이며 만인의 우려를 사기에 부족함이 없는 치명적 실수'라는 다케온의 항의 서한에 대해 마왕은 짧은 답신을 보내었다. '양국 관계? 다케온은 국가가 아니다. 그곳에는 흙투성이 광부들과 백작인 척하는 광부 우두머리가 있을 뿐.'

네그리파 다케온 백작은 이 답신을 씹어먹을 뻔했다 한다. 백작을 위시하여 모든 다케온 사람들은 무례한 마구간지기—물론 마왕을 빗댄 말이다—에게 예의를 가르쳐주기로 결심했다. 마왕의 버릇을 고쳐주기 위해선 팔라레온에서 정신 나간 서한을 보내고 있는 휘리 노이에스를 먼저 침묵시켜야 된다고 판단한 다케온은 팔라레온과 다벨로 특사를 파견시켰다.

그리고 펠라론에서는 퓨아리스 4세가 슬픔에 빠져 있었다.

"이 모든 것을 야기한 것이 뭔지 아는가, 플로라?"

"술 때문입니다."

"응? 아니…… 내가 이렇게 대낮부터 취해서 추한 모습으로 넋두리를 늘어놓는 이유 말고, 다벨과 록소나가 벌이고 있는 이 횡포 말이다. 그게 뭣 때문인지 아는가?"

플로라는 대답하는 대신 발을 담그고 있던 물통에서 조심스럽게 다리를 들어올렸다. 법황 집무실의 화려한 카펫을 적시지 않기 위해 발을 말끔히 닦아낸 플로라는 가운을 어깨에 걸친 다음 법황에게로 걸어갔다. 그러고는 법황의 테이블에서 술병과 잔을 들어올렸다.

"진심으로 경고하는데, 그거 치우면 나 울어버릴지도 몰라."

"법열이라 생각하겠습니다."

법황은 투덜거리고 구시렁거리고 위협 삼아 우는 소리까지 내어보았지만 플로라는 아랑곳하지 않았다. 술병과 잔을 장식장 속에 집어넣은 플로라는 한결같은 속도로 돌아와서는 의자에 앉았다. 법황은 달아오른 얼굴을 두 손으로 감쌌다.

"록소나에도 성무 금지 처분을 내리실 건가요, 성하?"

"더 이상 성무 금지 처분을 조롱거리로 만들 수야 없지. 휘리 자식이 그렇게 만든 것만 해도 충분해. 마왕까지도 성무 금지에 대해 코방귀를 뀐다면 난 펠라론 게이트에 머리를 집어넣고."

"예. 알겠습니다."

플로라는 황급히 법황의 말을 가로챘다. 저 뒤에 생략된 말은 '세상을 향해 천국의 방귀를 뀌겠노라'이다. 여러 가지 활용법이 있지만 주로 세상에 대해 좌절한 사람이 사용했을 때 그 독특한 의미가 잘 살아나는 펠라론식 농담이다. 그리고 아무리 취했다 한들 법황이 입에 담기엔 신성 모독적인 말이기도 하다. (물론, 속되기도 하다.) 퓨아리스 4세는 우울한 얼굴로 천장을 노려보며 말했다.

"그럼, 다시. 이게 누구 때문인지 아는가?"

플로라는 대답하지 않음으로써 대답했다. 하지만 퓨아리스 4세는 말하고 싶었다.

"그래. 그렇다고. 하이낙스, 하이낙스! 젠장. 하이낙스 그 놈 때문이야!"

플로라는 상심한 얼굴을 감추려 했지만 잘 되지 않았다. 법황은 그녀 앞에서는 한번도 하이낙스를 비어로 부르지는 않았다. 플로라는 조심스럽게 고개를 숙인 다음 하이낙스가 그렇게 불렸다는 사실과 동시에 퓨아리스 4세의 자기 절제가 깨진 것에 대해 슬퍼했다. '얼마나 힘드셨으면.'

"레프토리아에서 쓰러진 건 하이낙스의 육신뿐이야. 그 우라질 놈의 망령은 아직까지도 골빈 놈들의 머릿속에 들어가 똬리를 틀고 앉아 있어. 곳곳에서 놈의 악취가 풍겨! 내 집무실에서까지……!"

술에 취해 있던 퓨아리스 4세도 자신이 내뱉은 말에 대해 놀라 입을 다물었지만 이미 늦었다. 플로라는 총명해 보이는 이마에 슬픔을 가득 담고 고개를 옆으로 돌렸다.

"용서하십시오. 성하."

"아냐, 이런. 아니라고. 너를 빗대어 한 말이 아냐. 플로라. 그건, 그건 그러니까 비유적으로 한 말일 뿐이지. 그렇다고. 이런 빌어먹을! 술 때문에 아무 생각 없이 한 말이었어. 그래."

"네. 성하."

플로라의 대답을 들으며 퓨아리스 4세는 자신이 취했음을 확실히 깨달았다. 이런 쓸데없는 변명을 하고 있다니. 주여. 미욱한 작자를 후임 법황으로 만들어버린 퓨아리스 3세에게 벼락 한 세트 동봉하여 제 소식 좀 전해 주십시오. 지금 그 후계자는 비뚤어진 시기심을 안주삼아 대낮부터 술을 퍼마시며 세상에서 가장 희귀한 종족에게 상처를 입히고 있다고. 그리고 퓨아리스 3세께서 후계자에게 벼락을 던지려 하실 땐, 옆에서 기술적 조언도 좀 해주십시오.

"성하?"

플로라의 목소리에 퓨아리스 4세는 고개를 들었다. 플로라는 수심 어린 표정으로 법황을 바라보고 있었다. 법황은 자신이 참 황당한 공상을 하고 있었음을 깨닫곤 멋쩍게 웃고 말았다.

"응, 플로라?"

"성하. 저에 대해 염려해 주실 필요는 없습니다. 저는 성하가 모든 신도들의 안녕을 염려하셔야 하는 분이라는 것을 잘 알고 있습니다."

"불쌍해 보이지는 않나? 신도들이 벌이고 있는 저 분쟁을 해결해 줄 생각은 못한 채 좌절하고 화내며 술을 퍼마시고 있는 법황이?"

플로라는 빙긋 웃었다.

"성하. 저는 성하께서 로데인 백작이셨을 때부터 성하를 알고 있었습니다."

"으음?"

"사태를 분석하고 타개책을 모색할 절실한 필요가 있을 때, 어떤 이는 주위를 조용히 하고, 어떤 이는 방 안을 서성거리지요. 그리고 성하께서는 약주를 드십니다."

퓨아리스 4세는 억울하다는 듯이 말했다.

"그럼 왜 술 치운 건가. 나라는 인간은 위 속에 술을 때려부어 목 아래를 마비시켜야 머리가 잘 돌아간다는 것 잘 알면서."

"저는 성하의 습관 한 가지를 더 알고 있지요. 아무 말 없이 약주를 드시던 성하께서 입을 열면, 그건 생각의 정리가 끝났다는 증거입니다. 말씀해 주시겠습니까?"

퓨아리스 4세는 두 손 들어보이는 제스처를 취해서 그의 꽃을 미소 짓게 했다. 손을 내린 법황은 진지한 태도로 말했다.

"아무것도 안 해."

"예?"

"아무것도 하지 않는다고. 노병의 도끼가 어디를 내려치는가를 확인할 때까지는 난 조그만 펠라론에 갇혀서 대륙 전체를 향해 울화통을 터뜨리고 분노하고 히스테리를 부리는, 사람들이 이해하기 쉬운 법황이 될 생각이야. 술이 많이 필요해질 거야."

플로라는 알아들을 수 없는 전반부의 말보다는 후반부의 말에 주의를 기울였다. 그녀는 법황이 뭔가 그럴 듯한 말을 하면서 술 마실 핑계를 만드는 건 아닐까 하는 의심을 뿌리치기 어려웠다. 그때 법황이 지나가는 말처럼 말했다.

"새로 생긴 네 동생의 이야기나 하지. 플로라."

"예? 아. 다림의 그녀 말입니까?"

"그녀라고? 역시 여성형으로 리포밍된 모양이군."

"그렇습니다, 성하. 당연하잖습니까? 해적선엔 여자가 없습니다."

플로라의 눈은 '따라서 키 드레이번에 의해 리포밍되었다고 확신할 수는 없습니다'라고 말하고 있었다. 법황은 그 의미에 잠깐 집중했다.

"그럼, 좋아. 연락은 할 수 있나?"

플로라는 갑자기 난처한 기색을 떠올렸다.

"그게, 좀 이상합니다."

"이상하다니?"

"그녀에게 몇 번이나 말을 걸어보았습니다. 하지만 응답하지 않았습니다."

"전달되지 않은 것 아냐?"

"성하. 성하께서 누군가에게 말을 걸었을 때 상대방이 대답하지 않는다고 해서 자신이 벙어리일 거라고 생각하시긴 어렵겠지요. 그와 같습니다. 제 의사는 확실히 그녀에게 가 닿고 있습니다. 하지만 그녀는 마치 귀머거리인 것처럼 반응하지 않고 있습니다."

"그래? 왜 그럴까."

"생각해 볼 수 있는 건…… 그녀가 뭔가 이상한 모습으로 리포밍된 것이 아닐까 생각됩니다. 그녀가 만일 상대방의 말을 듣지 않는 남자에 의해 리포밍되었다면……"

"키 드레이번처럼?"

법황의 말투는 사나웠지만 그 자신은 그것을 잘 인식하지 못하는 듯했다. 플로라는 조용히 심호흡을 한 다음 되도록 평온하게 들리도록 말했다.

"알 수 없습니다, 성하."

자유호의 갑판장 라이온은 타인의 관심을 자신에게 집중시키는 데 어려움을 겪어본 적이 없었다. 그 점에 대해서는 자유호의 일항사 식스가 명예를 걸고 보증해 줄 수 있을 것이다. (물론 식스 일항사는 결코 유쾌한 방법만 사용하지는 않는다는 점을 지적하긴 할 것이다.)

그렇기에 라이온이 현재 처해 있는 상황은 그로 하여금 자부심에 심각한 손상을 입히게 했다.

"레이디. 제발, 한번만 쳐다봐 줘요. 원래 계획은 뺨에 키스받는 것이었지만 그건 30분 전에 폐기 처분했어. 그 다음은 날 보고 미소지어주는 것이었지만 그건 10분 전에 종말 처리했고. 그러니, 제발 한번 쳐다봐 주기만이라도 해달란 말이에요!"

라이온의 안달과는 별개로 검은 소녀는 무관심하게 서 있었다. 그것은 정녕 놀라운 일이라 하지 않을 수 없었다. 셔츠를 벗어 손에 들고 그것을 머리 위에서 빙글빙글 돌리며 가지런히 선 자유호의 노 위를 경중경중 뛰어다니고 있는 라이온을 보지 않는 사람은 아무도 없었기 때문이다. 해적들과 노잡이 노예들까지도 모두 박수와 환호를 보내고 있었고 이마를 짚은 채 괴로워하고 있던 식스 일항사는 손에 들고 있던 양각기를 집어던지고 싶은 강한 유혹을 느꼈다. 하지만 검은 소녀는 오른손으론 키의 옷자락을 쥔 채 초점 없는 눈으로 앞을 바라보고 있었다. 세실은 피식 웃으며 말했다.

"이봐, 일항사. 저렇게 원하는데, 자네가 라이온에게 키스해 주지 그래?"

노 위를 뛰어다니고 있던 라이온은 발을 헛딛고는 바다에 빠졌다. 풍덩! 그리고 식스는 양각기를 발등에 떨어뜨리고는 펄쩍펄쩍 뛰었다.

"아이고, 내 발!"

키는 자신의 고급 선원들을 한꺼번에 처리해 버리는 세실을 보며 희미하게 웃었다. 세실은 키의 코트 자락을 쥔 채 가만히 서 있는 소녀를 돌아보았다.

"그 애에겐 키 당신이 물수리호 대신인가 보군. 아니면 알버트 선장 대신인가? 머리도 한번 안 쓰다듬어주는 당신 같은 작자에게 그렇게 달라붙어 있는 건 다른 의미론 해석할 수가 없는데."

키는 별 반응 없이 여전히 바다만을 바라보았다. 그리고 그 옆의 검은 소녀 역시 한손으로 키의 옷자락을 꼭 쥔 채 미동도 하지 않았다. 선교 위에 서 있는 둘의 모습은 인형으로 착각될 지경이었다. 세실은 두 손을 들어올리는 전통적인 제스처를 취해 보였다.

"이 선단에 있어서 가장 시급한 현안은 의사소통의 개선이야. 그렇게 아무 말도 안할 거라면 그 애는 왜 데리고 나온 거야?"

대답을 기대하지 않고 있었기 때문에 키의 대답은 세실을 놀라게 했다.

"보여줄 것이 있다."

"뭐? 보여줄 거? 뭐 말하는 거야?"

"저것."

키가 바라보는 방향을 바라보던 세실은 미심쩍은 어투로 질문했다.

"수평선?"

하지만 키는 아무 대답도 하지 않았고 세실 역시 키가 물수리호에서 도 얼마든지 볼 수 있는 수평선을 소녀에게 보여주고 싶어했다고는 생각되지 않았다. 그래서 세실은 키의 말을 진지하게 받아들이기로 했다. 세실은 키와 똑같은 방향을 바라보며 키와 똑같은 인상을 썼다.

발등을 움켜쥐고 있던 식스도, 건현을 기어올라오던 라이온도 자연스럽게 고개를 돌려 그곳을 바라보았다. 바다와 하늘이 맞닿는 한없이 멀고 한없이 가깝고 존재하지 않지만 보이는 선.

세실은 순간 눈을 크게 떴다.

뭔가가 움직였다. 세실은 다시 눈을 가늘게 뜨고 수평선을 바라보았다. '뭐였지?' 그녀가 잘못 본 것이 아닌가 의심할 때쯤 다시 뭔가가 움직였다. 세실은 키를 한번 돌아보았다가 배의 고물 쪽으로 걸어갔다. 라이온 역시 젖은 셔츠를 옆으로 던지고는 몸에서 물을 뚝뚝 떨어뜨리며 세실 옆에 가 섰다. 그들이 똑같이 인상을 찌푸렸을 때, 수평선에서 다시 뭔가가 움직였다.

"나왔다."

"들어갔다."

"나왔다…… 뭐야, 저게?"

"들어갔다…… 나왔다? 들어갔다."

퍽이나 바보 같은 대화를 주고받는 세실과 라이온을 불쌍히 여긴 식스는 정중한 동작으로 망원경을 건네었다. 하지만 곧 식스는 더 큰 한숨을 내쉬어야 했다. 세실과 라이온은 서로 망원경을 잡아당기며 거친 언사로 고함을 질러대었기 때문이다.

그때쯤 다른 배에서도 수평선의 이상한 움직임을 발견한 선원들을 중심으로 조금씩 소란이 일어나기 시작했다. 라이온이 다른 배들 쪽을 흘끔 바라본 순간, 세실은 강펀치로 라이온의 턱을 올려친 다음 선교 위에 납작하게 뻗은 라이온의 등을 밟고 서서 수평선을 향해 망원경을 들이대었다. 식스는 왠지 모를 즐거움을 느끼는 자신을 꾸짖으며 세실에게 질문했다.

"뭡니까, 마법사 세실?"

"뭐가 이쪽으로 오고 있어. 이상하네. 배라면 저러지는 않을 텐데. 물속으로 들어갔다 나왔다 하면서 오는 것이 배일 리는 없잖아. 하얀색의…… 모두 세 개인 것 같은데. 그리고—!"

세실은 말문이 막히는 것을 느꼈다. 그녀는 자신이 그때까지 세 개의 물체라고 생각했던 것이 사실은 하나의 물체와 그 양쪽으로 솟아오르고 있는 물보라임을 깨달았다. 그 하얀 물체가 내고 있는 무서운 속력에 의해 물살이 양쪽으로 쩍쩍 갈라지고 있었다. 세실은 황급히 식스에게 망원경을 넘겼다.

"젠장! 들여다보고 어떤 대책이든 세워! 왠지 모르지만 그런 게 필요할 것 같은걸."

식스는 고개를 갸웃하며 망원경을 받아들었다. 그가 망원경을 들여다보았을 때 그 물체는 훨씬 더 커져 있었다. 노련한 뱃사람의 눈에 순간적으로 측정된 파도의 높이는 8피트가 넘었고 그 속도는 최소한 20노트였다. 양쪽으로 날개 같은 물살을 일으키며 수면을 가로질러 빠르게 다가오는 물체……. 식스는 망원경을 꽉 움켜쥐었고, 그래서 하마터면 그 중요한 항해용품을 부러뜨릴 뻔했다.

"전투 태세! 서펜트—다!"

식스의 목에서 쥐어짜는 목소리가 울려퍼졌다. 선원들의 얼굴이 하얗게 질렸고 선창 아래에서는 노예들의 찢어지는 비명이 터져나왔다. 노잡이 노예들이 가장 무서워하는 서펜트의 습격이다. 서펜트는 노예 장사를 하지 않는다. 서펜트는 배를 휘감아 그냥 가라앉혀버릴 뿐이고, 따라서 노예들은 산 채로 수장당하는 것이다. 비명과 달음박질치는 발자국 소리가 요란한 가운데 식스는 두 팔을 휘두르며 얼굴이 벌겋게 되도록 고함을 내질렀다.

"부두에 신호를 보내라—! 서펜트 급습이다! 서펜트 급습이다! 포수장들은 준비되는 대로."

"일항사의 입에다가 포환이라도 안겨줘라."

"알겠습니다, 선장님! ……예?" 포수장은 눈을 껌뻑거리며 키를 쳐다 보았다. 식스는 숨이 막혀 컥컥거리며 그의 선장을 바라보았지만 키는 그에게 찡그린 시선만을 보내주었다. 그때 세실이 입을 열었다.

"저걸 기다리고 있었어?"

키는 행동으로 대답했다. 키는 라이온에게 짤막한 손짓 하나를 보낸 다음 고물 끝을 향해 걸어갔고 그의 옷자락을 쥐고 있던 검은 소녀는 끌려가듯 그 뒤를 따랐다. 키의 손짓을 본 라이온은 황급히 깃발을 잡아들어 다른 배에 신호를 보내었고 발포 준비를 서두르던 각 선박은 재빨리 발사를 중지했다. 그 사이, 수평선에서 물보라를 일으키며 무서운 속력으로 다가오던 것은 마침내 맨눈으로 식별 가능한 정도까지 커졌다.

방파제를 옆으로 돌았을 때 선원들은 그것이 일으키고 있는 물보라 가 얼마나 큰 것인가를 깨달았다. 방파제 위에 물을 끼얹고 내항으로 들어왔을 때에야 그것은 속력을 줄였다. 내항 안쪽에 있던 어선들과 선 박들에서 터져나오는 비명이 항구를 떠들썩하게 했지만 노스윈드 선단 소속의 선박들은 침묵한 채 그 모습을 바라보았다.

물보라가 가라앉은 다음, 그것은 정확히 자유호를 향해 헤엄쳐 왔다.

그랜드머더호와 그랜드파더호의 선원들은 뱃전 너머로 몸을 내민 채 자신들의 배 옆을 지나치는 그 모습을 보며 숨을 죽였다. 수면 바로 아래서 헤엄치는 길고 흰 동체는 맑은 바닷물 속에서 연녹색으로 빛나고 있었다. 자유호의 고물 쪽에 도달했을 때, 그것은 천천히 수면 위로 커다란 머리를 들어올렸다.

쏴아아아—!

그 머리를 타고 폭포수 같은 물줄기가 쏟아져내렸다. 뚝뚝 떨어지는 물방울 속에서 그 흰 몸은 진주처럼 빛나고 있었다. 고개를 휘젓던 그것은 키를 발견하고는 똑바로 머리를 든 채 그를 바라보았다. 그리고 라이온은 조금 전부터 자신의 옷깃을 쥐어뜯고 있던 식스를 위해 그 이름을 말해 주었다.

"대사(Grand Snake)입니다. 철탑의……"

그때 대사가 천천히 몸을 들어올리더니 자유호의 고물 너머로 기어 올라왔다. 갑판원들은 자신도 모르게 주춤하며 뒤로 물러났지만 키와 검은 소녀는 물끄러미 그 모습을 바라보았다. 상체를 고물 위로 얹는 순간부터 대사의 모습이 스윽 변했다.

대사는 여인의 모습으로 변했다.

부두 저쪽에서 일어나는 소란이 아스라하게 들려왔지만 자유호의 선원들은 숨죽인 채 그 모습을 바라보았다. 하얀 옷을 입은 하얀 여인의 모습이 된 대사는 키의 앞에 똑바로 섰다. 대사는 검은 소녀를 잠깐 바라보았지만 곧 키를 향해 말했다.

"오래간만입니다. 키 드레이번."

"반갑군. 바라미."

"예. 보내주신 연은 잘 받았습니다. 대단한 조연사가 있나 보지요? 다림에서 그곳까지의 거리는 만만찮은 것인데."

키는 고개를 끄덕인 다음, 조금 전과는 다른 이유로 얼굴이 벌겋게 되어 있는 식스를 불렀다.

"일항사. 갑판의 지휘를 맡아라. 난 선장실로 내려가겠다."

"아, 알겠습니다. 선장님."

키는 몸을 돌렸다. 그때 모든 사람들의 눈이 놀라움으로 커졌다.

검은 소녀는 키의 옷자락을 놓고는 바라미를 바라보고 서 있었다.

바라미는 자신의 가슴팍에나 올까 말까 한 소녀를 내려다보며 살짝 웃었다. 검은 소녀의 무표정한 얼굴은 그대로였지만 그녀가 한 사람을 이렇게 바라보는 모습을 처음 본 해적들과 세실은 크게 놀랐다. 그때 바라미가 앞으로 손을 내밀었다.

세실은 숨을 죽였다. 그럴 리가 없어. 대사 당신은 완전히 흰색이라고. 그녀가 받아들일 리가 없어…….

검은 소녀는 손을 들어올렸다.

하얀 손이 검은 손을 쥐었고, 바라미는 소녀를 이끌며 키를 뒤따랐다. 희고 검은 두 여인이 키를 따라 승강구 아래로 사라지자 갑판에 서 있던 사람들은 그제서야 멈추고 있던 숨을 크게 내쉬었다. 그리고 그들은 두 명의 좌절한 사내들을 측은하게 바라보았다. 물론 자신이 경멸하는 경거망동을 스스로 일으켜버린 식스와 눈앞에서 자신이 끝끝내 실패했던 일—검은 소녀의 관심을 끄는—을 간단히 성공한 바라미를 보게 된 라이온이었다. 어쨌든 식스로서는 다행스러운 일이었다. 식스는 자신을 가장 심하게 놀려댈 인물이 누구인지 알고 있었고, 그 인물이 그렇게까지 심한 좌절에 빠져 있어서 놀릴 생각을 못하고 있다는 사실에 대해 진심으로 감사했다.

다림의 사람들은 이제 더 이상 노스윈드 선단에서 일어나는 일들에 해석을 붙이지 않기로 결의한 것 같았지만, 그럼에도 불구하고 일생에 몇 번 경험하기도 힘든 일을 계속해서 펼쳐보이는 그들을 질린 눈으로 바라보곤 했다. 오후 늦게 자유호의 갑판에 설치된 천막을 방문한 폴라 대사 역시 그 점을 지적해 보였다.

"제국의 공적 제1호, 너무 빨리 끝나버려서 당한 사람조차 잘 모를 정도의 다림 정복, 다림의 모든 선량한 아내들로 하여금 그들의 남편이 미치지 않았나 의심하게 만든 그 노래, 그리고 이젠 백색 서펜트를 불러 들여 이야기를 나누는 선장인가요? 그 서펜트는 어디 있죠?"

식스 일항사는 얼굴을 붉히는 자신이 싫었다.

"서펜트가 아닙니다."

"서펜트가 아니라고요? 그럼 뭐죠?"

"저도 모르겠습니다. 그런데 토론이 어긋나는군요."

폴라 대사는 토론이라는 말에 작게 웃었다. 몸값 협상도 양자가 합의할 수 있는 결론을 도출해 내는 과정이라는 점에선 토론이랄 수도 있을 것이다. 폴라 대사는 손가락으로 책상 표면을 딱딱 치며 말했다.

"아시겠지만 라스 법무대신은 왕족이에요. 카밀카르의 왕가에선 길사와 흉사를 한꺼번에 처리하지는 않는다는 것 잘 아시죠."

테이블 건너편의 덱체어에 앉아 있던 식스는 고개를 끄덕였다.

"법무대신께서도 그렇게 말씀하셨습니다. 왕가의 원로로서 공주님이 안전하게 검독수리의 성채에 도달하기 전까진 풀려날 생각은 별로 없다시더군요. 제가 보기에 그분이나 슈마허 경 모두 자신들이 겪는 고통이 공주님을 제대로 보필하지 못한 벌이라고 생각하시는 것 같습니다만, 그렇게 즐긴다면 벌이라고 할 수 있겠습니까."

"즐기다? 그럴지도 모르겠군요. 자신이 원해서 받는 벌이라면 벌이 아닐지도."

그리고 폴라 대사는 식스를 바라보며 손만 움직여 종이 위에 글자를 썼다. 식스는 그것을 흘끔 내려다보곤 말했다.

"유익한 토론이었습니다. 폴라 대사님."

폴라 대사는 입술을 조금 비죽거린 다음 조금 전에 썼던 글자 아래쪽에 다시 다른 글을 휘갈겨썼다. 식스는 그제서야 조금 웃었다.

"누군가는 만족할지도 모르지요. 제가 그 누군가가 아니라는 점이 아쉽군요."

폴라 대사는 씩 웃었다. 그녀는 조금 전에 썼던 글의 일부분을 지운 다음 자연스럽게 펜을 내려놓았다. 식스는 그 펜을 집어들었지만 뭔가를 쓰기에 앞서 폴라 대사 뒤쪽에 서 있던 대사관 무관을 흘끔 바라보았다. 무관은 헛기침을 하고는 하늘을 나는 갈매기를 참으로 신비하다는 듯한 눈으로 쏘아보기 시작했다. 식스의 손이 빠르게 움직였고, 폴라 대사의 오른쪽 눈썹이 조금 꿈틀거렸다.

조금 후 대사는 테이블 한편에 놓아둔 술잔을 들어올렸다. 식스 역시 술잔을 들어올렸고 두 사람은 잔을 가볍게 부딪혔다. 폴라 대사는 술을 마시진 않고 그대로 잔을 내려놓으며 일어났다. 테이블 위에 놓여 있던 종이는 어디론가 사라지고 없었다. 자리에서 일어난 폴라 대사는 뱃사람처럼 인사했다.

"굿 세일."

"굿 세일."

식스 역시 뱃사람처럼 대답했다. 폴라 대사는 호위병들과 함께 부두로 내려갔다. 그녀를 배웅한 식스는 다시 테이블로 돌아와서는 덱체어에 앉아 테이블 위에 발을 얹었다. 그러곤 유쾌한 마음으로 술잔을 들어올려 서쪽으로 지는 태양을 향해 건배했다.

그때 라이온이 슬금슬금 다가와서는 폴라 대사가 앉아 있던 의자에 털썩 주저앉았다. 라이온은 폴라 대사의 잔을 들어올리며 질문했다.

"어떻게 됐습니까?"

"만족할 정도로."

라이온은 고개를 끄덕였다. 더 이상의 설명을 요구해 보는 것은 그의 순수한 가학적 취미를 만족시키는 면은 있겠지만 본질적으로 쓸모없는 일일 것이다. 식스가 만족했다면, 그도 만족할 수 있을 것이다. 아마도 관련된 모든 사람들이 만족할 것이다.

라이온은 술잔을 입으로 가져가며 주승강구 쪽을 바라보았다.

키와 대사, 그리고 검은 소녀는 오후가 다 지나가도록 선장실에서 나오지 않았다. 정규 명령을 내리는 데 사용하는 수기 신호 대신 무수한 손짓—오닉스제(?)—이 자유호로 날아들었지만 라이온은 그 손짓들에 전부 부정적 대답만 보내주었고 그 때문에 팔이 아플 지경이었다. 술잔을 내리는 그의 눈에 또다른 손짓이 들어왔다. 라이온은 귀찮다는 듯이

손을 들어올렸다. '아직 안 나왔습니다. 두캉가 선장님.'

"식―." 식스의 얼굴에 떠오른 살기를 본 라이온은 재빨리 말을 삼켰다. "일항사님. 선장님은 왜 대사를 이곳으로 불러들인 걸까요?"

"선장님이 하시는 일이야. 끝."

"저도 일항사가 될 수 있을 것 같군요. '선장님 명령이야, 끝'이라고요? 거 참 쉽군요."

식스는 의외로 빙긋 웃었다.

"자넨 바로 그걸 못할걸. 그러니 아직 갑판장이지."

"뭔 말씀이죠?"

"갑판원의 대장은 되더라도 선장의 부하는 못 될 거라는 일항사님의 말씀이지. 배고프다. 밥이나 먹으러 가자."

식스는 유쾌한 기분으로 몸을 일으켰다. 어쨌든 그는 그날 오후 한 장의 종이를 배로 삼고 펜 하나를 대포 삼아 50만 데리우스를 해적질했다. 그래서 식스는 휘파람을 부는 자신의 모습을 보며 라이온이 급히 성호를 긋는다 해도 용서해 줄 수 있을 정도로 기분이 좋았다. 하지만 용서하지는 않았다.

트로포스 선장은 자유호에서 식스와 라이온이 벌이고 있는 숨바꼭질을 보며 껄껄거리다 잠이 들었다.

짧은 꿈이 그를 찾아들었다.

무슨 꿈인지 내용도 알 수 없는 꿈이었지만 트로포스는 지독한 추위 속에서 서럽게 울고 있는 자신을 볼 수 있었다. 추위는 가학 취미적인 이빨과 무한한 공격 성향으로 무장한 맹수처럼 다가오고 있었고 손뻗쳐

만져볼 수 있는 것은 아무것도 없었다. 하지만 그 모든 것들 중에서도 트로포스가 가장 견딜 수 없는 것은 자신의 옷에서 나는 바스락거림이었다. 옷에서 나는 소리 때문에 트로포스는 비명이라도 지르고 싶었지만, 꿈속에서는 때론 가장 쉬운 행동조차 불가능하다. 그래서 트로포스는 그 바스락거림을 사랑하려 했다……

트로포스는 어지러운 눈을 들어 자신의 일항사를 올려다보았다.

"뭐냐?"

일항사는 미안함이 가득한 표정으로 말했다.

"선장님. 주무시는데 깨워서 죄송합니다만 키 선장님이 승선을 요청하십니다. 그리고 다른 배의 선장님들도요. 본함에서 회의를 하시고 싶다고 하시는데요."

"뭐? 여기서?"

"예. 선장님이 움직이시기 힘드니까 이곳으로 오시는 모양입니다."

트로포스는 고개를 끄덕이며 상체를 일어났다. 몸이 불편한 자신을 위해 일부러 질풍호로 모인다면 그것은 선장들 전원이 참석해야 되는 회의일 거라 짐작하며 트로포스는 조금 긴장했다. 잠시 후 키 선장을 선두로 노스윈드 선단의 선장들이 선교로 올라오기 시작했다.

키는 별말 없이 그의 어깨를 한번 두드려주었고 오닉스 나이트는 언제나처럼 약간 소외된 듯한 위치에서 근엄하게 멈춰 섰지만 다른 선장들은 모두 각자의 방식대로 트로포스에게 안부를 물었다. 잠깐 동안의 인사가 끝나자 선장들은 갑판 바닥이나 덱체어, 선교 난간, 뱃전 등에 편한 자세로 앉았다.

두캉가 선장은 잠시 주위를 둘러보고는 방긋 웃었다.

키 선장은 선교 난간에 앉은 채 트로포스를 정면으로 바라보고 있었다. 킬리 선장은 이곳에서도 역시 조금 작아 보였고, 돌탄 선장은 코를 벌름거리며 자유호 쪽을 흘끔 바라보았다. 하리야 선장의 얼굴은 약간 피로해 보였다. 아마도 이중에선 현재 가장 많은 일을 하고 있는 선장일 것이다. 다림시의 모든 사람들이 그렇듯이 노스윈드의 해적들 역시 하리야 선장의 건국 프로젝트를 정식으로 듣지는 못했다. 하지만 모두들 알고 있었다. 재미있는 일처리 방식이었다. 그리고 오닉스 선장은 누군가 가져다놓은 석상처럼 트로포스 선장의 의자 뒤쪽에 우뚝 서 있었다. 알버트 선장을 제외한 노스윈드의 선장들 전원 참석. 두캉가 선장은 이렇게 말해 보고 싶었다. 뭐든 덤벼봐!

"그럼—."

키가 입을 열자마자 모든 선장들의 얼굴이 키에게 집중되었다. 키는 그 시선들을 보며 잠시 입을 다물었고 선장들의 얼굴엔 미소가 번졌다.

"여러분들에게 할말이 있다. 다림에서의 정박이 길어지고 있지만 여러분들 중 아무도 불평하지는 않고 있다. 아마도 다림에 대한 공격도 성공시키고 레보스호의 화물도 정리해서 모두들 느긋해진 기분인 것 같군. 그래서 평소에 볼 수 없는 행동들을 일삼고 있는 것일 테고. 나는 요즘 우리 함대에서 서로 눈치를 보며 누군가 나서서 말해 주길 기다리는 일이 있음을 알고 있다. 여러분들을 만난 이후로 처음 보는 모습이군."

선장들은 약간씩 당황했다. 키는 그들이 기다리던 설명, 즉 대사가 이곳으로 찾아온 이유에 대한 설명을 하려는 것 같지는 않았다. 그러나 선장들이 뭐라 말하기도 전에 키는 검으로 베듯 말했다.

"그래서 내가 말하겠다. 이곳에 나라를 세운다."

선장들의 얼굴이 확 밝아졌다. 돌탄은 손바닥을 딱 소리나게 쳤고 킬리는 휘파람을 휙 불었다. 트로포스의 경우엔 침대에서 뛰어오를 것 같았다. 기뻐하는 선장들 사이에서, 하리야는 조금 더 준비가 무르익었을 때 말했다면 더 나았을 거라고 생각하며 아쉽다는 듯이 입맛을 다셨다. 그때 키가 하리야를 바라보았다.

"하리야 헌처크 선장."

"아, 예. 키 선장님."

"국왕이 된 것을 축하한다."

충격은 약간 느리게 찾아왔다. 환호를 지르거나 박수를 치려 했던 선장들은 모두 당황하여 키와 하리야를 번갈아 쳐다보았다. 괴괴한 침묵 속에서 하리야는 뭐라 외칠 듯이 입을 벌렸지만 아무 말도 하지 못했다. 그리고 키는 하리야의 믿을 수 없다는 표정을 보며 차갑게 말했다.

"네가 하고 있는 장난은 잘 알고 있다. 책임도 네가 지길 바랐기에 아무 말도 하지 않고 있었지만…… 통치, 재미있기를 바란다."

"키, 키 선―!"

"내 말 끝나지 않았다."

키는 찢어 죽일 듯한 눈으로 하리야를 쏘아보아서 그를 침묵하게 만들었다. 하리야는 아래턱을 딱딱 부딪히며 두캉가 선장을 돌아보았다. 그리고 두캉가 선장은 굵은 목을 부르르 떨며 하리야 선장을 마주보았다. 오늘따라 그의 커다란 몸이 이상하게 왜소해 보였다. 키의 말은 계

속되고 있었지만 하리야는 그의 말을 거의 듣지 못했다. 아니, 듣기는
했지만 제대로 이해하지를 못했다.

"……돕든 자기 몫을 챙겨 어딘가로 은퇴하든 자의에 따라 거취를
정하도록. 하지만 될 수 있으면 하리야를 도울 것을 권한다. 킬리, 돌탄,
오닉스 선장은 목에 걸린 현상금이 너무 크니까, 이곳에서 그를 도우
며 동시에 자신을 보호하는 것이 좋겠지. 트로포스와 두캉가 선장의 경
우 현상금은 크지 않지만 둘뿐이라면 힘들 것이다. 어쨌든 모두들 이전
보다는 구두가 더 커졌으니까. 이 대륙과 이 바다에서 너희들을 환영해
줄 곳은 하리야의 나라뿐일 테지. 그러니 동료 곁에 있을 것을 권한다.
물수리호의 경우 알버트 선장이 결정할 테니 신경 쓰지 않아도 될 것
이다."

선장들을 주욱 노려보며 말하던 키의 눈이 다시 하리야에게 돌아왔
다. 하리야 선장의 얼굴은 이제 창백하다는 말도 모자란, 아주 새파란
얼굴이 되어 있었다. 윙윙거리는 이명 때문에 키의 목소리는 그에게 이
상하게 들렸다.

"대사가 너를 도울 것이다, 하리야. 나에게 약속했다. 그녀를 돕고 그
녀에게 도움받도록. 자유호는 이곳에 두고 갈 테니, 내 배를 부탁하겠다."

하리야는 다시 충격을 받았다. 간다고? 키는 자유호를 돌아보았다.

"네가 필요하다면 저 배를 사용하는 것은 허락한다. 하지만 그것은
언제까지나 내 배다. 잊지 말도록. 매각하거나 하는 것은 용납할 수 없
다. 자유호의 선원들은…… 그들의 거취를 스스로 정하도록 도와줘."

"가, 가시다니, 어디로 가시, 가신다는……?"

"내일 떠날 것이다. 미노 만에서처럼 따라오는 것은 용납하지 않는다."

"어디로 가신단 말입니까!"

하리야의 외침은 숫제 비명이었다. 키는 이를 드러내며 하리야를 쳐다보았지만 곧 침착하게 말했다.

"함께했던 시간들의 무게로, 그 정도는 요구할 수 있겠지. 나는 오스발과 율리아나 공주를 추적하기 위해 떠난다."

오스발? 두캉가 선장은 고개를 번쩍 쳐들었다. 키는 조용히 마지막 말을 꺼내었다.

"나는 오늘부로 이 함대에서 탈퇴한다."

마지막 말이 결정타였다. 선장들은 얼어붙은 모습으로 키를 바라보았지만 할말을 끝낸 키는 경악한 선장들을 내버려둔 채 그대로 몸을 돌려 선교 계단 쪽으로 걸어갔다.

"키 선장님!"

트로포스가 약간 늦게 비명처럼 고함 질렀다. 하지만 키는 트로포스의 외침을 무시했다.

키는 선장실의 문을 두드리는 소리에 고개를 돌리지 않은 채 말했다.

"들어와, 일항사."

식스는 별로 놀라지도 않고 문을 열었다. 어쨌든 자유호에서 '노크'라는 예의를 정확히 구사할 줄 아는 사람이 드물다는 건 그도 알고 키도 아는 사실이었다. 그래서 식스는 붉으락푸르락하는 얼굴을 그대로 유지하며 그의 선장을 바라볼 수 있었다.

키는 식스를 흘끔 돌아보고는 다시 자신의 일로 돌아갔다. 식스는 키가 챙기고 있는 가방을 보며 그만 눈이 뒤집히는 것 같았다. 그가 자신의 엄격함 따위 개나 줘버리고 바닥에 몸을 던져 뒹굴며 옷깃을 물어뜯지 않은 것은…… 그가 엄격한 사내였기 때문이다.

"지금 무슨 일을 하고 계시는 건지 여쭤봐도 되겠습니까, 선장님?"

"배낭을 챙기고 있다."

"이건 배신입니다."

"그런가?"

"나는 배신이라고 했습니다―!"

말끝이 심하게 갈라졌다. 키는 식스를 돌아보았고, 그제서야 일항사의 오른손에 들려 있는 칼을 보게 되었다. 예리한 데샨 카라돔 대거. 조그마한 검이었지만, 식스는 그것을 랜스나 되는 것처럼 꽉 움켜쥐고 있었고 그래서 그의 손가락은 하얗게 변해 있었다. 키는 배낭을 놓고는 의자에 똑바로 앉았다. 그러곤 책상에 팔을 얹어 턱을 괴며 말했다.

"서면 좋겠나? 아니면 앉아 있을까?"

식스는 앞으로 성큼 걸어왔다. 키는 식스의 오른팔이 위로 휙 올라가는 것을 무감동하게 바라보았다.

팍! 단검이 책상에 꽂히며 둔한 소리가 울려퍼졌지만, 키는 약간 어정쩡한 어투로 질문했다.

"손목 괜찮은가?"

"……아파 죽겠습니다. 앉아도 되겠습니까?"

키는 고개를 끄덕였고 식스는 손목을 주무르며 의자를 끌어와 앉았
다. 그러곤 자신이 꽂아넣었던 대거를 바라보며 한심스러운 얼굴이 되
었다.

"보기 드문 모습을 보여주는군. 일항사."

"잊어주십시오. 제가 왜 그랬는지 모르겠습니다."

"그러지. 용건을 말해 보게."

식스의 흥분은 싹 가셨다. 그래서 식스는 자신이 가장 좋아하는 방
식으로 말할 수 있었다.

"이미 아시는 사실을 열거하겠으니 용서하십시오. 선장님께서는 미
노 만에서도 함대를 떠나셨습니다. 하지만 선장님을 따라간 이들이 있
었습니다. 그러나 다림에는 거기까지 따라갔던 그 사람들도 버리고 홀
로 잠입하셨습니다. 하지만 우린 다림을 공격하여 선장님을 구했습니다.
그런데 이젠 함대를 탈퇴하시겠다고요?"

"그렇게 말했다."

"우리를 다 버리고?"

"가진 적 없다."

"……선장님께 우리들은 도대체 뭡니까!"

"너희들에게 나는 도대체 뭔가."

"당신은—!"

식스는 입을 다물고 키 드레이번을 바라보았다. 키의 눈을 바라보던
식스는 그 눈동자 속에서 무엇인가 움직이는 것을 본 것 같았다. 키는

가끔 눈을 감아도 피할 수 없는 눈동자 속의 귀신에 대해 말했다. 식스는 자신이 귀신들이 춤추는 모습을 본 것은 아닐까 생각하며 흠칫했다. 그러나 잠시 후 식스는 그것이 자신의 모습임을 깨달았다. 그리고 그때 식스는 대답을 떠올렸다.

"거울입니다."

키는 아무 말 없이 식스의 설명을 기다렸다. 생각을 정리해 가며 말하느라 식스의 말은 조금 느렸다.

"선장님은 거울입니다. 아무도 선장님을 볼 수는 없습니다. 단지 선장님께 비친 자기 자신을 볼 수 있을 뿐입니다. 하리야 선장님은…… 그렇습니다. 선장님께 왕을 비춰보았고 그래서 왕이 되었습니다. 자신은 부정하겠지만."

"재미있는 말이군. 그래서?"

"선장님이 없으면…… 우리는 우리를 찾을 수 없게 됩니다."

키는 식스를 뚫어지게 바라보았다. 식스는 고개를 숙여 자신의 발끝을 바라보며 그 시선을 피했다. 키는 습관적으로 고개를 돌려 창가를 바라보았지만 그곳엔 싱잉 플로라가 없었다. 그것은 지금 알버트 선장에게로 돌아가 있을 것이다. 그리고 대사가―.

"대사에게는 인간이 필요하다."

"예?"

"다림 총독부와 적당히 협의해서 사형수나 노예를 그녀에게 공급하도록. 그렇게 자주 필요하지는 않을 것이다. 그 일은 너에게 부탁하고 싶다. 네가 싫다면, 이곳을 뜨고 싶다면 하리야에게 그 일을 넘기도록. 어차피 그녀는 하리야를 도울 테니까."

식스는 혐오감과 공포에 얼굴을 일그러뜨렸다. 그리고 잠시 후 다른 공포가 그에게 찾아들었다.

"제게 부탁하신다…… 기어코 떠나신다는 말입니까?"

"그래. 그리고 선원들에게는 내 재산을 공평하게 나눠준 다음 모두 해산시켜라. 그들이 해적질을 계속하고 싶다면 그렇게 하는 건 그들의 자유겠지만, 이 배는 사용할 수 없다. 이 배는 이곳에 정박시켜 두도록. 하리야에게도 그렇게 말해 놓았다."

식스의 어깨가 부르르 떨렸다. 식스는 고개를 들어 책상 위에 꽂힌 데샨 카라돔제 대거를 바라보았다. 예리한 날의 만곡한 선은 마치 여인의 다리 같다. 아름다운 검이다. 그리고 치명적으로 보인다.

식스의 손이 움직인 순간 키의 손도 빠르게 움직였다.

식스는 단검을 움켜쥐었다. 그리고 단검을 쥔 그의 오른손을 키의 커다란 손이 덮고 있었다. 두 사람은 잠시 그 자세로 서로를 쳐다보았다. 짧은 눈빛들이 언어를 부끄럽게 만들며 교환되었고, 식스는 다시 얼굴을 붉혔다. 키는 손을 천천히 들어올렸다.

식스는 한숨을 내쉬었다.

"제가 라이온이라도 된 것 같은 기분이군요."

"젊었을 땐 그랬을 거라 생각하네."

"선장님의 배를 지키겠습니다."

이번엔 키가 한숨을 쉴 차례였다. 식스는 대거를 다시 빼어들며 일어났다.

"돌아오시는 그 날, 저는 선장님께 부끄럽지 않을 겁니다. 자유호를 그 어떤 배보다도 잘 간수했기에. 다른 선원들이 모두 떠나도……" 식스의 목소리가 가늘게 떨렸다. 아주 잠시 동안. "저는 물수리호의 선원들의 예를 본받겠습니다."

"미련한 짓이다."

"선장님께서 비춰주신 겁니다. 저는 그런 놈이죠."

식스는 몸을 돌려 문을 향해 걸어갔다. 엄격한 사내다운 동작이었다. 문을 열고 나서기 전 식스가 입을 열었을 때 그 목소리는 조금도 떨리지 않았다.

"소란을 떨어 죄송합니다. 그럼."

하리야 선장은 멍한 표정으로 술병을 들여다보았다. 두캉가 선장의 얼굴은 이미 붉어져 있었지만 그는 하리야의 몫까지 자신이 마셔야 된다고 믿는 것처럼 다시 자신의 잔을 채웠다. 술잔 속으로 쏟아지는 흑갈색 술은 차갑고 투명해 보였다. 하리야는 문득 발이 시렵다는 생각을 했다.

부둣가의 주점은 어둡고 고요했다.

이런 주점을 찾는 억센 선원들은 노스윈드 선단의 두 선장을 보고서도 도망치지는 않았다. 하지만 소란을 떠는 것은 삼가고 있었다. 고요함이 지나쳐 달빛이 창가로 스며드는 소리가 들릴 정도는 아니었지만, 주점인지 교회인지 혼동될 정도는 됐다. 하리야는 멀리서 들려오는 파도 소리에 귀를 기울였다.

두캉가 선장의 볼은 너무 붉어져 꼬집으면 툭 터질 것 같았다.

"국왕이 된 것을 축하한다. 껄! 통치 재미있기를 바란다? 껄껄—꺽!"

키의 말을 되뇌던 두캉가는 잠시 격한 딸꾹질을 했다. 연거푸 두 잔을 마시고서야 딸꾹질을 진정시킨 두캉가는 덕분에 혀가 풀린 목소리로 말하게 되었다.

"그렇다구. 내가 그랬지? 자네 운명이나 내 운명이나 별로 다르지 않을 거라고. 흐응. 그렇게 되는 거라니까. 내가 그랬지? 껄! 나도 축하하겠네, 하리야. 우킥!"

"축하받고 싶지 않습니다. 두캉가 선장. 난 국왕이 되고 싶었던 것이 아니란 말입니다."

"그럼 그 모든 준비는 누굴 위한 것이었을까, 하리야? 나도 눈이 있고 귀가 있단 말이야."

"키 선장님을 위한 것이었죠."

"꺼—윽. 더 정확하게 말해 봐."

"예?"

"더 정확하게 말해 보라고. 키를 왕으로 만드는 계획이 키를 위한 것이었나, 자네를 위한 것이었나?"

하리야는 이것이 술주정인가 잠시 생각해 보았다. 하지만 아닌 듯했다. 그래서 하리야는 자신 속에 침잠할 필요를 느꼈다. 사실, 특별히 깊이 생각해 볼 필요는 없다.

"따지자면, 저를 위한 것이었겠죠. 제 만족……, 그를 왕으로 만들고 싶은 욕망……"

"그렇지, 그렇지. 그리고 키는 그것을 그대로 자네에게 돌려줬지. 누굴 죽이려는 작자는 자기 목숨을 내놓을 각오를 해야 돼. 누굴 왕으로 만드려는 작자는 자기가 왕이 될 각오를 해야 되고. 이핫!"

"저는 될 수 없습니다. 논리적으로 불가능합니다. 그는 제국의 공적 제1호지만 저는 아닙니다. 한마디로, 저는 우습게 보일 거란 말입니다. 제국은 신생 왕국을 입김 한 번으로 날려버릴 겁니다."

"그럼 어때. 우리에겐 배가 있고, 열린 바다도 있지. 골치 아프다고 생각되면 언제든 배를 타고 떠나버리면 되잖아. 하하하! 뭐가 걱정인가."

"그런 무책임한 방식으로 사람들에게 책임을 요구할 수는 없습니다. 그것은……"

하리야는 고요하던 주점이 갑자기 부산스러워진 것을 느끼며 말을 끊었다. 주위를 둘러보던 하리야는 문 쪽에서부터 즐거운 소란이 일어나 주점 안으로 전해져 오고 있는 것을 깨달았다. 문을 바라본 두 선장은 동시에 주춤했다.

주당들이 술을 잊었고 선원들이 바다를 그리워하지 않게 되었다. 문가에 선 하얀 여자는, 하얀 옷에 새벽비 같은 실버블론드의 그녀는 이 어둡고 꾀죄죄한 주점에서 퍽이나 어색한 모습일 수도 있었다. 하지만 그녀의 아름다움은 배경이 필요하지 않은 종류의 것이었다. 어린 아기가 그러하고 새의 깃털이 그러하듯. 경솔하게 휘파람을 불었던 사내는 때려 죽일 듯한 시선의 포화 속에 오그라들었다. 그때 하얀 여자가 안으로 걸어들어왔다.

주점의 주인이 당황하여 그녀를 제지했다.

"에, 레이디. 어딜 잘못 들어오신 것 같습니다."

하얀 여자는 주인장을 물끄러미 바라보았다. 주인장은 얼굴을 조금 붉히며 시선을 낮추었다.

"이곳은 숙녀분이 들어오실 곳이 아닙니다. 물론 여기의 뱃놈들과 술 주정뱅이들은 만취 상태에서 아가씨의 환상을 보긴 하겠지만."

하얀 여자는 빙긋 웃었다. 그때 하리야는 두캉가 선장이 팔을 들어올리는 것을 보고 놀랐다.

"내 동행이오. 주인장!"

걸걸한 목소리에 고개를 돌린 주인장은 목소리의 주인공이 노스윈드 해적이라는 것을 알고는 기겁했다. 그리고 이 하얀 레이디에게 날씨에 관한 중요한 정보를 전달해 보려고 필사적인 눈빛을 보내던 뱃사람들과 주정뱅이들 역시 어깨를 움츠리며 의자에 도로 주저앉았다. 하얀 여자는 주인에게 미안하다는 듯한 웃음을 보내곤 두 선장이 앉아 있는 테이블로 걸어왔다.

주점 안의 사내들은 모두 그녀의 뒤쪽으로 하얀 궤적이 남는 것 같은 느낌을 받았다.

하리야가 망설이고 있을 때 두캉가가 벌떡 일어나 그의 고민을 들어주었다. 대사는 두캉가가 당겨준 의자에 조용히 앉았고 두캉가는 함박웃음을 지으며 자신의 자리에 앉았다. 두캉가에게 감사의 미소를 건넨 대사는 하리야를 돌아보곤 고개를 갸웃했다.

"못마땅한 얼굴이군. 하리야 선장."

"······식인 괴물이 앞에 있는데, 당연하잖소."

퉁명스럽다기보다는 으르렁거림에 가까웠다. 하지만 대사는 차분하게 대답했다.

"그리고 너는 잔인무도한 해적이고."

"먹지는 않아!"

"죽이기는 한다는 말이군."

"내가 그랬다는 건 부정하지 않겠소. 하지만 시체를 모욕한 적은 없소!"

"먹는 것이 모욕이라면, 그럼 넌 하루 세 번 음식을 모욕하는 건가?"

대사는 목소리를 전혀 높이지 않은 채 나직이 말했다. 하리야는 말을 멈추고 혐오스럽다는 듯이 대사를 노려보았고, 대화가 끊어진 틈을 타 두캉가가 재빨리 끼여들었다.

"이봐, 하리야! 무례하지 않은가. 이렇게 찾아주신 분에게. 아아, 대사님. 이곳까지 저와 이 친구를 찾아오신 거 맞죠? 이거 반가운 노릇이군요. 어이! 이봐, 주인장! 잔 하나하고, 에, 대사님? 술 드십니까? 아, 예. 어이, 주인장!"

두캉가는 테이블을 탕탕 두드리며 하리야와 대사가 잠시 말을 할 수 없도록 했다. 바라미는 쓴 미소를 지으며 테이블 위의 촛불을 바라보았고 하리야는 촛불에 비친 바라미의 옆얼굴을 노려보았다. 하지만 두캉가도 영원히 소란을 떨 수는 없었다. 술병의 밀봉을 뜯어낸 두캉가는 바라미의 잔에 술을 채우며 미소를 지었다. 그리고 하리야의 잔을 채우면서 한쪽 눈을 찡긋했다. 하리야 역시 두캉가처럼 수평선 너머까지도 내다보는 노련한 선장이었고, 그래서 그 눈짓을 단번에 이해했다. '조용히 하라구, 하리야. 건국이 기정 사실이라면 노스윈드 선단이 식인 괴물을 데리고 있다는 소문 같은 건 도움될 게 하나도 없어. 신비한 미녀가 훨씬 낫지.' 하리야가 이해했음을 확인한 두캉가는 다시 바라미를 바라보며 큼직한 웃음을 지었다.

"그래, 어쩐 일로 이 늙은 뱃놈들을 찾아오셨습니까, 대사님?"

"바라미."

"예?"

"내 이름 중 하나다. 라미라고 부르면 되겠군."

"아, 그러신가요? 라미, 라미라. 어감이 좋군요."

"당신은 왜 다림에 온 겁니까, 라미?"

하리야가 적개심을 완전히 지우지는 못한 채 질문했다. 바라미는 천천히 술을 마신 다음 술잔을 내려놓고서야 그 질문에 대답했다.

"키 드레이번이 불렀지."

"키 선장님은 당신이 나를 도울 거라고 말하더군요. 약속했다고도 말하던데."

"그렇게 약속했어."

"왜, 무엇을, 어떻게 돕겠다는 건지 본인의 입으로 듣고 싶습니다. 아니, 거기에 앞서 당신은 도대체 뭡니까?"

"나는 바라미다."

"그건 아무것도 설명하지 않습니다."

454

"난 너에게 설명하고픈 것이 없다. 그러니 나를 무엇으로 생각해도 무방하다. 만일 네가 나를 자연이 끔찍한 자기 혐오에 빠졌을 때 자포자기 삼아 만들어낸 피조물이라고 여기고 싶다면, 그렇게 해도 좋다. 나로선 아무래도 상관없으니까."

하리야는 라미의 얼굴을 위아래로 훑어본 다음 자신의 잔을 들어올렸다.

"주님 뜻대로. 실제적인 일만 이야기하자는 겁니까?"

"그쪽에 더 관심이 있군. 내가 여기까지 찾아온 이유가 그것이니까."

두캉가는 간신히 한숨 돌릴 수 있었다. 그는 하리야를 좋아했지만, 그 역시 실질적인 일에만 관심이 있는 사람이었기에 때론 걷잡을 수 없이 형이상학으로 치닫는 하리야의 버릇에 대해서는 곤혹스러워했다. 하지만 대사는 그 모든 것을 쓰레기통에 집어던지고 하리야를 실제의 세상으로 끌어내린 것이다.

두캉가가 가장 좋아하는 모습으로 돌아온 하리야는 냉철하게 질문했다.

"그럼…… 당신은 왜 우리를 돕는다는 겁니까?"

"목적지가 달라도 여정이 겹친다면, 방랑자들은 서로 친구가 될 수 있는 법이잖나."

"목적? 당신이 원하는 것은 뭡니까?"

"먼저 내가 하고 있었던 일을 설명해야겠군."

바라미는 사람 잡아먹고 있었지 어쩌고 하는 하리야의 중얼거림을 무시하며 말했다.

"간단히 말하자면, 나는 철탑에서 왕자의 땅을 주시하며 오 왕자의 검이 하나로 모이는 일을 방해하고 있었다."

두캉가는 하리야의 눈에서 불똥이 튄 것을 본 것 같았다. 때때로 이세계(異世界)로 날아가 버리곤 하는 하리야의 정신이지만, 그 날카로운 정신은 현실 세계에서도 놀라울 만큼 기능을 잘 발휘한다. (그래서 두캉가가 좋아하는 것이지만.) 하리야는 호기심 가득한 얼굴로 말했다.

"왕자의 땅? 오 왕자의 검? 그건 무슨 말입니까?"

"왕자의 땅은 왕을 잉태할 수 있는 땅을 말한다. 아달탄 대왕이 지적했지. 왕자의 땅은 다케온, 록소나, 팔라레온, 다벨을 아우르는 지역을 의미한다. 그 땅에는 이런 말이 전해진다. '오 왕자의 검이 하나로 모이면 왕이 태어나리라.' 오 왕자의 검은 다케온의 다이아몬드, 록소나의 말, 팔라레온의 밀, 그리고 다벨의 강철과 한 명의 인간을 말한다."

"그렇다면 그 말씀은…… 만약 하나의 인간이 그 네 가지를 모두 손에 넣으면 왕이 나타난다는 말입니까? 맙소사, 그건 현재 일어나고 있는 일이잖습니까!"

라미는 고개를 끄덕였다.

"두뇌 회전이 빠른 친구군."

두캉가는 그 말이 마치 자신을 가리키는 말인 양 벌쭉 웃었다. 하지만 하리야는 심각한 얼굴로 술잔을 움켜잡았다.

"그건 말은 되는 것 같군요. 만일 메르데린 공작이 그 네 땅을 정복한다면…… 그의 황제병이 더 깊어질 수도 있겠군요. 하지만 그게 그렇게 쉽겠습니까? 단순히 조건만 갖추어진다고 해서 왕이 될 수 있는 건 아니잖습니까."

라미는 잠시 아무 말 없이 하리야를 바라보았다. 하리야는 곧 얼굴을 붉혔고 두캉가는 낄낄거렸다. 라미는 하리야가 듣고 싶지 않았던 말을 했다.

"사천 명의 해적과 자유항 하나를 가지고 국가를 세워보려 하는 사람에 비해선 낫지 않은가. 그리고 그 네 개의 나라가 하나로 합쳐지면 단순히 그 크기만으로도 페인 제국을 위협할 수 있는 거대 국가가 된다. 몽상으로 치부할 수만은 없을 텐데."

"……인정합니다."

하리야는 잠시 자신이 들었던 말을 소화해 보기 위해 뒤로 조금 물러나 앉았다. 그는 팔짱을 끼고 두 눈을 감은 채 생각에 잠겼고, 두캉가는 하리야의 흉내를 내어보려다가 졸기 시작했다. 하리야가 다시 말했을 때 두캉가는 화들짝 놀라며 깨어났다.

"그런데 조금 전에 당신은 그것을 방해한다고 하셨습니다."

"그렇게 말했다."

"왜 그런 일을 하는 겁니까?"

"제국을 하나의 생명체로 생각해 보거라. 잘생긴, 그럴 듯한 생명체지. 이 생명체의 구조를 볼 것 같으면, 란셀이라는 이름의 두뇌와 펠라론이라는 이름의 도덕을 가지고 있지. 심장은 존재하지 않지. 전체가 하나의 맥동하는 심장이라고 볼 수 있으니까. 그러나 그곳을 제압하면 이 생명체를 단숨에 죽일 수 있다는 의미에서의 심장이라면, 그것은 바로 왕자의 땅이다."

"그렇다면……?"

"왕이 태어난다는 말을 나는 종양이 생겨난다는 말로 바꾸겠다."

"오 왕자의 검이 하나로 모이면 종양이 생겨나리라. 으음, 이건 무슨 저주 같군요. 무슨 뜻입니까?"

"왕자의 땅에서 태어날 수 있는 왕은, 결국 우수한 전쟁 기계다. 금단의 사지로 모든 것을 제압할 수 있는 맹수지. 왕? 글쎄. 가장 강한 자라는 의미에서라면 그것도 왕이다. 하지만 인간들은…… 너희들은 가장 강한 자를 왕으로 선택하는가?"

하리야는 소름 끼치는 기분을 느꼈다. 그럴 의도는 없어보였지만 대사의 말은 그 자신을 얽매고 있던 갈등을 지적하는 것 같았다. '나는 왜 키 드레이번을 왕으로 선택했는가.' 대답은 그 자신도 모르는 사이에 나왔다.

"절대로 아닙니다."

"기대했던 대답이군, 하리야. 그것은 왕이 아니다. 반왕이지."

라미의 말 끝에서 무거운 정적이 찾아들었다. 주점 안에 있는 많은 사내들이 분명히 소음을 내고 있었지만, 하리야는 그 정적의 질감을 느낄 수 있을 것 같았다. 침을 삼키며, 하리야는 조심스럽게 질문했다.

"그래서…… 당신은 왕자의 땅을 지키신다는 말씀이십니까? 제국이 감당할 수 없는 맹수가 태어나지 않도록?"

"그렇다."

"왜 그런 일을 하십니까?"

"이유는 설명하지 않겠다. 내가 왜 너희들을 돕는지 알고 싶다면 내 목적을 듣는 것으로 족하지 않을까?"

"글쎄요. 당신의 목적은 메르데린 공작의 정복 사업을 방해하는 것이리라 생각됩니다. 현재로선 그렇겠죠. 제국을 수호하기 위해…… 그렇다면 저희들을 돕겠다는 것은 무슨 의미입니까."

"단순하게 말한다면 이렇게 될 것이다. 나는 사상 최대의 덫사냥을 할 생각이다."

"예? 덫사냥이오?"

"그렇다."

라미는 술잔을 들어 마지막 술을 비웠다. 그 모습을 보던 하리야는 테이블 위의 촛불이 이상하게 작아져 있다고 생각했다. 라미는 술잔을 입술에서 뗀 다음 빈 술잔을 바라보며 말했다.

"나는 너희들, 혹은 다림을 왕자의 땅에서 태어난 반왕의 발목을 물어뜯을 강철덫으로 사용할 생각이다. 혹은 제국의 종양을 베어낼 불칼이라고도 할 수 있겠지. 내 고려는 이러하다. 반왕이 떨쳐일어나 제국을 향해 그 흉포한 이빨을 들이댈 때, 이곳 남쪽, 아무도 신경 쓰지 않았던 곳에서 너희들은 분연히 일어나 반왕의 발뒤꿈치를 물어뜯을 것이다."

"……뱀처럼?"

못마땅해하는 기색이 역력한 하리야의 얼굴을 향해 대사는 가늘게 미소 지었다.

"그래. 뱀처럼."

"거기서 우린 무슨 이득을 얻는 겁니까?"

"알고 있을 텐데."

물론 하리야는 알 수 있었다. 하리야는 합리성으로 본능적 공포를 이겨낼 수 있는 사람이었고, 그래서 대사의 제안에 합리적인 이점이 있음을 파악하는 데도 별 무리가 없었다. 그의 체계적 사고 속에서 대사의 말은 이렇게 정리되었다.

'발목을 물어뜯는다 = 로드 메르데린의 정복 전쟁의 빈틈을 노려 팔라레온, 혹은 다벨 영토의 일부까지 파고들어 신생 왕국의 입지를 단숨에 강화시킨다. 메르데린의 정복 전쟁이 어느 정도 진전된 시점에서 대륙 남부는 권력 공백이 될 테니 방해는 희박하다. 그리하여 이미 붕괴, 혹은 치명적 피해를 입은 4국이 자신을 수습하기 전에 굳건한 세력을 확립한다.'

모험의 필요성이 곳곳에서 넘쳐나지만, 그럼에도 불구하고 훌륭한 계획이었다. 하리야는 두캉가 선장을 얼핏 바라보았다. 그 늙은 선장은 계획의 완성을 보기 어려울지도 모른다. 하지만 그 자신은 남은 생을 다 던지면……. 하리야는 술잔을 단숨에 비운 다음 조금 콜록거리며 말했다.

"으흠. 죽을 때까지 심심할 일은 없겠군. 그것만으로도 찬성하고 싶어집니다만."

그때 하리야는 대사가 이상한 시선으로 자신을 바라보고 있음을 깨달았다. 하리야는 묻는 눈빛을 보내었고 그러자 대사는 차분하게 말함으로써 다시 한번 하리야의 간담을 서늘하게 만들었다.

"키 드레이번이 너를 선택한 이유를 알겠군."

"……키 선장님은 당신에게 동의했습니까? 그, 반왕 사냥에?"

"반왕 사냥? 덫사냥보다 재미있는 말이군. 나도 그 말을 사용해야겠군. 키 드레이번은 동의했다. 정확하게 말한다면 너와 나의 의도를 전부 알고 있던 키 드레이번이 너와 날 짝지어준 거지."

"당신과 나를?"

"그렇다."

"자신은 빠지는 겁니까?"

"그렇다."

"왜 빠지는 거죠?"

"왜 참가해야 되지?"

"그는 우리의……!"

하리야는 잠시 말을 멈췄다. 붙일 만한 단어가 떠오르지 않았다. 선장? 하지만 자신도 선장이다. 우두머리? 키는 그런 호칭에 어울리는 존재가 아니다. 두목? 웃기지도 않는다. 지도자? 어쨌든 따르는 이를 팽개치는 것을 버릇처럼 여기는 자를 지도자라고 부를 순 없다. 바라미가 '나는 바라미다'는 말로만 자신에 대한 설명을 끝낸 것처럼, 하리야는 키 드레이번을 '우리의 키 드레이번이다'라고밖에 부를 수 없었다. 우물쭈물하는 하리야를 바라보며 바라미는 자신의 술잔에 술을 채웠다.

또르르륵. 술병 주둥이에서 흑갈색 구슬들이 굴러 떨어졌다.

"키 드레이번의 결정이 너나 다른 해적들에게 어떤 상처를 준 것 같다만, 나는 잘 모르겠다. 너희들은 버림받았다고 생각하는가? 글쎄. 그가 너희들을 이곳까지 이끌어줬다고 생각할 수도 있잖은가? 그 중에서도 하리야 너는 더욱 할말이 없을 텐데."

"예?"

"그는 네가 차린 식탁을 네가 차렸다는 이유로 너에게 돌려주었다. 왜 식탁을 받지 않느냐고 물을 수 있는 건가? 더군다나 그는 자신의 존재가 너의 왕위 등극에 걸림돌이 될 것을 잘 알기에 이렇게 떠나지 않는가."

하리야는 얼어붙은 표정으로 라미를 쳐다보았다. 라미의 말은 정확했다. 키 드레이번이 이곳에 계속 있다면 다른 해적들은 절대로 하리야 선장을 왕으로 받들지 않을 것이다.

"맙소사, 그런 것은 생각하지 못했습니다. 나는 키 선장님이 엉뚱한 추격 따위를 위해 떠난다고 생각했습니다. 그도 그렇게 말했고요!"

라미는 희미하게 웃었다. 하지만 하리야는 주먹을 움켜쥐며 말했다.

"하지만 나는 그런 배려는 바라지 않습니다. 왜냐하면 내가 왕이 되고 싶은 것이 아니니까요. 그가 왕이 되어야 합니다. 내가 원하는 것이……"

하리야의 말이 갑자기 끊어졌다. 두캉가는 하리야를 돌아보고는 조금 놀랐다. 하리야는 마치 목에 뭐가 걸린 사람 같은 얼굴을 하고 있었다.

"그게…… 그러니까……?"

하리야는 멍한 표정으로 천장을 쳐다보며 중얼거렸다. 두캉가가 근심스러운 표정으로 뭐라 말하려 했을 때였다.

"왕이 될 수 없어……?"

"하리야, 뭐라고?"

"그럴 수가 없어. 키 선장님은 왕이 될 수가 없어. 이런, 맙소사! 그걸 몰랐다니!"

라미는 고개를 끄덕였지만 두캉가는 아직까지 이해할 수 없었다. 당혹한 얼굴로 자신을 바라보는 두캉가를 향해 하리야는 힘들게 말했다.

"키 선장님은 합리적인 결정을 내렸던 것입니다. 제기랄! 이제야 깨달았군. 현시점에서 그가 왕이 된다면, 그의 나라 역시 제국의 공적 제1호입니다!"

두캉가는 자신의 이마를 호되게 때렸다. 빨간 손자국이 날 정도인지라 꽤나 아팠을 테지만, 두캉가는 내색하지 않은 채 외쳤다.

"맞아, 그렇군! 시작은 자네부터여야 되는 것이었군?"

하리야는 다시 당황했다.

"예? 무슨 말씀입니까, 두캉가?"

"이런. 자네가 조금 전에 다 설명해 줬잖아? 자네 말대로라면 키 선장은 왕이 될 수 없어. 그러니까 다른 사람이 시작해야 돼. 그럼 누구일까? 당연히 자네지. 시작은, 그래. 시작은 자네에서부터야! 자네가 아니면 안 돼. 명목상으로든 실리상으로든 키의 나라는 자네에서부터 시작되어야 해."

하리야는 경탄한 표정으로 노선장을 바라보았다. 어쨌든 파도는 바위에 세월을 새기는 것이다.

"맞습니다. 이제야 모든 것이 설명되는군요. 그의 등극은 제국의 비위를 건드릴 테니 그는 왕이 될 수 없습니다. 그렇다면 제가 먼저 시작해야 됩니다. 그리고 제가 시작하기 위해선 그가 있으면 안 됩니다. 그래서 그는 떠나는 겁니다!"

정리를 끝낸 하리야는 자신이 정리한 내용에 경탄하고 키에 대해 경탄했다. 오스발과 율리아나를 추적하기 위해 함대를 탈퇴한다는 설명을 들었을 때 하리야는 키가 미친 줄로만 알았다. 하지만 그 어처구니없는 행동의 배후에 이런 고려가 있었다고 생각하자, 하리야는 끓어오르는 감동을 금할 수가 없었다. 그리고 두캉가 역시 저 멀리 창문 밖으로 보이는 노스윈드 함대의 불빛―사실, 그건 레우스의 상선이었다―을 바라보며 감동스러워했다. 라미는 순박하게 즐거워하는 두 선장의 모습을 보며 미소 지었다. 그때 하리야가 열정적인 어조로 외쳤다.

"그렇다면 이제 내가 맹세할 차례군요!"

하리야가 품속으로 손을 집어넣었다. 그때 쓴웃음을 지은 채 두 선장의 대화를 듣고 있던 라미가 갑자기 뒤로 물러났다. 삐기기긱―! 의자가 미끄러지며 요란한 소리가 울려퍼지자 두캉가는 당황한 눈으로 라미를 바라보았다. 그리고 두캉가는 다시 고개를 돌려 하리야 선장의 손을 바라보았다. 하리야 역시 자신의 손을 내려다보다가 너털웃음을 터뜨렸다.

"하하, 라미. 무기가 아닙니다. 나는 맹세하기 위해 이걸 꺼낸 겁니다."

라미는 어느새 창백해진 얼굴을 조금 숙여 하리야의 눈을 피했다.

"미안. 과민했나 보군."

흥분해 있던 하리야는 라미의 모습에 크게 신경 쓰지 않았다. 그는 품속에서 꺼낸 성전을 테이블 위에 내려놓고는 그 위에 손을 얹었다. 두캉가는 하리야가 가장 엄중한 맹세를 하는 것임을 잘 알 수 있었지만, 뭘 맹세하는 것인지는 알 도리가 없었다.

"하리야. 무슨 맹세를 하겠다는 건가?"

"제 뜻을 끝까지 지키겠다는 맹세입니다."

"제발 바보 같은 소리 좀 하지 마. 그건 모든 맹세가 마찬가지잖아. 그 뜻이 뭔데?"

"제 뜻은 키 드레이번이 '우리의 왕'이 되는 것입니다."

하리야는 갑자기 자신이 올바른 호칭을 찾아내었음을 깨닫고는 다시 기뻐했다. '우리의 왕'이다. 그가 키에게 바라는 것은 이유 같은 것이 필요없는 절대적인 이름으로서의 왕이었다. 두캉가 역시 그 단어에 잠시 감동했지만 곧 정신을 수습했다.

"그런데?"

"그래서 전 당신의 말대로 '시작'할 겁니다. 하지만 '끝'까지는 아닙니다. 저는 왕이 되어 키 선장님이 돌아올 때까지 왕국을 만들어놓고, 그가 돌아오면 돌려줄 겁니다. 바로 그것을 위해 왕이 되는 것이니까요. 하지만 저는 제가 혹여나 왕좌의 매력에 굴복하여 원래의 뜻을 망각하고 그 자리에 눌러앉을까 두렵습니다. 원인과 결과를 전도시킬까 봐 무섭습니다. 그래서 저는 지금 제가 왕이 되는 이유를 끝까지 잊지 않겠다고 맹세하는 것입니다."

말을 마친 하리야는 눈을 감고 기도문을 외기 시작했다. 두캉가는 그만 눈물이 글썽한 얼굴이 되어 하리야를 바라보았다.

그랬기에 두 선장은 모두 라미의 얼굴이 창백해져 있음을 발견하지 못했다. 물론, 세심히 바라본다 하더라도 그녀의 흰 얼굴이 창백해진 것은 알아차리기 힘들었을 테지만.

부두의 포석 위로 자욱한 새벽 안개가 흘렀다.

밤새도록 차게 식은 포석에서 배어나오는 한기는 습한 바다의 공기를 어루만져 허공에 흰 천을 짜내고 있었다. 가장 고집센 주정뱅이도 자신이 술에 굴복했음을 시인하는 시간, 부두에 와 부딪히는 물살의 철벅거리는 소리마저 부드럽다. 그 강렬한 향취에도 불구하고 역겹지는 않은 항구의 향취는 안개에도 스며들어 있었다.

키는 한쪽 어깨에 걸린 커다란 배낭을 한번 추슬러 올린 다음 널판을 걸어내려갔다.

키와 그의 선장들 모두 배웅 같은 것은 바라지 않았다. 키는 탈퇴한다는 자신의 말에 책임지기 위해, 그리고 선장들은 이 이별을 인정하지 않기 위해서였다. 그러나 별리를 별리로 인정하지 않는 사내들은 그 순간 무수한 별리를 교환하고 있었다. 그리고 그 모든 것 위로 한 꺼풀 안개가 덮여 있었다.

킬리는 덱체어에 앉아서 수평선을 바라보며 류트를 만지작거렸다. 진정한 음악가는 침묵도 음악임을 안다. 그래서 킬리는 침묵을 연주하고 있었다. 자신의 선장실에 앉아 있던 하리야는 창가에 팔꿈치를 괴곤 창밖을 바라보고 있었으며, 안개 너머로 보이는 그림자가 키인지 굳이 확인하려 하지는 않았다. 트로포스는 상의를 벗은 채 의자에 앉아서는 세야의 아카나를 움켜쥐고 있었고 두캉가는 자신의 침대에 쓰러져 숙취 때문에 코를 골고 있었다. 돌탄 선장은 밤새도록 켜둔 탓에 촛농 언덕

같이 바뀐 촛불을 응시하고 있다가 입김을 훅 불었다. 촛불은 금방 꺼졌다.

키를 제외한다면, 그 시각 자신의 배에 있지 않은 선장은 한 명 뿐이었다.

키는 걸음을 멈췄다.

흰 안개로도 완전히 감출 수는 없는 검은 모습이 20피트 앞쪽에 서 있었다. 철벽 같은 검은 갑옷으로 자신을 두르고 왼손엔 거대한 도끼를 들고 있는 그 모습은 쓸쓸한 고목 같았다. 도끼는 비스듬히 내려가 땅을 짚고 있었다.

탑이 움직이는 것 같은 동작으로, 오닉스 선장은 도끼를 천천히 들어 올렸다.

왼손에 쥐어져 있던 그 도끼가 안개를 베어내며 둥글게 움직였다. 오닉스는 오른손으로 도끼 머리를 받아내었고 양손으로 쥔 도끼를 옆으로 약간 돌리며 왼발을 앞으로 한 발 내디뎠다. 그의 마스크는 물론 아무 표정도 떠올리지 않았다.

키는 그 무표정한 마스크에 짧게 감사하며 배낭을 내려놓았다.

복수를 뽑아낸 키는 그것을 쥔 오른팔을 옆으로 적당히 뿌려둔 모습으로 꼿꼿이 섰다. 오닉스의 마스크가 좌우로 조금 움직였다. 키는 고개를 갸웃하다가 곧 쓴웃음을 지었다. 그는 비어 있는 왼손을 앞으로 내민 다음 방패나 되는 것처럼 손바닥을 펼쳤다. 오른손은 뒤로 뿌려져 천천히 고정되었다. 오닉스의 마스크가 만족한 듯이 위아래로 움직였다.

5년 전, 이보레 열도의 어느 섬 앞바다에서도 이러했다.

그때도 해뜨기 전의 새벽녘이었다.

맨몸으로 달려나와 백사장에 무릎을 꿇고 제발 집은 쏘지 말 것을 애원하는 섬 주민들을 향해 포격을 명령하던 사트로니아의 대해적과, 레갈루스로부터 받은 두 척의 터릿 갤리어스를 끌고 그를 사냥하기 위해 달려온 사략선장이 처음 만난 날에도.

안개는 돛대에서 눈물이 되어 미끄러지고 있었다.

그때는 눈앞을 어지럽히는 손바닥을 노렸었다. 거리를 뺏겼고, 오닉스는 그후로 한 달 동안이나 신음하게 된 상처를 입었었다. 죽이지 않고 그토록 신음하게 만든 키를 저주하면서 오닉스가 보낸 시간들에서는 독기가 묻어나는 것 같았다. 그리고 그 독기에 가장 심하게 괴로워한 것은 바로 그 자신이었다.

오닉스는 포석을 짓밟으며 도끼를 힘껏 내려쳤다.

키는 왼손을 아래로 내려 뒤로 보내며 오른손은 위로 돌려 앞으로 내려쳤다.

거리는 여전히 20피트였다.

키는 흐트러진 자세를 천천히 가다듬었다. 복수를 한 바퀴 돌려 칼집에 꽂아넣는 그 손길은 느긋했다. 그리고 오닉스 역시 내려찍은 도끼를 천천히 들어올렸다. 배낭을 어깨에 걸친 키는 앞으로 천천히 걸어갔다. 오닉스의 옆을 지나칠 때, 그도 오닉스도 서로를 돌아보지는 않았다.

바다의 깨어진 포석을 바라보던 오닉스는 그것을 툭 걸어찼다. 포석 조각은 몇 번 탁음을 내며 튕기다가 바다에 빠졌다. 퐁.

"뭐 한 거야?"

키는 앞쪽에서 들려오는 목소리에 먼저 인상을 찌푸렸다. 얼굴에 휘감기는 안개를 걷어내려는 것처럼, 세실은 손을 이리저리 휘저으며 얼굴을 드러내었다. 그리고 그 옆에는 라이온이 어떤 말의 고삐를 쥔 채 말과 눈싸움을 하고 있었다……. 아무래도 눈싸움처럼 보였고, 그래서 키는 짧게 한숨을 쉬었다. 세실은 다시 질문했다.

"조금 전의 그거, 무슨 의미가 담긴 행동이지?"

"아쉬움 하나를 매장했을 뿐이다."

"흐흐흐. 누가 이긴 거야?"

"바보나 그런 걸 따진다. 그런데 넌 이곳에서 뭐 하고 있는 거지?"

"당신을 기다리고 있었지."

"그런 것 같군. 뭣 때문에?"

"따라가려고. 앞장서."

키는 세실을 똑바로 바라보려 했다. 하지만 안개 속에 흩어진 빛들은 아무런 그림자도 만들지 못하고 있었고 그래서 세실의 얼굴은 이상하게 보였다.

"왜?"

"난 재밌거리를 찾아서 내 가게마저 팽개치고 테리얼레이드를 떠나왔어. 따라서 그 재밌거리가 가는 곳은 끝까지 따라가야 되는 거 아니겠어?"

"내가 네 재밋거리란 말이지."

"그렇게 인상 쓰지 마. 사랑하게 될 것 같으니까. 음, 말해 놓고 보니 변태 같군. 저런 꼬마에게 느낀다니…… 응? 속이 이상한가 보지? 더 받아들이기 쉽게 말한다면, 아직 은혜 갚음이 끝나지 않았잖아. 구울의 왕자에게서 날 보호해 줬던 것."

"그 은혜는 이미 갚았다. 그날 아침 남해가 생긴 이래 최고의 강풍을 끌어왔을 때."

"아, 그건 내가 한 일이 아니야. 세야의, 트로포스의 지팡이가 한 일이지. 난 아직까지 해준 것이 없어."

키는 못마땅한 표정으로 세실을 노려보았지만 세실은 빙글빙글 웃기만 했다. 키는 퉁명스럽게 말했다.

"난 내 신발끈을 타인을 위해 풀진 않는다. 내가 가고 싶을 때 가고 멈추고 싶을 때 멈출 것이다. 따라올 수 있다면, 그건 네 자유니까 마음대로 해. 하지만 내 신발끈을 풀려는 시도는 하지 말도록."

"방해되는 건 용납하지 않을 것이고 신경 써주는 건 꿈도 꾸지 말란 말이지? 하하, 알겠어."

키는 아무런 대답을 하지 않았다. 그의 날카로운 눈은 라이온에게 돌아가 있었고…… 그래서 다시 험악하게 찡그려졌다.

"갑판장. 도대체 지금 뭐 하고 있는 건가?"

"이놈에게 최면을 걸고 있습니다."

라이온은 여전히 말의 눈만 들여다보며 대답했다. 키는 아득해지는 현실 감각에 묵직한 닻 몇 개를 매달아놓고서야 말했다.

"최면이라고 했나?"

"그렇습니다. 으음―! 의외로 정신력이 대단한 놈인데요?"

"……무슨 최면을 걸고 있는데?"

"온몸에 힘을 빼고 편안한 자세를 취해. 이제 내가 말하는 것을 들으면 넌 그것을 믿게 된다…… 네 이름은 율리아나다! 네 이름은 율리아나다! 네 이름은 율리아나다!"

키는 문득 자신이 라이온의 첫 배에 대해 알고 있는 것 같은 기분을 느꼈다. 물론 라이온은 자기 배가 없지만, 만일 라이온이 자신의 배를 가지게 된다면 그 이름은 분명히 율리아나호일 것이다. 키는 두툼한 손으로 이마를 짚으며 힘겹게 말했다.

"그 말의 이름을 그렇게 정하겠다는 의미로 받아들이겠어. 그런데 웬 말인가?"

"아, 제가 타고 다닐 말이죠. 여기 이 말은 선장님이 타고 다닐 말이고, 이건 세실의 것입니다."

세 마리의 말을 죽 돌아본 키는 다시 라이온을 돌아보았다.

"자네도 날 따라다니겠다는 건가?"

라이온은 씩 웃더니 갑자기 말에 뛰어올랐다. 안장엔 손도 대지 않는 익숙한 솜씨였고 세실은 가볍게 휘파람을 불었다. 라이온은 말을 좌우로 움직이게 하며 말했다.

"선장님은 제국의 공적 제1호입니다. 대포가 총독님 화장실까지 겨냥하고 있는 이 다림을 벗어나면 선장님은 죽은 목숨이란 말입니다."

"그래서 네가 따라다니며 날 보호하겠다는 거냐?"

"저도 세실처럼 은혜 갚음이 있거든요. 제 경우엔 받아야 되는 거지만, 어쨌든 그러려면 선장님이 살아 있어야 합니다."

세실은 라이온의 말에 눈을 크게 떴다. 키는 무뚝뚝하게 말했다.

"그거라면 이곳에 있는 편이 나을 텐데. 하리야의 건국 사업에 동참한다면……"

"아니오. 난 선장님께 받을 겁니다. 그게 더 재미있을 것도 같고."

"결국 네놈도 깨어 있는 정신의 절반쯤은 재밋거리를 찾는 데 쓰고 있다는 말을 하는 거 아니냐?"

라이온은 대답 대신 낄낄 웃기만 했다. 잠시 후 키는 라이온이 자신의 말이라고 했던 말에게로 성큼성큼 걸어가서는 배낭을 안장에 묶기 시작했다. 세실은 황급히 자신의 말에 올라탔다. 배낭을 다 묶은 키는 말에 오른 다음 라이온을 돌아보았다. 그러나 그가 말하기 전에 라이온이 먼저 말했다.

"선장님 신발끈은 걱정 마십쇼."

키는 아무 말도 없이 말을 출발시켰다. 그래서 세실과 라이온은 황급히 그 뒤를 따라야 했다.

어느 쪽이냐면, 데스필드는 타인의 곤란을 즐길 줄 아는 올바른 가학 취미를 가진 쪽이었다. 그래서 데스필드는 일그러진 얼굴의 두 성직자를 보며 방긋방긋 웃을 수도 있었다. 파킨슨 신부는 그 얼굴이 별로 보고 싶지 않았다. 그래서 파킨슨 신부는 핸드건을 꺼내어 그것을 점검하는 척했다.—그 포구가 가끔 데스필드를 향하곤 하는 것은 순전히 우연이라고 주장하는 얼굴로. 데스필드의 얼굴에서 웃음기가 싹 가셨다.

핸솔 추기경은 신음처럼 말했다.

"록소나가……, 당신 말이 옳았군. 그래서 어떻게 됐다고 하오?"

"아아. 음. 우라질! 그 대포 점검 언제까지 할 거요!"

콰앙! 데스필드가 말을 끝내자마자 핸드건이 불을 뿜었다. 날아간 포탄은 데스필드 뒤쪽에 있던 아름드리 나무를 절반쯤 날려버렸다. 땅바닥에 주저앉은 데스필드는 믿을 수 없다는 표정으로 이를 딱딱 부딪혔고 그런 그의 머리와 어깨 위로 나뭇잎과 나뭇가지의 파편들이 우수수 떨어졌다. 저 멀리 밭에서 일하고 있던 이들은 기겁한 표정으로 하늘을 쳐다보았지만 천둥의 조짐은 발견하지 못했고 그래서 어리둥절해했다.

파킨슨 신부는 부드러운 미소를 지었다.

"오발이었어. 갑자기 놀라게 하니까 그렇잖아, 데스필드. 미안하군."

데스필드는 파킨슨 신부를 존경하게 되었고, "하, 하하. 오발? 아, 그러셨군요. 네네." 신부의 말을 믿는다는 투로 고개까지 끄덕였다. 그러곤 겸손하기 짝이 없는 표정을 짓기 위해 애쓰며 농부들에게 들었던 말을 또박또박 전달했다.

"물론 록소나가 단독으로 다케온을 쳤다고 말할 수 있는 당신이 있을지 몰라도 본인은 그렇게 생각할 수 없는데요. 타이밍이 너무 잘 맞거든. 팔라레온의 정복자 당신이 보낸 편지에서 의미를 발견할 수 없다면,

누구든 당신이 의미를 못 찾아내었다고 생각하지 그 서신에 의미가 없다고 생각하지는 않을 테니까."

"옳은 말이오, 데스필드 군. 휘리 노이에스는 아무 말이나 적어보내었어도 상대방을 긴장시킬 수 있었을 거요. 보내는 행위가 중요할 뿐 내용은 아무 상관이 없는 서신이라면……, 그렇다면 무의미한 내용을 써대며 장난을 칠 수도 있었겠지."

"장난? 그럴 거요. 어쨌든 그 서신은 다케온 백작 당신의 눈꺼풀을 뒤집는 효과는 충분했소. 반 달 만에 팔라레온을 쓸어버린 당신이 보낸 편지라면 그게 '음메음메 삐약삐약 개굴개굴'로만 점철된 내용이라도 받는 당신을 질겁하게 할 수는 있을 테니까. 그래서 백작 당신은 팔라레온 접경 지역으로 병력을 이동시켰고…… 록소나가 북쪽으로부터 쳐들어갔지. 마왕 당신과 휘리 당신이 건배하는 모습을 본 당신은 아무도 없지만, 그 건배가 이루어졌다는 데에는 모든 당신들이 찬성할 것 같은데."

"충분히 가능성이 있소."

핸솔 추기경은 자못 진지한 표정으로 자신 속에 빠져들었다. 데스필드는 그쯤에서 아껴두었던 말을 꺼내기로 했다.

"어쨌든 본인은 그런 것에 크게 관심 없소. 당신들이 사태를 이해하길 원했기에 꺼낸 말이었지요. 그럼 충분히 이해했을 테니 말하겠는데, 다음 패스는 도스 계곡이오."

"뭐야—?"

파킨슨 신부가 기성을 올렸다. 하지만 핸솔 추기경은 체념 어린 얼굴로 고개를 끄덕였다. 데스필드는 그 모습을 보며 천천히 설명했다.

"원래 계획은 동쪽으로 해서 안팔로 계곡을 건너 바이스라로 가는 것이었지만 아무래도 어렵소. 록소나를 가로지를 순 없단 말이오. 전시라서 삼엄하기 이를 데가 없을 것이 뻔한 데다가 예하 당신께서 문제요. 따라서 북쪽으로 해서 도스 계곡을 넘어 페인으로 들어갈 계획이오."

파킨슨 신부는 핸솔 추기경을 돌아보았다가 다시 데스필드를 바라보았다.

"추기경 예하가 왜 문제라는 거냐?"

"록소나에 들어가면 붙들릴 가능성이 높소. 전쟁을 일으킨 이상 약간이라도 유력한 당신은 모조리 억류할 테니까. 특히나 예하 당신은 펠라론의 유력 인물이자 성하 당신의 측근이오. 성무 금지 처분을 받은 다벨과 손을 잡은 록소나로서는…… 참 반가운 인질 당신이지. 물론 대접이야 깍듯하겠지만 어디로도 못 가게 할걸? 좋은 대접 받으며 놀고 싶다면야 록소나 내부로 어정어정 들어갈 수도 있겠지만."

"젠장, 정체를 숨기면?"

"이런 촌구석에서야 가능할지 몰라도 중앙으로 가면 어렵소. 말했잖소. 전쟁 때문에 경계가 삼엄할 거라고. 여행하는 당신들은 모조리 감시할 거요. 대번에 들킬걸."

핸솔 추기경이 힘없이 고개를 끄덕였다.

"데스필드 군의 말이 옳아요. 파킨슨 신부. 마왕에게 노출된다면 아무리 빨라도 몇 달은 붙잡혀 있어야 될 거요. 자칫하면 무슨 봉변을 당할 수도 있고. 그럴 수는 없지."

핸솔 추기경의 말에도 불구하고 파킨슨 신부는 아직 포기하고 싶지 않았다.

"넌 패스파인더잖아. 안 들키고 지나갈 패스를 못 찾냐?"

"물론 찾아내었지. 도스 계곡을 지나 페인 제국으로. 이후 펠라론까지 직행. 전에도 말했듯이, 도스 계곡만 제외한다면 그게 더 빠른 패스요."

파킨슨 신부는 바로 그 도스 계곡이 문제라고 말하고 싶었다. 하지만 데스필드는 그가 말할 틈을 주지 않았다.

"너무 걱정 마쇼, 신부님 당신. 그곳에 들어가서 싱잉 플로라를 캐어 오는 당신들도 있잖습니까? 다 괜찮을 겁니다."

"넌 가봤냐?"

"아니, 한번도."

"······왜?"

"죽기 싫어서."

뻔뻔하게 대답한 데스필드는 히죽 웃다가 갑자기 누군가의 추억을 떠올렸다. '유리 당신. 본인을 격파해 대었을 때 느낀 쾌감이 이런 거였어? 의외로 재미있네, 그래. 껄껄껄.' 하지만 파킨슨 신부의 입장에선 하나도 재미있지 않았다.

"나도 죽기 싫어, 이 자식아. 한번 더 생각해 보자. 꼭 그쪽으로 갈 필요가 있을까?"

"신부님 당신. 참으로 안타깝지만 다른 쪽은 없는걸요. 사실 본인과 당신들은 전쟁 한가운데 갇혀 있다는 걸 알아야 해요. 다른 대안은 없어요. 빨리 도스를 넘는 것이 훨씬 낫지. 아, 그리고 '그쪽'이라고 말하지는 않는 것이 좋을 텐데."

"응? 무슨 말이야?"

"여기가 바로 도스 계곡이거든."

핸솔 추기경과 파킨슨 신부는 경악한 눈으로 주위를 둘러보았다. 하지만 그들이 볼 수 있는 것은 완만한 능선들이 겹쳐진 구릉과 약간의 산, 그리고 그 모든 것들 위로 점점이 흩어진 농가들과 밭뿐이었다. 평화롭고 목가적인 풍경이었고, 그래서 두 성직자는 도스 계곡이라는 이름과 이 땅을 연결시키기가 어려웠다. 두 성스러운 이들은 데스필드에게 묻는 눈초리를 보내었다.

"아아. 보통 말하는 도스 계곡, 그러니까 대륙의 9대 불가사의 중 하나인 도스 계곡은 좀더 들어간 곳이오. 한 사나흘 정도 더 걸어가면 된다더군. 하지만 여기도 도스 계곡이오. 이젠 좀 안심하시겠지요?"

데스필드의 설명이 끝나자 두 성직자는 안심하기는커녕 지금까지 보아온 풍경들이 전혀 다른 의미로 다가오는 것을 느꼈다. 인적 드물고 외로운 산야, 누리끼리한 밭에서는 작물은커녕 잡초도 제대로 자라지 않을 것 같고 쟁기질을 하는 농부들은 무덤 파는 인부처럼 보였다. 성직자답게 두 사람은 그런 심정을 솔직히 고백했고, 그래서 데스필드는 더욱 행복해졌다.

철벅, 철벅.

어둠 속에서 움직이는 불빛은 한 젊은 사내의 발 앞을 비추며, 동시에 사내의 속을 뒤집었다. 불빛 속에 드러난 하수구의 구정물은 검게 번들거리고 있었고 온갖 기괴한 것—무엇인지 생각해 보고 싶지는 않은—이 그 위로 둥둥 떠다니고 있었다. 사내는 얼굴에 손수건을 두르고 있었지만, 냄새의 공격은 가멸찼다. 주종을 이루고 있는 것은 음식물 썩는 냄새였고 분뇨 냄새와 생선 썩는 냄새가 복합적인 풍미를 더하고 있어 사내의 얼굴빛을 퇴색시키고 그 몸을 떨리게 만들었다.

사내는 잠시 멈춰 서서 뱃속을 진정시키려 애썼다. 이로써 열 번째 시도였다. 잠시 후 사내는 굳은 결심이 엿보이는 동작으로 발걸음을 뗐다. 씩씩하게 내딛는 발걸음에 구정물이 튀어올랐고 사내는 곧 자신이 열한 번째 시도를 해야 되지 않을까 하는 생각을 했다. 그때 사내는 갑자기 코를 벌름거렸다.

짠 냄새가 느껴졌다.

사내는 발걸음을 서둘렀다. 질퍽거리고 끈적거리는 하수구 속에서 용케도 미끄러지지 않았지만 덕분에 바지는 엉망이 되었다. 잠시 후 사내는 자신이 하수구의 끝에 도달했음을 깨달았다.

별빛이 떨어지는 밤바다가 눈앞에 펼쳐졌다.

하수 배출구 옆으로 걸어나온 사내는 쥐어뜯듯이 손수건을 풀어헤치고는 바다의 공기를 한껏 들이마셨다. 물론 하수 배출구 바로 옆인지라 냄새는 아직도 굉장했지만 지금껏 그 안을 걸어왔던 사내는 바다를 보는 것만으로도 뱃속이 깨끗이 씻겨나가는 것 같은 기분을 느낄 수 있었다. 자신이 아직까지도 랜턴을 들고 있다는 것을 사내가 깨달은 것은 시간이 좀 지난 후였다. 사내는 자신의 멍청함을 꾸짖으며 황급히 랜턴을 껐다. 그들에게 들키지 않기 위해 하수구를 이용하는 끔찍한 노고를 기울였는데, 이 멍청한 불빛 때문에 들킨다면야 말이 되지 않는다.

그리고 또다른 남자도 그렇게 생각하는 듯했다.

"이제야 불을 끌 결심을 했소?"

젊은 사내는 깜짝 놀랐지만 재빨리 몸을 돌렸다. 어느새 손에는 검이 쥐어져 있었다. 사내는 푸르스름한 달빛 속에서 어떤 남자의 모습을 볼 수 있었다. 등뒤에서 말을 건 남자는 젊은 사내의 손에 들린 검을 보고는 두 손을 올려 자신이 비무장임을 보였다. 젊은 사내가 검을 내리자 남자는 고개를 살짝 끄덕였다. 달빛뿐인지라 얼굴의 모습까지는 볼 수 없었고, 그래서 사내는 확인해 보기로 했다.

"누구요?"

"큰누님의 부탁을 받은 사람이오."

"아아. 그러십니까. 저는……"

"관두쇼, 젊은이."

몸에 밴 예의 때문에 자기 소개를 할 뻔했던 사내는 얼굴을 붉혔다. 이목구비도 구분되지 않는 어둠이 그에게 퍽 다행스러웠을 것이다. 남자가 다시 말했다.

"말과 짐은 저쪽 숲에 있소."

남자는 그렇게만 말하고 곧 몸을 돌렸다. 어느새 남자는 저 멀리 언덕 쪽으로 사라졌다. 젊은 사내는 남자가 가르쳐주었던 방향으로 걸어갔다.

저 멀리 숲 사이로 말의 그림자 같은 것이 보였다. 하지만 사내는 그쪽으로 곧장 다가가는 대신 주위를 조심스럽게 관찰했다. 약간 과하다 싶을 정도의 관찰 끝에 사내는 아무런 이상도 없다고 판단했다. 사내는 말에게로 걸어갔다.

말은 갑자기 다가온 사내를 경계했고, 그래서 사내는 곧장 말에 오르는 대신 그 갈기를 쓰다듬으며 말을 진정시켰다. 말의 목을 문질러주던 사내는 나무 둥치 아래에서 짐을 발견했다. 사내는 손에 들고 있던 랜턴을 짐 속에 집어넣었다.

말은 곧 진정했다. 올라타도 되겠다고 판단한 사내는, 그러나 등자에 발을 올리기 전 바다 쪽을 다시 돌아보았다. 숲 사이로 보이는 다림 앞 바다에는 노스윈드 선단의 커다란 전함들이 고요히 떠 있었다. 말 이외엔 보는 눈이 전혀 없었기에, 사내는 노스윈드 선단을 향해 신사답지 못한 손짓을 해보였다. 해적들의 감시망을 뚫고 다림을 빠져나왔다는 것이 너무 통쾌했기 때문이다.

사내는 말에 올라탄 다음 키 드레이번이 다림을 떠난 날짜를 감안해 보았다. 거리는 꽤 될 테지만 사내는 상관없다고 생각했다. 키 드레이번은 어떻게 율리아나 공주를 찾아야 할지 모를 것이다. 하지만 사내는 율리아나 공주가 어디로 향할지 안다고 믿었다. 왕자의 땅은 모두 전쟁 중이므로, 율리아나 공주는 이루미나 공주가 있는 라트랑으로 향할 것이다. 폴라 대사도 그 추측에 동의했다.

50만 데리우스의 몸값으로 풀려난 지 반나절 만에, 기사 슈마허는 키 드레이번을 전심전력으로 방해하고 율리아나 공주를 보호할 것을 자신에게 맹세하며 말을 달리기 시작했다. 홀로 떠나는 길이 그에겐 전혀 두렵지 않았다. 해적들을 자극시키지 않기 위해, 또한 키 드레이번이 홀로 떠났다는 사실이 곧 무기이기 때문에 폴라 대사 역시 그 혼자 살며시 떠나는 것을 승낙했다. '제국 어느 곳에서든, 주위에 사람이 있다면 그 사람들은 곧 나의 전우가 되어주리라. 저 키 드레이번 앞에서!' 슈마허는 활발하게 달려갔다.

팔라레온의 투란궁.

완만하게 뻗은 렉세리온 언덕 위로 푸른 궁전의 모습이 아름답다. 군주가 바뀌어도 건물은 남는다. 어쩌면 진정한 지배자는 건물일지도 모른다. 군주는 다른 곳에 있을 때보다는 궁전에 있을 때에 가장 군주답다. 그리고 피지배자들은 군주를 보기보다는 군주가 있는 건물을 본다. 그 점에서 볼 때, 렉세리온 언덕의 정상부를 모두 차지하다시피 하는 투란궁의 아름다운 모습은 참으로 지배자답다. 투란궁의 발코니에 앉아서 렉세리온 언덕을 내려다보고 있는 휘리 노이에스의 모습이 위엄 있어보이는 것도 아름다운 건물의 영향이 클 것이다.

물론 아무도 휘리의 지배자다움에 이의를 제기하지는 않을 것이다. 그가 한 일은 아직도 팔라레온인들의 가슴속에 공포로 자리하고 있었다. 휘리는 고개를 돌려 테이블 너머를 바라보았다.

"귀하의 목적을 곰곰이 생각해 보고 거기에 대해 이렇게도 해석되고 저렇게도 해석되는 대답을 하는 것도 참 재미있는 일이겠지만, 지금 귀하에겐 그럴 여유가 없어보이는군요."

다케온의 특사는 평온한 태도로 대답했다.

"칠 겁니까?"

휘리는 자신이 한방 먹었음을 인정해야 했다. 어쨌든 상대방은 특사로 뽑혀올 정도의 인물이다. 첫만남에서 외교적, 혹은 사교적인 모든 예의를 벗어부치고 맨몸으로 덤비는 이런 식의 질문을 던질 수 있을 정도의 인물을 뽑아낸 다케온에 대해, 휘리는 잠시 경의를 느꼈다. 그래서 휘리 노이에스는 솔직하게 말하기로 했다.

"아니오. 다케온을 치진 않을 겁니다."

"대신 뭘 원합니까?"

"다이아몬드."

휘리는 이런 식의 벌거벗은 대화가 맘에 들지는 않았다. 세련되지 못해. 다케온 식이라는 거냐? 휘리 노이에스는 잠시 네그리파 다케온 백작이 키 드레이번에게 했다는 그 제안은 역시 풍문일 뿐이라고 생각했다. 이런 현실주의자들의 우두머리가 그런 황당한 제안을 했을 리는 없다……. 다케온 특사는 평온한 얼굴을 그대로 유지하며 말했다.

"얼마나?"

"얼마나가 아니고 얼마 동안입니다."

다케온 특사의 얼굴이 처음으로 붉어졌다. 특사는 씩씩거리며 말했다.

"채굴권을 원하는 겁니까?"

"1년이면 충분합니다. 아, 그리고 난 동남동녀는 쓰지 않을 거요. 직접 광부를 사서 내 손으로 파겠습니다."

"그런 뜻이었군요."

"당신은 전권 특사지요? 그럼 지금 대답해 주시겠소?"

"어디를 원합니까?"

"브라이트썸."

"……반년 동안."

"7개월이면?"

"반년입니다. 다른 대답은 없습니다."

휘리는 항복한다는 듯이 두 손을 살짝 들어보였다.

"좋아요. 5개월 동안. 그걸로 만족하겠습니다. 록소나와의 전투에서 행운이 있기를 기원합니다."

다케온 특사는 그제서야 얼굴을 좀 펴며 술잔을 들어올렸다. 술잔 속에는 특사가 휘리 노이에스에게 선물한 라트랑 와인이 붉게 빛나고 있었다. 휘리도 잔을 들어 특사와 건배했다.

술을 한 모금 마신 다음 특사는 한결 부드러워진 얼굴로 질문했다.

"이제부터 하는 말은 내 개인적 관심사 때문에 하는 겁니다."

휘리는 그러시냐는 얼굴로 고개를 끄덕였다.

"장군께서도 짐작하고 계시겠지만, 당신이라는 존재는 많은 사람들을 놀라게 하고 당혹하게 하고 있습니다. 당신은 원래 무인이 아니었잖습니까? 어떻게 그런 변신을 하게 된 겁니까?"

"천사의 도움이 있었지요."

휘리는 자신이 가장 정확한 진실을 말했다고 생각했지만 다케온 특사는 휘리가 대답을 거부한다고 생각했다. 그래서 특사는 더 이상 질문하지 않기로 결정했다.─아쉬운 노릇이었다. 만일 특사가 약간의 유머를 아는 사람이었다면 그 천사의 생김생김이 어떠했냐는 질문 정도는 해볼 수 있었을 것이고, 그럼 휘리는 특사를 더욱 혼란스럽게 만들어줄 수도 있었을 것이다. 어쨌든 휘리가 제대로 대답하지 않을 것 같다는 판단을 내린 다케온 특사는 정중히 인사하고 발코니를 떠났다.

특사가 떠나자 휘리는 의자를 뒤로 돌린 다음 발코니 난간 위에 두 발을 얹고 하늘을 바라보았다. 푸른 투란궁에 휘리의 초록빛 옷은 잘 어울렸다. 짙푸른 하늘에 구름은 손을 뻗으면 만져질 듯 새하얗다. 그때 발코니로 들어서는 발걸음이 있었다.

"장군님. 소사라입니다."

휘리는 고개를 약간 돌려 소사라를 바라보고는 다시 하늘을 바라보았다. 남국의 하늘은 아름다웠다.

"무슨 일인가. 서 소사라?"

"다케온 특사가 역관으로 떠났습니다. 명령해 주십시오."

"명령이라니, 무슨?"

서 소사라는 잠시 당황하여 그의 상관을 바라보았다.

"특사를 어떻게 할까요?"

"어떻게 하다니, 무슨 말이야? 나는 그에게 더 볼 일이 없네. 자넨 무슨 볼 일이 있나?"

휘리의 대답은 초여름의 바람처럼 한가롭기 짝이 없었다. 잠시 고민하던 서 소사라는 바보가 되어보기로 결정했다.

"그를 붙잡아 억류시켜야 하지 않습니까? 빌레스 국왕과의 약속을 지키기 위해서……"

"응? 내가 마왕과 무슨 약속을 했던가? 기억이 잘 안 나는데."

서 소사라는 입을 쩍 벌린 채 휘리의 뒤통수를 쳐다보았다. 무슨 약속이냐니? 다케온의 주의를 끌어 빌레스 국왕의 침입을 용이하게 해주고 빌레스 국왕이 움직이면 그에 보조를 맞추어 함께 다케온을 치기로 한 약속……. 잠시 후, 소사라는 폭발적인 웃음을 막기 위해 입을 움켜쥐었다.

"크, 크큭. 예. 아, 하하하. 알겠습니다. 예! 잘 알겠습니다."

어쨌든 서 소사라도 메르데린 스쿨의 기사였다. 그는 휘리의 생각을 깨달았고, 놀라움이 동반된 즐거움으로 그 계획을 음미해 보았다. 하늘을 바라보던 휘리의 입매도 조금 올라갔다. 뜻이 통하는 사람과 일하는 것은 언제나 즐겁다. 서 소사라는 웃음 가득한 얼굴로 말했다.

"마왕이 지독한 소리를 해대겠군요."

"노탐으로 판단력이 흐려진 늙은이는 할말이 없을 거야."

"잘 알겠습니다. 방해드려서 죄송합니다. 물러나겠습니다."

"수고하게."

서 소사라가 떠나고 발코니는 거의 완벽한 정적 속을 떠다녔다. 이제 다가온 초여름을 상징하는 풀벌레의 윙윙거림은 소음이라기보다는 정적에 새겨진 어떤 무늬 같았다. 휘리는 미간을 조금 문질러보았지만 곧 맥없이 그 손을 내렸다. 팔라레온의 하늘은 깊었다.

휘리는 푸른 하늘에서 유리와 비슷하게 생긴 구름을 찾아보다가 잠이 들었다.

같은 시각, 또 한 명의 장군이 하늘을 바라보고 있었다. 하지만 노장군은 발랄한 젊은 장군처럼 구름에서 연인의 모습 따위를 찾지는 않았다. 그의 늙은 눈매가 바라보고 있는 것은 암운이었다. 무수한 전장에 서보았고 수많은 위기 속에서 자신을 추스렸고 적개심에 불타는 적의 검 아래 맨손으로 서본 경험까지 있었지만, 지금처럼 노장군의 가슴속이 답답했던 적은 드물었다. 공포나 위기라면 신물이 나도록 겪었지만, 지금 노장군에게 다가오는 감정은 그 성격부터가 다르다.

남해의 하늘을 바라보던 노장군은 고개를 조금 떨구었다. 그러고는 조금 전 읽었던 지령서를 다시 펼쳐보았다. 작고 화려한 글씨는 그가 존경하는 젊은이—모든 노인이 그렇듯이, 노장군 또한 젊은이를 존경하는 일은 드물었다. 따라서 이 경우는 꽤 특이한 축에 속한다—의 성격을 잘 드러내고 있는 듯했다.

지령서는, 노장군이 알고 있는 젊은이답지 않게 약간 지리한 설명으로 시작되고 있었다. 노장군은 아마도 그 역시 심적 부담을 느꼈을 것이고 그래서 이런 긴 설명을 쓰고 말았을 것임을 짐작할 수 있었다. 젊은이는 약간 성급하지만 나름대로 치밀한 논리를 통해 상황을 설명한 다음 약간 버거운 요구로써 지령서를 끝내고 있었다.

'대사를 찾으십시오. 그가 다섯 번째의 검인지를 확인해야 합니다. 하지만 장군의 짐작대로 휘리 노이에스에 의해 그녀가 이미 살해되었다면, 장군께서는 다섯 번째의 검을 꺾고 네 왕자의 검을 원래대로 돌려놓

으십시오. 전에 말씀드린 대로, 본토의 뒤치다꺼리는 제가 맡을 테니 신경 쓰지 마십시오.'

노장군은 한숨을 쉬었다. 그러곤 미련 없이 지령서를 찢었다.

북풍은 아니었지만, 지령서의 조각들은 뱃전을 뛰노는 바람을 타며 바다로 떨어져 갔다. 노장군은 밧줄을 움켜쥐며 몸을 돌렸다. 저 멀리서 있던 선장이 제독의 시선을 느끼곤 몸을 꼿꼿이 세웠다. 노장군은 그에게 부드러운 미소를 지어주며 말했다.

"항로 그대로 고정."

호시탐탐 노장군에 대한 자신의 존경심을 나타낼 기회만 노리고 있던 선장은 그야말로 대포처럼 고함 질렀다.

"아—ㄹ겠습니다, 제독님!"

바스톨 장군은 아무래도 제독이라는 직함은 자신에게 잘 어울리지 않는 듯하다고 생각하며 잠깐 머쓱해했다. 명령을 내리는 선장에게서 몸을 돌려 다시 하늘을 돌아본 바스톨 장군은 구름의 움직임을 더듬었다. 구름의 움직임은 편안하고, 한가로웠다. 하지만……

구름의 움직임이 평온하다 해서 바람마저 평온할까.

〈3권에서 계속〉

폴라리스 랩소디 2

1판 1쇄 펴냄 2015년 12월 18일
1판 7쇄 펴냄 2023년 1월 11일

지은이 | 이영도
발행인 | 박근섭
편집인 | 김준혁
본문 일러스트 | 김종수
펴낸곳 | 황금가지

출판등록 | 2009. 10. 8 (제2009-000273호)
주소 | 06027 서울 강남구 도산대로 1길 62 강남출판문화센터 5층
전화 | 영업부 515-2000 편집부 3446-8774 **팩시밀리** 515-2007
홈페이지 | www.goldenbough.co.kr

도서 파본 등의 이유로 반송이 필요할 경우에는 구매처에서 교환하시고
출판사 교환이 필요할 경우에는 아래 주소로 반송 사유를 적어 도서와 함께 보내주세요.
06027 서울 강남구 도산대로 1길 62 강남출판문화센터 6층 민음인 마케팅부

© 이영도, 2015. Printed in Seoul, Korea

ISBN 979-11-5888-033-0 04810
ISBN 979-11-5888-031-6 (세트)

㈜민음인은 민음사 출판 그룹의 자회사입니다.
황금가지는 ㈜민음인의 픽션 전문 출간 브랜드입니다.

사진 · 조영회

이영도

1972년생. 경남대학교 국어국문학과 졸업. 1998년 여름, 컴퓨터 통신 게시판에 연재했던
첫 장편 『드래곤 라자』가 출간되어 100만 부를 돌파함으로써 한국에 판타지 시대를 열었다.
『드래곤 라자』는 일본, 중국, 대만 등에서도 출간되어 베스트셀러가 되었다.
라디오 드라마, 만화, 온라인 게임, 모바일 게임 등으로 만들어졌을 뿐 아니라,
고등학교 문학 교과서에 수록되며 그 가치를 인정받았다.
이후 『퓨처워커』, 『폴라리스 랩소디』, 단편집 『오버 더 호라이즌』을 차례로 발표하였으며,
장대한 구상 위에 집필하여 2003년 내놓은 대작 『눈물을 마시는 새』는 한국적 소재를 자연스럽게 녹여낸 판타지
대하 소설로 이영도 붐을 새롭게 했다. 2005년에는 후속작 『피를 마시는 새』가 출간되었다.
2009년에는 『드래곤 라자』와 『퓨처워커』의 뒤를 잇는 『그림자 자국』이 출간되어
문화관광부 우수 교양 도서에 선정되었다.